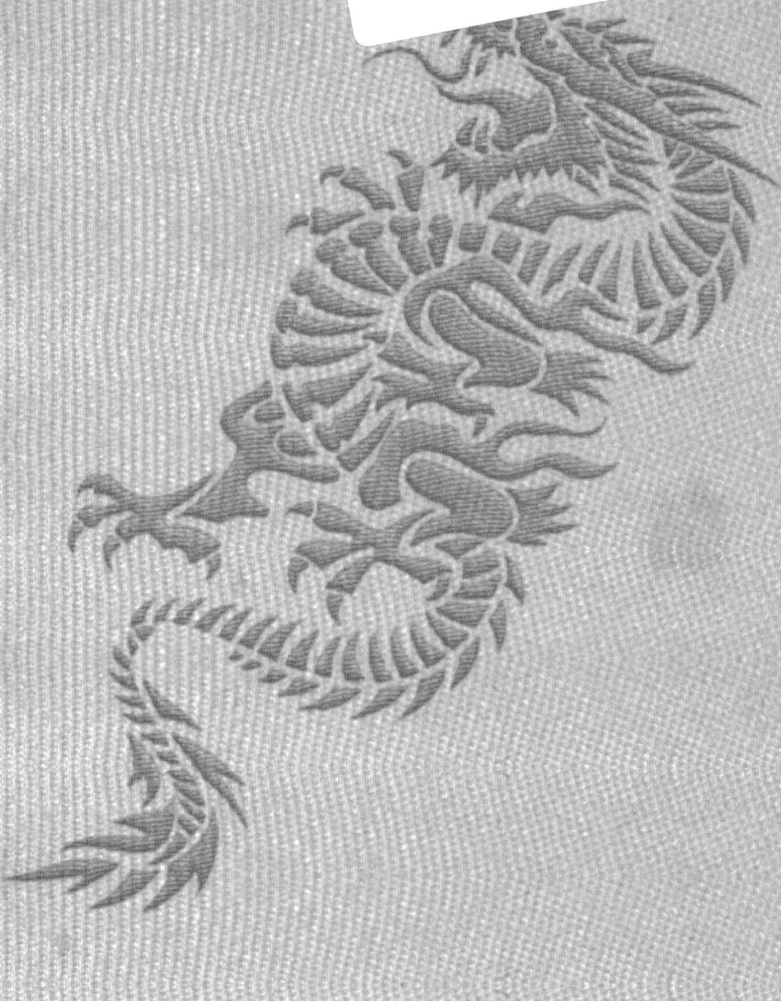

Takeshi

Cień Śmierci

fabryka słów®
WYDAWNICTWO

KOSSAKOWSKA
Maja Lidia

Takeshi
Cień Śmierci

fabryka słów®

Lublin 2014

To jest film, który zawsze chciałam napisać

Trzech zbirów i szpak

Wózek terkotał i sapał. Kółka podskakiwały na wybojach, pojękując niczym wiekowy pielgrzym wlokący się do świątyni. Sfatygowany mechanizm silnika rzęził. Ze zbiornika wyciekała biomasa, kapała na ziemię bulgoczącym, zielonkawym śluzem. Znaczyła trop gęstą, oliwkową krwią bardzo starej, poważnie chorej maszyny. Ścieżka była stroma, wąska, usiana ostrymi zębami kamieni. Tylne gąsienice pojazdu ślizgały się, klekocząc żałośnie. Właściciel wózka co chwila musiał zeskakiwać z siodełka, żeby zmniejszyć ciężar i ułatwić pojazdowi mozolny ruch pod górę.

Co pewien czas poklepywał burtę.

– No, dalej, stary. Jeszcze trochę. Już niedaleko – pocieszał go, jakby maszyna mogła cokolwiek zrozumieć.

Mężczyzna był szczupły, ubogo ubrany. Prosty, pozbawiony ozdób kaftan pofarbowano na praktyczną, grafitową barwę. Spodnie miały wystrzępione nogawki. Stożkowy kapelusz ze słomy ryżowej, którym ten człowiek okrywał głowę, także był znoszony i wypłowiały. W kościstej dłoni wędrowiec ściskał gładko wyszlifowany kij podróżny z drzewa terpentynowca. To mocny i praktyczny towarzysz drogi, a od biedy może też posłużyć jako broń.

Gdyby nie wózek, podróżny wyglądałby jak typowy wieśniak, który wyruszył na szlak w poszukiwaniu pracy. Ale burty pojazdu zdobiły staranne, choć mocno już zblakłe hologramy, przedstawiające sielskie widoki. Przysypane śniegiem wioski. Łodzie rybackie kołyszące się w zatoce. Górskie szczyty i sady kwitnących śliwowców. Skutkiem upływu czasu wszystkie obrazki stały się blade i nierzeczywiste, jakby przedstawiały zamglone, odległe krainy duchów. Przedstawienia te sprawiały nieco niepokojące, a nieco smutne wrażenie. Jakby widz otrzymał nagle możliwość zajrzenia do widmowej, skrytej za oparem dziedziny zmarłych. Komorę silnika oplatało za to jasne, silne pnącze jabłkownika, obwieszone kiściami kwiatów, które bardzo przypominały świątynne dzwonki. Piękna artystyczna robota, choć szpeciły ją niekontrolowane wykwity biomasy. Za to holoptaszki, unoszące się nad maską wózka niczym świergoczące odpryski tęczy, były bez zarzutu. Świetliste, półprzejrzyste, jaskrawe, wyraźnie niedawno dodane do kompozycji z gałęzią jabłkownika.

Widomy znak, że samotny pielgrzym był wędrownym artystą lub dekoratorem.

Gdyby w tym momencie bogowie Wysokiej Równiny Niebios zerknęli w dół, na południową prowincję nadmorską, i skupili wzrok na głównym trakcie, ujrzeliby widok, który także przywodził na myśl holomalowidło, wizerunek odbity na jedwabnym parawanie. Wijący się ku górze przełęczy kamienisty szlak, szerokie, płaskie korony wiecznie zielonych miłodrzewi, okrągłą nieckę doliny, widoczne w oddali surowe, opalizujące oblicza Gór Rubinowych, a wreszcie samego mężczyznę i jego wózek, maleńki, nakreślony jedynie drobnym pociągnięciem cienia na jasnej powierzchni świata. Kto jednak może wiedzieć, ku czemu skierowane są oczy i myśl bogów?

W dolinie panowała drżąca, chłodna i przejrzysta jak woda cisza słonecznego popołudnia, zakłócana tylko monotonnym turkotem wózka.

Wtem, zupełnie niespodziewanie, wędrowiec przystanął, szybkim gestem nakazując pojazdowi, by także się zatrzymał. Przez moment stał bez ruchu, nasłuchując. Uniósł nieco głowę, a wtedy światło słoneczne wydobyło z cienia pod rondem kapelusza pociągłą, szczupłą twarz o ostrych rysach, zastygłą w wyrazie skupienia. Blask złocił czoło, wąski nos, wystające kości policzkowe, lecz nie sięgał oczu, głęboko osadzonych, surowych, zielonych, jasnych jak szkło i równie chłodnych. Usta wydawały się zacięte niczym blizna. To nie było szerokie, prostoduszne oblicze wieśniaka.

Mężczyzna spiął mięśnie, choć wciąż nieruchomy, wydawał się czujny, napięty niby kot szykujący się do skoku.

– Klik! – szepnął kij podróżny, uwalniając ukryte we wnętrzu ostrze, posłuszny błyskawicznemu ruchowi chudej dłoni o mocnych kościstych palcach.

– Sssplaf! – zasyczał złowrogo pocisk, przeszywając powietrze dokładnie w miejscu, gdzie jeszcze przed chwilą, krótszą niż uderzenie serca, znajdowała się głowa wędrowca.

Rozciął powietrze, zbyt szybki, by dać się zauważyć. Błyskawiczny, zabójczy i obojętny tak bardzo, jak tylko metal potrafi. Lecz zamiast miażdżyć kość i tkanki, wyszarpać czerwoną i białawą fontannę mózgu oraz krwi, trafił w pustkę. Rozbił się o skalną ścianę po drugiej stronie ścieżki, wzbijając w powietrze ostre, lśniące od miki drobiny skruszonych odłamków skalnych. Osypujące się płatki kamiennych kwiatów. Kapelusz, niczym powolny, złoty liść jesieni, opadł łagodnie na kamienie traktu.

Wydawało się, że na moment świat zamarł, cichy i nieruchomy, jakby czas wstrzymał oddech.

Ale już za jedno mgnienie ostry odgłos wystrzału wybrzmiał w kryształowym powietrzu i obudziwszy echa wśród skał, poniósł się po górach.

Biho się nudził. Brakowało mu ruchu, zabawy, bodźca do działania. Chciał rozgrzać krew, poczuć bijące radośnie tętno, rozruszać ręce i umysł. Rozerwać się. Pośmiać. Zaznać radosnej wspólnoty, poczucia więzi z kumplami, przyjemnego poczucia władzy i mocy.

Jednym słowem, brakowało mu zabijania.

– Hiro? – stęknął. – Hiro, śpisz?

Jego towarzysz ziewnął szeroko, kłapiąc szczęką jak pies.

– Już nie – odpowiedział burkliwie. – Czego budzisz, głupku?

Długie, lśniące palce słońca wdzierały się do wnętrza szopy przez dziury w dachu. Zdawały się grzebać leniwie w rozrzuconej na klepisku ściółce. Drobiny kurzu w powietrzu przypominały odpryski połyskliwej laki. Złoto i czerń. Taniec światła z cieniem.

Wokół leżały porozrzucane pudła ze sprzętem. Podarty bambupapier i połamane deszczułki drzewokostu znaczyły rozmazane stemple z prastarym logo Yamauba, stylizowaną twarzą kobiety. Krzywy stolik utykał na jedną nogę. Karty do gry i kości, które leżały na blacie, pokrywał kurz. W kątach stały stare maszyny rolnicze, dawno już pogrążone w ostatnim śnie. Wyschnięte plamy biomasy szpeciły podłogę. Wszędzie, na podobieństwo martwych wojowników na polu bitwy, leżały puste flaszki po taniej, podłej sake Kintaro. Holo przedstawiające Siedmiu Bogów Szczęścia, rozpięte na przepierzeniu z desek, było już tak wypaczone i wyblakłe, że bóstwa przypominały bandę żądnych krwi psychopatów.

Biho wzruszył ramionami.

– Tak sobie. Bo nudno. Nie nudno ci, co? No przyznaj. Nudno jak diabli.

– Prawda. Nudno – zgodził się Hiro. – I co z tego?

– Chodźmy na gościniec. Może się trafi jakiś szpak do oskubania. Oskubałbyś sobie szpaka, nie?

Zwalisty mężczyzna podrapał się w zarośnięty policzek, ironicznie wydymając wargi.

– Szpaka! Szpaka! Pewno. Tyle że panienka Mariko zabroniła, po tym jak narozrabialiśmy w gospodzie. Nie pamiętasz już?

Pamiętał. Jasne, że pamiętał. Jak mógłby zapomnieć taką wspaniałą rozwałkę. Zapach krwi, plamy na ścianach jak czerwone kiście rozgniatanych owoców, rozbite łby pijanych gości i drgające w konwulsjach nogi spasłego niczym jenot kupca, któremu podciął gardło. Pieniądze sypiące się na ziemię z brzękiem świątynnych dzwonków. Zerwane struny rozbitego o stół koto. Ptasie krzyki gejsz, barwne kimona niby rozmazane po szkicu, przypadkowe ślady farby. Zaraźliwy, klekoczący śmiech broni prującej pociskami drewno i miękkie, ludzkie ciała. Szkarłat. Wszędzie gorący, parujący szkarłat. Ostry zapach śmierci. Fajnie było.

– Fajnie? Co za gadanie – odezwał się skulony w kącie Mały Kyosai. – Wspaniale. Odjazd na maksa.

Widocznie rozmarzony Biho wyraził na głos swoje myśli.

Hiro usiadł na posłaniu, rzucając przyjaciołom paskudne spojrzenie.

– Przestańcie pieprzyć, dzieci. Odjazd będziemy mieli, jak panienka Mariko znów się na nas wścieknie. Tym razem na poważnie. A może się mylę, co? Ktoś chce zdechnąć pocięty na plastry? Bo ja niekoniecznie.

Milczeli przez chwilę, zafrasowani. Każdy miał przed oczami ciemną jak palony orzech, przepiękną, pokrytą białą szminką twarz panienki Mariko. Maskę śmiertelnego gniewu. Czarne, bezlitosne źrenice, takie drwiące, takie puste, jakby były dwiema przestrzelinami w oślepiającej jasności jej makijażu, dziurami do piekła ponad złowrogą bruzdą uśmiechu. Usta niczym świeża kropla krwi, miecz zwany Strumieniem w wypielęgnowanych drobnych dłoniach. Panienka Mariko w napadzie szału. W cichej, złej, zaciekłej wściekłości, zupełnie nieludzkiej i jakże przerażającej. Nie, zdecydowanie nie chcieli, żeby ścięła im łby, zakonserwowała w mieszance wosków i plastików, a potem dołączyła do kolekcji swoich rokurokubi, ulubionych upiornych główek, które trzymała w specjalnej gablocie i ponoć czule całowała na dobranoc.

Ponura cisza przeciągała się, aż wreszcie Biho wpadł na pomysł. Tymczasem jego dłoń bezwiednie starała się przewrócić figurkę Darumy, czerwoną kulę, zabawkę spełniającą życzenia, przedstawiającą srogo zmarszczonego mnicha, którego jedyne oko stanowiła zmrużona ironicznie szczerba po wbitym kiedyś dawno nożu.

– Czekajcie, chłopaki. Spoko. Tylko bez nerw. Może coś się jeszcze da ugrać. Bo ja to sobie myślę tak. Chodźmy na rozstaje. Posiedzimy trochę, zrobimy flaszkę albo dwie, poczekamy. Może złapiemy farta i przyplącze się przy okazji jakiś obcy. A wtedy wiecie. Los zdecyduje. Jeśli szpak ruszy drogą w stronę rezydencji pana Ashihei, trudno. Wola boska, nie? Zostawimy go w spokoju. Pan Ashihei załatwia różne sprawy. Mógłby mieć nam za złe, gdybyśmy przetrącili gościa, na którego czeka. Ale jeśli szpak pofrunie do wiochy... – Zaśmiał się, przeciągając kantem dłoni po szyi. – Co, kiepski plan? Mnie się widzi, że raczej niezły, nie?

Oczy przyjaciół zaczęły błyszczeć. To był przynajmniej jakiś pomysł. Mogliby wreszcie trochę się zabawić lub nawet zarobić, gdyby los okazał się łaskawy. Przynajmniej opuściliby tę parszywą szopę, gdzie się kryli jak robactwo przed słońcem. Panienka Mariko z pewnością nie będzie miała nic przeciwko temu, jeśli załatwią bezwartościowego, obcego włóczęgę.

– Dobrze – zdecydował Hiro. – Idziemy.

Dwaj pozostali bandyci odetchnęli z ulgą.

– Głupek! Głupi! Czego do niego strzelasz! – Hiro walnął Małego Kyosai pięścią w czubek głowy. – Popsujesz zabawę, jeśli od razu rozwalisz mu dynię!

Bandyta posłusznie opuścił broń, lecz jego głupawe, wąskie oczy rozszerzyły się w zdumieniu i niedowierzaniu.

– Odskoczył. On odskoczył, chłopaki. Nie spudłowałbym z takiej odległości, przysięgam.

Szef bandy tylko wykrzywił usta.

– Akurat. Masz zeza, durniu. Zachowuj się. Spłoszysz nam ptaka i tyle.

Biho nie brał udziału w sprzeczce, gapił się na wędrownego artystę, a jego twarz skurczyła się w wyrazie chciwości.

– On ma miecz – syknął przejęty. – Schowany w tym niby kiju. Rany, jaki odjazdowy! Ale się błyszczy! Cholernie dobra stal! Cholernie! Robota jakiegoś pieprzonego mistrza. Jest niebieski, widzicie? Cały błękitny jak woda. Wykuty z najszlachetniejszego metalu, warstwa po warstwie, cienkich jak ryżowy papier. Nawet pan Ashihei nie ma takiego. Skąd śmieć wytrzasnął takie zajebiste ostrze?

– Czort go zna, skąd wytrzasnął – parsknął podrażniony Hiro, któremu wcale nie spodobała się zachłanność lśniąca w źrenicach podwładnego. – I tak za chwilę ja je sobie zabiorę! Ale najpierw powieszę ścierwo na jego własnych flakach. Dobra, zbierać się! Zaczynamy jazdę!

Wyskoczyli z kryjówki w gęstych zaroślach wprost na ścieżkę, fachowo formując trójkąt, żeby oskrzydlić obcego, odciąć drogę ucieczki. Psy wyćwiczone do zabijania. Bezpańskie teraz, złe i głodne kundle wyrzucone ze sfory panienki Mariko za nieudolność i krnąbrność. Gotowe rozszarpać samotnego wędrowca, osaczonego i skazanego na wyjątkowo paskudny koniec. Psy. Nic więcej.

Podróżny patrzył na nich spokojnie. Nawet nie zaskoczyli, że coś idzie nie tak. Przecież powinien skulić się, przerazić, paść na kolana i śliniąc się ze strachu, błagać o litość. Płakać, jęczeć, uciekać lub gapić się na nich bezmyślnym wzrokiem rzeźnego cielęcia. Jednak stał tylko nieruchomo, a spojrzenie miał tak chłodne, jak zimowa woda.

On wiedział. Już zdążył ocenić, z kim ma do czynienia. Ale nie Hiro i jego kumple, nadal nie pojmowali, z jakim przeciwnikiem mają do czynienia. A to oznacza, że popełnili błąd. Poważny błąd. Zbyt nabuzowani żądzą krwi, zbyt pewni siebie, przestępowali z nogi na nogę, krzywiąc twarze w okrutnych uśmiechach. Dla nich samotny podróżny był już trupem. Zabawką zesłaną im przez los.

Lecz los bywa niewiernym przyjacielem. Zielone oczy obcego, jasne, niewzruszone, przyglądały się bandytom z uwagą i z odrobiną zdziwienia. Tymczasem chłopaki Hiro, drżący z niecierpliwości, żeby jak najszybciej ubabrać się we krwi, okazali się za głupi, by zauważyć, że w tym spojrzeniu nie znajdą lęku. Nic nie widzisz, Biho? Naprawdę nic? Oślepłeś nagle, Kyosai? Hiro, ty durniu, też nie rozumiesz, jaki obraz widzi przed sobą wasz szpak? Ot, parę ludzkich śmieci. Chwasty do ścięcia. Trzech osiłków w nieświeżych, wymiętych koszulach, wyświechtanych kurtkach, przetartych spodniach. Zielono-różowy czub na głowie Biho, tanie, tandetne tatuaże Małego Kyosai, złamany nos Hiro. Mówiąc krótko, mięso. Dzikie mięso.

Dzikie, niebezpieczne i niepotrzebne. Prześwietlił was na wylot, niczym niewidoma szamanka itako. Byczy wzrok, zęby wyszczerzone drapieżnie, palce zaciśnięte na rękojeściach broni. A w piersiach i głowach przyjemny, podniecający szum, radość zadawania bólu. Jeden chuderlawy włóczęga przeciwko im trzem. Cóż z tego, że zbrojny w piękny miecz, ewidentnie obdarzony duszą potężnego kami? Pewnie ukradziony. W życiu nie uwierzą, że umie go używać.

A jednak umiał.

Kyosai, który nigdy nie potrafił opanować żądzy krwi, jak zwykle ruszył pierwszy. Zadziorny i niebezpieczny, z krzywym uśmieszkiem złego chłopca. *Świst.* To zaśpiewała przeciągle długa, obciążona metalem pałka, ulubiona przyjaciółka Małego. Maskotka i obrończyni. Niemal siostra. Powinna uderzyć w rękę włóczęgi, wytrącając mu z dłoni kosztowny oręż. Powinna łamać kości, miażdżyć tkanki, zagłębiając się w miękkie, bezbronne ciało. Ranić i zabijać z każdym uderzeniem. Przecież była niezawodna.

Lecz nie tym razem.

Obcy postąpił tylko o krok, jeden krok, tuż pod opadającą pałką, a błękitny płomień ostrza musnął tors Małego. Bandyta poczuł klepnięcie w ramię, jakby miecz pragnął go pocieszyć czy uspokoić, a potem serce miał już pełne niebieskiego, zimnego ognia. Żal, smutek i strach wylały się z niego nagłą falą czerwieni i nie zostało nic prócz pustki. Krztusząc się krwią z rozpłatanego płuca, Mały ujrzał tylko, że wszędzie dookoła rozbłyska błękit. Pieniste bąble szkarłatu pękały mu na ustach, gdy niebo pochyliło się, żeby wziąć Kyosai w ramiona. A potem czerwień zgasła, zabierając ze sobą wszystkie inne kolory i doznania. Rozszerzonymi źrenicami bandyta oglądał przestwór ponad sobą, rozlany wokoło i wszędzie, aż całkowicie zapadł się w niebieskość. Chłód. Pustkę. Nicość.

Kiedy rozpłatany tors Małego uderzył o ziemię, a czerwone, gorące bryzgi krwi poznaczyły twarz, ręce i koszulę Hiro piętnem szkarłatu, Biho zaczął równocześnie strzelać i wrzeszczeć. Stary automat zapluwał się ogniem, kaszląc i hałasując jak oburzony astmatyk. Kyosai! Kyosai zabity! To nie może się dziać! Pociski sypały się na podróżnego niczym srebrny ryż na młodą parę. Lecz wokół postaci wędrownego artysty pojawił się nagle srebrzysty opalizujący nimb, drgający niczym płynąca woda, a miecz w jego dłoni zmienił się w wachlarz niebieskawej błyskawicy. Ostrze kreśliło w powietrzu tajemne znaki, lśniące błękitnym ogniem, zaś poświata spowijająca obcego zalśniła krystalicznie, przemieniona w rodzaj szklanej tafli utworzonej z blasku. I choć to zupełnie niemożliwe, bandyta był skłonny przysiąc, że widzi, jak drżąca, lustrzana powierzchnia zakrzywia i odbija nadlatujące pociski, by nie trafiały w cel.

Nie potrafił uwierzyć w to, co właśnie oglądał. Takie rzeczy zdarzały się w bajkach. Gadkach zabobonnych durniów. Miecz, który zamieszkuje kami tak potężne, że zdolne jest odbijać ostrzał maszynowy? To bzdura, nie? Stek bredni. To się nie może dziać. Koleś powinien wyglądać jak mielone mięso.

Nic podobnego.

Czas stanął w miejscu, poruszał się jedynie miecz nieznajomego. A wszystko to nie trwało dłużej niż dwa oddechy. Gdy sfatygowany automat Biho zakrztusił się po raz ostatni, a potem powtarzał tylko żałosne „klak!", magia prysła. Obcy stał na ścieżce, ciężko dysząc. Mokre od potu włosy lepiły się do policzków i czoła. Twarz była ściągnięta, napięta i drapieżna. Z nosa ciekła powoli gęsta, niemal czarna strużka posoki. Pierś unosiła się i opadała spazmatycznie. Biho gapił się i gapił, nie mogąc przestać. Nie potrafił pojąć, jakim cudem, zamiast poszarpanego strzępu mięsa leżącego na ścieżce, wciąż ma przed sobą wysoką, szczupłą postać nieznajomego. A ostrze błękitnego miecza tak spokojnie celuje prosto w pierś Hiro. Demon czy co? Przecież niegrzeczni chłopcy nie wierzą w demony.

Wtedy Biho dostrzegł, że skutkiem wysiłku kołnierz koszuli wędrowca rozchylił się nieco, ukazując widniejący na skórze ciąg blizn po głębokich oparzeniach. Wyglądały dziwnie, jakby układały się w szereg symboli. Gdzieś już widział coś takiego przedtem. Kiedy sobie przypomniał, zachłysnął się oddechem. Tatuaże panienki Mariko. Widoczne kiedyś w rozcięciu szaty, zwracające uwagę głęboką, ciemną czerwienią tuszu. Znaki ochronne. Magiczne sutry o wielkiej potędze. W połączeniu z mocą kami mieszkającego w orężu tworzyły tarczę nie do przebicia dla jakiejkolwiek broni palnej. Mogą strzelać do tego demona o oczach z zielonego szkła aż do usrania. Póki tamten ma w ręku miecz i siłę, by go użyć, pozostanie nietykalny.

Wędrowny artysta zrozumiał, że napastnik już pojął, w co się wpakował, więc potwierdził to lekkim skinieniem głowy. Nie uśmiechał się triumfalnie, nie okazał wściekłości ani żadnego innego uczucia. Obserwował. A Biho poczuł dreszcz lęku. Pocił się, nerwowo zaciskając palce. Po raz pierwszy w jego głowie zrodziła się myśl, że za chwilę może leżeć na kamienistym szlaku, rozcięty na pół, niczym Mały Kyosai. To było nowe, przykre, niemal bolesne doświadczenie. Nie czuł się przygotowany, by wkroczyć między szprychy odwiecznego koła narodzin i śmierci. Zdecydowanie nie.

– Hiro – jęknął przerażony – widzisz? On…

– Milcz! – syknął gniewnie herszt.

I on się bał. O tak, bał się. Kurczowo ściskał w dłoni rękojeść swego starego, ciężkiego miecza, który przy ostrzu obcego wyglądał jak zardzewiały rzeźnicki nóż. Już zrozumiał, że oto właśnie spotykał się z przeznaczeniem. Ze swoją karmą. Długiem zaciągniętym wobec przyszłych wcieleń. A do pomocy miał tylko tego tchórzliwego, skomlącego Biho. Obaj bandyci zdali sobie sprawę, że jeśli chcą mieć jakąkolwiek szansę, powinni zaatakować równocześnie. Dlatego w momencie, gdy Hiro wydał straszliwy bojowy wrzask i rzucił się do przodu, Biho chwycił za miecz i również uderzył. Jednak w ostatniej chwili strach zwyciężył, bandyta zawahał się, odskoczył, nie zadając ciosu.

Mówi się, że wybitni szermierze poruszają się, jakby tańczyli. Jednak ruchy nieznajomego nie przypominały tańca. Wydawał się raczej zamyślony niż skupiony. Zrobił krok i krok, a potem odsunął się nieco, jakby chciał przepuścić obok siebie nacierającego Hiro. Uniósł ręce w geście, który wydawał się niemal przepraszający. Zaś błękitne ostrze samo uderzyło w szeroki miecz napastnika, rozcięło metal niczym bambus i gładko zagłębiło się w ciało. Herszt bandy zacharczał, złożył się wpół, jak kozik. Biho złapał jeszcze jego zdumione spojrzenie, jakby Hiro nie mógł uwierzyć że to już, że tak szybko, po czym o ziemię uderzyło ciało, worek mięsa i kości, który przed chwilą jeszcze był żywym człowiekiem. Krew zabarwiła kamienie. Brzydkie festony wnętrzności zaczęły wypływać spomiędzy przyciśniętych do brzucha dłoni. Zaśmierdziało kałem i żelazistym odorem krwi. Martwy Hiro wyglądał jak bezkształtny tobół porzucony przez żebraka. A jednocześnie zupełnie nierealnie. Tak strasznie nierealnie.

Teraz ja, pomyślał otępiały z przerażenia Biho. Teraz ja.

– Nie! – szepnął bezwiednie. – Broń mnie, Buddo Amido! Kannon o Jedenastu Twarzach, ratuj!

Ale na ratunek było już za późno. Demon w stroju ubogiego wędrowca prawie niezauważalnie wzruszył ramionami. Nie poruszyła go moc świętych imion. Widać miłosierdzie było mu obce. On już podjął decyzję. Śmieci trzeba posprzątać do końca, choć to niewdzięczna robota.

Biho walczył z pokusą, żeby odwrócić się i uciec, ale drogę zagradzał przeklęty wózek artysty. Poza tym nie chciał umrzeć od ciosu w plecy. Bo umrze tutaj. To już wiedział na pewno.

– Nie! Nie! – nawet nie zdawał sobie sprawy, że powtarza to w kółko niczym ochronną sutrę.

– Przykro mi – odparł zielonooki.

Głos miał niski, spokojny, łagodny, jakby przemawiał do niegrzecznego dziecka, które wymawia się od przyjęcia zasłużonej kary.

Biho zobaczył unoszącą się w górę błękitną błyskawicę. Jego ręce zrobiły się ciężkie, poruszały tak powoli, jakby mieszały melasę, a nie powietrze. Ledwie dał radę unieść nieco czubek miecza, gdy gardło przeszył mu nieludzki chłód, a świat wywrócił się, zaczął koziołkować i skakać.

Odcięta głowa bandyty potoczyła się po kamienistej ścieżce.

Jednak stałem się demonem rokurokubi, upiorną główką oddzieloną od ciała, pomyślał w ostatnim przebłysku świadomości Biho. Co za ironia.

Nieznajomy został sam pośród trupów. Jego skupiona twarz skurczyła się nagle w wyrazie bólu.

Ile to razy już tak stałem? – zastanowił się. Miłosierny Jizo, o wiele za dużo.

Pochylił się i starannie wytarł ostrze Blasku o koszulę Biho. Następnie wsunął miecz do pochwy, która po zatrzaśnięciu znów wyglądała jak zwykły podróżny kij.

Przyjrzał się ciałom, których wcale nie miał zamiaru pogrzebać. Chciałby powiedzieć: „Spoczywajcie w spokoju", lecz wiedział, że tak się nie stanie. W najlepszym razie bandyci obudzą się w Piekle Jednakowego Odradzania, gdzie będą miażdżeni i zabijani tylko po to, żeby znów się narodzić i umrzeć w męczarniach, ale nie sądził, żeby należało im tego życzyć. Jedynie ostatni, który w chwili śmierci odwołał się do świętego imienia Buddy Amidy, miał jakąś szansę na łaskę, ale, prawdę mówiąc, niewielką.

Wędrowny artysta sięgnął po leżący na ścieżce kapelusz, klepnięciem w boczną osłonę nakazał wózkowi ruszać w dalszą drogę. Słońce jeszcze stało wysoko, jednak przełęcz była stroma i długa. Jeśli chciał dotrzeć do wioski, zatrzymać się w gospodzie, żeby wreszcie przespać się pod dachem, musiał się pospieszyć.

Mrok zapadał zbyt szybko, a ścieżka czasami okazywała się tak kamienista, że wędrowiec musiał popychać wózek. Ręce miał całe uwalane biomasą i był zmęczony. Tym razem znów nie będzie kąpieli i wygodnego futonu. Z westchnieniem zdecydował się zatrzymać na noc na skraju drogi. W tym miejscu półka skalna nieco się rozszerzała, a po kamiennej ścianie spływała niewielka kaskada, która potem znikała gdzieś w rozpadlinie. To było dogodne miejsce na nocleg, sądząc po śladach, używane już przez wielu wędrowców przed nim.

Zdezelowany wózek zareagował dopiero na trzecie polecenie, jednak wreszcie zatrzymał się posłusznie i uniósł burty, tworząc prowizoryczny szałas. W środku śmierdziało biomasą, nie sposób było rozprostować nóg, lecz szybko zrobiło się ciepło i jasno. No, w każdym razie nie tak zupełnie ciemno, ponieważ wewnętrzną stronę osłon wózka pokrywały zmodyfikowane glony, jarzące się słabym fosforycznym światłem.

Wędrowiec wypełzł na zewnątrz, zanurzył dłonie w zimnym krysztale kaskady, spryskał twarz. Woda była orzeźwiająca. Smakowała ostro jak metal. Zmywała brud, krew i zmęczenie, zabierając je gdzieś daleko, w głąb skały.

Mężczyzna o oczach pełnych szklanej zieleni sięgnął do klapy wózka, wyciągnął z zapasów pakiet żywnościowy. Usiadł, opierając się plecami o najsuchszy fragment kamiennego świadka, kilka razy uderzył o kolano torebką z jedzeniem, żeby podgrzać ryż z suszoną rybą. Nie zaczął jednak jeść, pozwolił posiłkowi upaść i stygnąć między otoczakami na brzegu strumienia, gdyż na niebie właśnie rozkwitał ostatni spektakl gasnącego słońca. Olbrzymia, cynobrowa kula z wolna wtaczała się za horyzont, krwawiąc szkarłatem i fioletem, sypiąc złotymi pociskami łuny. Upadek pokonanego przez noc olbrzyma, który odrodzi się jutro w całym blasku i potędze poranka. Odwieczna gra życia i śmierci powtarzana codziennie przez całą przyrodę i kosmos.

Artysta trwał bez ruchu, chłonąc smutek i piękno tego przedstawienia. Starał się pogrążyć w medytacji, lecz był zdolny myśleć jedynie o nieuchronnym cyklu transformacji, którym poddaje się życie.

Nic nie stoi w miejscu, pomyślał.

Sam nie wiedział już, czy to przygnębiający, czy pocieszający wniosek.

Gdy ciemność ostatecznie zwyciężyła, wczołgał się do wnętrza szałasu, połyskliwego i fosforycznego niczym brzuch głębinowego ptakoryba, nie zadając sobie trudu, żeby wspomnieć Hiro, Biho i Małego Kyosai, którzy leżeli na ścieżce w dole przełęczy, nadal martwymi oczami wpatrując się w krajobrazy wieczności.

Haru przypinała srebrny diademik szpilkami, starając się możliwie stabilnie umocować ozdobę pośród połyskliwych, czarnych loków spiętrzonych na czubku głowy. Przez chwilę przyglądała się sobie krytycznie w lustrze, ale to jej wyraźnie nie wystarczyło. Włączyła stojące na toaletce holo, które zaczęło się z wolna obracać, prezentując ze wszystkich stron wady i zalety fryzury. Miła, ładna twarz widoczna na hologramie niewątpliwie należała do Haru, była jednak bardziej miękka, bardziej okrągła i zdecydowanie młodsza. Niestety, o dobrych parę lat młodsza niż odbicie w lustrze. Przedstawiała dziecko, nawet nie podlotka, a już na pewno nie śliczną dziewczynę, którą Haru niedawno się stała.

– Niee! – jęknęła zła i zawiedziona. – To na nic! Muszę mieć nowy holoportret. Natychmiast. Inaczej nigdy nie będę mogła pokazać się ludziom na oczy! Jak mam się porządnie wyszykować, jeśli nie widzę siebie, tylko tłustawego bachora, którym byłam całe trzy lata temu.

Z irytacją rzuciła diadem na toaletkę. Nie tak powinna wyglądać księżniczka. Zdecydowanie nie tak. Wygładziła koronki kosztownej, nowej, różowej sukienki, ale i tak wszystko poszło na nic. Nie podobała się sobie.

Mam za małe oczy, stwierdziła. Takie wąskie i głupie. No zupełnie głupkowate i bez wyrazu. A ten nos! Za długi. Za to usta duże. Zdecydowanie zbyt duże. Powinny być malutkie i okrągłe jak pączek piwonii.

Co za okropność, że ojciec nie chciał jej pozwolić na operację. Ani nawet prościutką modyfikację kosmetyczną. Twierdził, że jest za młoda. A w dodatku powinna się szczycić swoją wspaniałą klasyczną urodą. Podobno natychmiast widać, że ma w żyłach mnóstwo prawdziwej starej krwi. I kiedyś będzie bardzo żałować, jeśli zdecyduje się pokroić sobie twarz na kawałki. Też coś!

Haru miała to gdzieś.

Klasyczna uroda. Prawdziwa krew. Co jej to niby pomoże, skoro jest tylko córką naczelnika wsi, gdzieś w zagubionej prowincji kraju. Gdyby cesarstwo było rezydencją, wioska Zimna Woda leżałaby pewnie gdzieś w wychodku dla służby.

– Tak – powtórzyła Haru z zaciekłą miną. – Wychodek dla służby. Doskonałe miejsce.

– Miau?

Czarny kot wsunął się do pokoju tak cicho, że podłoga nawet nie skrzypnęła. Popatrzył na swoją panią ślepiami pełnymi płynnego złota. Na szyi nosił błękitną obróżkę ozdobioną lśniącymi kamykami i dzwoneczkiem w kształcie kwiatu lotosu.

– Genji! – zawołała uradowana Haru, biorąc zwierzaka w ramiona. – Mój Promienny Książę!

Gdzie się podziewałeś, co? Nie było cię całą noc. Pewnie wybrałeś się do jakiejś ślicznej kocicy. Przyznaj się, widzę po twojej minie!

– Mruuu – odpowiedział kot.

Dla wszystkich domowników wabił się po prostu Kuro, ale Haru upierała się, żeby nazywać go Promiennym Księciem Genji z prastarej opowieści, pochodzącej podobno jeszcze ze Starego Świata.

– Haru ma romantyczne usposobienie – powtarzał zwykle pan Takasuke, naczelnik wioski, jednak w duchu martwił się o swoją jedyną córkę.

Ale dziewczyna niewiele sobie z tego robiła.

– Och, Genji! Rany, jak tu nudno! – westchnęła, drapiąc mruczącego Księcia za uchem. – Oszaleję tutaj! Wyjrzyj tylko przez okno! No, dalej! Wyjrzyj! Co tam widzisz? Nic, prawda? Wiocha, jakich tysiące. Wolałabym być kotką, skarbie. Przynajmniej mogłabym wleźć na dach i nieco zmienić perspektywę.

Gdzieś daleko rozległ się głuchy, przeciągły ryk. Odpowiedział mu drugi, brzmiący dziwnie żałośnie, niczym potężny róg pogrzebowy. Odezwały się kolejne i jeszcze kolejne, aż ściany domu zdały się wibrować tęsknym, niepokojącym dźwiękiem.

– Woły wodne – wyjaśniła Haru pupilowi, lekko zaniepokojonemu nieznanym hałasem. – Pasterze sprowadzają je z Gór Rubinowych na targ. Wcześnie w tym roku. To znaczy, że jesień nadejdzie szybciej niż zwykle.

Pierwsze sztuki bydła już kroczyły główną ulicą Zimnej Wody. Wyglądały jak ogromne, żywe głazy. Nawet długie pasma sierści porastające monstrualne, garbate karki pomiędzy zrogowaciałymi tarczami kamiennych pancerzy przypominały mchy i porosty. Szerokie, płaskie łby przygniatało ku ziemi potężne, podwójne poroże. Maleńkie czerwone ślepia lśniły groźnie. Odgłos racic uderzających o ziemię brzmiał niczym muzyka niezliczonych bębnów. Woły wodne potrafiły być śmiertelnie niebezpieczne, choć to domowe zwierzęta, przywiezione ze Starego Świata i przed wiekami zmodyfikowane, żeby mogły się przystosować do tutejszych warunków.

Dziewczyna poczuła dreszcz niepokoju, kiedy przyglądała się wędrującym środkiem drogi bestiom. Za nic nie chciałaby mieć z nimi do czynienia. Pasterze krążyli wokół stada, pokrzykując. Popędzali zwierzęta kamiennymi biczami, bez strachu chwytając za uszy. Kierowali chodzące góry mięsa we właściwą stronę, łapiąc za olbrzymie dolne rogi lub ciągnąc za kółka w nozdrzach. Wydawali się tacy dzielni, zwinni i silni. Haru patrzyła na nich, zafascynowana. Nagle zrzuciła kocura z kolan i sięgnęła po porzucony diadem.

– Uciekaj, Genji. Muszę się uczesać. Założę się, że dziś będzie zabawa i jarmark. Chłopcy na pewno wariują z nudy, skoro siedzieli tyle czasu w górach.

Zaczęła grzebać w pudełku z kosmetykami, a kot usiadł na macie i zabrał się do wylizywania futra. Haru przelotnie uśmiechnęła się na ten widok.

– Też się szykujesz na zabawę, mały łobuzie? – spytała, lecz zaraz opuściła ręce zniechęconym gestem i zatrzasnęła lakową skrzyneczkę. – Nie no, co my robimy, kocie? To bez sensu! Mamy się ekscytować głupim, pospolitym jarmarkiem w nędznej wiosze. To beznadziejne! Upadek, skarbie. Mówię ci, upadek. Przysięgam ci, wolałabym, żeby mnie porwała gromada demonów. Naprawdę, wcale nie żartuję. Przynajmniej coś by się działo.

Genji, nagle wystraszony ostrym odgłosem zatrzaskiwanego pudełka, podskoczył i zjeżył ogon. Haru zaczęła się śmiać.

– Hej, głuptasie! Nie patrz tak! Jaki z ciebie zabobonny kocur. A teraz uważaj!

Wstała i zatrzymała się na środku pokoju.

– Demony! Słyszycie mnie, demony?! Chodźcie tu zaraz! Zapraszam! Zabierzcie mnie ze sobą! Chcę przeżyć przygodę. Rozumiecie?! Księżniczka chce przeżyć przygodę!

Wtem gwałtowny podmuch wiatru trzasnął okiennicą. Przerażony kot jednym susem umknął z pokoju.

– Naprawdę idzie jesień – szepnęła do siebie Haru, zabezpieczając okno.

Jednak poczuła się trochę nieswojo.

W oddali znów rozległ tęskny, dziki, pełen niepokoju ryk wodnego wołu. Nadciągało kolejne stado.

Ku rozczarowaniu wędrowca najbliższa wioska okazała się zbiorowiskiem kilku chałup, otoczonych zielonymi i brunatnymi skrawkami pól. Żadna nie wyglądała na gospodę, albo chociaż tanią garkuchnię. Westchnął. Znów prysły marzenia o kąpieli i solidnym posiłku.

Jakiś wieśniak okopywał z mozołem zagon brukwicy, przylegający krótszym bokiem do drogi. Jego biostwór bardziej w tym chyba przeszkadzał, niż pomagał. Przeraźliwie stary egzemplarz, tani i tandetny, jęczał rozpaczliwie. Z pyska i nozdrzy spływała seledynową pianą biomasa. Mięśnie drżały, wprowadzając metalowe elementy konstrukcji w nieprzyjemnie dźwięczącą wibrację. Jednak to nie psuło humoru rolnikowi, który podśpiewywał wesoło znaną piosenkę o lisicy i borsuku.

Podróżny zatrzymał skinieniem wózek, zeskoczył z siodełka.

– Niech Siedmiu Bogów Szczęścia sprzyja twoim trudom! – zawołał na powitanie.

Chłopek uniósł głowę, ukazując uśmiechniętą, ogorzałą twarz, i odpowiedział na pozdrowienie, przekrzykując stękanie biomaszynerii:

– A tobie niech miłosierny Jizo wyprostuje kręte ścieżki, dobry człowieku!

Artysta wskazał gestem swój wózek.

– Jest tu jakiś dwór, gdzie mógłbym coś zarobić, albo chociaż gospoda, żebym trochę odpoczął? Już zapomniałem, jak się śpi pod dachem.

Wieśniak, wyraźnie zadowolony, że ma okazję z kimś pogadać, ruszył przez pole, zostawiając samopas trzęsącego się i pojękującego biostwora.

– A jest gospoda. I dwór. Ale na twoim miejscu nie wpraszałbym się ani tu, ani tam.

Wędrowiec uniósł lekko brwi, okazując zdziwienie, a potem przywołał na usta szczery, sympatyczny uśmiech. Jednak jego niezwykłe zielone oczy pozostały chłodne i taksujące. Wpatrywały się uważnie w grubo ciosaną, poczciwą twarz rozmówcy. I nie znalazły tam śladu niebezpieczeństwa czy fałszu.

Zwykły chłop. Prostolinijny, naiwny i niezbyt rozgarnięty. Za to znudzony i gadatliwy. Informator doskonały. Zapamięta tylko wózek, ewentualnie proste ubranie pytającego. Bardzo dobrze. O to chodziło.

– Dwór należy do pana Ashihei. To potężny człowiek. Okropnie zamożny. Ma wiele wpływów w różnych miejscach, jeśli wiesz, co mam na myśli.

Podróżny jeszcze nie był pewien. Ale się domyślał.

– To wasz daimio? – spytał z udaną naiwnością.

Wieśniak się roześmiał.

– Nie. Naszym daimio jest pan Omura. Jego rezydencja leży daleko stąd, na południe. Tym okręgiem rządzi pan Ashihei. Sam jest artystą, więc nic mu po tobie. W dodatku ma porywczy charakter i nie lubi obcych. Zwłaszcza włóczęgów. Mogą szpiegować albo przeszkadzać w interesach. Lepiej mu nie wchodzić w drogę. Rozumiesz?

– A… Rozumiem… – mruknął zielonooki niepewnie.

W rzeczywistości rozumiał aż nazbyt dobrze, kim jest pan Ashihei.

Gangster. Jeden z wielu, jakich namnożyło się ostatnio w Wakuni. Samotny drapieżnik otoczony watahą przygodnych kundli, na pewno nie głowa jakiegoś większego klanu. Inaczej słyszałby o nim. Raczej dziki pies niż tygrys. Co nie oznacza, że pies nie potrafi być groźny.

Rozpromienił się, jakby dopiero teraz dotarło do niego, co powiedział chłopek. Udawanie idioty było męczące, ale często się opłacało. Nie raz uratowało mu życie, bo kto, u diabła, chciałby sobie zawracać głowę nisko urodzonym kretynem? Na pewno nie taka szycha jak lokalny gangster. Oni miewali zwykle bardzo rozdęte poczucie własnej godności. Dlatego spalali się szybko jak papierowy lampion na wietrze.

Pan Papierowy Lampion nawet nie splunie na wędrownego dekoratora. I dobrze.

– Jak to powiadają, Budda wysoko, a szogun daleko. Tymczasem pan Ashihei tuż za pagórkiem, nie?

Wieśniak się zaśmiał.

– Dokładnie tak, żebyś wiedział. Widzę, że nie brak ci rozumu, chłopie.

Za to tobie bogowie nakładli do łba słomy ryżowej, pomyślał wędrowiec. Masz między uszami mniej niż twój cuchnący, durny biostwór. Na szczęście dla mnie.

Chłopek nadął się trochę, widząc pokorną minę nieznajomego. Każdy lubi się czasem odrobinę napuszyć, popisać przed obcym znajomością rzeczy.

– I dobrze ci radzę. Gospodę też sobie odpuść – dodał. – Chłopcy przychodzą tam pić, grać i zabawić się z drogimi dziwkami. To nie miejsce dla takich jak ty. Zresztą pan Ashihei teraz wyjechał w interesach, a wszyscy wiedzą, że panienka Mariko przymyka oczy na różne wybryki swoich ludzi. Rozumiesz, czasem sprawy wymykają się spod kontroli.

Artysta skinął głową ze zrozumieniem. Ten wiejski głupek był istnym wodospadem przydatnych informacji.

– Pewno, kobiecie trudniej utrzymać dyscyplinę wśród ludzi swego pana.

Rolnik odrzucił głowę do tyłu i zarechotał, szczerze ubawiony.

– No co ty! Wszyscy się boją panienki Mariko bardziej niż krwawej zarazy! Potrafi zabić za jedno zbyt śmiałe spojrzenie. Albo za szpilkę do włosów modniejszą niż jej własna. Och, panienka Mariko jest straszna. Niektórzy mówią, że to demon, ale ja nie wierzę. Za ładna na to. Piękna jak sama Kannon.

– Jest konkubiną pana Ashihei?

– Nie. Gdzie tam. Słyszałem, że siostrą, choć za podobni to oni nie są. Ashihei wygląda jak z obrazka w świątyni. Sama stara krew. Wielki wojownik i w ogóle. A panienka... trochę ciemna, jak na mój gust. Skórę ma czarną niczym żyzna ziemia. Nie ma możliwości, żeby pochodziła z Dawnego Kraju. Ty też nie, co? Za biały jesteś. Blady jak tofu. Tyle że na obdartusa z wózkiem nikt nie patrzy tak, jak na panienkę. Ale kto tam dojdzie prawdy. Grunt, że pan Ashihei ma ją za siostrę. Mnie to wystarczy.

Nawet wiejskie ciołki czasem zdają sobie sprawę, że chyba powiedziały za dużo. Chłopek jakby stracił rezon, rozejrzał się nerwowo.

– No, czas wracać do roboty, bracie. Pole się samo nie obrobi.

Wędrowiec ukłonił się z szacunkiem, skrywając pod rondem kapelusza twarz wykrzywioną drwiącym uśmiechem, ostrym niczym sztylet tanto.

– Dziękuję za rady, dobry człowieku. Aż strach pomyśleć, co by się mogło stać, gdybym polazł prosto do dworu albo do tej okropnej gospody z hazardem. Mógłbym stracić wózek i jak bym wtedy zarabiał na życie?

– Mógłbyś stracić o wiele więcej – oznajmił złowieszczo chłopek. – Pan Ashihei jest potężny, a panienka Mariko nie zna litości. Lepiej idź do Zimnej Wody. To bogata, duża wieś, może ktoś zechce sobie zafundować nowy szyld albo przemalować parawan. Skręć w prawo przy posążku Jizo. Stoi pod wielkim, czerwonym miłodrzewiem.

Nawet taki gamoń jak ty powinien go zauważyć, mówiła wyraźnie jego mina.

Wędrowny artysta postarał się przybrać możliwie najbardziej tępy wyraz twarzy, gdy zapytał z nadzieją:

– Czy może błogosławiony bodhisattwa Jizo objawiał się tam niedawno?

Wieśniak parsknął z pogardą.

– Nie. Jakoś nie. Może czeka na kogoś wyjątkowego, co?

Podróżny westchnął z rozczarowaniem, udając, że nie zrozumiał kąśliwej uwagi.

– Jaka szkoda. Bardzo bym chciał zobaczyć prawdziwego Nieśmiertelnego. Pewnie jest okropnie zajęty, ma mnóstwo spraw gdzie indziej.

– Całkiem jak ja – mruknął rolnik. – Muszę wracać na pole, zanim ten cholerny biostwór rozdepcze mi wszystkie brukwice.

Faktycznie, porzucony automat gmerał w błocie odnóżami, rozpaczliwy i żałosny jak nadepnięty żuk. Piana z biomasy spływała na ziemię.

Zielonooki znów się ukłonił.

– Niech Inari dogląda twoich plonów! Jeszcze raz dziękuję. Na pewno pójdę do Zimnej Wody. Jeśli bogowie będą mi sprzyjać, może dostanę zlecenie. Oby łaska Siedmiu spłynęła na ciebie i twoją rodzinę.

– No idź już, idź! – Chłop machnął lekceważąco ręką, złażąc niezdarnie z drogi na zagon. – Niech cię Jizo prowadzi.

Artysta podreptał do swego wózka, wgramolił się na siedzenie i klepnął w burtę. Pojazd ruszył powoli. Gdy tylko wędrowiec upewnił się, że wioska zniknęła w oddali, zeskoczył z siodełka i sprężystym krokiem ruszył przed siebie. Minął jednak dłuższy czas, nim dostrzegł rosnący na rozstajach czerwony miłodrzew. Kamienny posążek Jizo był malutki, podstawę pokrywał zielony, miękki mech. Podróżny rozejrzał się uważnie, chwilę nasłuchiwał, lecz las pozostawał spokojny i cichy. Tylko wiatr kołysał delikatne gałązki.

Mężczyzna o oczach zieleńszych od mchu uśmiechnął się drapieżnie do figurki Nieśmiertelnego.

– Mam nadzieję, że jesteś daleko stąd, Jizo. Dotrzymam ci towarzystwa przez jakiś czas, a nie jestem pewien, czy to by ci się spodobało.

Szybko i sprawnie ukrył wózek w gęstwinie krzaków, a potem sam zaszył się głęboko, między wysokimi, strzępiastymi łodygami paprotni. Nie pozostawało mu nic więcej, jak zaczekać do wieczora. To nic. Umiał czekać.

Potrafił też dużo, dużo więcej.

Siostra wściekłego psa

Panienka Mariko obudziła się nie w humorze. Prawdę mówiąc, obudziła się wściekła jak diabli. Ashihei pojechał do miasta, ale nie zabrał jej ze sobą. Zostawił w domu, jakby była starym, znoszonym kimonem, w którym wstyd się pokazać.

– Nie ma mowy, siostra – oznajmił tym swoim oschłym, nadętym tonem wielkiego pana. – Zapomnij. Po tym jak wyrżnęłaś mi sześciu kontrahentów? Chyba ci się we łbie przewróciło.

– Obrazili mnie! – fuknęła z oburzeniem. – Co niby miałam zrobić? Biedna kobieta musi się bronić, nie? No to załatwiłam drani. Sami sobie winni, Imokori.

Ashihei uśmiechnął się krzywo, pochylił i cmoknął Mariko w policzek. Zawsze umiała go rozbroić. Była tak zupełnie, całkowicie pozbawiona sumienia. Socjopatka doskonała. Niewinna w sposób, w jaki myśli się o drapieżnym zwierzęciu. Nie tylko nie rozróżniała dobra i zła. Zupełnie nie rozumiała ludzkich uczuć. I to właśnie było takie piękne. Odkrywcze. Jej osobowość wydawała się dzika i krucha zarazem. Nie dawała o sobie zapomnieć. Niczym wspaniałe dzieło sztuki.

A pan Ashihei kochał sztukę całym swoim dziwacznym, pustym, złym sercem.

– Jasne, że winni – zachichotał. – Zawsze wypruwa się flaki ludziom, którzy prawią ci komplementy. Tak po prostu wypada.

– Komplementy? Ten dupek Aoyogi powiedział, że wyglądam jak motyl. To, w mordę, obelga jest! Jakieś latające gówno z chityny? Przyrównał twoją siostrę do obrzydliwego robala, a ty nic nie zrobiłeś?

– Nie zdążyłem. Wsadziłaś mu miecz w brzuch, zanim miałem czas otworzyć usta.

Czarne jak kosmos oczy Mariko rozbłysły rozbawieniem.

– Ale minę miał ten stary cap. Te jego wyłupiaste gały o mało nie wyskoczyły z orbit. Bulgotał tylko krwią z pyska. Ciekawe, czy wtedy też intrygowała go entomologia, co? Przestań mi tu odstawiać statecznego starszego brata. Przecież też chciało ci się śmiać. Chciało jak cholera! Znam cię dobrze, Imokori. No przyznaj się! Chciałeś ryczeć ze śmiechu jak głupi!

Na usta gangstera znów mimowolnie wypłynął uśmiech. Do diabła, kochał tę wariatkę Mariko.

– Moja słodka durnoto – powiedział. – To nie ma nic do rzeczy. Ośmiu dobrze wyszkolonych ludzi zginęło, żeby nas stamtąd wyprowadzić, a ja mam teraz wojnę z klanem Kato.

– Oj tam! – Panienka Mariko machnęła lekceważąco dłonią. – Przecież lubisz wojnę, nie? Zupełnie tak jak ja!

– Ale nie lubię tracić pieniędzy, słońce. Dlatego zostajesz w domu. Rozumiesz?

– Nie. – Kapryśnie wydęła wargi. – Nie rozumiem i nie zostaję. Nudzę się tu. Chcę jechać z tobą do miasta.

– To możesz śmiało robić, kochanie. Chcieć. Ale więcej nic. – Uśmiechnął się i wyszedł, zostawiając Mariko w pustym pokoju.

Jednak jej nie zabrał. Była taka pewna swego, sądziła, że tylko się z nią droczy. Wiedziała, że go przemoże, przeforsuje swoje. Jak zawsze.

Tymczasem ją zostawił.

Leżała teraz na grubym, delikatnym futonie, otulona jedwabną pościelą cienką jak mgła, ciepłą niczym pierwszy promień słońca, wściekła niczym demon oni, zapomniana, porzucona, zlekceważona. W czarownej rezydencji pana Ashihei, otoczonej ogrodami lśniącymi niby klejnoty, wśród cudownych antyków przywiezionych jeszcze ze Starego Kraju, luksusowych przedmiotów i dzieł sztuki, jakich nie mieli nawet na dworze cesarza. W swoim pokoju, podobnym do niezwykłej szkatułki ze skarbami, zdobnym w malowidła, meble i ceramikę godną bogów, gdzie jedyną brzydką rzeczą była czarna, robaczywa, zgniła dusza panienki Mariko.

Mariko leniwie przeciągnęła się w pościeli, wysunęła nogę spod kołdry. Przyglądała jej się w skupieniu. Idealna, długa, gładka noga, jakby wyrzeźbiona z drewna żelaznego czarnodrzewia.

Jak zwykle była zadowolona z siebie i swojego ciała. Co wcale nie znaczyło, że buzujący w niej gniew choć na chwilę przygasł. Serce panienki Mariko stanowił wiecznie czynny wulkan gorącej wściekłości. Nie obciążała go nawet cieniem destruktywnej, mrocznej nienawiści do świata. Przeciwnie, bardzo ceniła zewnętrzne otoczenie, gdyż było całkowicie i tak przyjemnie zależne od jej kaprysów i humorów. Naprawdę ograniczało się do obszaru wpływów i władzy pana Ashihei, ale to wystarczało, bo stanowiło praktycznie jedyny świat, jaki znała.

W tej chwili właśnie, skończywszy podziwiać nogę, przesunęła wzrok na majaczący za parawanem drżący cień służącej. Ten widok zdecydowanie poprawiał humor. Durna dziumdzia stała za ścianą, ściskając tacę zastawioną śniadaniem w trzęsących się łapkach, i rozpaczliwie starała się złowić choćby szelest dochodzący z sypialni pani. Mariko niemal słyszała jej oszalałe z przerażenia myśli.

Śpi? Buddo, chroń mnie, jeśli ją obudzę! A może leży tam, czekając na mnie, coraz bardziej zła i zła? Nie, błagam, Bogowie Szczęścia, nie dopuśćcie do tego! A śniadanie? Śniadanie stygnie! Miłosierna Kannon, ratuj!

Przybrana siostra pana Ashihei chętnie parsknęłaby śmiechem, lecz w ten sposób popsułaby tylko zabawę. Wreszcie, znudzona i głodna, choć nasycona do woli strachem nieszczęsnej dziewczyny, postanowiła, że czas na jej ruch.

– Emiko! – wrzasnęła na całe gardło. – Ty leniwy śmieciu! Ile mam czekać, debilko?! Ruchy, bo pożałujesz!

Służąca błyskawicznie odsunęła parawan i z miejsca padła na twarz, z impetem stawiając tacę na podłodze. Brzęknęły kosztowne naczynia, a Mariko wykrzywiła piękną twarz w srogim grymasie.

– Przepraszam, panienko, błagam o wybaczenie! Jestem bezużyteczną gnidą, żałosnym śmieciem, nędznym pasożytem. Zawiodłam moją panią i nie powinnam dłużej żyć… – bełkotała dławiąca się przerażeniem Emiko.

– To akurat prawda. Więc morda w kubeł, idiotko! I nie czołgaj się, do diabła! Jeśli rozlałaś coś lub wyszczerbiłaś miseczki, naprawdę pożałujesz, że nie umarłaś. Dawaj tu jedzenie, bezmózga krowo! Jestem głodna, bo musiałam czekać bogowie wiedzą jak długo, na moją rozlazłą, głupią, nieudolną służącą.

– Tak, panienko! Już, panienko! – Dziewczyna podniosła tacę i na klęczkach przysunęła się do futonu Mariko.

Mimo lęku sprawnie rozstawiła naczynia. Nie potrafiła sobie nawet wyobrazić, co by się stało, gdyby poplamiła pościel lub zabrudziła miseczki. Wiele, wiele już razy ścierała z podłogi krew, którą Mariko rozlała z dalece bardziej błahego powodu.

Emiko była nieco korpulentną, pucołowatą blondynką o łagodnych, niebieskich oczach i różniła się od swojej pani niczym wiosenny poranek od wietrznej, bezksiężycowej nocy. Dręczenie jej w jakiś szczególny sposób sprawiało panience frajdę, zwłaszcza że służąca nie należała do istot specjalnie bystrych. Mariko doprowadziła do załamania nerwowego i prób samobójczych niejedną pokojówkę, lecz znęcanie się nad Emiko szczególnie przypadło jej do gustu. Wydawało się takie łatwe i kuszące.

Uniosła w pałeczkach kęsek śniadania i z obrzydzeniem zmarszczyła nos.

– Co to ma być? Zdechły szczur?

– Kawałek plaskacza marynowanego w sosie z czerwonych ostróżyn i lotosie rzecznym.

Emiko nie dodała: „ulubione danie panienki". Takie błędy popełniała dawno temu, na początku służby.

– Jak mówię, że zdechły szczur, to zdechły szczur!

Chlusnęła zawartością naczynia prosto w twarz Emiko. Pokojówka nawet nie drgnęła.

– Tak, proszę panienki. Oczywiście.

– Przy obiedzie kucharz ma się postarać. Bo pomyślimy o redukcjach. Takich drobnych redukcjach o głowę. Rozumiesz?

– Tak, panienko. Przekażę niezwłocznie kucharzowi słowa mojej pani.

Mariko poczuła, jak ogarnia ją znowu wysoka, wrząca fala wściekłości. Już nie bawiła się tak dobrze, jak przed chwilą. Ta przeklęta Emiko jest zbyt pewna siebie. Parszywa, butna zdzira.

– Och, jasne, że przekażesz! W śmigłych podskokach. Śmiałabyś przemilczeć moje słowa? Mój rozkaz? – syknęła, cała rozpalona złością.

– Nigdy, panienko. Nigdy.

Biedna dziewczyna nauczyła się już dawno, że kiedy pani dostaje swoich częstych napadów szału, lepiej odzywać się jak najmniej. Czarne, puste oczy Mariko były przerażające jak u pająka. Jadowitego pająka, pomyślała Emiko w popłochu.

– A gdybym zażądała, żeby kucharz usmażył mi twoje różowe policzki w oleju sezamowym? No, co wtedy? – Piękna, ciemna twarz wykrzywiona szaleństwem wydawała się przerażająca jak oblicze demona.

– Jak sobie panienka życzy – wyszeptała służka blada niczym papier ryżowy.

Na samą myśl o takim daniu Mariko wybuchła śmiechem. Wcale nie jakimś okrutnym rechotem. Po prostu chichotała niby mała dziewczynka. Pulchniutkie, blade kawałki, naznaczone konstelacją piegów, pływające w sosie sojowym, z czerwoną pikantką i płatkami grzybów sun, serwowane przez Emiko z twarzą grubo obwiązaną chustką, wydały jej się nieprzeparcie zabawne.

Padła na futon, dosłownie tarzając się ze śmiechu.

– Bogowie, nie! Chybabym się porzygała od nadmiaru tłuszczu – jęknęła w końcu, ocierając z oczu łzy szczerej radości. – Emiko, bez twojej głupoty świat byłby taki nudny!

– Dziękuję, panienko. – Służąca spuściła wzrok. Nie chciała, żeby pani dostrzegła choć ślad emocji w jej źrenicach. Miała do przekazania wiadomość, a żaden moment nie był dogodny, by się wywiązać z zadania. Nikt, nawet pan Ashihei, nie potrafił przewidzieć reakcji Mariko na jakąkolwiek, nawet błahą nowinę.

W końcu zdesperowana Emiko zdobyła się na odwagę. Wiedziała, że musi, a im dłużej będzie zwlekać, tym gorzej dla niej.

– Panienko – zaszemrała niemal niesłyszalnie – przybył pan Kubo. Czeka na spotkanie...

Nie skończyła, bo Mariko porwała się z futonu, przewracając tacę ze śniadaniem. Ryba wypłynęła dostojnie na posłanie, znacząc pościel czerwonym śladem pikantki.

– No pięknie! Tam się coś dzieje, a ty, durna klucho, siedzisz z zamkniętą mordą? Pomóż mi się ubrać i umalować, idiotko! A-le już!

– Tak, panienko – szepnęła tylko służąca.

Kubo był jednym z zaufanych ludzi pana Ashihei. Przechadzał się po gabinecie Mariko, obojętnym wzrokiem prześlizgując się po oszklonej gablocie, która mieściła najważniejsze okazy z kolekcji rokurokubi, upiornych główek. Odcięte głowy, zakonserwowane w mieszaninie wosków i plastików, stworzonej na zamówienie przez mistrza Zakonu Szczególnych Receptur, otwierały martwe usta, jakby miały zamiar krzyczeć czy przeklinać. Nie były to jednak okazy schwytane nocą, gdy odłączone od swoich demonicznych ciał, bezpiecznie spoczywających w kryjówce, próbowały zagryźć samotnych podróżnych. Właścicieli tych czerepów panienka Mariko ścięła osobiście. Tylko najbardziej zasłużeni mogli liczyć na wyeksponowanie w gablocie. Najlepsi szermierze, których zabiła, lub najtrudniejsi przeciwnicy, z którymi przyszło jej walczyć. Wspaniałe trofea szalonej siostry równie nieobliczalnego Ashihei.

Kubo w to nie wnikał. Był lojalny wobec swojego pana, póki ten płacił i kazał mu robić to, co najemnik umiał najlepiej. Zastraszać i zabijać. Reszta naprawdę mało go obchodziła.

– Kubo?

Panienka Mariko wkroczyła do gabinetu kołyszącym, zwiewnym kroczkiem gejszy. Na jej wspaniałym, kosztownym kimonie żurawie właśnie szykowały się do odlotu. Pod warstwą białej szminki twarz wydawała się pozbawiona wyrazu. Maleńka kropka czerwonych ust wyglądała jak kropla krwi.

Najemnik ukłonił się sztywno.

– Moja pani.

Tylko oczy żyły w bladej masce, w jaką zmieniło się pokryte ceremonialnym makijażem oblicze Mariko.

– Dzieje się coś? Ashihei chce, żebym dołączyła do niego w mieście?

– Nic o tym nie wiem, panienko.

– Ach. – Z ostrym trzaskiem strzepnęła wachlarz. – W takim razie dlaczego nie dajesz mi spokojnie przełknąć śniadania, Kubo?

Przez otwarte okiennice do gabinetu wpadał złotawy, delikatny poblask słońca, które dawno już przekroczyło południe.

– Pod nieobecność pana Ashihei ty zawiadujesz wszystkimi sprawami w domu, panienko. Powinnaś więc wiedzieć, że nasi ludzie znaleźli rankiem na rozstajach ciała Hiro, Biho i Małego Kyosai.

Mariko z wdziękiem wzruszyła ramionami.

– Masz, ale nowina! Dofikali się, durnie. Wiedziałam, że to się tak musi skończyć. Pewnie zaćpani jak bydlęta napadli na jakiegoś kupca, który miał trochę za dużo ochroniarzy przebranych za służbę. To niewarte mojego śniadania, Kubo. Chłopcy wreszcie przegięli. Niech zgadnę. Pewnie leżeli na gościńcu z połamanymi kośćmi i łbami rozwalonymi pałką.

– Nie zgadłaś, panienko. – Kwadratowa, toporna twarz najemnika pozostała bez wyrazu. – Zginęli od miecza.

Mariko ze zdumieniem uniosła brwi.

– Zabito ich mieczem, Kubo? – powtórzyła z nagłym ożywieniem. – No proszę. Robi się nieco ciekawiej. Zarąbani topornymi ciosami godnymi najwyżej rzeźnika, tak? Tylko nie mów, że znów się mylę.

Zaufany jej brata skinął głową.

– Niestety, mylisz się, panienko. Każdy trafiony pojedynczym, perfekcyjnym, czystym cięciem. Myślę, że mamy do czynienia z prawdziwym szermierzem.

Puls panienki Mariko uderzył mocniej. A w duszy zrodziła się drobna, nieśmiała iskra nadziei. Na Siedmiu Bogów Szczęścia! Co jej tu wciska ten ciołek ze złamanym nosem i szczęką przypominającą kufer? Perfekcyjne cięcia? Wytrawny szermierz? Nie, to zbyt piękne. Zresztą czy taki prymityw jak Kubo jest w stanie właściwie ocenić sztukę miecza?

Gdyby Mariko kiedykolwiek poznała uczucie choć trochę podobne do miłości, obdarzyłaby nim swoją broń, Strumień. Żyła tylko podczas walki. Resztę czasu spędzała jedynie na zabijaniu nudy. Ale to zabijanie ludzi stanowiło cel jej egzystencji. I w obu tych konkurencjach była naprawdę dobra.

Na wszystkie walczące Ashury, nie pamiętała już, kiedy odbyła ostatni interesujący pojedynek. Zapragnęła natychmiast znaleźć zabójcę i zmusić do konfrontacji. W rezydencji było tak cholernie pięknie i tak diabelsko nudno. Och, gdyby mogła wziąć do ręki broń, rozgrzać krew, stanąć naprzeciw innego wojownika. Usłyszeć śpiew ostrza i rozpocząć taniec ze stalą, doskonałością i śmiercią. Hachimanie, boże wojny! To chyba zbyt piękne!

Lecz zaraz potem ogarnęło ją zniechęcenie. Ktoś, kto umie się posługiwać mieczem? Mistrz? Tutaj, na drodze prowadzącej do zapyziałej Zimnej Wody? Zapomnij, dziewczyno. To nie marzenie, a mrzonka.

– Rozejrzyj się, Kubo – powiedziała, siląc się na obojętność. – Postaraj się dorwać tego faceta. Nikt nie będzie zabijał nam ludzi na naszym gościńcu. Nieważne, że chodzi o takie kundle jak Hiro i Biho. Znajdź go. A potem przyprowadź do mnie. Żywego. Rozumiesz?

– Tak, panienko. – Najemnik ukłonił się niezgrabnie, bez wdzięku. – Mogę odejść?

Mariko już go nie słuchała. Zupełnie nagle wpadła na pomysł, że miło byłoby spędzić dzisiejszy dzień, pracując nieco Strumieniem.

– Emiko! – krzyknęła gniewnie. – Gdzie jesteś, durna krowo? Niech stawiają bambusy! Będę ćwiczyć! Natychmiast, słyszysz?

Słońce prześwitujące przez liście plamiło ścieżkę złotem i czerwienią zachodu. Powoli nadciągał mrok. Zbudzone księżycowe ptaki zaczęły już rzewnie popłakiwać, witając nadchodzącą noc.

W gęstwinie za posążkiem na chwilę rozbłysło fosforyczne, blade światło i rozległ się cichy szelest. Wydawać by się mogło, że to sam bodhisattwa nawiedził swego kamiennego bliźniaka, lecz mężczyzna, który wyłonił się spośród krzewów, otrzepując krótki kubrak i dopasowane spodnie, wcale nie wyglądał na świętego.

Przywodził raczej na myśl niższego urzędnika lub syna majętnego kupca, który wybrał się w podróż w interesach. Ubranie miał porządne, schludne, dobrze uszyte. Ciemne włosy o szarym odcieniu upięte na karku, po miejsku. Trzymał się prosto, w ruchach i wyrazie twarzy widać było spokojną pewność siebie zamożnego człowieka stanu średniego. W dłoni trzymał swój kij z drewna terpentynowca. Wydawał się dużo wyższy, zwinniejszy i o dobre dziesięć lat młodszy od wędrownego artysty, który ukrył swój wózek w cieniu rozległego miłodrzewia. Tylko zielone oczy patrzyły teraz równie chłodno i uważnie jak kilka godzin temu spod ronda wystrzępionego, stożkowatego kapelusza.

– Pilnuj mojego majątku, Jizo – powiedział posążkowi. – Jeśli wszystko pójdzie dobrze, wrócę nad ranem, bogatszy o trochę grosza. Jeśli nie, obity i obrabowany. Nie życzysz mi szczęśliwej gry?

Kamienny święty, przypominający łyse dziecko, nie raczył się odezwać. W spojrzeniu miał pustkę, a zimne, jakby obrzękłe usteczka nadawały mu naburmuszony wyraz.

Nieznajomy uśmiechnął się w ciemności i sprężystym krokiem ruszył prosto do gospody, przed którą ostrzegał go wieśniak na polu brukwicy.

Haru miała rację. Piknik narodził się spontanicznie i rozrósł tak szybko, jak gniazdo grzybów w gorącą letnią noc. Na łące, nieopodal zagród wołów wodnych, pojawiły się nagle kramy, stoiska z wyrobami miejscowych rzemieślników, zapłonęły ogniska, zabulgotały kociołki, na węglach zaczęły skwierczeć ryby, kawałki mięsa i macki krwawnicy rzecznej. Zapach jedzenia był kuszący. Nikomu nie przeszkadzał słodkawy, piżmowy odór bydła, przenikający rześkie powietrze wieczoru. Zabrzmiała muzyka, ktoś intonował jasnym, czystym głosem wesołą piosenkę o roztargnionych kochankach, Zabosai i Tome. Ludzie śmiali się, brzękały flaszki sake, wina ostróżynowego i piwa.

Haru królowała. Wydawała się zjawiskiem nie z tego świata. Tak urocza i słodka, że na jej widok aż chciało się westchnąć z zachwytu. Diademik na ciemnych, gęstych włosach słał w noc wielobarwne blaski. Kokardki, różyczki, ozdoby i spinki przemieniały dziewczynę w baśniową księżniczkę. Przypominała różowe, koronkowe słońce wokół którego obracały się niezliczone rzesze wielbicieli. Wszędzie wokół widziała błyszczące oczy chłopców i błyskające w uśmiechu białe zęby. Pasterze byli zachwyceni i oczarowani. Czegoś takiego jeszcze nie widzieli. Zdawało im się że spotkali istotę przybyłą z raju samego Buddy Amidy. Po wielu miesiącach spędzonych w dzikich górach lśniąca, szczebiocząca, zwiewna Haru wydawała im się uosobieniem smaku i wyrafinowania. Nawet w najpiękniejszych snach nie sądzili, że w Zimnej Wodzie znajdą boginię, a już co najmniej damę cesarskiego dworu. Żaden nigdy takiej damy nie widział, nawet na holoobrazie, ale z pewnością ta śliczna dziewczyna nie ustępowała urodą nawet najpiękniejszym konkubinom cesarza. Im więcej polało się sake i piwa, tym częściej niektórzy chłopcy dopuszczali śmiałą myśl, że to wcale nie córka wójta, lecz jakaś niebiańska istota nawiedziła wioskę, żeby się z nimi zabawić. Przecież takie rzeczy się zdarzały.

Co prawda przez rok dziewczyna wypiękniała, wydoroślała i nabrała wdzięku. Już nie była podlotkiem, lecz uroczą kobietą u samego progu młodości.

Otaczali ją ciasnym kręgiem, przepychając się i potrącając. Niczym Kannon o Jedenastu Twarzach musiałaby mieć mnóstwo głów i uszu, żeby wychwycić wszystkie zabawne historyjki i straszliwe przygody, jakie jednocześnie, przekrzykując się, starali się jej opowiedzieć. Rozumiała tylko strzępy. Jakieś wizje rozszalałych wołów wodnych, które trzeba było poskromić. Okrutnych bandytów, przerażających demonów i tajemniczych wydarzeń. A każdy z tych młodych mężczyzn w końcu okrywał się chwałą, zostawał bohaterem, ratował innych, a przynajmniej uchodził cało ze straszliwych niebezpieczeństw. Oczywiście.

Świat lekko wirował. Pyszne, słodkie wino ostrężynowe dziwnym cudem wciąż na nowo odradzało się w kubku. W dłonie wpychano jej łakocie, nadziane na patyczki kawałki ryb i innych przysmaków. Haru śmiała się i kokietowała, a konstelacje twarzy wciąż się zmieniały, wciąż nowe przepływały przed jej oczyma. Wesołe. Roześmiane. Młode. Kuszące.

Wino ostrożynowe pieniło się różowymi bąbelkami, tak pięknie pasującymi do jej koronkowej sukienki. Przywodziły na myśl sznury drobnych klejnotów, iskry radości na dnie kubka.

Dziewczyna chciała się dobrze bawić. Bawić za wszelką cenę, choć gdzieś w sercu zaczynała się rodzić ciemna mgiełka obawy, jak poradzi sobie z tymi wszystkimi młodymi mężczyznami, którzy śmiali się i wykrzykiwali coraz głośniej, coraz weselej, coraz bardziej dziko. Wokół widziała tylko pałające policzki, błyszczące źrenice, białe, bardzo białe zęby. Pomóc mogła jedynie struga różowego wina. Pieniący się, perlisty przyjaciel, ustrojony w paciorki bąbelków.

– Haru! – usłyszała nagle ostry głos.

Był jak wstrętny zgrzyt. Pęknięcie w tej miłej, miękkiej, rozmytej atmosferze zabawy.

Ojciec? – pomyślała. Ale nie. Głos nie należał do ojca.

Przez szereg pasterzy przeciskał się szczupły, niewysoki chłopak o zaciętej twarzy, z czupryną czarnych włosów rozwichrzoną niczym wronie gniazdo.

Kazuya. Syn wioskowego pisarza. Który zawsze tak dobrze się uczył, tak świetnie zapowiadał, miał takie doskonałe perspektywy. Poukładany, porządny, spokojny i uprzejmy Kazuya. Nudziarz. Głupek. Nieznośny typ.

Haru poczuła, że ogarnia ją rozdrażnienie.

A ten tu po co? Czego przylazł? Nie chce mieć z nim nic do czynienia. Psuje, wszystko psuje! Tak nie wolno. Nie może teraz niszczyć nastroju. Tej wspaniałej, dziwnej, nieco niebezpiecznej zabawy, która zaraz się zacznie. Która właśnie się zaczyna. Blask ognisk. Ciemność. Porykiwania wodnych wołów. Ciężki, odurzający, piżmowy zapach. I tajemnica. Odwieczna tajemnica letniej nocy.

Młody człowiek zatrzymał się przed różową księżniczką, wyciągnął rękę.

– Chodź – powiedział tylko. – Czas do domu. Odprowadzę cię.

Aż zamarła na taką bezczelność. Zbladła. Opuściła ręce.

Nie jestem dzieckiem! Już nie! Nie widzisz? Och, Kazuya! Jakim prawem chcesz wszystko zniszczyć?

– Co?! – fuknęła jak wściekła kotka. – Co ty sobie wyobrażasz?! Oszalałeś! Odczep się! Natychmiast zostaw mnie w spokoju! Nigdzie nie idę.

– Jest późno – powiedział spokojnie. – Jarmark zaraz się kończy. Spójrz, wszyscy już się zbierają, a kupcy zwijają stoiska. Chodź, Haru. Odprowadzę cię do domu.

– Nigdzie mnie nie będziesz prowadził – wybuchła. – Nie jestem kozą. Idź sobie. Jestem zajęta.

– Właśnie – wtrącił wysoki pasterz, ciemny niczym czarnodrzew. – Księżniczka jest zajęta. Spadaj, gnojku.

– Zaraz. – W głowie Haru zrodziła się paskudna myśl. – Nie, zaraz, zaraz. Czekaj. Ktoś cię przysłał, tak? No jasne! Mój ojciec. Kazał ci mnie szpiegować, a potem grzecznie odprowadzić do domu.

No, przyznaj się! Miej choć tyle odwagi. Tatuś cię nasłał, prawda?

Szare oczy Kazui pozostały spokojne niczym stawy pod lodem, ale pojawił się w nich jakiś ostry błysk, który natychmiast zgasł.

– Nie, Haru. Nikt mnie nie przysłał. Przyszedłem sam.

– A teraz grzecznie sobie pójdziesz. Tylko szybciutko – warknął kolejny chłopak z konstelacji otaczającej koronkową gwiazdę. – Nie słyszysz? Panienka nie chce nigdzie z tobą iść.

Kazuya kompletnie go zignorował.

– Naprawdę nie chcesz? – spytał z tym irytującym spokojem w głosie, jakby byli na pikniku zupełnie sami.

Haru się zawahała. Tata. Dom rodzinny. Prosta, niewyszukana kolacja, a potem bezpieczna ciemność dziewczęcej sypialni. Książę Genji zwinięty w nogach futonu. Wszystko codzienne, zwykłe, dobrze znane. Jednak ta noc miała w sobie coś drapieżnego. Co było trochę straszne, lecz nieodparcie kuszące.

Zdecydowała się. Gniewnie targnęła głową.

– Jasne, że nie chcę! – warknęła, starając się, by słowa zabrzmiały ostro, drwiąco. – Wracać do domu, bo robi się ciemno? Czy ja mam pięć lat, Kazuya? Spadaj i nie przeszkadzaj. Idź spać jak grzeczny mały chłopiec. Jutro musisz się przecież pilnie uczyć. Zostaw mnie. Tutaj nie ma miejsca dla dzieci. A zabawa dopiero się zaczyna, prawda, chłopaki?

Potwierdzili śmiechem i okrzykami. Było tam też coś o ucieczce w podskokach, kopniakach w tyłek i realnej groźbie solidnego łomotu.

Syn pisarza krótko, sztywno skinął głową.

– Dobrze, Haru. Jak sobie życzysz.

Głos miał lekko ochrypły, twardy. Usta zaciśnięte w gniewną kreskę, ręce bezwiednie zwinięte w pięści. Odszedł szybkim krokiem, nie obejrzawszy się za siebie. Gdy znikał w ciemności, dziewczyna uczuła nagły ucisk w piersi. Przez mgnienie chciała go zawołać, pobiec za nim, wrócić do domu, ale było już za późno na żale. Przecież jest dorosła. Robi, co chce, i wie dobrze, na co ma ochotę. Wino ostróżynowe. Niezawodny przyjaciel na pewno pomoże. Wyciągnęła pusty kubek.

– Spójrzcie, panowie! Mój kubeczek się zepsuł. Nic w nim nie ma. I nudno się jakoś robi! Postarajcie się zapewnić godziwą rozrywkę damie! Przecież liczę na was.

Natychmiast wyciągnęły się usłużne ręce, dzierżące flaszki wina i sake.

Przyjęcie w Domu Lisów

Metropolia Yamauba City przypominała rozciągnięty półksiężyc wpisany w szeroki okrąg zatoki. Wyglądała, jakby pragnęła czule objąć ramionami najstarszą, portową dzielnicę. Było to jednak złudne wrażenie, bo Yamauba City nigdy nie należało do miast szczególnie bezpiecznych. Przestępczość może tu nie kwitła, lecz z pewnością istniała. Jednak przez ponad pięćset lat historii osada zapewniała mieszkańcom schronienie w obcym dla nich, dzikim i niepojętym świecie, który z wolna stawał się coraz bardziej oswojony, swojski i zrozumiały, aż zmienił się w końcu we własny, jedyny, jaki znali.

Tuż za zabudowaniami portu wystawały jeszcze z ziemi kopulaste, przysadziste budynki pierwszej stacji Yamauba Corporation, archaiczne i kruche, przypominając o czasach tak odległych, że niemal legendarnych. Przywodziły na myśl czaszki olbrzymów, istot z Dawnego Świata, zamierzchłych przodków, a może bogów. Jednak były teraz w większości opuszczone. Wyglądały bardzo nędznie w porównaniu ze strzelistymi wieżami i błękitnymi, obłymi wieżowcami centrum. To tam kłębiło się dzienne i nocne życie miasta. Ku południu ciągnęły się spokojne willowe dzielnice i nowoczesne kondominia. Kolonia biedoty przyczepiła się do wschodnich granic metropolii niczym brzydki, niekształtny garb.

Jednak Yamauba City miało jeszcze jedną, tajemniczą twarz. Rozciągające się na zachód, położone na zboczu wzgórza Nowe Edo. Eleganckie, stylowe miasto w mieście, ekstrawaganckie i bogate. Wszystkie budynki wzniesiono w dawnym stylu, który miał przypominać historyczne budowle Starego Kraju. Urokliwe rezydencje otaczał welon zjawiskowych ogrodów. Wyniosłe świątynie drżały od śpiewu srebrnych dzwonków. Wśród drzew i kwiatów niczym nieśmiałe dziewice kryły się wdzięczne pawilony herbaciane. Wąskie uliczki pełne maleńkich sklepików i jadłodajni otaczały wzgórze barwnymi wstęgami, a górujący nad dzielnicą zamek o białych murach i złocistym dachu wyglądał jak ogromny tort weselny.

Lecz niewątpliwie najwięcej sekretów krył Przybytek Wschodzącego Księżyca, kwartał ulic przeznaczony na luksusowe domy uciechy, salony gry i zakazane lokale. Przepych konkurował tam ze szlachetną prostotą i trzeba przyznać, że często wygrywał. A najjaśniejszym blaskiem wśród wszystkich tych klejnotów elegancji i stylu świecił niewątpliwie Kryształowy Pałac Rozrywek i Radości, zwany też Domem Lisów.

Ogromny budynek przypominał skrzyżowanie cesarskiej siedziby z lakowanym puzderkiem na kosztowności. Dach obsiadły szmaragdowe smoki i złote feniksy. Ściany zdawały się zrobione z wody, a filary ze słupów światła. Między panelami prześlizgiwały się nierzeczywiste, kolorowe ryby. Starzy bogowie tańczyli przy blasku pochodni. Demony ryczały w ciemności, a spod ziemi rozlegał się dudniący odgłos bębnów. Gości obsługiwały wodniki kappa lub jenoty tanuki.

Strumieniami płynęła magia, iluzja i kosztowne trunki.

W tym właśnie miejscu zwierzchnik klanu Kato przyjmował na kolacji starszyznę klanu Nishi, aby wspólnie knuć przeciw niedawnemu sojusznikowi, panu Ashihei.

Pan Gyokudo, głowa rodziny Nishi, był bardzo zadowolony. Rozmowy przebiegały w zadziwiająco przyjemnej atmosferze. Przybyli wszyscy ważniejsi członkowie Kato. Podano doskonałą, wyszukaną kolację, a do gości odnoszono się z wyjątkowym szacunkiem i uprzejmością.

Spotkanie odbywało się głęboko w trzewiach Domu Lisów, w prywatnej sali urządzonej z niezwykłym kunsztem i elegancją. Ściany pokrywały stonowane malowidła przedstawiające niezwykłe, fantastyczne krajobrazy. W wystroju przeważało szlachetne drewno oraz wyszukana ceramika. Nic tu nie przypominało kiczowatego szaleństwa, z jakiego słynął Kryształowy Pałac Rozrywek i Radości. On także, jak cała dzielnica, krył w sobie mnóstwo tajemnic.

– Co za szczęśliwy dzień – odezwał się Shoiu, nowo wybrana głowa rodziny Kato. – Sama Amaterasu uśmiecha się z Wysokiej Równiny Niebios, patrząc na zgodę kwitnącą między nami i naszymi szlachetnymi gośćmi.

Gyokudo uśmiechał się z satysfakcją. Trudno było się dziwić, że Kato tak się płaszczą. Klan Nishi był rozległy i posiadał wielkie wpływy w prowincji. Nie to, co te chłystki Sen czy Lido. Oni mogą sobie merdać ogonami i lizać buty Ashihei. Połączone siły Nishi i Kato zmiażdżą ich, jak prasa zgniata owoce.

– Zdrowie rodziny Nishi! Oby nigdy nie opuściło was szczęście, panowie! – Touemon, prawa ręka i najlepszy cyngiel zwierzchnika Kato, uniósł wysoko czarkę z sake.

– Za przyjaźń! – Gyokudo wypił zdrowy łyk przedniego alkoholu.

– Za przyjaźń! – podchwycili natychmiast wszyscy zgromadzeni.

Napięta na początku spotkania atmosfera rozluźniła się teraz zupełnie. Gwar wzmagał się, przy stole rozlegały się śmiechy i okrzyki. Klepano się po plecach, flaszki i dzbanki krążyły żwawo niczym tancerki furyu.

W sumie Gyokudo ucieszył się, że ta wariatka i sadystka Mariko wsadziła miecz w brzuch starego Aoyogi. Inaczej klan Kato nigdy nie zebrałby się na odwagę, żeby zadrzeć z Ashihei. A tak, razem z Nishi mieli wreszcie realną szansę, żeby rozdeptać znienawidzonego wroga jak pluskwę.

– Wypijmy za nędzny koniec tego śmiecia Ashihei! – krzyknął ktoś z końca stołu.

– Uuuu! Niech zdycha! – Amane, siostrzeniec Gyokudo, uderzył czarką w blat.

Zaraz odezwali się inni.

– Gównojad!

– Skurwiel!

– Zadławi się swoją władzą, bękart demonicznej dziwki!

Gyokudo poczuł, że czas się odezwać. Z całej siły łupnął pięścią w stół, żeby ucichli, po czym wstał.

– Panowie! To już przesądzone! Ashihei to trup! Nigdy więcej ten żałosny, zasrany gnojek nie stanie na drodze klanom Nishi i Kato! Zniszczymy go! Razem!

Wybuchły owacje. Kompletnie już pijany Hikobei złapał miseczkę z wodorostami, wsadził sobie na głowę, a potem zaczął odprawiać kretyński taniec, bałusząc oczy i wykrzywiając usta.

– Jestem Ashihei! Straszny Ashihei! Trup i głodny duch głupiego gnojka, który ośmielił psuć interesy szlachetnym panom Kato i Nishi! Boicie się mnie?

– Nie! – Poszturchiwali go, zanosząc się od śmiechu. – Spadaj, śmieciu! Precz, Ashihei! Precz do ostatniego, śmierdzącego piekła! To miejsce w sam raz dla ciebie!

– No, dość już, chłopaki! Dość! – krzyknął gromko zwierzchnik klanu Kato. – Musimy ustalić plan, jak zniszczyć tę gnidę. Trzeba się ostro zabrać do pracy…

Nagle przerwał, jakby się zakrztusił.

– Acy… – powtórzył bezradnie, tocząc wkoło pustym wzrokiem. – Minracy… minracacy…

Wstrząsnęły nim drgawki. Z ust pociekła zielonkawa piana, dziwnie podobna do biomasy. Potem upadł do przodu, twarzą wprost w zupę miso, i tak zamarł.

Śmiechy umilkły. Twarze, zaczerwienione od radości i alkoholu, zaczęły gwałtownie blednąć.

– Otruto nas! – Amane zerwał się od stołu, ale Gyokudo uciszył go gestem dłoni.

Shoiu bowiem wyprostował się, sztywno niczym bambusowy kij. Po twarzy ściekała mu zupa. Powieki miał zaciśnięte. Jego głowa, ozdobiona wieńcem siwych włosów, zaczęła nagle puchnąć i zmieniać barwę na cynobrowo czerwoną. W jednej chwili stała się monstrualna, ogromna jak kocioł. Skóra była tak napięta, jakby zaraz miała pęknąć. Głowa kolebała się na prawo i lewo. Wtem zwierzchnik klanu Kato otworzył oczy. Jednolicie czarne dziury w koszmarnym obliczu. Natychmiast zaczęły z nich wyłazić czerwie i rozpełzać się po blacie stołu.

Goście wrzasnęli z przerażenia, a w tym samym momencie okropna głowa pękła z hukiem, wypluwając na sufit demona. Upiór przylgnął do stropu, rozkraczony niby straszliwy, blady krab. Miał na sobie długą białą szatę poplamioną krwią. Sine kończyny wyglądały jak połamane, jednak stwór poruszał się z niezwykłą prędkością, biegając w kółko po ścianach i suficie. Kłąb skołtunionych, czerwonych włosów zakrywał mu twarz. Wtem demon zatrzymał się, w nienaturalny sposób obrócił głowę na plecy, odrzucając potargane kłaki. Tam, gdzie powinno być oblicze, ziała czerwona, okrągła paszcza otoczona rzędami ostrych zębów.

Tego było już za wiele. Biesiadnicy rzucili się do ucieczki, potykając się o stół i porozrzucane poduszki. Potwór wydał wysoki wizg i skoczył na najbliższego członka klanu Nishi. Napadnięty zawył, gdy olbrzymie kły wbiły mu się w czaszkę i oderwały kawał ciemienia, odsłaniając bladą galaretę mózgu. Tymczasem kończyny stwora wpijały się w ciało nieszczęśnika, wyrywając kawały skóry i mięśni. Krew płynęła jak wino, pienista i czerwona. Wyssawszy w jednej chwili mózg, blady krab uniósł łeb i zawył triumfalnie.

Wtedy, jakby oczekiwały na sygnał ataku, do pomieszczenia wdarły się kolejne demony. Gyokudo zobaczył, jak gigantyczne, wzdęte niemowlę o zielonkawej skórze i kłach niczym odyniec rzuciło się na Amane. Ogarnięty paniką młody człowiek przez mgnienie szarpał się z mieczem, lecz zdążył go wyciągnąć na czas. Ciął potwora przez bark, ale upiorny bobas tylko zarechotał, chwytając ostrze gołymi łapami. Zgniótł je w dłoniach jak sreberko po cukierku. Suchy trzask i metalowe odłamki posypały się na ziemię, niczym płatki srebrnego kwiatu jabłoni. Amane nie zdążył krzyknąć. Stwór błyskawicznie skoczył ku młodzieńcowi, rozdziawiwszy monstrualną mordę, i pożarł jego głowę, jakby to było ryżowe ciasteczko.

Gyokudo mógł tylko stać i patrzeć. Groza sparaliżowała mu ciało i umysł.

Widział swoich popleczników i podwładnych szlachtowanych, rozrywanych i zagryzanych przez nieziemskie potwory. Ito jęczał w śmiertelnym uścisku grubej, rozlazłej baby o pysku psa, której skóra ociekała śluzem. Iwa wył pożerany żywcem przez roześmiane, czerwone monstrum na pajęczych nogach, z twarzą przypominającą maskę Okame. Brzuchaty stwór z nienaturalnie długą, giętką szyją wlókł za nogę zwłoki Kikujiro. Zamiast ust miał papuzi dziób, a w pustych oczodołach mieszkały dwa obdarte ze skóry pisklęta, bez przerwy wrzeszczące o pokarm.

To się nie dzieje. To się po prostu nie dzieje. Zwierzchnik klanu Nishi zamknął oczy. I odpłynął daleko, tam, gdzie nawet obłęd nie ma już wstępu. Poza szok i przerażenie. W pustkę.

Tymczasem w sali rozpętało się szaleństwo. Przez sufit przeniknęły płonące lampiony o zachłannych oczach, które spopielały żarem członków obu klanów. Upiorne parasole parzyły jadem niby meduzy. Zębate głowy oddzielone od ciał toczyły się, kąsając. Spustoszenie siały jednookie demony, wychudłe wiedźmy i monstrualne nietoperze.

Nagle Gyokudo poczuł intensywny zapach padliny. Coś zimnego i śliskiego otarło mu się o nogi. Gdy uniósł powieki, ujrzał przed sobą sine, opuchłe lice trupa. Makijaż gejszy rozpływał się na przegniłej skórze. Oczy były tylko plamami zgnilizny, a malutki, czarny owal ust przypominał przyssawkę pijawki. Rzadkie, ciemne włosy lepiły się do czaszki niczym wodorosty do kadłuba wraku. Od szyi w dół reszta ciała była wężowa. Oplatała Gyokudo jak dziwaczna szarfa. Starszy rodziny Nishi, jęknąwszy ze zgrozy, zaczął się miotać w uścisku. Wtedy gadzia kobieta wydała syk podobny do szyderczego śmiechu. Gwałtownie ścisnęła sploty, wyduszając mu z płuc powietrze. Cały świat cuchnął trupem. I falował. Niczym odwieczny ocean.

W eleganckiej sali Domu Lisów spotkanie klanów Nishi i Kato dobiegało końca. Wśród szczątków stołu, pośród opitych posoką poduszek leżały zwłoki. W kałużach krwi ślizgały się odrąbane ludzkie nogi, otoczone wieńcami wyłupiastych, mrugających oczu, kąpały ogromne ropuchy, tarzały blade, wzdęte trupki o ogromnych, fasetowych ślepiach.

Napadnięci walczyli jak opętani wojownicy Ashura, lecz przewaga upiorów była ogromna. Wkrótce wszyscy leżeli na podłodze, poranieni i konający, a ponad nimi wył, rechotał, wizgał i szalał korowód stworów pochodzących z koszmaru wariata.

– Dość, Yuki, bardzo ci dziękuję – rozległ się nagle spokojny męski głos.

– Jak sobie życzysz, panie – odpowiedział łagodny kobiecy i w tej samej chwili zapadła cisza.

Dało się słyszeć jedynie rzężenie i pojękiwania rannych.

Demony zniknęły.

Lecz podłoga nadal była lepka i szkarłatna od posoki. Plamy krwi znaczyły fantasmagoryczne, widmowe pejzaże na ścianach, niczym brzydkie, lakowe pieczęci. Roztrzaskany stół z czarnodrzewia wyglądał jak zbezczeszczony katafalk. Potłuczone naczynia przywodziły na myśl łódki roztrzaskane po sztormie. Resztki wykwintnych potraw mieszały się z krwią i wnętrznościami zabitych.

Kobieta-wąż zniknęła, lecz Gyokudo wciąż leżał na ziemi, z pogruchotanymi żebrami i zmiażdżonymi organami wewnętrznymi. W ustach czuł żelazisty smak krwi. Umierał. Wiedział, że umiera. Nie potrafił tylko pojąć, jak ani dlaczego.

W tej samej chwili pojawiła się tuż ponad nim niewzruszona, ascetyczna twarz pana Ashihei. Wąskie, bardzo ciemne, orzechowe oczy. Szlachetna linia nosa. Usta jak czysta kreska kaligrafii. Charakterystyczne blizny na wysokich, arystokratycznych kościach policzkowych, układające się w stylizowane wizerunki ludzkich czaszek. Gęste, czarne włosy zebrane w samurajski kok.

Starszy klanu Nishi obnażył zęby w bezwiednym grymasie nienawiści.

– Tak, to ja. Ashihei trup. Ashihei gnida, skurwiel i śmieć. Witam, panie Nishi. Bardzo mi przykro, że okazał się pan w końcu sprzedajnym zdrajcą i żałosnym głupkiem. Co za błąd, prawda? Obawiam się, że cały klan za to zapłaci. – Skinął dłonią. – Chłopcy, już czas.

Kilku nienagannie ubranych młodych ludzi wyciągnęło miecze i spokojnie, metodycznie zaczęło dobijać tych z rodziny Nishi, którzy dawali jakiekolwiek, choćby nikłe oznaki życia.

Gyokudo jęknął z rozpaczy.

Choć bardzo się starał, nigdzie nie mógł dojrzeć nikogo z klanu Kato. Czyżby jednak okazali się zdrajcami? Jakim sposobem? Próbował ogarnąć to rozumem, lecz umysł mąciła mu chłodna, biała mgła śmierci.

– Kato? – wykrztusił ostatkiem sił. – Jak...?

Ashihei się roześmiał.

– Zwyczajnie. Prosta iluzja. Nikogo z tej rodziny nie było tu dzisiaj. Nie mogło, bo, prawdę mówiąc, od jakiegoś czasu nikogo z nich nie ma już na świecie. Starannie o to zadbałem, panie Nishi. Tak samo jak o to, żeby i pański ród znikł z powierzchni ziemi. Wszyscy oglądają już odległe, zatrważające krajobrazy piekieł. Pańskich gospodarzy odgrywał od samego początku niezrównany personel Domu Lisów. Zabawne, prawda?

Gyokudo jednak nic nie wydawało się śmieszne. Zamiast ostatniej klątwy z jego ust wydobył się tylko charkot.

Ashihei rozłożył ręce, znaczącym gestem wskazując trupy na podłodze.

– Widzi pan, zdrada nie popłaca. A najlepsze jest to, że pańscy ludzie wyrżnęli się nawzajem. Właśnie tak. Zakon Szczególnych Receptur popisał się znakomitym narkotykiem. Wystarczyło dodać nieco tego niezwykłego specyfiku do trunków i potraw, no a w kulminacyjnym momencie rozpylić jeszcze odrobinę za pomocą kadzideł. I już. W napadzie szału pozabijaliście się sami. Nie potrzeba demonów, żeby załatwić takich beznadziejnych gnojków, jak klan Nishi.

Posłał umierającemu wrogowi rozbrajająco szczery uśmiech.

Na twarzy Gyokudo wystąpiły żyły. Zadławił się, kaszlnął gorącą, pienistą krwią i umarł, równie zdumiony, jak pełen nienawiści.

Ashihei odwrócił się ku stojącej na uboczu dziewczynie w zielonym kimonie ozdobionym wizerunkami ptaszków koli-koli. Miała przyjemne, choć ostre rysy. Bardzo skośne oczy były zielone, a upięte w kok włosy ciemnorude.

– Jeszcze raz wielkie dzięki, Yuki. Bez ciebie i twoich ludzi nie byłoby tego fenomenalnego spektaklu. Naprawdę, otarliście się o wielką sztukę. Upiór na suficie, to było genialne.

Dziewczyna skłoniła się grzecznie.

– Zawsze do usług, panie Ashihei. Dziękuję za słowa uznania.

– Posprzątacie ten bałagan, prawda? – Wskazał dłonią dokoła.

Błysnęła zębami w uprzejmym, profesjonalnym uśmiechu.

– Jak zawsze. Proszę się tym nie martwić.

– Przepraszam za podłogę i ściany. To piękny styl Odrodzonego Szogunatu. Bardzo mi przykro, że się zniszczył. W dodatku zastawa stołowa w kawałkach. Co za szkoda.

Yuki pochyliła się, białymi palcami ujęła skorupę cienkościennej czarki.

– Pan jest doprawdy wspaniałym znawcą, panie Ashihei. Śmiem jednak zwrócić uwagę, że okoliczności nie sprzyjają dokładnemu rozeznaniu. Cała ta krew i flaki zaciemniają obraz. Wiem dobrze, że gdyby zechciał pan wziąć do ręki jakieś naczynie i przyjrzeć się uważnie, nigdy nie doszłoby do pomyłki. Prawdziwe antyki i dzieła sztuki zostały zabezpieczone. A to? Cóż, jestem tylko naiwną amatorką, ale wydaje mi się, że nie powinniśmy za bardzo płakać po kopiach zielonoszkliwionych naczyń z epoki Powrotu. Są w sam raz dla parweniuszy z klanu Nishi, prawda? Godni siebie nawzajem.

Roześmiał się i potrząsnął z niedowierzaniem głową.

– Jesteś niesamowita, Yuki. Jak ty to robisz?

– Staram się – odrzekła skromnie. – Może zechce pan nieco odpocząć i zabawić się u nas? Dom Lisów zawsze stoi dla pana otworem. Mamy dwie nowe gejsze, a ze stolicy przyjechał właśnie transport dzieł młodej, uznanej artystki. Znakomita ceramika, śmiem twierdzić.

– A znajdzie się coś dla moich chłopców?

Yuki uśmiechnęła się zachęcająco.

– Oczywiście. Jak mogłoby być inaczej! Towarzystwo i towar najlepszej jakości. Czy mam rozumieć, że zgodzi się pan zaszczycić nas i zostać na noc?

Mężczyźnie zabłysły oczy.

– Czemu nie, Yuki? To dobry pomysł. Z chęcią skorzystam z zaproszenia.

Klasnęła w dłonie niczym uradowana mała dziewczynka.

– To wspaniale. Dziewczęta się ucieszą. Bardzo się za panem stęskniły.

Pochylił się, zajrzał w chłodny szmaragd oczu.

– A ty, Yuki? – spytał.

– Ja też – przyznała.

Wzięła go pod ramię i wyprowadziła z cuchnącego, zachlapanego krwią pokoju, pełnego trupów i śmierci.

Noc była głęboka i przepastna. Yamauba City świeciło w oddali niczym jeszcze jedna schodząca za horyzont konstelacja.

Yuki cicho odsunęła drzwi. Pokój oświetlała pojedyncza lampka, złota i łagodna jak świetlik.

– Pani Kitsune?

Wysoka kobieta w kosztownym, czerwonym kimonie, haftowanym w chryzantemy, odwróciła się od okna. Miała piękną twarz o wyrazistych rysach, ostrych jak u Yuki. Oczy były żółte, przejrzyste i bystre, niczym ślepia drapieżnika. Czarne włosy ciężką falą spływały swobodnie na plecy. Wyglądały jak nocny wodospad.

– Wejdź, Yuki. Jak poszło?

Dziewczyna zbliżyła się do swojej pani i przyjaciółki.

– Doskonale. Wszystko przebiegło zgodnie z planem.

– Niczego się nie domyśla? – głos Kitsune nie był piękny, ale miał w sobie jakąś magnetyczną nutę. Dziką i twardą.

– Nie. Jest przekonany, że to tylko zręczne iluzje, gra aktorska i otumaniający wpływ narkotyków.

Czarnowłosa kobieta odetchnęła z wyraźną ulgą.

– Wiesz, że nie lubię spektakularnych pokazów mocy. Zbytnio nas odsłaniają. Tak czy inaczej, był to ryzykowny pomysł, Yuki. Mógł się źle skończyć dla Zakonu Księżyca Utajonego.

Dziewczyna pokazała w uśmiechu ostre białe zęby.

– Ale skończył się dobrze. Naprawdę, całkiem nieźle. Zapewniam.

Kitsune dobrze znała ten wyraz twarzy swojej wychowanki. Odrobina przewrotnej radości zaprawiona nutą triumfu. Natychmiast poczuła przypływ zaciekawienia. Gestem zaprosiła dziewczynę do niskiego stolika herbacianego.

– Dowiedziałaś się czegoś, skarbie?

Yuki skinęła głową.

– O tak. Całego mnóstwa ciekawych rzeczy.

– Opowiadaj. Napijesz się herbaty?

– Raczej wina ostróżynowego. Należy mi się.

– Dobrze. Czemu nie? Przecież mamy dziś święto. Ashihei dał się oszukać.

Pani Kitsune sięgnęła po flaszkę, a Yuki zaczęła mówić.

Gdyby teraz ktoś wszedł do sypialni, ujrzałby dwie piękne kobiety pogrążone w cichej rozmowie, oświetlone jedynie blaskiem nocnej lampki. Piękna, urzekająca scena, niczym kadr z parawanu. Lecz cienie na ścianie należały do ogromnego lisa i kota.

Jednak w tej części Kryształowego Pałacu Rozrywek i Radości panowała cisza. Nikt nie skradał się korytarzami i nie podglądał sekretów Domu Lisów. Nie mógłby. Po prostu nie dałby rady.

Gra „Pod Jenotem i Czajnikiem"

Nie wszystko szło zgodnie z planem. Trudno, czasami trzeba się z tym pogodzić.

Jego życie zawsze zawierało element ryzyka. Czasem wykraczający poza granice szaleństwa. Dlatego nauczył się być rozsądny.

Kiedy wczesnym wieczorem wkroczył do gospody „Pod Jenotem i Czajnikiem", natychmiast zorientował się, że nie powinien siadać do gry razem z innymi. Muszą mu wystarczyć automaty. Zarobek będzie mniejszy, ale nie narazi się na niebezpieczeństwo.

Zachłanność nie popłaca. Tego też zdążył się nauczyć już dawno. Zresztą pazerność nigdy nie leżała w jego charakterze. Członkowie Zakonu Czarnej Wody nie mogli być chciwi ani przekupni.

Zamówił piwo i usiadł przy stoliku. Z uwagi na wczesną porę gości było niewielu, więc mógł wybierać swobodnie. Z miejsca, w którym siedział, roztaczał się dobry widok na wnętrze gospody. Lokal był obszerny, zadymiony, stary. Wielki bar przypominał fort otoczony murem. W miękkim, stłumionym świetle lamp flaszki na półkach mrugały złotem i czerwienią trunków niczym stuoki smok. Aromat smażonych ryb, wodorostów, oleju do tempury, tlącego się boskiego ziela i kadzidła unosił się pod ciemnym, belkowanym sufitem niczym stroskany, blady duch. Stoliki kuliły się pod ścianami, jakby się czegoś wystraszyły. A pośrodku królowała wielka mata do gry głównej, otoczona stertami poduszek. Na razie rozgrywka toczyła się niemrawo. Graczy było zaledwie czterech, rzucali kości w prostym systemie „parzyste – nieparzyste". Z rąk do rąk przechodziły drobne, niewarte uwagi kwoty, same monety o niskich nominałach. Jednak coś w atmosferze lokalu zapowiadało, że zabawa jeszcze się rozkręci. Potwierdzały to ostre erotyczne holomalowidła na ścianach, rozstawienie mebli, osłonięte gabinety w głębi, zapewniające dużo prywatności, wielkość baru i różnorodność napitków. „Jenot i Czajnik" nie powstał dla rozrywki kilku wiejskich głupków. Czekał na innych gości. Nocnych. Bogatych. Niebezpiecznych.

Wędrowiec sączył piwo, przyglądając się graczom.

Wyglądali na tutejszych wieśniaków. I niestety, starym obyczajem, siedzieli na poduszkach wokół maty obnażeni do pasa. Praktykowali ten zwyczaj, żeby wyeliminować ewentualnych oszustów. Bo niby gdzie goły facet ma ukryć fałszywe karty lub kości? W miastach oraz bardziej nowoczesnych, centralnych prowincjach nikomu od dawna nie przychodziło do głowy, żeby w tak archaiczny sposób demonstrować swoją uczciwość.

Oczywiście istniały znacznie bardziej wyrafinowane, niemal artystyczne formy oszustwa, które wymagały zręczności, bystrości i mocnych nerwów, a samotny mężczyzna znał wiele z nich. Jednak stłumił w sobie pokusę, żeby dołączyć do gry teraz i nieco oskubać zaledwie miejscowych tłumoków.

Bo zapamiętaliby blizny. O tak, z pewnością by zapamiętali. Śniłyby im się po nocach. Spróbował sobie przypomnieć wszystkie, które nosił, i pokręcił głową nad kuflem.

Nie, Takeshi, pomyślał. Lepiej odpuść sobie, chłopie. Dobrze ci radzę.

Nosił w życiu wiele imion, lecz tylko do tego był naprawdę przywiązany. Wybrał je, a ono wybrało jego, determinując na zawsze oczekującą go karmę i przyszłość. Jest artystą. Wędrownym dekoratorem. Może niezbyt genialnym, ale wystarczająco dobrym, żeby nie wstydzić się swego fachu. Co z tego, że w innych dziedzinach był o wiele, o wiele doskonalszy? Perfekcyjny. Niemal natchniony.

Porzucił na zawsze dawne zajęcie, tak jak dawną tożsamość. I nigdy nie żałował. Naprawdę, prawie nigdy.

Machnięciem ręki przywołał karczmarkę, zamówił jeszcze jedno piwo, a potem skierował się za szerokie przepierzenie w rogu sali, gdzie stały automaty do gry, cały czas usilnie starając się wyrzucić z pamięci obraz wszystkich tych lat, gdy nikt nie znał go pod innym mianem niż Cień Śmierci.

W domu pana Takasuke niepodzielnie panowała już noc. Wszyscy domownicy spali. Tylko Haru leżała w pościeli, szeroko otwartymi oczami wpatrując się w ciemny sufit nad sobą. Słyszała dobiegające zza ściany pochrapywanie służącej.

Jednak jej własne serce dudniło głośniej. Jak bębny wzywające bogów na posiłek w świątyni. Lecz biło tak głośno i nerwowo nie z powodu rytuałów ani spraw ducha. O nie. Jej serce miało własne, mroczne zamiary. Złe. Zakazane. Tak bardzo pociągające.

To wolność. Dorosłość. Prawo wyboru swojego losu, kusiło.

Nie! To szaleństwo, zguba i głupota, oburzał się rozsądek. Skandal! Skandal i wstyd.

A Haru, biedna Haru, leżała pod kołdrą drżąca i przestraszona.

Zaraz usłyszy ciche uderzenie kamyka w okiennicę. Ten straszny, ale jakże wyczekiwany dźwięk.

Zaraz usłyszy. Zaraz. Och, zlituj się, Okuninushi, boże spraw miłosnych!

Wierciła się na futonie, aż obudziła skulonego w nogach Genjiego. Kot uniósł łepek.

– Mrrruu? – zaśpiewał pytająco.

Jego czarne, gęste futerko świeciło w mroku zielonkawym, fosforycznym blaskiem. Naprawdę wyglądał, jakby promieniał. Mały, słodki, puszysty świetlik ze złotymi klejnotami oczu.

Był jej przyjacielem, obrońcą przed ciemnością i strachem. Kosztownym prezentem od kochającego ojca dla samotnej dziewczynki, która musiała dorastać bez matki. Przypomniała sobie dzień, gdy dostała Genjiego. Malutkiego kociaka, który rozpraszał mrok lepiej niż nocna lampka, niż mówiąca lalka i miś opowiadający bajki. Natychmiast go pokochała. Obecność zwierzątka, jego oddanie i ufność zawsze dodawały Haru odwagi.

Genji był jej dobrym duszkiem. Pomagał przezwyciężać lęk. Gdy głaskała kota, czuła się od razu pewniejsza siebie, odważniejsza, weselsza.

Teraz też, przesuwając palcami po miękkim futerku, poczuła się spokojniejsza. Podjęła decyzję. Przecież nie ma się czego bać. To tylko zabawa. Nic złego. Nikt się nie dowie, a jej nie zagrozi żadne niebezpieczeństwo. Tysiące dziewcząt robi to samo w tę letnią parną noc.

Wstała i zaczęła się ubierać. Porzucony nagle Genji przestał mruczeć, zmierzył swoją panią zdziwionym, złocistym spojrzeniem.

– Mruuu?

– Cicho bądź, skarbie – ofuknęła go. – Jeszcze kogoś obudzisz. Nie martw się. Wrócę przed świtem. Wychodzę się trochę zabawić. Tak samo jak ty, mój złoty. Tylko nie zaprzeczaj. Wiem, że potrafisz się wyrwać na całą noc. Więc i ja mam na to ochotę. I już.

Zdążyła jeszcze naciągnąć sweter na śliczną, seledynową sukienkę, gdy rozległ się słaby odgłos uderzenia w okiennicę. Wcale się nie przestraszyła, a może nawet trochę ucieszyła. W duchu bała się, że pasterze zlękną się ewentualnego gniewu wójta wioski i nie przyjdą na umówione spotkanie.

Gdy w końcu niespokojny pan Takasuke wysłał służących po córkę, Haru dała się bez oporu zaprowadzić do domu. Przeprosiła ojca, przekonała go, że bawiła się zbyt dobrze, żeby pamiętać, o której godzinie miała wrócić, pocałowała na dobranoc i grzecznie poszła spać. Lecz przedtem zdążyła przyjąć od czterech najprzystojniejszych chłopaków zaproszenie na nocny wypad do gospody. Miała być muzyka, zabawa i mnóstwo śmiechu. Kto by się temu oparł?

Na pewno nie ona.

Dlatego właśnie w tej chwili przełaziła przez okno w króciutkiej, falbaniastej sukience i butach na niebosiężnych obcasach. Genji miauknął, zaniepokojony.

– Daj spokój! Nie marudź! – burknęła, starannie zamykając okno, żeby za nią nie pobiegł.

Stała w kępie wysokiej, ozdobnej turzycy. Choć wytężała wzrok, nie zdołała nikogo dostrzec. Może tylko jej się wydawało, że słyszała umówiony sygnał? Och nie. Nie teraz, kiedy już uciekła z domu i brodziła w mokrej trawie ogrodu, samotna niczym porzucona lalka. To byłoby zbyt okropne.

– Jest tu kto? – postanowiła zaryzykować.

Krzak ptasiego ziela rosnący obok zakołysał się, a upojny, kwiatowy zapach rozpłynął w powietrzu.

– Tak, ja. Cicho, bo usłyszą.

Skinęła głową w ciemności.

– Chodź – szepnęła.

Dwa cienie oderwały się od rabaty i skulone, śmigłe, prawie niewidoczne, pomknęły ku ogrodzeniu posesji. Chłopak przeskoczył pierwszy, pomógł Haru dostać się na drugą stronę. To był ten wysoki, piegowaty, z włosami czerwonymi niczym wiosenny wschód słońca. Stał, trzymając ją za ręce.

Dziewczyna rozejrzała się niepewnie.

– A gdzie reszta chłopaków?

Uśmiechnął się ostro, zuchwale.

– Nie ma. Katsumi i Zabosai upili się niemal na śmierć, a Hikobei stchórzył. Zostałem ci tylko ja, księżniczko.

– No i świetnie – rzuciła szybko, żeby nie zobaczył, że to dla niej niezbyt miła niespodzianka. W grupie pasterzy czułaby się bezpieczniej i swobodniej. – Gdzie masz rumaka, dzielny rycerzu? Obiecałeś mi wyprawę, pamiętasz?

– Tam – wskazał dłonią ścieżkę.

W gaju bambusów stał ukryty ogromny motocykl. Naprawdę wyglądał jak koń zakuty w zbroję. A przynajmniej wydawał się równie wielki.

– O rany! – Haru jęknęła z autentycznego zachwytu. – Cudo! Jest wspaniały, przysięgam!

Chłopak zarumienił się z dumy.

– Sam go naprawiłem. Śmiga niczym bolid z miasta.

Dziewczyna gładziła chromowane boki maszyny.

– No dobra – zaniepokoiła się. – Bardzo mi się podoba. Ale jak go odpalisz, postawisz na nogi całą Zimną Wodę. Hałas będzie się niósł aż do rezydencji pana Ashihei.

Rudzielec wyszczerzył zęby w uśmiechu.

– Nie bój się. Ma opcję „nocnych łowów". Nikt nie usłyszy nawet szmeru.

Spojrzała na niego z powątpiewaniem. Pochylił się ku niej. Jego oddech pachniał sake, piwem i czymś dymnym, czego nie rozpoznała. W sumie pachniał całkiem dobrze.

To wolność! Wolność, dorosłość i przygoda – cieszyło się serce. A rozsądek, zakrzyczany, milczał.

– Nie wierzysz? A słyszałaś, jak podjeżdżałem?

Rozpromieniła się.

– No to super! Jedziemy?

– Jasne! Wskakuj! To będzie niezapomniana noc.

Usadowiła się za nim na siodełku, objęła w pasie szczupłą, silną talię. Chciało jej się śmiać w głos. Noc znów zrobiła się dzika, nieokiełznana i pełna obietnic.

Miał rację. Będzie niezapomniana.

Och nie. Zdecydowanie nie tak to miało wyglądać.

Haru kuliła się w cieniu, przy najdalszym stoliku, wciśnięta w kąt. Bała się. Chyba w życiu nie doświadczyła takiego strachu. Tłum w gospodzie przypominał morze. Gniewne, rozhulane, groźne morze kolorów, świateł i ludzi. Od ciężkiego zapachu boskiego ziela kręciło jej się w głowie. Czuła mdłości i jakieś głębokie, niezrozumiałe otępienie. Mogła tylko siedzieć w kącie, rozszerzonymi źrenicami wypatrując niebezpieczeństwa. Nigdy nie widziała aż tylu pijanych mężczyzn. Wszyscy wyglądali, jakby postradali rozum. Wrzeszczeli, śpiewali sprośne piosenki, kłócili się, walili pięściami o stoliki i podłogę, ściskali, całowali lub obmacywali roześmiane kobiety o oczach zimnych i złych jak sztormowa noc. I pili. Pili, jakby świat miał się zaraz skończyć.

Przy macie do gry co chwila wybuchały sprzeczki. Ktoś już dostał po pysku, bo niektóre poduszki znaczyły świeże bryzgi czerwieni. Wybite zęby przypominały kulki gradu.

A rzeczywistość, cóż, rzeczywistość przypominała obrazek z książki o złych duchach.

Chłopak, z którym przyjechała, upił się bardzo szybko. Już po dwóch drinkach zupełnie stracił nad sobą kontrolę. Zaczął się przystawiać do jakiejś dziewczyny o zielonych włosach i ogromnych cyckach, ale został wyśmiany, więc znowu zabrał się do butelki, żeby w końcu paść pod barem kompletnie bez przytomności.

Haru wymknęła się na zewnątrz. Chciała wrócić do domu na jego motorze, lecz maszyna zniknęła. Pewnie ktoś ją ukradł. Przed gospodą stało kilka bardzo drogich, luksusowych bolidów, jednak dziewczyna nie umiała prowadzić. Zresztą nie ośmieliłaby się ukraść żadnego z pojazdów, ewidentnie należących do jakichś gangsterów albo innych bandziorów.

Gospoda stała w lesie, w sporym oddaleniu od najbliższej wioski. W głuszy, prawdę mówiąc. Patrząc w ciemny, nieprzyjazny tunel drogi, Haru poczuła dreszcz lęku. Nie, zdecydowanie nie powinna wracać sama, pieszo, do domu w taką noc. W leciuteńkiej, wydekoltowanej sukience, nieprzyzwoicie krótkiej, jak zwykł był mawiać tata? Na strzelistych, stromych obcasach godnych maiko, a nie zwykłej dziewczyny? Zapomnij. Poza tym Zimna Woda leżała o wiele za daleko. Nie dotarłaby do domu wcześniej niż w południe.

Zachciało jej się płakać. Mogła tylko wrócić do gospody i spróbować doczekać świtu, a potem zacząć kombinować, w jaki sposób znaleźć się bezpiecznie w wiosce. Na szczęście zabrała ze sobą torebkę i trochę pieniędzy. Rano poprosi kogoś z obsługi, żeby podrzucił ją chociaż do głównej drogi. Tam już sobie poradzi. Jeśli któryś z Siedmiu Bogów Szczęścia zechce litościwie na nią spojrzeć.

Wróciła do środka i sunąc cichutko przy samej ścianie, spróbowała dostać się z powrotem do odległego stolika. W półmroku, w rozbłyskach kolorowych świateł, ogłuszona wściekłą jak erupcje wulkanu muzyką, nie dostrzegła, że z podłogi sterczą podstępnie nogi wywróconego krzesła. Zaplątała się w nie, straciła równowagę i upadła. Na coś miękkiego, pokrytego obrzydliwą, cuchnącą mazią. Pisnąwszy z obrzydzenia, zaczęła wycierać z rzygowin ręce w koszulę nieprzytomnego faceta, na którego się przewróciła, gdy nagle wielka łapa schwyciła ją wpół, unosząc w górę.

Haru krzyknęła ze zgrozy. Owionął ją zapach wódki i słodki, piżmowy aromat ziela.

– Hej, so tu mamy! Lalunia. Sukiereszek! – zabełkotał gruby koleś o nalanym, czerwonym ryju, który wpędziłby w depresję wieprza. Miał na sobie kimono w kwiaty, raczej damskie niż męskie, za to ogromne jak palankin na słonioroga.

Ogarnięta paniką dziewczyna szarpnęła się, ale napastnik nie puścił.

– Nie tak ossro, mała. Wyluzuj.

– Bardzo przepraszam – jęknęła. – Ale muszę już iść!

Gruby zarechotał. Aż zadygotała w jego wstrętnych, tłustych ramionach.

– A dokąd to, kureweczko, co?

– Do domu! – krzyknęła w desperacji i z całej siły wbiła obcas szpilki w stopę wieprza w kwiecistym kimonie.

Usłyszała jeszcze, jak wrzasnął i padł z łoskotem pomiędzy krzesła, straciwszy chwiejną równowagę pijaka.

– Bardzo mi przykro – rzuciła, zanim uciekła.

Zdyszana dopadła stolika, jakby był zamkiem, który może zapewnić jej schronienie.

Ale nie był. Ledwie zdołała zaczerpnąć tchu, gdy tuż nad sobą zobaczyła ostrą, drapieżną twarz jakiegoś nieznajomego. Uśmiechnął się, lecz jego oczy pozostały chłodne i wąskie jak u polującego lisa. Pod wpływem jego wzroku Haru poczuła się nagle mała, słaba i straszliwie wyzywająco ubrana. Bogowie, natychmiast znienawidziła tę śliczną, zieloną szmatkę, która pozostawiała ją praktycznie nagą. Worek. Gdyby miała worek, zasłonę, chociaż obrus ze stołu. Jakiekolwiek ogromne, bezkształtne, brzydkie okrycie, które mogłoby odgrodzić ją od spojrzeń tego mężczyzny.

Nic takiego jednak nie znajdowało się w pobliżu.

– Chodź! – powiedział koleś, bezceremonialnie pociągając ją za rękę.

– Nie, dziękuję! Przepraszam, dziękuję, nie mogę... – pisnęła rozpaczliwie.

– Powiedziałem „chodź" – warknął facet ostro.

Struchlała. Nie miała pojęcia, co robić. Krzyczeć? Płakać? Zmiłuj się, oświecony Jizo! W co się wpakowała?

– Zostaw ją – usłyszała nagle miękki, zmysłowy głos. – Chyba musi być walnięta, skoro nie chce takiego wspaniałego mężczyzny jak ty. Jasne. Na pewno jest przygłupia. Wariatka, nie? Co może dać prawdziwemu facetowi? Na pewno nie to, czego potrzebuje.

Wysoka kobieta w tandetnej, lśniącej sukni kładła właśnie dłoń na ramieniu napastliwego mężczyzny. Jej wargi wykrzywiał uśmiech niczym wielki, czerwony wrzód. W ustach ziała pustka kosmosu. Dopiero po chwili oszołomiona Haru zrozumiała, że tamta ma czernione zęby.

Prostytutka. Prawdziwa prostytutka.

Po jej ramionach pełzały zielone i złote węże tatuaży. Ochronne znaki i symbole szczęścia widniały też na dekolcie i policzkach. Makijaż lśnił fosforycznie w półmroku, a oczy zdawały się puste niczym wyszlifowane kamienie. Mężczyzna odpowiedział dziwce uśmiechem.

– O tak. To mi się podoba – skwitował, klepnąwszy ją w pośladek.

Wsunęła rękę pod jego ramię.

– Chodź, postawię ci drinka. A może potem coś jeszcze. – Mrugnęła zalotnie.

Gość zaśmiał się chrapliwie.

– Przykro mi, mała. – Odwrócił się do Haru. – Dama prosi.

Kiedy odeszli w kierunku baru, dziewczyna omal nie zemdlała z ulgi.

Poszedł sobie, poszedł, poszedł, powtarzała w myślach. Dzięki, Buddo Amido! Dzięki, miłosierny Jizo! Kannon, ratuj i ochraniaj. Była tak pogrążona w dziękczynnych modlitwach, że nie zauważyła kolejnego gościa, który nagle pojawił się przy jej stoliku.

– Słuchaj no, słodka żmijko – usłyszała ostry, przepełniony wściekłością kobiecy głos. – Spieprzaj stąd albo powyrywam ci kłaki i przejadę tym po twoim ślicznym pysiu. Dociera?

Haru gwałtownie poderwała głowę.

Nóż. Stojąca przed nią wyzywająco ubrana i umalowana dziewczyna miała nóż.

– Ja nie... ja nic... – wybełkotała, blednąc ze strachu.

– Nic? – zasyczała nowa gnębicielka. – Ładne nic, koronkowy śmieciu! Myślisz, że możesz tu przyłazić, zabierać nam klientów i nic ci się nie stanie? W tej drogiej kiecce i błyskotkach za kupę forsy? Żeby sobie dorobić do kosmetyków, na które tatuś poskąpił? Odbierać uczciwym, ciężko pracującym dziewczynom garstkę ryżu od ust? Nie, małe kurwiątko! Przejechałaś się na tym genialnym pomyśle! Wypad stąd, ale w podskokach! Słyszysz?!

Szarpnęła koronkę na dekolcie sukienki Haru. W jej dłoni oderwany strzępek wyglądał jak smutny wodorost.

Córka wójta z Zimnej Wody zareagowała jak spłoszone zwierzątko. Ucieczka. Tylko to kołatało jej się teraz w głowie. Spróbowała się zerwać, odepchnąć krzesło i zwiać, ale potknęła się, złamała obcas, a potem z impetem klapnęła na podłogę.

Zwabiona hałasem karczmarka obrzuciła obie dziewczyny zmęczonym wzrokiem.

– Weź się opanuj, Tome – fuknęła na młodocianą prostytutkę. – Za dużo ziela wciągasz. To klientka. Zapłaciła za drinka i siedzi spokojnie. Spadaj stąd.

Tome, która miała niebieskie włosy, a oczy tak rozszerzone i wielkie jak brama do Siódmego Lodowego Piekła, schowała nóż.

– Facetów mi rwała – warknęła, buńczucznie podnosząc podbródek.

– Ta, pewno. Garściami – wykrzywiła się karczmarka, spoglądając na gramolącą się z ziemi, roztrzęsioną Haru z politowaniem zmieszanym z pogardą. – Lepiej wracaj do roboty, zanim twój opiekun się zorientuje, że znowu szumisz.

Dziwka pokazała jej wyprostowany palec, a potem odeszła z godnością, kołysząc się nieco zbyt mocno w objęciach boskiego ziela. Tymczasem Haru udało się podnieść krzesło i usiąść. Wydawało jej się, że podłoga zrobiła się miękka, bo uginała się niczym chmura. Całą gospodę spowijała blada mgiełka. Tak samo jak zszokowany, odurzony zielem umysł Haru.

– Podać coś? – spytała barmanka obojętnie.

– Niech mi pani pomoże. Proszę – głos miała słaby, odległy, jakby przygłuszony.

Karczmarka podparła się pod boki. Po twarzy przemknął jej przelotny ślad współczucia.

– W coś ty się wpakowała, dziecko? Co tu robisz, głupia? To nie miejsce dla ciebie. Wracaj do domu.

– Nie mogę! Nie mam jak! – jęknęła Haru. – Rozumie pani? Nie mam jak!

Świat rozmazywał się przez łzy. Chciała położyć się na podłodze i po prostu przestać być.

Barmanka westchnęła.

– No, dobra. Chodź ze mną. Schowasz się na zapleczu. Ale rano znikasz, dociera?

Haru złożyła dłonie, zginając się w głębokich ukłonach.

– Dziękuję, bardzo dziękuję. Niech panią błogosławi Siedmiu i Inari, i dobrotliwa Kannon, i…

– No już, już. Dosyć. Niepotrzebna mi tu jeszcze cała banda bogów. Żaden tutaj nie zagląda, i to chyba dobrze. Idziesz czy nie?

Dziewczyna błyskawicznie ściągnęła buty i pobiegła za wybawicielką.

– Właź i nigdzie stąd nie wychodź – karczmarka wskazała jej mały składzik za barem.

W ciemnym, pachnącym kurzem wnętrzu tkwiła pokraczna konstrukcja złożona ze zwalonych na siebie zapasowych stolików, krzeseł i parawanów. Przypominała brzydką pagodę. Przez szpary w przesuwanych drzwiach do środka wdzierały się ostre sztylety światła. Haru skuliła się u stóp pagody, zamknęła oczy. Dudniła muzyka, brzmiały śmiechy, wrzaski i przekleństwa gości. Ale to już jej nie dotyczyło.

Byle do rana, myślała gorączkowo. Do rana.

Bolała ją głowa. Od alkoholu, stresu i ciężkiego, piżmowego tchnienia wszechobecnego boskiego ziela. Gotowa była kochać brudny składzik i równie niechlujną karczmarkę całym sercem. Jutro. Na razie pogrążyła się w odległych, niejasnych marzeniach i odpłynęła.

Kiedy już coś idzie nie tak, to zwykle na całego. To także była jedna z prawd fundamentalnych, których Takeshi nauczył się na krętej ścieżce życia. Drobny kamyczek powoduje lawinę. Krótka chwila decyduje o wielu przyszłych latach. Jedno maleńkie zdarzenie determinuje zdumiewająco poważne następstwa. Cóż, taki dżos. Można się uśmiechnąć z ironią, lecz nigdy, przenigdy nie należy się temu dziwić.

A przecież już miał wychodzić. Zarobił przyzwoicie na automatach, zaś w karczmie zrobiło się przez ten czas zdecydowanie zbyt tłoczno, jak na jego gust. Nigdy nie lubił tłumu. Droga miecza jest wszakże szlakiem samotnych.

Skusił się tylko na jedną, ostatnią grę. Miał doskonały refleks, więc właściwie niczym nie ryzykował. Kolorowe kulki od *zbójeckiego pachinko* wystrzeliły w górę niczym krople tęczowego wodotrysku i pognały przez labirynt, osypując się błyskawicznie po stromiznach plastikowych chwytaków. Łapał je odruchowo, niemal bezwiednie, odsyłając w głębokie tunele gilz, zaś licznik nabijał wesołe cyferki wygranej.

I oczywiście właśnie wtedy tych czterech poważnie podpitych młodzieńców wpadło za przepierzenie z automatami do gry w pogoni za poirytowaną, choć lekko wystraszoną kelnerką. Śmiejąc się i dowcipkując, podszczypywali, popychali i obłapiali biedną dziewczynę, która balansowała w powietrzu wielką wazą zupy niby osobliwa tancerka świątynna.

– Panowie, chłopcy, zaraz, za chwileczkę... proszę! Toż wyleję! I kto za to zapłaci? Ja tylko do tamtych klientów na końcu sali, a wtedy...

Wtedy właśnie to się stało.

Gdyby tylko było choć odrobinę więcej miejsca, Takeshi zdołałby odskoczyć. Próbował skręcić tułów na stołku, żeby się uchylić, natychmiast gdy tylko zobaczył, co się święci, lecz zyskał jedynie tyle, że zamiast oberwać w plecy, dostał strumieniem gorącej zupy prosto w tors.

Przyjął cios spokojnie, niewzruszenie, bez okrzyku zaskoczenia czy bólu. Wstał tylko ze stołka, odsuwając go możliwie daleko nogą. Kij kryjący Blask pozostał wygodnie pod ręką.

– Miłosierny Jizo! – jęknęła kelnerka. Jej twarz zrobiła się biała niczym maska Okame.

Pusta waza z brzękiem upadła na podłogę, rozchlapując resztki gęstej papki ryżowej.

Dziewczyna, wciąż blada jak tynk, zginała się przed Takeshim w głębokich, kornych ukłonach, terkocząc cały czas nieskładne, żałosne przeprosiny, jednocześnie próbując otrzeć fartuchem jego lepkie, mokre, obrzydliwie upaprane ubranie.

Odprawił ją zdecydowanym gestem.

– Nie trzeba. Nic się nie stało. To nie twoja wina.

Obróciła na niego wystraszone oczy.

– Przepraszam. Tak bardzo przepraszam. Okropnie mi przykro. Ja zaraz posprzątam, przyniosę... coś do okrycia, do umycia... Proszę o wybaczenie. Naprawdę, bardzo...

– No już, dosyć. Przynieś mi mokry ręcznik.

– Tak. – Natychmiast pobiegła wykonać polecenie, przepychając się między prawdziwymi winowajcami zajścia, który szturchali się łokciami, nadal zaskoczeni, tłumiąc głupkowate uśmieszki.

– I przynieś nam nowej zupy! – zawołał z rozbawieniem ktoś za plecami Takeshiego. – Ta ma trochę za dużo mięsa!

Rozchichotani młodzieńcy zamarli na chwilę, a potem znów parsknęli stłumionym śmiechem. Policzki mieli czerwone, oczy lśniące podwójnym cudem mocnej sake i unoszącego się wszędzie w powietrzu dymu boskiego ziela, mokre od potu włosy lepiły im się do czół. Mieli na sobie nowiutkie, modne ciuchy, z pewnością sprowadzone ze stolicy. Roztaczali wokół charakterystyczną aurę pewności siebie i pieniędzy. Wydawali się zarówno zakłopotani, jak i lekko rozbawieni, niczym uczniowie, którzy zrobili kawał nielubianemu nauczycielowi, a teraz czekają na atak jego złości. Z pewnością spodziewali się krzyków, wyrzekań i wyzwisk. Czekali na nie, pewni siebie, pijani i niefrasobliwi siłą swej młodości, majątków oraz pozycji swych dobrze ustawionych ojców.

Takeshi jednak milczał.

Nie chciał wdawać się w awanturę, a jednocześnie nie miał zamiaru stracić twarzy i ośmieszyć się, bagatelizując sprawę. Tak powinien postąpić nowy Takeshi, ubogi artysta wędrowny, lecz Cień Śmierci, który za nim podążał, był głęboki, mroczny i rozległy. Czasem wyrywał się spod kontroli, spowijał duszę, domagając się swoich praw. Dawnych praw, naznaczonych krwią, bólem i bliznami.

Ubrany równie przyzwoicie, co pijani chłopcy, Takeshi w swym aktualnym wcieleniu młodego urzędnika średniego szczebla miał niewątpliwie wyższą pozycję niż chichoczące szczeniaki, za których sprawą ociekał teraz zupą. Rozsądek nakazywał odpuścić, udać tchórza i pokornie odejść, zabierając wygraną. Ale Takeshi nie miał ochoty posłuchać rozsądku. Sztywny kark za nic nie chciał się zgiąć w symbolicznym choćby ukłonie. Tak naprawdę nic go nie obchodziło, co pomyślą o nim obcy ludzie w gospodzie. Tchórzliwy urzędnik to takie samo dobre przebranie jak urzędnik nijaki.

Cień Śmierci jednak zalegał zimną, nocną czernią na dnie serca wędrownego artysty.

A najstarszy, najbystrzejszy chłopak ujrzał ów cień w zielonych, chłodnych oczach nieznajomego i szybko przetrzeźwiał.

– Wybacz, szanowny nieznajomy. – Zgiął się w głębokim ukłonie. – Niezmiernie mi przykro, że zniszczyliśmy twoje ubranie i zakłóciliśmy spokój. To była głupia zabawa, proszę, daruj młodym, nierozsądnym ludziom szczeniackie zachowanie. Upiliśmy się i nie braliśmy pod uwagę, jakie konsekwencje mogą wyniknąć z naszych wygłupów. Jeszcze raz pokornie proszę o wybaczenie. To było niedopuszczalne i bardzo durne. Przepraszam w imieniu swoim i kolegów.

Reszta chłopców teraz też zgodnie kiwała głowami w kornych pokłonach, idąc za przykładem przywódcy grupy.

Na szczęście cień, który zasnuwał duszę Takeshiego, nigdy nie zaćmiewał umysłu. Były członek Zakonu Czarnej Wody spojrzał na siebie nieco z oddali, jakby patrzył na satyryczny rysunek nakreślony ręką mistrza groteski.

Jak durnie muszę teraz wyglądać, pomyślał. Ubabrany ryżem, z mackami ośmiornic za pazuchą, wściekły tak, jakby trochę wywaru i kilka gotowanych mięczaków rzeczywiście mogło mi uchybić. Wyluzuj, chłopie. Przecież tak naprawdę cała sprawa jest nieodparcie zabawna.

Wyszczerzył zęby w uśmiechu.

– Ja nie zamawiałem zupy, panowie. Nie lubię ośmiornic. Doprawdy nie wiem, jak wam dziękować za ten nieoczekiwany poczęstunek.

Najstarszy chłopak wyprostował się i także uśmiechnął. Niewiele było potrzeba, żeby odzyskać rezon. W ciemnych oczach pojawił się wesoły, łobuzerski błysk.

– Napij się z nami – zaproponował nieco bezczelnie, ale z przymilnym wyrazem twarzy. – Pozwól, żeby służące z tej podłej budy oczyściły twoje ubranie na mój koszt, a ty sam zabaw się w tym czasie w naszym towarzystwie. Okaż wspaniałomyślnie, że nam wybaczasz, zaszczycając nas swoją osobą przy macie do gry. Przecież wszyscy właśnie po to tu przyszliśmy. Po dobry ubaw i parę flaszek sake.

Mylisz się, synu, pomyślał Takeshi. Ja przyszedłem tylko po kasę. Nic więcej.

Nadal jednak się uśmiechał.

– Właśnie wychodziłem, kiedy uraczyliście mnie niespodziewanie pyszną kolacją. Dlatego nie skorzystam z twego zaproszenia, panie...? – zawiesił głos.

– Hokkei. Hokkei Junsaku. Do usług.

– Imamura – rzucił pierwsze lepsze nazwisko. – Totoya. W sumie miło było was poznać, panowie, ale czas na mnie.

Chłopcy popatrzyli po sobie z niepewnymi minami.

– Ale, szanowny panie Imamura – odezwał się wysoki blondyn uczesany w tradycyjny kok – nie możesz wyjść w tym stanie. Wyglądasz jak... no... wyglądasz...

– Jak ktoś okropnie oblany zupą – dopowiedział młody człowiek z długą grzywką opadającą na jedno oko.

– Właśnie – potwierdził blondyn.

– Noc jest zimna – wtrącił się znów Hokkei. – Nie moglibyśmy pozwolić, żebyś przez nas przemarzł i się zaziębił, panie Imamura. Nie znieślibyśmy takiej hańby. Napij się z nami, zagraj, a tutejsze dziewczęta szybciutko upiorą i wysuszą twoje ubranie. Sam przecież rozumiesz, że żaden z nas nie miałby śmiałości zaproponować ci któregoś z naszych własnych, znoszonych i brudnych łachów. Prędzej spalilibyśmy się ze wstydu.

Cwaniak z ciebie, synu, pomyślał Takeshi. Żal ci modnych ciuchów. Niezły z ciebie gracz. Nic dziwnego, że robisz za szefa tej małej, wyborowej grupki bogatych darmozjadów.

– Ręcznik, panie – zawołała służąca, przepychając się między stołkami. – Gorący ręcznik. Pozwól, że zabiorę twoją kurtkę i bluzę, raz-dwa oczyszczę i oddam. Będą ładniejsze niż nowe.

Adept Zakonu Czarnej Wody sięgnął po ręcznik i zaczął się wycierać, nie ściągając ubrania.

Posługaczka rozdziawiła usta. Chłopcy też patrzyli na niego niepewnie. Macka ośmiornicy odczepiła się od materiału i z lepkim plaśnięciem wylądowała na podłodze.

Nie, to bez sensu, stwierdził w duchu Takeshi. Robię z siebie idiotę. Facet, który za nic nie chce się rozebrać, jest bardziej podejrzany niż gość poznaczony bliznami. Znacznie łatwiej zapamiętać, a potem rozpowiadać wszystkim o kolesiu, który poszedł w las oklejony ryżem i mięczakami, niż przejąć się widokiem kilku paskudnych szram. Pan Zupa musi jednak stać się Panem Kurde Ale Poharatanym. Nie ma wyjścia, stary.

Szybko, choć niechętnie ściągnął ubrudzone ubranie.

– Upsss – stęknął tylko chłopak z grzywką.

Takeshi popatrzył na niego zimno.

– Miałem wypadek w dzieciństwie.

Żeby tak wyglądać, musiałby w dzieciństwie nie tylko pójść na wojnę, ale także być wielokrotnie torturowany. I był, ale to zupełnie inna sprawa.

– Taaa, dzieciństwo potrafi być paskudne – przyznał zawsze czujny i bystry Hokkei. – Gdzie ta flaszka, Kunisada? Dawaj ją tu! Trzeba się napić. Chodźmy grać, panowie. Ja stawiam pierwszy wkład naszemu nowemu przyjacielowi. Nie, nie protestuj, Imamura. Jestem ci to winien. Wszyscy jesteśmy.

W końcu czemu nie siąść do gry? – zastanowił się Takeshi. W sumie i tak wszystko jedno. Przyda się parę dodatkowych groszy. Widać los tak chciał. Nie da się przecież walczyć z przeznaczeniem.

Za parę chwil siedział już na macie, otoczony podnieconymi, paplającymi chłopcami, a karty przechodziły z rąk do rąk niczym barwne obietnice nowego, wspaniałego dnia.

Dobrze mu szło. Już w pierwszym rozdaniu dostał trzy karty miesiąca Płaczącej Wierzby, a potem dobrał jeszcze Księżyc nad Górami i Zwój Poezji Miłosnej. Razem dwadzieścia osiem punktów.

Kunisada próbował przebić Jeleniem wśród Jesiennych Liści Klonu i Czarką Sake, ale dostał tylko Zwój Sławiący Piękno Gór zamiast spodziewanych Lecących Gęsi, więc zabrakło mu trzech punktów do remisu.

– No dobra, uważajcie! – zawołał rozochocony Hokkei.

Uśmiechał się chytrze, pewien, że ma najlepsze karty.

– Dzik Ryjący w Głębi Lasu! – Cisnął kolorowy kartonik na matę. – I... Feniks na Dachu Świątyni! Ha! Trzydzieści punktów! Co ty na to, Imamura?

Takeshi dobrał trzy karty ze stosu, w milczeniu, lekko uśmiechnięty, wykładał po kolei.

– Burza! – krzyknęli podnieceni chłopcy. – Przegrałeś, Imamura, to tylko jeden punkt. Musiałbyś teraz mieć...

Kolejny barwny kartonik wylądował na macie.

– Kwiaty Jabłkownika za Zasłoną! – zawołał Kunisada. – Dwadzieścia punktów! Trzymaj się, Hokkei! Jeśli wyciągnie Kukułkę wśród Wisterii, będzie miał trzydzieści jeden!

Takeshi przyglądał się przez chwilę trzymanej w dłoni karcie, a potem niedbale rzucił ją na matę. Młodzieńcy aż jęknęli.

– Aaaa! Pan Michikaze z Parasolem! I Żaba! Razem czterdzieści jeden punktów! Imamura, masz szczęście wielkie jak Nowe Kioto!

– No już, zabieraj kasę – Hokkei z uśmiechem wskazał stosik wymiętych banknotów. – Należą ci się, szczęściarzu.

Takeshi sięgnął po pieniądze, lecz w tym samym momencie rozległ się głuchy trzask i przeciągły, pijacki wrzask.

W bocznej ścianie gospody mieścił się rząd drzwi, za którymi znajdowały się prywatne gabinety, doskonałe do rozmów biznesowych w cztery oczy lub pofolgowania sobie z dziwkami. Teraz jedne z tych drzwi zostały otwarte kopniakiem, a pobliski stolik przewrócony przez zwalistego mężczyznę w rozchełstanej koszuli.

Osobnik nie miał na sobie żadnego innego ubrania, a w dodatku był pijany jak małpa, która wpadła do kadzi sake, i kompletnie obrzygany. Toczył wkoło obłędnym wzrokiem wściekłego wołu wodnego. Wymioty rozmazane na jego skórze zastygły, tworząc fantazyjne wzory. Gość trzymał się oparcia krzesła, kiwając się w przód i w tył, niczym laleczka przedstawiająca Darumę.

– Sooo ona mie obrzygała, kuuurw... jeb... bep! – ryknął z furią, wymachując ręką gdzieś w stronę rozchichotanej dziwki, która wybiegła za nim z gabinetu.

Wysiłek włożony w desperacki gest spowodował, że grubas stracił równowagę, padł na kolana i rzygnął przed siebie, ochlapując nogi siedzącej nieopodal parze.

Kobieta wrzasnęła, zerwała się z miejsca, a jej towarzysz niedbałym kopniakiem powalił pijaka na bok.

– Spadaj, Shibu, zasrańcu jeden! Do budy, brudasie!

Wszyscy wybuchli śmiechem. Natychmiast posypały się docinki i grube dowcipy. Alkohol i opary boskiego ziela zrobiły swoje. Kilku mężczyzn porwało się z miejsca, zaczęło szturchać i kopać naprutego wielkoluda. Dziwki zanosiły się wysokim, piskliwym chichotem, zasłaniając usta dłońmi.

– Ja wam...! Ja was...! – bulgotał czerwony na twarzy Shibu, babrząc się we własnych wymiocinach.

Udało mu się w końcu wstać na czworaki. Kręcił się w kółko, niczym pijany dzik, usiłując pochwycić za nogę któregoś z prześladowców. Gościom w gospodzie wydawało się to nieodparcie zabawne. Chłopcy Hokkei zanosili się śmiechem. Tylko Takeshi zachował poważną twarz. Wewnętrzny głos, przeczucie, instynkt podpowiadał mu, że niebezpiecznie drwić z pijanego Shibu. Zwłaszcza gdy kątem oka zauważył, że jakiś mężczyzna siedzący samotnie przy stoliku wyciąga spod blatu bardzo cenne, bardzo starożytne urządzenie przypominające wydłużony dysk wielkości dłoni i coś gorączkowo szepcze, przyłożywszy je do ucha. Takeshi widział już kiedyś coś podobnego. Taki przedmiot znajdował się w posiadaniu mistrzów Zakonu Czarnej Wody. Komunikator, przystosowany do prowadzenia rozmów na odległość. A facet, który właśnie się nim posługiwał, wcale się nie śmiał. Miał poważny wyraz twarzy. Bardzo poważny.

– Kto to? – spytał Takeshi, wskazując na obrzyganego olbrzyma.

– Pan Shibu. Przyboczny tego gangstera Ashihei – powiedział Hokkei. – Przyjechał po haracz i jak zwykle spił się do nieprzytomności. Ale takich numerów to jeszcze nie pokazywał. Popatrz tylko. Jak można zrobić z siebie takie żałosne bydlę, co?

– Słuchaj, chłopie. Zabieraj stąd kumpli i znikaj. Coś mi się zdaje, że czas się zbierać.

Dzieciak spojrzał na niego zdumiony.

– No co ty? Dlaczego? Ten zapijaczony dureń jest nieszkodliwy. Schlał się na beton. Jedyne, co może, to narzygać mi na spodnie. Czemu mielibyśmy stąd wychodzić?

Bo za chwilę może się tu zrobić bardzo nieprzyjemnie, pomyślał były adept Czarnej Wody, ale nie zdążył nic powiedzieć, ponieważ za ścianą gospody rozległ się nagle ryk kilku silników. Ledwie zdążył umilknąć, gdy drzwi wejściowe wyleciały z trzaskiem. Do pomieszczenia wpadło kilkunastu uzbrojonych mężczyzn.

Rozbawiony tłumek z początku nie zwrócił na nich uwagi. Ktoś właśnie wsadził roześmianą, otumanioną zielem prostytutkę na grzbiet Shibu. Ten wstrząsnął się gwałtownie. Czerwona niczym gorączka sukienka dziewczyny rozdarła się z trzaskiem, ukazując gołe, spocone uda.

– Uuuuu! – ryknęli gapie i zaczęli bić brawo. – Ujeżdżaj go, mała! Ujeżdżaj dzika! Dalej, jazda!

– Dość! Natychmiast przestańcie, cholerne ćwoki! – zawołał ktoś od progu głosem zimnym, brzękliwym niby stal. – Cyngiel, Zimny! Zabierzcie pana Shibu do bolida. A my się tu jeszcze trochę zabawimy. Taka wesoła atmosfera. Żal nie skorzystać.

Mężczyzna, który się odezwał, był szczupły i wysoki. Jego twarz zdawała się blada i zimna niczym tafla zamrożonego jeziora. Czoło i policzek przecinała ogromna, czerwonawa blizna. To człowiek walki. Przywódca. Wydawał się opanowany, ale w środku kipiał. Za nim stała banda przeróżnych typów i osiłków. Wszyscy mieli broń. Niektórzy miecze, większość pałki i noże, nieliczni pistolety.

Grupa ratunkowa, zrozumiał Takeshi. Bardzo wkurzona i bardzo upokorzona. Na pewno zechcą pomścić hańbę swego pana. Na oko czternastu chłopa. Kiepsko to wygląda. Bardzo kiepsko.

Goście w gospodzie zamarli. Mała kurewka zleciała z grzbietu Shibu, uderzyła plecami o podłogę, podkasując wysoko kieckę i ukazując całemu światu, że zapomniała dziś włożyć bieliznę, ale nikt się nie śmiał. Już nie.

Dwaj gangsterzy, wyznaczeni przez szefa grupy, nie ośmielili się nawet skrzywić z niesmakiem, stawiając do pionu zarzyganego, wyrywającego się Shibu.

Facet z blizną patrzył na osłupiałych, pobladłych klientów i personel knajpy niczym głodny pies na kaczęta.

– No, czemu przestaliście rechotać? Straciliście humor? Przecież to takie śmieszne! – syknął złowrogo.

Koleś, który wezwał pomoc przez komunikator, wstał i dołączył do grupy ratunkowej. Za pasem miał duży, bębenkowy rewolwer.

Piętnastu, pomyślał Takeshi. Źle. Ale bywało gorzej. To raczej zbieranina. Niebezpieczny jest ten z przekrojonym pyskiem i może ze dwóch, trzech innych.

Pan Shibu wierzgał gołymi nogami i wrzeszczał, wyrywając się z objęć swoich ludzi. Beknął potężnie w połowie wykrzyczanego przekleństwa i znów chlusnął wymiociną przed siebie. Wtórowała mu tylko tandetna muzyka dobiegająca od strony baru, której nie wyłączył sparaliżowany strachem barman. Goście „Jenota i Czajnika" milczeli trwożnie. Bali się nawet oddychać.

– I jak? Nie do śmiechu wam już? – odezwał się zdławionym, chrapliwym głosem przywódca grupy ratunkowej. – Nie do śmiechu?! Śmiać się, pieprzone śmiecie! Śmiać! Ryczeć! Rechotać! Ale już!

Żadne usta nie skrzywiły się nawet w słabym uśmieszku.

Przekrojona Gęba zacisnął szczęki, aż zadrgały mięśnie. Oddychał przez nos, sapiąc głośno. Jego oczy były błyszczące, czarne, puste jak u owada.

Niedobrze, pomyślał Takeshi. On też jest napruty. I to czymś o wiele mocniejszym niż boskie ziele. Za chwilę wpadnie w szał. Zimny, morderczy szał otumanionego narkotykiem psychopaty.

Zacisnął mocniej palce na kiju kryjącym Blask. Czas się przygotować do walki. Albo na śmierć.

– Nie śmiejecie się?! Nie macie ochoty na dobrą zabawę? A może teraz zrobi się weselej, co?

Jedno mu trzeba było przyznać. Pan Przekrojona Gęba był szybki. Błyskawicznym, płynnym ruchem wydobył z pochwy miecz i ciął przez twarz najbliższego z przypadkowych gości „Jenota i Czajnika". Głowa zaatakowanego wybuchła czerwoną aureolą. Pojedyncze krople krwi rozbłysły w powietrzu niczym noworoczne konfetti. Faktycznie, szykowała się wspaniała zabawa. Mężczyzna zatoczył się, upadł ciężko na podłogę. W momencie gdy dotknął desek, był już prawdopodobnie martwy.

Zgromadzeni w gospodzie wydali chóralny krzyk. Rozległy się też szlochy i zawodzenia.

– Nie płakać, kurwa! Śmiać się! Zabawnie ma być! Słyszeliście, gnoje? Zabawnie! – ryknął Przecięta Gęba.

Zrobił się nienaturalnie blady. Blizna pokraśniała, jakby miała pęknąć. Na policzkach i czole lśniły szkarłatne krople krwawego konfetti. Oczy były jak dwie dziury po pociskach. Wyglądał, jakby został nawiedzony przez demona.

I tak też się zachowywał.

– Zabić ich! – powiedział do swoich ludzi nienaturalnie ochrypłym, niskim głosem. – Zabić tych wszystkich żartownisiów. Żeby mi ani jeden nie ocalał, rozumiecie?

Cholera, pomyślał Takeshi ze znużeniem. Że też to zawsze musi się tak kończyć. Dlaczego za każdym razem wplątuję się w podobną aferę? Nie mogę spokojnie zagrać sobie w karty? Widocznie nie mógł. Cóż, taki dżos. Nie da się dyskutować z rzeczywistością.

Powinien natychmiast skasować Przekrojoną Gębę, ale sukinsyn stał za daleko. Więc zostawało mu tylko to, co każdy adept Czarnej Wody mógł zrobić w podobnej sytuacji. Obrać *drogę serca,* zwaną zwykle w Zakonie *grobową polką.* Z grubsza chodziło o to, żeby wykorzystując element zaskoczenia i własne umiejętności, zabić jak największą liczbę przeciwników, prąc jednocześnie do przodu, zanim cokolwiek lub ktokolwiek zdoła cię zatrzymać.

Blask wysunął się z pochwy i zaczął lśnić, bandyci nie zdążyli jeszcze nawet sięgnąć po broń. Kroczący *drogą serca* musiał poruszać się płynnie, a każdy cios miał towarzyszyć kolejnemu krokowi.

To tak, jakbyś ciął trzcinę, mówili mistrzowie. Okrężnymi, miękkimi ruchami, bez zatrzymania, bez wahań. Zamknij oczy, oddychaj, a potem unieś powieki i krocz przez pole z łatwością i wdziękiem. Wyczuwaj przestrzeń wokół siebie. Myśl tylko o tym, co tu i teraz. Dostrzegaj pułapki i niebezpieczeństwa duszą, a nie wzrokiem. Niech prowadzi cię serce, a przejdziesz przez tłum wrogów niczym żeniec przez łan trzciny. Tylko musisz mieć serce wojownika.

Takeshi miał.

Blask słuchał dłoni swego pana. Pierwszy cios padł od góry. Towarzyszyła mu czerwona fontanna i łomot padającego ciała. Dobrze. Teraz łagodny łuk i ostrze prześlizgnęło się po skosie znów w górę. Czyjś wrzask. Więcej czerwieni. Śliskie, fioletowawe festony flaków polały się na podłogę. W porządku. Za tobą kolejna przeszkoda na *drodze serca*. W nagrodę może przeżyjesz. Może. Miecz popłynął teraz płasko i ostro. Ciężki stukot padającej, odciętej czaszki. Uważaj, nie potknij się. Przed tobą stolik. I masywny cień z pałką w ręku. Żywy trup, bo Blask już wdzierał się w głąb jego mrocznej piersi, niosąc tam blade, błękitne światło i uwalniając eksplozję szkarłatu. Ciało runęło na odsunięte krzesło. Takeshi wciąż tańczył *grobową polkę.*

Wiedział, że ta chwila nie może trwać długo. Jeszcze ułamki sekund i gangsterzy otrząsną się z szoku. Z pewnością zaczną strzelać, a tarcza stworzona przez magiczne mantry osłania go tylko z przodu i boków. Nie domyka się z tyłu. Przecież adepci Zakonu Czarnej Wody nigdy nie odwracają się plecami do wroga. Ucieczka to hańba ostateczna. Niestety, mistrzowie chyba zapomnieli, że nie wszyscy przeciwnicy są równie szlachetni, a wielu nie ma nic przeciwko temu, żeby strzelić wielkiemu wojownikowi w plery. A może uznali, że dzięki temu życie adeptów będzie ciekawsze i bardziej emocjonujące.

Takeshi nie miał złudzeń co do Wielkich Mistrzów. Co do gangsterów również nie. Za moment w powietrzu zaczną fruwać pociski. Wiele z nich, jak miał nadzieję, nie trafi do celu lub zrykoszetuje, prawdopodobnie rażąc niewinnych gości gospody, którzy nie zdążyli bądź bali się uciec, ale nie mógł nic na to poradzić. Nie był przecież świętym ani bodhisattwą. Póki co, wciąż jeszcze stawiał kroki *grobowej polki*.

Zdołał zabić pięciu i śmiertelnie ugodzić szóstego, gdy coś go zatrzymało. Miecz Pana Przekrojona Gęba.

No, wreszcie się ruszyłeś, draniu, pomyślał. Aż taki szybki to ty jednak nie jesteś.

Stal uderzyła o stal. Facet był silny, ale Takeshi nie miał zamiaru się z nim przepychać. Nie musiał. Po prostu porwał kolesia w tan, zmuszając, żeby wraz z nim stawiał kroki *grobowej polki*. Najważniejsze to być cały czas w ruchu, najchętniej obrotowym, robić zwroty nieprzewidywalne dla wrogów, oddać całą duszę tańcowi śmierci, ciągnąc przeciwnika za sobą. Wtedy nie ośmielą się użyć broni palnej, bojąc się trafić Pana Krzywą Gębę i własnych kumpli.

Na razie szło nieźle. Posypały się pierwsze strzały, ale zaraz ucichły. Takeshi słyszał okrzyki grozy i płacz gości z gospody, ale nie dbał o to. Na pewno ściągał na siebie całą uwagę bandziorów. Kundle lubią atakować w dużej grupie, zwłaszcza pojedynczego przeciwnika.

Tinnng! Klang! Fruuu! – śpiewał Blask w jego rękach.

Kątem oka zauważył, że gangsterzy zaczynają go oblepiać, zbliżają się niebezpiecznie i zaraz spróbują zaatakować. Czas najwyższy skończyć z ich brzydkim szefem o przerąbanym pysku.

Przedtem tylko odbijał ciosy, teraz natarł mocno. Tak jak się spodziewał, Parszywa Gęba zaczął się cofać, z trudem stawiając zasłony. Takeshi odwinął się lekko, postąpił krok w bok, a Blask, który zdawał się kierować własną intuicją, rozpruł brzuch przeciwnika, jakby patroszył rybę. Szef bandytów wydał stłumione, pełne zdumienia: „Uff!". Odrzucił miecz, żeby obiema rękami podtrzymać śliskie, lepkie węże, które nagle zaczęły wypełzać z jego wnętrza. Upadł na kolana, wciąż zdziwiony, skąd ma w środku tyle gadów, a potem ciężko przewrócił się na podłogę.

Ale Takeshi już na niego nie patrzył. Skoczył w przód i jednym uderzeniem rozpłatał kolejnego gangstera, który próbował zajść go z boku. Teraz błyskawiczny obrót i cios wyprowadzony pod prawą pachą wbił ostrze Blasku głęboko w trzewia faceta z pałką podkradającego się od tyłu. Ugodzony zacharczał słabo i padł prosto pod nogi swego kumpla, czającego się tuż za nim. Takeshi zrobił tylko płynny zwrot, ciął mocno i już głowa napastnika potoczyła się po posadzce. Z bezwładnej ręki wypadł ciężki toporek.

Pozostałych pięciu bandziorów cofnęło się na bezpieczną odległość. Wszyscy mieli pobladłe, pełne napięcia twarze i wyraz niedowierzania w oczach.

Bali się. Na pewno. Mieli czego się bać.

Takeshi stał z płonącym niebieskawo mieczem w dłoni, cały schlapany krwią, i uśmiechał się szeroko. O tak. Naprawdę rozciągał usta w drapieżnym, gniewnym uśmiechu. Nie był tu niczego winien. Nikogo nie zaczepił, nie sprowokował. Prawdę mówiąc, bronił niewinnych. A oni? Chcieli zabawy, to ją mają.

Ubaw jak ta lala, nie?

Blask kreślił w powietrzu magiczne figury, jarząc się błękitem, a drapieżca, który zawsze mieszkał w duszy Takeshiego, wierny swej wilczej naturze, węszył zapach krwi i szykował się do ataku.

Ledwie wyciągnęli broń i zaczęli strzelać, adept Zakonu Czarnej Wody skoczył do przodu. Najważniejsze to nie dać się okrążyć, zaś walkę prowadzić tak, żeby przeszkadzali sobie nawzajem, zamiast współpracować. Bali się go, a strach paraliżuje. Powinni popełniać podstawowe błędy. Ale mieli broń palną, a to nieco zmieniało obraz sytuacji.

Obręcz Ashurów wypalona na skórze oraz ochronne znaki broniły Takeshiego przed pociskami, dopóki miał siłę władać mieczem, którego magiczna dusza, zwana kami, wzmacniała potężną magię świętych sutr, lecz nic na tym świecie nie jest doskonałe. Tarcza z błękitnego blasku też nie. Zmasowany, ciężki ostrzał mógł ją wreszcie przebić. Więc trzeba było walczyć mądrze. I szybko.

Nie spodziewali się, że skoczy na nich jak wściekły tygrys. Dwóch spanikowało. Pociski posypały się wokół, rażąc sufit, podłogę i ściany oraz wszystko, co stało im na drodze. Takeshi poczuł jednak ostre szarpnięcie i powiew gorąca na żebrach, a potem coś jak smagnięcie bicza na lewym ramieniu. Dwie ocierki. Niegroźne, ale jednak.

Ale Blask także nie chybił. Jeden z przeciwników wił się na podłodze, tarzając się we własnej krwi, z rykiem rozpaczy gapiąc się na kikuty swoich odciętych rąk, a drugi właśnie padał na bok z przerąbaną klatką piersiową.

Zostało trzech.

Trzech małych gangsterków poszło do lasu po chrust…

Łup!

Takeshi odwrócił się i zobaczył szybujące w jego stronę krzesło barowe. Ułamek sekundy później, a nie zdążyłby zrobić uniku. Odskoczył, zachwiał się, ale nie upadł. Wszędzie było cholernie ślisko z powodu krwi.

Desperacki atak krzesłem oznaczał jedną dobrą wiadomość. Trzem małym gangsterkom skończyła się amunicja. Dwóch miało miecze, jeden grubą, nabijaną kolcami pałę. Małpi król Hanuman czy co?

Takeshi czuł się zmęczony i brudny. Ramię go kłuło, bok piekł. Był lepki od krwi, cały ubabrany posoką. Śmierdział. Czuł, że śmierdzi potem i żelazistą, ostrą wonią śmierci. Miał ochotę po prostu stąd wyjść. Ale wiedział, że nie wolno mu puścić tych trzech drani wolno, bo się zemszczą. Pewnie nie na nim, bo zdąży już być daleko stąd, ale na ludziach z okolicznych wiosek, którzy po prostu przyszli się zabawić w gospodzie, tyle że wybrali nieodpowiedni moment. Z pewnością trzej pozostali gangsterzy znali ich nazwiska i wiedzieli, gdzie mieszkają.

Źli ludzie lubią się mścić.

Dlatego przyzwoici ludzie powinni ich pozabijać.

Znów porwał w górę Blask. Natarł na zwalistego, łysego mężczyznę, który wydawał się najlepszym szermierzem. Pomylił się jednak. Jednym cięciem przerąbał jego ciężki, kruchy miecz i rozorał mu gardło, niemal odcinając głowę.

To ten drugi, podobny do szczura, okazał się lepszy w sztuce miecza. Jego ostrze śmignęło tuż przed twarzą Takeshiego. Mało brakowało, a skróciłoby długie, ciemne rzęsy okalające zielone oczy. I obcięło nos. A to już nieco gorsza opcja. Szczurowaty był niski i niezbyt krzepki, ale za to zwinny i szybki niczym jego futrzani bracia z rynsztoków. Cholernie zwinny. Były adept Zakonu Czarnej Wody chciał go zabić czystym i eleganckim uderzeniem, zwanym *wężowym językiem,* ale Blask tylko przeciął powietrze. Drań jakoś przemknął pod opadającym ramieniem dużo wyższego Takeshiego i próbował ugodzić go w odsłonięty bok. Nie zdołał. Rozpalony zimnym błękitem miecz zderzył się z ostrzem atakującej broni i odepchnął ją w bok. Mały facet powinien polecieć za nią i wylądować na podłodze, ale jakimś złym cudem utrzymał się na nogach. Twarz miał ściągniętą, zęby obnażone w brzydkim grymasie.

Zajadły z ciebie szczur, pomyślał Takeshi. Parszywy, wszystkożerny gryzoń. W takim razie zeżryj to!

Złożył się do ciosu znanego jako *ogon smoka,* już wyprowadzając uderzenie, błyskawicznie zmienił je w *szarżującego tygrysa.* Szczurzy próbował jeszcze zablokować spadające bezlitośnie ostrze, ale czy mały rynsztokowy szkodnik powstrzyma rozwścieczonego wielkiego kota? Upadł w tył, z rozkrzyżowanymi rękami, prosto w ocean szkarłatu rozlany na podłodze.

Takeshi dyszał ciężko, jego pierś unosiła się w przyspieszonym oddechu. Zbryzgany krwią przypominał czerwonego demona tengu.

Ostatni! Gdzie jest ostatni z tych drani?

Tam. Przy drzwiach. Ucieka. Pojedynek ze szczurowatym trwał akurat tak długo, żeby pozostały przy życiu gangster rzucił się do drzwi. Takeshi skoczył za nim, wiedząc już, że nie zdąży. Suczysyn zdoła dopaść bolida i zwiać.

Lecz czasami bogowie, a może sam los, starają się odrobinę dopomóc biegowi spraw. Uciekający mężczyzna zaczepił nogą o długi, fioletowy feston flaków wywleczony z brzucha jednego z byłych kumpli i wymachując rozpaczliwie rękami, padł na kolana. Zerwał się niemal natychmiast, lecz ta krótka chwila przeważyła. Obróciły się szprychy odwiecznego koła przeznaczenia. Ten, kto się narodził, musi także umrzeć.

W porządnym barze tasaki do teppanyaki zazwyczaj leżą ułożone na blasze. Jednak taki, w którym właśnie doszło do małej wojny z piętnastoma rozwścieczonymi gangsterami, trudno nazwać porządnym.

Toporek tkwił głęboko wbity w blat stolika. Widocznie ktoś rzucił nim w ferworze walki. Teraz kuchenny przyrząd miał powtórzyć swój lot.

Takeshi szarpnął za trzonek, wyrwał ostrze. Polecił prowizoryczną broń opiece Bishamontena, patrona wojowników, i puścił w powietrze. Tasak śmignął, połyskując srebrzyście niczym odłamek księżyca, i wbił się dokładnie w środek pleców ostatniego bandyty. Ten charknął, potknął się, a potem runął na ciało swego wypatroszonego kolegi. Nie poruszył się już.

Takeshi szybkim spojrzeniem obrzucił wnętrze baru.

Cholera, teraz przypominało raczej rzeźnię niż knajpę. Zszokowani goście i obsługa poruszali się niemrawo, zupełnie oszołomieni. W oczach mieli pustkę, twarze blade, jakby obsypane mąką. Błądzili w krainie grozy.

I dobrze. Mniej zapamiętają.

Takeshi pochylił się, szybkim ruchem otarł Blask i zatrzasnął we wnętrzu podróżnego kija. Niestety, nie miał już czasu, żeby się obmyć i przebrać. Musiał jak najszybciej opuścić gospodę. Z żalem spojrzał na pomięte, przesiąknięte krwią banknoty rozrzucone po podłodze. Nie przyjęliby ich nawet w melinie handlującej bronią i prochami.

Ruszając ku drzwiom, dostrzegł leżące w kącie zwłoki pana Shibu. Na środku jego czoła niczym trzecie oko wykwitała dziura po pocisku. Widocznie oberwał rykoszetem. A to pech.

Widać i jego wędrówka kończyła się dzisiaj „Pod Jenotem i Czajnikiem".

Takeshi odchodził z gospody piekielnie zmęczony, półnagi, umazany krwią, straciwszy zarobek i całkiem przyzwoite odzienie.

Za to żywy. A to się przecież liczy najbardziej, nie?

Nikt go nie zatrzymał.

Wojownik z krainy umarłych

Przez szpary w drzwiach patrzyła na krew. Wszechobecną. Cuchnącą żelaziście. Czerwoną. Biała mata do gry nasiąkała powoli, z satysfakcją, jakby stała się pijawką albo ogromnym robalem wampirem. Haru oglądała przeistoczenie maty, lecz nie ogarniała rozumem.

Ciała leżących (martwych, kochanie, martwych – podpowiadał zimny głos w głowie) na podłodze ludzi wyglądały zupełnie nieprawdziwie. Surrealnie. Jakby niegrzeczne dziecko giganta rozrzuciło lalki ustawiane w gablocie na tradycyjne Święto Dziewczynek. Nawet lśniące, śliskie węże wyprutych flaków przywodziły na myśl wypełnienie wyciągnięte z wnętrza kukiełek.

Karczmarka, barman, dziwki, ocalali goście, którzy jeszcze nie uciekli, snuli się po pobojowisku niczym zdziwione, osłupiałe upiory. Chyba nadal nie potrafili stwierdzić, czy żyją, czy jednak zginęli. Granica między życiem a śmiercią wydawała się w gospodzie chybotliwa i cieniutka niczym jedwabna zasłona na wietrze.

Świat nadprzyrodzony dotknął rzeczywistości, a to wcale nie okazało się piękne. Raczej straszne. Straszne, choć ciche, zamglone i odległe.

To był jeden człowiek, pomyślała ze zgrozą. Tylko czy na pewno człowiek? Demon. Tak, z pewnością demon. Albo sam bóg błyskawic Susanoo. Dziki, szalony i żądny krwi. Choć wydawał się taki spokojny. Pamiętała, jak tańczył z mieczem, otoczony błękitną poświatą. Tylko przez moment widziała jego twarz. Bladą. Pociągłą. Starożytną twarz z dawnych wieków. Tak podobno wyglądali Pierwsi Pracownicy, kiedy przybyli do Wakuni. Jeśli wierzyć legendom i zapewnieniom świętych mężów, Wielka Bogini Prezes była starej krwi. Miała złotą cerę, skośne oczy i ciemne włosy mieszkańców Dawnego Kraju. Jednak Bóg Pierwszy Udziałowiec podobno wyglądał inaczej. Jasnoskóry, bardzo wysoki, z oczami jak morze i włosami niczym popiół. Tak mówią stare dokumenty. Ojciec ją tego nauczył.

Czyżby tu, w gospodzie „Pod Jenotem i Czajnikiem” objawiło się jedno z najstarszych bóstw?

Zadrżała.

Ten przerażający wojownik, choć niósł w dłoniach śmierć, uratował ich wszystkich. Przypadkowych gości, prostytutki, karczmarkę, wreszcie ją samą. Kim był? Demonem zagłady czy Nieśmiertelnym z Wysokiej Równiny Niebios?

Nie wiedziała.

Miał zielone oczy, przypomniała sobie. Zielone jak liście. Takie, które zapamiętuje się na zawsze. Czy morze przybiera podobny kolor?

Nie znała odpowiedzi na to pytanie.

Nie zauważyła, kiedy otworzyły się drzwi i do sali wpadł pobladły z przerażenia, niewysoki chłopak z szopą nieuczesanych, czarnych włosów nad czołem. Dostrzegła go dopiero po chwili, gdyż wydawał się zbyt żywotnym, zbyt ruchliwym elementem w krajobrazie pogromu. Nie pasował do wnętrza pełnego śmierci.

Próbował rozmawiać z prostytutkami, szarpał za ramiona karczmarza, lecz tamci nie chcieli udzielać odpowiedzi, jakby nie byli zadowoleni, że narusza specyficzny stan zawieszenia, moment chwilowego trwania między dziedziną żywych i światem umarłych.

W każdym razie tak to wyglądało z perspektywy szpar w drzwiach.

Chłopak biegał po sali, gorączkowo przyglądał się trupom, szukał czegoś lub kogoś. Dziwny jakiś.

Ale podejrzanie znajomy. Bardzo znajomy.

Nagle czas ruszył z miejsca z łomotem i hukiem zatrzaskującej się bramy do królestwa zmarłych.

Haru znów usłyszała przeklinające i lamentujące dziwki, utyskiwania karczmarki i wściekłe groźby rzucane przez barmana. Duchy oraz upiory zniknęły. Pojawił się za to ktoś inny. Ktoś cudem przysłany przez bogów. Ktoś normalny i bardzo potrzebny.

– Kazuya! – krzyknęła z całych sił. – Tu jestem, Kazuya!

Odsunęła drzwi składziku, skoczyła ku niemu. Jednak na podłodze przed nią leżało coś, czego nie zauważyła. Coś okrągłego, twardego, choć porosłego długimi, mokrymi wodorostami czy pasmami mchu. Haru poślizgnęła się, runęła na kolana. Odcięta głowa, którą kopnęła, spojrzała na nią z wyrzutem, jakby chciała powiedzieć: „Panienko, trochę szacunku, proszę!".

– Przepraszam – powiedziała dziewczyna uprzejmie. – Nie chciałam. Nie wiedziałam, że pan się tutaj potoczył.

– Haru, nic ci nie jest? W porządku? – Kazuya już ją podnosił z klęczek, podtrzymywał, oglądał, jakby była cenną farfurką, która właśnie spadła. – Do kogo ty mówisz?

– Do głowy tego pana – odrzekła z godnością. – Przypadkiem ją potrąciłam. Pełno tu odciętych głów, Kazuya. Łatwo się potknąć, ale to przecież nie uchybienie, prawda?

Patrzył na nią przerażonymi oczami.

– O rany, dziewczyno! Jesteś w szoku!

– Nie, wcale nie… – zaprotestowała słabo, zamrugała, a potem poczuła, że świat wokoło zaczyna wirować, podczas gdy ona sama rozpada się na mnóstwo kawałków.

Osunęła się w ramiona chłopaka.

– Zabierz mnie do domu! – jęknęła. – Na litościwego Buddę, proszę, zabierz mnie do domu!

– Po to przyjechałem, księżniczko – szepnął miękko.

Biostwór, na którego ją wpakował, był czysty, nowiutki i bardzo wielki. Miał miękką w dotyku skórę, a chromowane części aż lśniły w blasku światła padającego z wnętrza gospody. Nie chciała myśleć, w jaki sposób chłopak usunie z tapicerki ślady krwi z jej upapranej przy upadku sukienki i brudnych, bosych stóp. Będzie musiał coś wymyślić.

Kazuya wskoczył na siedzisko obok Haru.

– Skąd go masz? – spytała dziewczyna, która już nieco ochłonęła.

– Ukradłem ze stajni mojego szefa.

– Nie boisz się, że cię przyłapie?

Wzruszył ramionami.

– Nic mnie to nie obchodzi.

To dobrze, pomyślała. Właściwie mnie też nie.

Chłopak włączył zasilanie, ujął wodze i biostwór posłusznie ruszył, od razu przechodząc w szybki kłus. W ostrym blasku reflektorów droga przed nimi wydawała się prowadzić w głąb świata, w odwieczną pustkę.

– W jaki sposób dowiedziałeś się, że pojechałam do tej przeklętej gospody?

Nie odwrócił głowy, zajęty sterowaniem.

– Kiedy Zabosai trochę przetrzeźwiał, zaczął strasznie lamentować, że się z wami nie zabrał.

– Teraz by już tak nie żałował – szepnęła, czując, jak znów przechodzi ją dreszcz grozy. – Nie mów nikomu, dobrze? Przysięgnij, Kazuya. Ojciec… ojciec by tego nie zniósł.

Teraz na nią spojrzał. Oczy miał pełne powagi.

– Za kogo mnie masz? Jasne, że nic nie powiem.

Ścisnęła go za rękę.

– Dziękuję. Dziękuję za wszystko.

Nie drgnął, nawet się nie uśmiechnął. Prowadził, skupiony i milczący. Przytuliła się do niego odruchowo, bo szukała ciepła. Noc była chłodna, a jej biedny sweter leżał gdzieś zapomniany i złachmaniony na zachlapanej krwią podłodze „Jenota i Czajnika”.

Bogowie, pomyślała, jak dobrze, że na świecie są jeszcze tacy jak Kazuya. Naprawdę dobrze.

Gdy Takeshi dotarł wreszcie do miłodrzewia na rozstajach, był tak zmęczony, że mógł tylko wczołgać się pod osłony wózka i zapaść w niespokojny, gorączkowy sen. Trząsł się z zimna, bo zmarzł wściekle, obmywając się z krwi w napotkanym po drodze potoku. Woda była jak płynny lód. Niemal parzyła skórę.

Inaczej wyobrażał sobie wieczór w gospodzie. Nie miał zamiaru zwracać na siebie uwagi ani niczym heros z legend walczyć ze złem. W dodatku nie zarobił nic prócz paru sińców i skaleczeń.

Trudno. Zdarza się. Taka karma.

Przynajmniej napiłem się porządnego piwa, pomyślał. Dobre i to.

Pożałował tylko, że musiał się pozbyć przyzwoitego ubrania, które miał na sobie w karczmie. Cóż, na razie łachy wędrownego artysty muszą wystarczyć.

Noc już powoli przemieniała się w świt, gdy nad posążkiem Jizo zmaterializował się blady opar. Po chwili przemienił się w opalizującą, nierzeczywistą postać w mnisich szatach.

Nieśmiertelny bodhisattwa spoglądał łagodnie na śpiącego mężczyznę. Ściany wózka nie stanowiły żadnej bariery dla jego wzroku.

Jizo widział zarówno przeszłość, jak i przyszłość. Z równą jasnością oglądał też ludzkie dusze. Ta jaśniała czystym, nieskalanym błękitem. Kolorem bogów.

Ponieważ Nieśmiertelny całe wieki temu ślubował nieść pomoc potrzebującym i nadal pozostał wierny przysiędze, pochylił się, aby pobłogosławić wędrownego artystę. Na wszelki wypadek.

Nie sądził jednak, żeby to na wiele się zdało, gdyż w czasie burzy, która wkrótce się rozpęta, obejmując nie tylko Wakuni, ale również cały znany świat, akurat ten człowiek będzie potrzebował znacznie więcej niż błogosławieństwa miłosiernego bodhisattwy.

Zimna Woda okazała się większą i zamożniejszą wsią, niż Takeshi śmiał przypuszczać. Wzdłuż głównej ulicy stały nie tylko duże, porządne domy, lecz nierzadko wygodne rezydencje otoczone ogrodami. Jednak nie było ani zajazdu, ani gospody. Tylko skromna jadłodajnia pod wiatą. Ponieważ słońce toczyło się już z górki po kopule Wysokiej Równiny Niebios, znacząc popołudnie płynnym złotem i wydłużonymi plamami cieni, postanowił zatrzymać się na posiłek. Zamówił zupę ze sfermentowanej fasoli, rybę dwubrzuszną w zielonym sosie oraz miseczkę czarnoglonów. Proste, smaczne jedzenie.

Właściciel jadłodajni i kucharz w jednej osobie przyglądał się gościowi ciekawie. Takeshi postanowił podpytać go o ewentualnych klientów. Musiał szybko zdobyć trochę pieniędzy, bo inaczej już wkrótce nie będzie go stać ani na jedzenie, ani na paliwo do wózka. Przypomniał sobie starcie w gospodzie i westchnął nad zupą.

Cholernie niedobrze się stało, pomyślał. Zachciało mi się odstawiać bohatera. Ilu zabiłem? Z piętnastu. Dobra Kannon! Prawie jak za starych czasów. Szlag!

Pamiętał, jak pięknie i lekko pracował Blask w jego dłoniach. Własne perfekcyjne, wyważone ruchy. Taniec krwi i stali. Stan, w którym umysł jest bystry i czysty niczym górski strumień. Stan walki.

Jeszcze nie zapomniałem, stwierdził z odrobiną gorzkiej satysfakcji. Nie da się tak po prostu zapomnieć całego dotychczasowego życia.

Nie byli dobrymi przeciwnikami. Nadrabiali jednak ilością. W sumie nie mógł narzekać na brak emocji. Martwił się trochę, że ktoś go rozpozna. Miał dość charakterystyczną twarz. Jednak przez lata spędzone w Zakonie Czarnej Wody nauczył się, jak stać się kimś innym, kimś nieważnym, nieistotnym, niegodnym zapamiętania. Przybierać w razie potrzeby nową tożsamość, osobowość, postawę. Robił to tak często, że niemal zatracił samego siebie. Niemal. A to wiele zmienia.

Zresztą byłoby dziwne, gdyby wędrowny artysta, już na pierwszy rzut oka ubogi, w pośpiechu opuszczał tak majętną wieś jak Zimna Woda, nie spytawszy się nawet o możliwość zarobku. Dopiero wtedy zachowałby się naprawdę podejrzanie.

Uniósł wzrok znad miski z rybą.

– Dobry człowieku, nie wiesz przypadkiem, czy ktoś we wsi nie potrzebuje aby moich usług? Tam, gdzie można dobrze zjeść, można też usłyszeć sporo ciekawych rzeczy. Jeśli dzięki twoim radom znajdę porządną robotę, oczyszczę i rozświetlę twój szyld za darmo. A od razu widać, że by się przydało. Te kluski w garnku wyglądają jak macki na głowie psa, a kurczak przypomina słabo opierzoną łasicę. Widzisz, jakie kły wystają mu z dzioba?

Szynkarz udał, że w skupieniu wyciera kociołek.

– Szyld projektował osobiście mój tatuś. To pamiątka rodzinna.

Takeshi wyszczerzył w uśmiechu zęby.

– A na co dzień tatuś był członkiem Zakonu Genetycznych Przemian, co?

– Nie. Gotował kluchy. – Właściciel jadłodajni też się uśmiechnął.

– Tego się obawiałem.

– A ty niby umiesz lepiej?

– Co? Skrzyżować kurczaka z łasicą czy upichcić makaron?

Szynkarz się roześmiał.

– Dobry jesteś. Zabawny. Więc może ci pomogę. W Zimnej Wodzie ludzie ciężko pracują i niektórzy nieźle na tym wychodzą. Mają czym zapłacić za porządną robotę. Mój kurczak, zdaje się, słyszał, jak parasolnik narzekał, że brakuje mu ładnych wzorów. Z kolei sukiennik potrzebuje nowych parawanów do sklepu. Ale najbardziej utyskiwał pan Otsuke. To bogaty i wpływowy człowiek. Prowadzi sprzedaż ryżu na dużą skalę. Kurczak przysięga, że słyszał, jak Otsuke zwierzał się przyjacielowi, że ma dość przestarzałego, ciemnego wystroju swojego biura. Pewnie by się ucieszył, gdyby do jego drzwi zapukał zdolny dekorator.

– Podziękuj kurczakowi – powiedział Takeshi z poważną miną. – Z pewnością mu się odwdzięczę i tak odpicuję dziób, że będzie najprzystojniejszym przedstawicielem drobiu w okolicy.

– Za darmo! – przypomniał karczmarz, unosząc w górę palec.

– Jasne, że za darmo. Dla Pana Kurczaka wszystko, co najlepsze!

Pan Otsuke okazał się gruby, łysy i bardzo podobny do jenota. Z namaszczeniem oglądał próbki pokazywane przez Takeshiego, starając się, żeby jego tłusta, nalana twarz pozostała bez wyrazu. Jednak oczy mu lśniły.

Były członek Zakonu Czarnej Wody naprawdę miał rękę do nowego fachu. Holomalowidła były perfekcyjne, delikatne i świeże. Godne Nowego Kioto, a nie Zimnej Wody. A pan Otsuke zaraz to zauważył. Umiał zwietrzyć smród okazji, nawet jeśli był nikły jak zapach kadzidła w opuszczonej świątyni.

– Twoje prace nie są takie złe, jak się obawiałem, dobry człowieku – oznajmił łaskawie. – Muszę jednak sprawdzić, czy aby na pewno sam je wykonałeś. Widzisz te zszarzałe, stare malowidła na panelach ściennych za moim biurkiem? Na początek zrób mi komplet nowych, to pogadamy o wystroju całego biura. Na próbę oczywiście.

Czyli za darmo, pomyślał Takeshi. Ty cwany, chciwy bydlaku. Znałem wielu lepszych oszustów niż ty. Mógłbym cię teraz zabić, tak cicho i dyskretnie, że nikt by tego nie odkrył do późnego wieczora. Sądziliby, że jak zwykle siedzisz w gabinecie i drzemiesz nad papierami.

Poczucie władzy nad życiem i śmiercią tego parszywego człowieka przyniosło mu przyjemność i uspokojenie. Tylko przez chwilę krótszą niż mgnienie dłoń zaciśnięta na kiju podróżnym zapragnęła uwolnić z wnętrza Blask, żeby rozświetlił przykry mrok biura. Umysł Takeshiego pozostał wolny od takich pragnień. Były członek Zakonu Czarnej Wody ukłonił się więc, uśmiechając pokornie.

– Panie, nie wątpię, że tak wielkiemu znawcy sztuki z pewnością wystarczy jeden obraz, żeby ocenić moje skromne umiejętności.

Otsuke zrobił kwaśną minę.

– Och, jacyż chciwcy z was, wędrownych rzemieślników! Obdzieracie ze skóry ciężko pracujących, uczciwych ludzi. Dobrze, niech będzie jeden. A potem zobaczymy.

I sprzedawca ryżu zobaczył. Aż rozdziawił gębę ze zdumienia. Gdy tylko Takeshi skończył pracę i złożył warsztat, zaprezentował swoją sztukę.

Powstałe holo wyglądało pięknie. Bardzo nowoczesne, modne, ale nie przesadne, w niezwykle rzadkim, poszukiwanym stylu Siedmiu Westchnień. Obraz był czysty i głęboki. Wydawało się, że można wsunąć dłoń do środka wizerunku, przesunąć po niebie i dotknąć każdego detalu Świątyni Przemożnej Równowagi. Jakby człowiek magicznym sposobem przeniósł się na przedmieścia Nowego Kioto. Na holomalowidle Takeshiego kwitła wiosna. Wydawało się, że błękitne powietrze obrazka niesie w sobie zapach świeżych kwiatów śliwowca, a ptaki południa właśnie zaczynają śpiewać.

– Eee – wystękał Otsuke. – Eeee, no tak. Bardzo ładne. Zrobisz mi projekty nowego wystroju biura, sklepu, wymyślisz ładniejsze logo, a potem może jeszcze namalujesz portret. No już, bierz się do roboty. Czas kosztuje, hmm… mistrzu.

Ostatnie słowo wypowiedział niechętnie i z wahaniem, ale Takeshi i tak poczuł satysfakcję.

Mam cię, pomyślał z przekąsem, szanowny kupcze. Już ja się postaram, żebyś mi godziwie zapłacił.

Jednak na drugi dzień rankiem, zamiast przemyśliwać nad nową kolorystyką sklepu i magazynu pana Otsuke, zjawił się w jadłodajni, terkocząc sfatygowanym wózkiem. Słońce nie zdążyło jeszcze na dobre ogrzać świata, gdy nad wiatą knajpy pojawił się barwny, nowy szyld. Wesoły kogut i uśmiechnięta łasica wyjadali z jednej miski bardzo smakowicie przedstawione kluchy.

Takeshi właśnie rozświetlał i poprawiał głębię na portrecie właściciela sklepu, gdy znów zobaczył tego chłopaka, sekretarza pana Otsuke. Młody człowiek był miły i bystry. Często podpatrywał pracę wędrownego artysty, a uwagi miał zwykle przytomne i konkretne. Parę razy poczęstował Takeshiego owocem lub ryżowym ciastkiem. Dzisiaj oczy, widoczne spod grzywy czarnych, rozwichrzonych włosów, spoglądały wesoło, choć chłopak zwykle bywał skupiony i poważny. Nazywał się bodajże Kazuya.

– Uważaj, mistrzu, niedługo nie starczy już miejsca na kolejnych członków rodziny Otsuke – zagadnął, spoglądając na portret.

Na holomalowidle miał pierwotnie widnieć jedynie sam kupiec ryżowy. Jednak zamawiający wymusił na Takeshim jeszcze wizerunek najstarszego syna, potem średniego, następnie tego, który odnosił sukcesy w administracji prowincji, a wreszcie pierworodnego wnuka, wiecznie wrzeszczącego, pulchnego niczym Hotei niemowlęcia. Na koniec zażądał, żeby artysta uwiecznił jeszcze odnowiony sklep, ale spotkał się ze stanowczą odmową.

– Dlatego następnych zdecydowanie umieszczę poza kadrem – uśmiechnął się Takeshi.

Kazuya skinął ze zrozumieniem głową.

– To dobry pomysł. Tam na pewno będą ładnie wyglądać.

– Pan Otsuke ma wiele do powiedzenia w kwestii sztuki.

– Och, on ma wiele do powiedzenia w każdej kwestii – zgodził się chłopak.

Takeshi dodał jeszcze nieco czerwieni na pucołowatych policzkach niemowlaka. Mały wyglądał teraz jak olbrzym Kintaro, syn Górskiej Staruchy. Ale dzięki temu stał się jeszcze bardziej podobny do rozkapryszonego, drącego się wniebogłosy pierwowzoru. Wszystkie osoby na portrecie cechowało niezwykłe podobieństwo do modeli, co niestety, nie przydawało blasku rodzinie kupca ryżowego. Z holomalowidła spoglądały tłuste istoty o pospolitych rysach i małych oczkach, z których biła nieprzeciętna głupota. Kosztowne stroje i ozdoby tylko podkreślały bolesną przeciętność klanu Otsuke. Jednak pan domu wydawał się bardzo zadowolony.

– Dobra robota, mistrzu – pochwalił, gdy pierwszy raz ujrzał obraz. – Czyż nie wyglądamy dostojnie i godnie?

Takeshi skłonił się tylko, ukrywając drwiący, chłodny uśmiech.

Doprawdy ślicznie. Jak wieprze na paradzie, pomyślał wtedy.

– Widziałeś już nowe logo? – zagadnął Kazuyę.

Sekretarz pokazał w uśmiechu zęby.

– Tak. Tygrysy jednak wyszły z ryżu. Założę się, że pan Otsuke bardzo na to nalegał.

– Upierał się nawet. Żeby go tylko nie zeżarły, kiedy się zanadto zbliży.

Roześmieli się obaj.

Kilka dni wcześniej Takeshi wykonał wyrazisty i elegancki szkic nowego znaku firmowego, przedstawiający stylizowany kłos ryżu, lecz kupiec nie wyraził zachwytu.

– Za skromny, mistrzu. Za skromny! Moje przedsiębiorstwo nie może kojarzyć się z czymś tak mało efektownym. Firma ma wielu ważnych klientów i wielkie perspektywy. Jej symbolem musi być coś potężnego, budzącego respekt, należycie szacownego. A przy tym przynoszącego szczęście. Rozumiesz? Fart w biznesie i dynamiczny rozwój.

Na następnym szkicu ponad rozłożystym snopem ryżowym widniała paszcza majestatycznego tygrysa.

– Tak, to jest to! – ucieszył się właściciel składu. – Sądzę jednak, że lepiej wyglądałyby dwa tygrysy. Ojciec i syn. Taki symbol ciągłości pokoleń. Kiedyś przecież pierworodny przejmie po mnie interes.

Takeshi zaprojektował więc dwa tygrysy wyłaniające się spoza snopa. I znów było źle.

– Same łby i łapy? Mistrzu, trzeba zasugerować, że to ogromne zwierzęta, a nie jakieś małe kotki. Wymyśl coś.

Wymyślił. Logo ozdobiły dwa splecione ogony, sugerujące ukryte w zbożu cielska wielkich drapieżników.

– No, ładnie. Całkiem ładnie – skwitował pan Otsuke. – Ale dlaczego nie pokazać całych tygrysów, co? Popraw to, proszę. Nie chcę, żeby na moim znaku firmowym wspaniałe zwierzęta chowały się w ryżu, jakby się czegoś bały. Moja firma dynamicznie prze do przodu i nie lęka się nowych wyzwań. Czas to wszystkim wyraźnie pokazać, mistrzu.

Mistrz stłumił ochotę, żeby jednym krótkim błyskawicznym ruchem godnym kobry dźgnąć kupca ryżowego w tchawicę, pozbawiając go przytomności.

Spokojnie, Takeshi, spokojnie, chłopie, nakazał sobie. Tamte czasy minęły. Przyjmuj pokornie los, który sam dla siebie wybrałeś.

Na następnym szkicu dwa dorodne tygrysy buszowały w zielonym łanie ryżu, z góry przyświecało słoneczko, a piękna gałąź brzoskwini dopełniała całości, wnosząc do symbolicznego obrazka jeszcze więcej dostatku i szczęścia.

Pan Otsuke był zachwycony, a Takeshi bogatszy o całkiem ładną sumkę.

Jeszcze dziś skończę i będę wolny, pomyślał z ulgą. Trzeba tylko wyretuszować portret.

Zauważył, że Kazuya wciąż badawczo mu się przygląda. Wyglądał, jakby coś rozważał.

– Kończysz pracę u pana Otsuke, mistrzu. Nie masz już więcej zobowiązań w Zimnej Wodzie?

Artysta uznał, że warto nieco przyciemnić tło za głową kupca.

– Same drobiazgi. Obiecałem kilka nowych wzorów parasolnikowi, są już gotowe. Jeśli nie będzie miał uwag, jutro ruszam dalej.

– Twoje portrety są bardzo piękne, niezwykle podobne do modeli. Może zechciałbyś wykonać jeszcze jeden? – zagadnął chłopak. – Dla odmiany ślicznej, młodej dziewczyny?

Takeshi uśmiechnął się ze zrozumieniem.

– Która bardzo ci się podoba, co?

Kazuya poczerwieniał.

– To nie ma znaczenia, mistrzu. I tak nie byłoby mnie stać na taki prezent. Haru jest córką wójta. Jego jedynym dzieckiem. Pan Takasuke świata za nią nie widzi. Z pewnością dobrze zapłaci za portret. A Haru na pewno się ucieszy. Od dawna marzy o nowym holo. To jak? Wchodzisz w ten interes?

Takeshi zastanowił się przez moment. W sumie nigdzie się nie śpieszył. Dodatkowe zlecenie na pewno by się przydało.

– Wchodzę – zgodził się.

Od afery w gospodzie minęło już kilka dni, nie wydawało się więc, żeby ktokolwiek go rozpoznał.

Co mi szkodzi zostać trochę dłużej w Zimnej Wodzie, pomyślał. Na szczęście nikt mnie nie szuka.

Nie miał pojęcia, jak bardzo się myli.

Pomysł Kazui zdecydowanie przypadł wójtowi do gustu. Haru wydawała się ostatnio nieswoja. Zgaszona i smutna. Błądziła myślami gdzieś daleko, nie stroiła się ani nie śmiała. Pan Takasuke martwił się, że jedynaczka jest chora. Jednak na wieść o portrecie rozpromieniła się jak poranne słońce.

– Dziękuję, tatusiu! – zawołała radośnie. – Jesteś cudowny.

Jak każdy kochający ojciec wójt Zimnej Wody spuchł z dumy.

Haru naprawdę ucieszyła się z nowego portretu.

Nie można ciągle żyć przeszłością, nakazała sobie. Tamto w gospodzie to był zły sen. Okropny koszmar, nic więcej. Dla własnego dobra musi o tym jak najprędzej zapomnieć.

Chociaż najtrudniej było zapomnieć o tajemniczym wybawicielu. O mężczyźnie z twarzą starożytnego boga, oplecionym sznurami blizn, tańczącym z błękitnym mieczem w rękach na podłodze szkarłatnej od krwi.

Zaprzątał jej myśli o poranku, zjawiał się przed oczami, gdy czytała lub wyszywała, nocą odwiedzał sny, szepcząc niepokojące, czułe słowa.

Wiedziała, że powinna o nim zapomnieć. Ale nie umiała.

Był tak inny od zwykłych, nudnych mężczyzn. Wspaniały, straszny i pociągający.

Jednak kiedy rankiem wędrowny artysta zjawił się na podwórzu ze swoim wózkiem, dostała pąsów z podekscytowania i radości. A gdy pokazał jej prace, radość zamieniła się w zachwyt. Mistrz był naprawdę utalentowany. Ale poza tym bardzo nijaki. Cichy, uprzejmy, nieciekawy. Miał pociągłą twarz, bardzo jasną cerę, ciemne, szarawe włosy i skromne ubranie. Był szczupły i dość wysoki, jednak ciągle się garbił.

Dziewczyna miała nadzieję spotkać kogoś bardziej interesującego, lecz przecież najważniejszy był portret. A już od pierwszych chwil dało się wyraźnie odczuć, że artysta dobrze wie, jak się do niego zabrać.

Odkąd panienka Mariko przed kilkoma dniami dotarła do „Jenota i Czajnika", nie mogła zaznać spokoju. Przed oczami wciąż miała cięcia nieznanego szermierza. Ach, dobre! Bardzo dobre. Idealne.

Ładne. Precyzyjne. Bliskie absolutnej doskonałości.

Miotała się po rezydencji wściekła, pełna frustracji. Służba pierzchała przed nią, przerażona, nawet cyngle pana Ashihei czuli się w jej obecności niepewnie.

A Mariko widziała tylko rany. Czerwone, głębokie, jasne. Zdekapitowane głowy, pocięte torsy, rozpłatane brzuchy. Wspaniały popis wyjątkowego kunsztu. W myślach odtwarzała szczegóły potyczki.

Jak on się poruszał, ten drań? Ten bydlak? Ten, och, mistrz! Fantastyczny, pieprzony mistrz! W jaki sposób tak ich zaszlachtował, zmasakrował? Ale jak pięknie! Z jaką niesamowitą klasą! Jak popłynęły te cięcia? Gdzie stąpał? Kiedy zdołał tak płynnie się obracać, tak genialnie odpierać ciosy? Jakby znał każdy ruch przeciwnika.

Zabił piętnastu ludzi. Sam jeden. Och, bogowie! Oddałaby duszę, żeby móc z nim walczyć!

– Kubo! – krzyczała po domu, aż ochrypła. – Kubo?! Masz go? Coś? Jakiś ślad?

Lecz odpowiedź zawsze była przecząca.

Nikt nie wiedział, kto zabił kilkunastu dobrych szermierzy w „Jenocie i Czajniku". A byli dobrzy. Mariko doskonale wiedziała, bo sama ich szkoliła.

Teraz zaś nadszedł czas, żeby wzięła sprawy we własne ręce. Jeśli ci nieudacznicy nie są w stanie odszukać na jej własnym terenie kogoś, kto tak doskonale włada mieczem, będzie musiała sama to zrobić.

– Emiko! – wrzasnęła. – Ty leniwa łajzo! Przygotuj mnie do drogi. Jadę po mojego mistrza i lepiej, żeby Siedmiu Bogów Szczęścia miało go w opiece!

Nie wiadomo, czy Siedmiu na Wysokiej Równinie Niebios cokolwiek usłyszało, lecz w tym samym czasie po drugiej stronie Gór Rubinowych pewien wędrowny mnich obudził się ze złego snu. Koszmar bardzo go zaniepokoił, zatem mnich szybko zaczął zbierać się do drogi.

Już idę, bracie, powtarzał w myślach. Spokojnie, już idę.

Nazywał się Rei i od dzieciństwa był najlepszym przyjacielem Takeshiego. Obaj należeli do Zakonu Czarnej Wody i obaj byli zmuszeni opuścić go siedem lat temu, po wielkiej bitwie zwanej Klęską Czworga. Zawsze łączyła ich szczególna więź, lecz odkąd Takeshi, ryzykując życie, ocalił swego przyjaciela, stała się naprawdę zupełnie niezwykła.

Teraz Rei czuł, że wędrowny artysta znajduje się w niebezpieczeństwie, więc niezwłocznie ruszył na pomoc. Nie wiedział, gdzie szukać przyjaciela, ale miał pewność, że w umówionej świątyni znajdzie odpowiednie wskazówki. Na wszelki wypadek zawsze zostawiali sobie wiadomości, dokąd się wybierają, a dobry staruszek Daruma uczynnie ich pilnował, zezując swym jedynym okiem.

Rei się denerwował. Dłonie trochę mu drżały, gdy zbierał swój skromny dobytek. Wciąż myślał o tym, co ujrzał w koszmarnej wizji, a strach o Takeshiego ściskał mu serce. Bardzo bał się, że nie zdąży na czas albo nie będzie w stanie nic zrobić, żeby odwrócić bieg przyszłych wydarzeń.

Niepokój mnicha każdemu wydałby się przesadzony. Rei nie miał nic prócz snów i złych przeczuć, jednak czuł, że powinien się śpieszyć. Zwykły człowiek prawdopodobnie zignorowałby tak wątłe przesłanki i zajął się swoimi sprawami.

Rzecz w tym, że Rei w ogóle nie był człowiekiem.

Mistrz Tygrys i daimio

Tymczasem gdzieś wysoko, ponad światem, w prastarej przestrzeni pełnej mocy i snów, pulsował niepokój. Opalizujący nimb, niewidoczny dla nikogo ze śmiertelnych, zawieszony na granicy kosmicznej czerni, falował nerwowo. Od wielu wieków pozostawał w głębokiej nierównowadze, która ostatnio zdawała się jeszcze powiększać. Gdyby ktokolwiek potrafił wznieść się w pustkę gwiazd i spojrzeć z boku wzrokiem mędrca, świętego czy maga, mógłby ujrzeć zdumiewający i przerażający widok. Odwieczna potężna aura spowijająca cały świat marszczyła się i drgała. Najspokojniej wyglądała ponad rozległą wyspą-kontynentem Wakuni, choć i tam zdarzały się zawirowania. Jednak już po drugiej stronie cieśniny zwanej Smoczą Paszczą, ponad terenami drugiego najpotężniejszego państwa, Wspólnoty Korporacyjnej Antilia, burzyła się wściekle, przybierając mroczną barwę gniewnej purpury. Co chwila następowały silne erupcje mocy, przebiegające niczym dreszcz poprzez czas i przestrzeń, jakby nadświat toczyła nieznana choroba.

Zaburzenia w strukturze aury dotykały nawet Wysokiej Równiny Niebios, dryfującej spokojnie nad pogrążoną w błękicie słonecznego dnia, nieświadomą niebezpieczeństwa Wakuni. Ludzie nie potrafili odczuwać nierównowagi tak, jak Niebianie. A nawet Nieśmiertelni nie umieli nic przedsięwziąć, aby naprawić sytuację. Wobec kłębiącej się ponad ich głowami potęgi bóstwa pozostawały bezsilne.

Brakło im może mocy i umiejętności, lecz nie pozostali ślepi.

Coś zaczynało się dziać, coś zmieniać, rodzić w głębiach odwiecznej przestrzeni nadświata. Jakiś ruch, powiew, zmiana, która miała na zawsze odmienić oblicze rzeczywistości. Czuli to w sercach i umysłach, lecz zamiast nadziei budził się w nich tylko strach.

Potężna burza miała się wkrótce przetoczyć nad planetą. Tak potężna, że nawet bogowie musieli zadrżeć z przerażenia.

Hernandez Mero, prezydent Wspólnoty Korporacyjnej Antilia, wyglądał na wycieńczonego. Popielata, niezdrowa cera, głębokie zmarszczki na twarzy i półksiężyce cieni pod oczami przydawały dygnitarzowi lat. Chorował od dawna i choć starał się ukrywać niemoc przed narodem, wiedział, że czas jego panowania, a może i życia, wkrótce się zakończy.

Cień smutku zamieszkał na zawsze w kącikach jego błękitnych oczu. Od chwili objęcia prezydentury sytuacja w kraju przysparzała mu nieustannych zmartwień, lecz ostatnio brzemię wydarzeń zaczęło go dosłownie przytłaczać.

Przez ogromne, panoramiczne okno patrzył tęsknie na wody Smoczej Paszczy, jednak cieśnina była zbyt szeroka, żeby ujrzeć zielony brzeg sąsiedniej Wakuni. Kraju szczęśliwości. Bogatego, prosperującego, pełnego perspektyw.

Westchnął boleśnie, wykrzywiając usta w drwiącym grymasie. Co za ironia. Przecież to jego państwo, rozległa, z pozoru wspaniała Antilia nosi nazwę mitycznej krainy dobrobytu z Dawnego Świata.

Kiedy całe wieki temu Wielcy Założyciele przybyli tutaj spomiędzy gwiazd, żeby zbudować podwaliny przyszłej Antilii, byli o wiele silniejsi niż Pierwsi Pracownicy z Wakuni. Dlatego uzyskali prawo wyboru ziemi pod przyszłą kolonię. I z tego też powodu zasiedlili ogromną połać terenu na kontynencie, który nazwali Ciboli, Szczęśliwe Miejsce. Wszystko tu wydawało się najlepsze. Ziemia najbardziej żyzna, bogata w zasoby naturalne. Obfite źródła słodkiej wody. Dostęp do morza. Łagodny klimat. Istotnie, miejsce, gdzie powinno rozkwitać szczęście.

Czemu jednak tak się nie stało?

Czy Wielcy Założyciele mogli się tak bardzo pomylić? Czy zamiast chronić i otaczać opieką, zadrwili okrutnie ze swoich dzieci? A może wystawili je tylko na próbę? Bardzo ciężką, niemal tragiczną próbę, której jedynie z wielkim trudem dałyby radę sprostać?

Od dawna wszystko wskazywało na to, że jednak nie sprostają.

Szczęśliwe miejsce stało się miejscem przeklętym. Krainą demonów.

Niemal od samego zarania Antilię dręczyły plagi i kataklizmy. Objawiali się gniewni bogowie oraz żądne krwi potwory. Niezwykłe stworzenia toczyły z sobą walki na śmierć i życie, niszcząc zasiewy i plony. Łagodny niegdyś klimat zmienił się nie do poznania. Kraj zaczęły pustoszyć tornada, z morza wstawały gigantyczne fale tsunami, ziemia otwierała się, wypluwając wrzącą lawę i pochłaniając całe osady. Wydawało się, że Ciboli pragnie strząsnąć ze swego grzbietu nieszczęsnych osadników. Potem przyszły zarazy, a za nimi nienaturalne plagi. Szarańcze długie jak męskie ramię z twarzami kobiet lub pyskami lwów, pożerające nie zboże, lecz małe dzieci. Latające małpy, które atakowały ludzi. Wiecznie rozchichotane monstrualne ropuchy, plujące trującym jadem. Po świecie snuły się upiory, żywe trupy i zmory. Szalały też demony, a wśród nich najstraszniejsza, Sanctissima Muerte, Najświętsza Śmierć, oraz równie potworni Dyniogłowy, Pan Wąż Danbala, Psychopata z Hakiem, Odwieczny Strach, El Chupacabra i wielu innych.

Stanowisko prezydenta od dawna nie było w Antilii przywilejem, lecz straszliwym brzemieniem.

Ktoś zapukał do drzwi.

– Wejść – rozkazał Mero i w szparze między skrzydłem a futryną ukazała się wąska, blada twarz Alejandra Mendeza, osobistego sekretarza prezydenta. Wieści, które przynosił, z pewnością nie mogły być dobre, bo w ciemnych oczach młodego człowieka czaił się strach. Ale Mero przywykł już, że od dawna nie słyszy żadnych dobrych wiadomości.

– Co tam? – zagadnął sucho.

– Panie prezydencie – zaszemrał Mendez, jakby bał się własnego głosu. – Panie prezydencie, w samym sercu kraju objawiła się Sanctissima Muerte...

Głos mu zadrżał z rozpaczy.

Mero jęknął, ukrył twarz w dłoniach. Bogowie, to naprawdę był cios. Przenajświętsza Pani Kostucha nie nawiedzała Antilii od dziesięciolecia.

– Czy to pewne? – zdołał zapytać.

Sekretarz nerwowo skinął głową.

– Tak. Niestety, tak.

Prezydent obrzucił go ciężkim jak nagrobek spojrzeniem.

– Ile ofiar?

– Na razie nie wiadomo dokładnie. Ale nie mniej niż sześć, osiem tysięcy. Jednak to nie koniec strat. Całe hektary pól, zboża, trzcina cukrowa, plantacje owoców, spalone. Farmy, zabudowania gospodarcze, przedsiębiorstwa i...

– Dość! – Mero uniósł niecierpliwie dłoń. – Sztab kryzysowy zajął się problemem?

– Oczywiście, panie prezydencie.

– Zatem nic więcej nie jestem w stanie zrobić.

– Nie wygłosi pan orędzia do narodu? – zdumiał się Mendez.

– Nie teraz. Mam ważniejsze sprawy. Podejdź do biurka. Widzisz tam otwartą księgę? Podnieś ją i czytaj.

Osłupiały młody człowiek spojrzał na dzieło leżące na blacie. „Prapoczątek, czyli rzecz o powstaniu Wakuni", przeczytał tytuł. Zerknął niepewnie na prezydenta. Mero miał zamknięte powieki, twarz szarą i wynędzniałą.

Czyżby skutkiem nieszczęść i choroby tracił równowagę psychiczną? – pomyślał zaniepokojony Mendez. Po co mu historyczno-religijne pisma sąsiadów? I to teraz, w obliczu katastrofy?

– No, czytaj! Na głos – ponaglił zirytowanym tonem Mero. – Sam to przeczytałem niezliczoną ilość razy, może lepiej się skupię, jeśli usłyszę tekst. Ty też myśl, synu. Analizuj. Dociekaj. I postaraj się, żeby coś mądrego wreszcie wpadło ci do głowy, dobrze? No już, zaczynaj.

Alejandro mógł tylko wykonać polecenie.

Gdy czas był jeszcze młody, a świat nie znał obecności człowieka, tunelem nad i pod gwiazdami przybyła Wielka Bogini Prezes wraz z Bogiem Pierwszym Udziałowcem oraz świtą Pierwszych Pracowników. Pochodzili oni z miejsca zwanego Dawnym Światem, ojczyzny wszelkiego życia. Ujrzawszy piękną, rozległą wyspę pod swymi stopami, pokochali ją i nazwali Wakuni, Nową Ziemią. Rozpoczęli wielkie czary, aby uczynić ją zdatną dla ludzi, gdyż mimo że piękna i wybrana, nie mogła dać schronienia populacji przybyszów z gwiazd. I w czasach owych niezwykła wspólnota, Uświęcona Korporacja Yamauba, którą powołała w swym umyśle Wielka Bogini Prezes, a wydobył na świat i odział w materię Bóg Pierwszy Udziałowiec, rozpoczęła pracę, przemieniając Wakuni w krainę przychylną życiu.

Tunelem nad i pod gwiazdami przypłynęły wtedy wybrane, święte zwierzęta i rośliny z Dawnego Świata, żeby służyć ludziom. A były one tak maleńkie, że ziarno ryżu mogło im wszystkim stać się domem na zawsze. Podówczas Wielka Bogini Prezes wraz z Bogiem Pierwszym Udziałowcem swym świętym tchnieniem obudzili uśpione zwierzęta, zaś Magowie z ich świty przywrócili im naturalne rozmiary. I radowali się wielce, gdyż żyły i mnożyły się tak jak w Dawnym Świecie. Zwierzęta te nazywamy zatem domowymi, bo ku powszechnemu pożytkowi przybyły mocą Pierwszych Bóstw z naszego prawdziwego domu.

Aby uczynić Wakuni kwitnącym ogrodem dla swego ludu, Magowie nie zarzucili pracy, lecz świętym, cudownym sposobem wszczepili cząstki zwierząt i roślin sprowadzonych tunelem nad i pod gwiazdami wybranym tutejszym stworzeniom, aby karmiły nas, odziewały i służyły swą pracą. Te zwiemy odtąd przysposobionymi.

W swej chwale i dobroci Bogini i Bóg pozwolili żyć i mnożyć się większości tutejszych stworzeń, które przetrwały czas Potężnych Czarów Sprawczych, spopieliwszy w swym gniewie jedynie te, które zaprzedały się złu i zagrażały ukochanym dzieciom Bóstw Założycielskich. Ocalone zwierzęta miejscowe zwiemy odtąd dzikimi.

Tak oto powstała piękna i żyzna ziemia Wakuni, a Uświęcona Korporacja Yamauba roztaczała nad nią opiekę. Bóstwa Założycielskie królowały w glorii i potędze, a był to zaprawdę czas święty i wspaniały.

Jednakże, ku rozpaczy ludu, musiał się kiedyś zakończyć. Bóg Pierwszy Udziałowiec i Wielka Bogini Prezes wiedzieli, że kiedyś będą zmuszeni opuścić świat materialny, na zawsze przenosząc się do dziedziny nadprzyrodzonej. W swych sercach znali przecież przyszłość oraz wszelkie rzeczy ukryte, a w swej mądrości potrafili przewidzieć losy umiłowanej Wakuni.

Droga prowadząca tunelem nad i pod gwiazdami ku odległemu Dawnemu Światu wiodła przez splątane korytarze mocy, a była niezwykle długa i trudna do pokonania. Jedynie potęga Pierwszego Udziałowca oraz chwała Bogini Prezes powodowały, że do Wakuni wciąż napływały wieści i towary z prawdziwego domu. Gdy zabrakło Bóstw Założycielskich, więź poczęła słabnąć, aż po wielu dziesięcioleciach zgasła zupełnie.

Nastał przepowiedziany i zaplanowany przez Najpierwszych Bogów okres zwany Wielkim Regresem. Lecz nie pozostawili oni swych dzieci bez opieki. Najświętsza Prezes wypowiedziała bowiem w niepojętym języku nadprzyrodzonych sutrę o ogromnej mocy, zrozumiałą jedynie dla nieśmiertelnych, obcą uszom i umysłom zwykłych ludzi, którą pozostawiła wszystkim dzieciom Wakuni, aby powtarzały ją z szacunkiem i umiłowaniem, przywołując chwałę Niebiańskiej Matki. Bogini rzekła: „Doświadczenie uczy, że kolonie tak odległe od macierzystej planety jak Wakuni po kilkudziesięciu, kilkuset latach popadają w regres cywilizacyjny, a ich kontakty z prawdziwym domem stają się sporadyczne i niepewne. Aby uchronić kolonistów, którzy zaufali Korporacji Yamauba, przed upadkiem lub poważnym kryzysem, dajemy im rękojmię przetrwania w postaci spójnego systemu społecznego, opartego na feudalnym systemie obowiązującym przez wieki w naszym kraju, gwarantującym spokój i stabilność w okresie kontrolowanego regresu. Badania naukowe dowiodły skuteczności takiego programu. Gdy kolonia przetrwa okres próby, zwykle podnosi się z upadku i, rozwijając na powrót naukę oraz technikę, podejmuje ponowne kontakty z planetą macierzystą. Nie bójmy się zatem wyzwań, jakie niesie podróż w nieznane! Z pomocą Korporacji Yamauba wszyscy wyjdziemy z niej zwycięsko! Wakuni znaczy dziś przyszłość!".

Oto prawdziwe słowa naszej Matki, Wielkiej Bogini Prezes. Chwała Jej oraz Ojcu Pierwszemu Udziałowcowi! Niechaj Budda Amida ma nas wszystkich w łaskawej opiece.

Mendez podniósł wzrok nad książki.

– To koniec rozdziału, panie prezydencie.

Mero machnął dłonią gestem pełnym irytacji.

– To nic, czytaj dalej. Dalej, chłopcze. Przecież musi tam coś być! Musi, mówię! I myśl, na litość boską!

Alejandro posłusznie wrócił do lektury, teraz już całkiem przekonany, że głowa państwa traci zdrowe zmysły.

– W owym czasie, już po przybyciu zwierząt, gdy zakończył się czas Potężnych Czarów Sprawczych, moc i chwała Wielkiej Bogini Prezes oraz Pierwszego Udziałowca tak jaśniała na ziemi, że obudziła bogów na Wysokiej Równinie Niebios. I zaczęli oni przybywać, by radować się i składać hołdy Bóstwom Założycielskim.

– Czekaj! Czekaj! Nie pędź bez sensu! Zastanawiaj się. Analizuj! – ożywił się Mero. – Napisano tam: „obudziła"! Czy to do ciebie dociera? To znaczy, że przedtem się nie objawiali, tak? Nie było ich! Rozumiesz, co to znaczy?

– Nie, panie prezydencie – bąknął sekretarz. – Obawiam się, że nie. To tylko stare teksty religijne…

– Ach, co za bzdury! One mogą ocalić Antilię. Myśl, chłopcze! Przynajmniej się staraj. No, dalej, czytaj! Ale już!

– Także demony w ziemi, wodzie, powietrzu i skałach ujrzały jasność promieniującą od Wielkiej Pary Bogów, aż raziła je w oczy. Niektóre padły na twarz, lecz inne ośmieliły się podnieść zbrodniczą dłoń na Matkę i Ojca oraz Pierwszych Pracowników.

– Demony! – wykrzyknął prezydent. – O to właśnie chodzi! Rozumiesz już? Nie? Trudno. Czytaj, Alejandro, na litość boską!

– Podówczas zdumienie ogarnęło wszystkich, i Pierwszych Pracowników, i Magów Korporacji Yamauba, nie była to bowiem rzecz powszechna, by bóstwa i demony jawnie przybywały na ziemię, aby oddać cześć mocy Pary Założycielskiej…

– Tak! – Mero aż zerwał się z fotela. – Oczywiście! Widzisz, czemu kazałem ci to czytać? Z powodu objawień! Oni się nie spodziewali niczego takiego! Zupełnie jak my! Nie zostali zawczasu przygotowani! Jestem tego pewien. Czytaj, jak sobie z tym poradzili! I kombinuj, jak możemy to wykorzystać. Szybciej, chłopcze. Nie rozumiesz, jakie to ważne?!

Alejandro nie rozumiał, ale wiedział, że lepiej natychmiast zastosować się do polecenia. Na twarz prezydenta wypłynęły niezdrowe rumieńce, oczy mu błyszczały.

– Czytaj, do cholery! – ryknął Mero.

To chyba napad choroby, stropił się Mendez, ale zaczął czytać.

– Wtedy to Wielka Bogini Prezes rozkazała, a tunelem pod i nad gwiazdami przybyły święte księgi i formuły z Dawnego Kraju. Magowie wzięli je, uczyli się i recytowali, aby tym sposobem poskromić demony oraz bóstwa, które wykazywały nadmierny entuzjazm. I stało się według woli Matki. Nastał błogosławiony porządek, a każdy, człowiek, zwierzę czy Nieśmiertelny, znał swoje miejsce i radował się z tego. Bogini Prezes i Pierwszy Udziałowiec mogli więc ze spokojem w duszach odejść z tego świata i udać się w dziedziny nadświata. Przykazali jednak przedtem, by z wielkim pietyzmem wykonywano rytuały, recytowano formuły i przestrzegano wszelakich świąt, a chaos nigdy nie wedrze się na powrót w granice Wakuni. Tak też się stało. Chwalmy Bogów Założycielskich na wieki, a Budda Amida niechaj ma nas wszystkich w łaskawej opiece!

– No i co? Wymyśliłeś coś? Masz jakieś pomysły?

Sekretarz starał się ukryć zmieszanie.

– E... no, może trzeba zdobyć te ich teksty i wykorzystać w Antilii, panie prezydencie? Znaczy podczas groźnych objawień. Istnieje szansa, że podziałają...

– Nie! To na nic! Bez sensu! Nie podziałają i już!

Mendez zerknął nieśmiało na przełożonego.

Prezydent opadł z powrotem na fotel. Wyglądał jak szara, sprana szmata. Rumieńce bladły na zapadniętych policzkach.

– Znów nie rozumiesz, co? – burknął do sekretarza. – Boże, czemu otaczają mnie kretyni! Już tego próbowałem, Mendez! W tajemnicy sprowadzałem do Antilii świętych, kapłanów i egzorcystów z Wakuni. I nic! Nie sprawdziła się żadna magiczna sztuczka! Mantra, sutra, zaklęcie, co tam chcesz. Na własne oczy widziałem, jak nasz kochany El Chupacabra odgryzł łeb jednemu z ich największych magów. Zgniótł w paszczy jak mandarynkę. Czemu to nie działa, Alejandro? Gdzie leży przyczyna? Nie jestem w stanie tego pojąć! Sprowadzili sobie księgi magiczne z Dawnego Kraju. Wspaniale, co? Więc czemu nasi Wielcy Założyciele nie mogli? Dlaczego, Mendez? Zostawili nas tutaj, żebyśmy zdychali! Teraz gapią się na to z tego swojego cholernego nieba i za brzuchy się trzymają ze śmiechu. Niezły mają ubaw, co? Popatrzcie, jak zdycha ta śmieszna, stara Antilia! Komiczna sprawa. Naprawdę komiczna! Boże!

Alejandro wystraszył się na dobre. Prezydent zdecydowanie bredził. A w dodatku bluźnił. Co robić? Wołać o pomoc? Nie, to kiepski pomysł.

W duszy biedny sekretarz był lojalnym podwładnym. Wiedział, że Mero ma w Zarządzie wielu wrogów, którzy bez skrupułów wykorzystają atak choroby znienawidzonej głowy państwa.

– Panie prezydencie? – szepnął nieśmiało. – Może przynieść wody?

Mero popatrzył przytomniej.

– Nie, nie chcę – warknął. – Lepiej przynieś whisky. Albo tequilę. Tak, śmigaj po tequilę, synu. Pikantny sok z pomidorowca i wyciśniętą limonkę. A potem zmykaj. Muszę pomyśleć w spokoju.

Sekretarz cicho zamknął za sobą drzwi, kręcąc głową z dezaprobatą dopiero, gdy był pewien, że Mero już go nie widzi.

Prezydent zagłębił się w ulubionym fotelu i w zadumie przyglądał się falom bijącym o brzeg zatoki zwanej Smoczą Paszczą. Niestety, na horyzoncie nie pojawiała się znajoma sylwetka statku płynącego z Wakuni.

Źle. Bardzo źle. Już kolejny raz pan Omura spóźniał się z dostawami niezbędnych leków. Żaden z miejscowych lekarzy nie potrafił stworzyć specyfiku, który choć trochę pomógłby na dolegliwości prezydenta Antilii. Lecz w Zakonie Szczególnych Receptur mieli wyśmienitych specjalistów i doskonałe lekarstwa. Wakuni jak zwykle górowała nad Antilią. Dzięki tajnym negocjacjom i układom z Omurą, potężnym daimio, gubernatorem bogatej, nadmorskiej prowincji leżącej po drugiej stronie Smoczej Paszczy, w zamian za znaczne udogodnienia w handlu Mero mógł liczyć na regularne dostawy medykamentów przygotowanych specjalnie dla niego przez mistrzów Zakonu Szczególnych Receptur. Proceder trwał od lat, lecz ostatnio niezbędne leki przypływały z opóźnieniem, co budziło niepokój prezydenta. Czyżby Omura miał jakieś kłopoty?

Mero nawet nie chciał o tym myśleć. Bez leków będzie stracony. Inna sprawa, że jeśli tajny układ z potężnym dostojnikiem sąsiedniego państwa wyjdzie kiedyś na jaw, kariera prezydenta skończy się bezpowrotnie w atmosferze skandalu.

Hernandez po raz kolejny tego dnia ciężko westchnął. Czuł się zmęczony i chory.

Może czas odejść? – pomyślał. Ale co wtedy stanie się z Antilią?

Nie, nie mógł teraz opuścić posterunku. Nie w momencie, gdy frakcja młodych, sfrustrowanych polityków tak usilnie parła do wojny z sąsiadem. Na Boga! Wojny! Z bogatą, potężną, prosperującą Wakuni! To nie byłby nawet akt desperacji, tylko samobójstwo. Szaleństwo. Kiedy od lat z pomocą negocjacji, sekretnych układów, szpiegów i podstępów stara się odkryć tajemnicę prosperity sąsiedniego państwa? Dowiedzieć się, zrozumieć, czemu katastrofy pustoszą jedynie Antilię i jak im zapobiec? Wykraść klucz do sukcesu i uratować własny kraj? Pod żadnym pozorem nie można dopuścić do ataku na Wakuni. Wypowiedzenie wojny sąsiadom to już nie tylko głupota, to jawna zdrada stanu!

Idioci! – aż się zatrząsł ze złości, gdy przypomniał sobie zacięte, tępe twarze opozycyjnych polityków. Nawet gdyby jakimś cudem udało się podbić i ograbić pobliskie państwo, jakie to może przynieść korzyści Antilii? Na dłuższą metę tylko pogłębi chaos. Jedynie Wakuni opierała się niszczącej fali destrukcji. Bez niej nie będzie już nadziei.

– I wszyscy zginiemy – szepnął z rozpaczą. – Upadnie cała cywilizacja. Bogowie! Jak mam sobie poradzić z tym wszystkim?

Jeszcze raz tęsknie zerknął na wody zatoki, lecz po czystej, niebieskawej tafli morza nie nadpływał wyczekiwany statek pana Omury.

Pogrążony w smutnych rozmyślaniach Mero nie wiedział, że nie jest w gabinecie sam. Ktoś go obserwował, czujnymi, bystrymi, lśniącymi oczami. Słuchał uważnie każdego słowa. Niewidoczny, ukryty wysoko, u samej powały, między belkami konstrukcji sufitu. Cichy, podobny do cienia, a jednak obecny.

Zapamiętywał i analizował fakty, bezpiecznie schowany pod osłoną dachu. Jak zwykle wolał pozostać niezauważony, choć dobrze wiedział, że w razie odkrycia jego milczącej obecności nie grozi mu specjalne niebezpieczeństwo.

Bo komu może przeszkadzać wielki, bury, pręgowany kocur śpiący spokojnie na belce pod sufitem?

Za błękitną, lśniącą wodą spokojnej dziś i cichej Smoczej Paszczy, w rezydencji gubernatora nadmorskiej prowincji pana Omury trwała gorączkowa krzątanina. Służba przygotowywała dom na przybycie niespodziewanych, lecz wielce szacownych gości. Myto kolejny raz błyszczące niczym tafla jeziora podłogi, polerowano nieskazitelne meble, trzepano haftowane narzuty, choć nie przylgnął do nich nawet pyłek kurzu, przecierano nienagannie czystą ceramikę, wymieniano wciąż świeże i piękne kwiaty w wazonach. W kuchni, pod okiem najlepszego z kucharzy, powstawały niezwykłe dania, same wykwintne przysmaki.

Wszędzie panowała atmosfera podniecenia. Żony i konkubiny pana nie kryły radości, wyjmując z kufrów ulubione stroje i ozdoby.

Nie cieszył się tylko sam Omura. Zamknął się w gabinecie, pogrążony w ponurej zadumie, raz po raz zerkając na leżący na biurku list. Zawiadomienie o nieoczekiwanym przyjeździe trzech mędrców z Zakonu Szczególnych Receptur.

Czego chcą, do wszystkich diabłów? – myślał ze złością.

Taka wizyta nie wróżyła niczego dobrego. A przecież od tylu lat z powodzeniem współpracował z Zakonem. Mistrzowie dostarczali mu lekarstw dla Hernandeza Mero, a on sowicie płacił zarówno za specyfiki, jak i milczenie. Układ opłacał się wszystkim. Prezydent Antilii utrzymywał się przy życiu i władzy, Zakon zarabiał niezłe sumy, a i Omura nie czuł się pokrzywdzony dzięki monopolowi na wiele produktów, które z zyskiem sprzedawał w sąsiednim kraju. Sama Amaterasu powinna radować swoje słoneczne oblicze, patrząc z nieba na tak korzystną wymianę handlową.

Więc dlaczego te kościane dziadygi od leków i trucizn nie są zadowolone? Mają nadzieję wyciągnąć od niego więcej pieniędzy? Chciwi starcy! Już od jakiegoś czasu zaczęli robić trudności, opóźniać dostawy lekarstw dla Mero, unikać kontaktów i w ogóle pokazywać, kto tu jest ich zdaniem najważniejszy. A teraz niespodziewanie zaszczycają jego dom oficjalną wizytą. Wspaniale!

Omura wcale nie miał ochoty wydawać przyjęcia na cześć szacownych członków Zakonu Szczególnych Receptur, którzy tak bezczelnie zwalili mu się na głowę, lecz nie miał wyjścia. Był wielkim daimio, gubernatorem potężnej i bogatej prowincji. Jego własny prestiż wymagał, by podjął gości wystawnie i elegancko.

Czemu ci starzy głupcy tak jawnie zwracają na siebie uwagę? Nie potrafił tego zrozumieć. Do tej pory wszystkie spotkania odbywały się dyskretnie i tak było dla wszystkich najlepiej. Dlaczego teraz miało się to zmienić?

Niech zaraza popieści tych nadętych dziadów, pomyślał z wściekłością. We łbach im się przewróciło czy co?

Wiele wskazywało na to, że chyba tak.

Dostojni mistrzowie w otoczeniu bogatej świty przybyli, kołysząc się w palankinach zamontowanych na grzbietach ogromnych biostworów. Z jakiejś przyczyny ten tradycyjny, nobliwy orszak zirytował Omurę jeszcze bardziej. Zwykle członkowie Zakonu śmigali nowoczesnymi bolidami, szybko i dyskretnie, a teraz odstawiali istny cyrk, pełen bombastycznych ceremoniałów i ostentacyjnych gestów. Dwunastu służących rozwinęło specjalne szczeble, po których szanowni goście mieli zejść na dziedziniec, a czterech innych niosło baldachim nad głową każdego mistrza, chociaż pogoda była piękna, a słońce wcale mocno nie przypiekało.

Gdy tylko pierwszy mędrzec wyłonił się z palankinu, pan Omura zacisnął ze złością szczęki. Starzec miał na sobie ceremonialne szaty w kolorze słońca i krwi, a na twarzy nosił tradycyjną maskę. Długi dziób Żurawia i ciężka, czerwona korona chwiały się groteskowo ponad wątłym, kruchym ciałem starego mistrza. Z drugiego biostwora gramolił się już zębaty Odyniec, a po szczeblach trzeciego niepewnym krokiem złaził najstarszy i najbardziej niedołężny Tygrys, jakiego daimio kiedykolwiek widział.

No pięknie. Przydreptała sama wierchuszka Zakonu. Najstarsze, najbardziej zajadłe dziadygi. Ciekawe, czemu ma służyć ten dziwaczny popis?

Jednak Omura długo musiał powściągać swoją ciekawość. Starzy mistrzowie nie zdradzili się ani słowem, a niekończące się ceremonie przebiegały zgodnie z wszelkimi uświęconymi konwenansami aż do późnego wieczora. Powitanie, przydzielenie gościnnych pokojów, czas na odpoczynek po podróży, rytualne zwiedzanie domu i ogrodu, wreszcie wyczekiwana przez domowników uczta. Wszystko ciągnęło się niczym melasa. Omura starał się zachowywać z wyszukaną grzecznością, lecz był coraz bardziej zirytowany. Starcy nawet jednym słówkiem nie zdradzili swoich zamiarów. Nie ściągnęli też masek. Służący z wprawą podawali wiekowym panom miski z zupą i czarki sake, jednak mimo to sos ściekał smętnie z wąsów Tygrysa, Odyniec miał cały ryj upaprany w zupie, a z kłów zwisały mu wątpliwe ozdoby w postaci ryżowego makaronu, zaś Żuraw kompletnie ochlapał sobie przód szaty, bez przerwy pikując dziobem w naczynia stołowe.

No oczywiście, znów się oblał, pomyślał z niechęcią daimio, śledząc nieudolne poczynania ptasiego starca. Moja znakomita ceramika z czasów Pierwszego Przylotu! Siedmiu, sprawcie proszę, żeby ocalała!

Uczta udała się znakomicie. Żony pana Omury były barwne i cudowne niczym rzadkie storczyki, śmiech konkubin brzmiał niby delikatne szemranie strun koto, a muzycy wydobywali z instrumentów dźwięki piękniejsze niż szmer górskiego strumienia. Smak potraw okazał się niezrównany, a elegancja i wyrafinowanie zastawy zachwyciło gości.

Tylko sam gospodarz zrobił się kwaśny jak zepsuty ryżowy ocet. Z trudem powstrzymywał wściekłe drganie szczęki, gdy szacowni starcy powstali i tłumacząc się zmęczeniem, udali się do swoich komnat, wylewnie dziękując za wspaniałe przyjęcie.

Wkurzony do granic możliwości Omura zatrzasnął się w gabinecie w towarzystwie kilku flaszek sake, gotowy zapić złość, gdy oznajmiono mu, że jeden ze sług dostojnych gości oczekuje z listem.

Przynajmniej się czegoś dowiem, pomyślał daimio, wyszarpnąwszy służącemu papier. A jeśli dranie wsiądą teraz na swoje głupie biostwory i odjadą, dogonię ich, ściągnę te idiotyczne maski i nakładę po ryju! Przysięgam na samego Susanoo!

Wielce szanowny panie Omura – brzmiał tekst. *Chciałbym w imieniu mistrzów Zakonu podziękować gorąco za niezwykle udaną wizytę. Jako że z racji wieku nie potrzebujemy wiele snu, ośmielamy się zaproponować, abyś zechciał spotkać się z nami w Pawilonie Szeptów w twoim jakże pięknym ogrodzie, by podziwiać wyjątkowo jasny księżyc, który zaświecił nam tej nocy. Jak powiada bowiem poeta:*

Blask rozprasza ciemność.
Woda pozostaje czarna.
Twarz księżyca to czyste piękno.
Strzeż się jednak ciemnych chmur i głębokiej wody.

Twój oddany mistrz Tygrys

No, zaczyna się, pomyślał ponuro Omura. Założę się, że nie czeka mnie teraz nic przyjemnego.

Gdy tylko znalazł się w Pawilonie Szeptów, przekonał się, że okazał się trafnym prorokiem.

– Więc chodzi o tego Ashihei? – Omura skrzywił się z niesmakiem. – Podrzędnego gangstera?

Oczy Tygrysa, widoczne w wycięciach maski, wydawały się bardzo głębokie i bardzo stare, niczym woda na dnie wiekowej, martwej studni.

Strzeż się czarnej wody, ostrzegał poeta. Daimio poczuł, że przeszedł go nieprzyjemny dreszcz.

Mistrz Tygrys wsunął kościste, sękate dłonie w rękawy szaty.

– On ma naszego człowieka, Omura – warknął. – Nawet ty musisz rozumieć, do jakich zgubnych konsekwencji może to doprowadzić.

Gospodarz pociągnął łyk ryżowego wina, który zapiekł go w przełyku.

– Porwał mistrza Zakonu? – zdumiał się.

Na tafli jeziora księżyc malował srebrem drżące zygzaki.

– Nie musiał – odezwał się Żuraw z gniewem w głosie. – Nie wszyscy adepci są tak lojalni, jak powinni.

Pan Omura z trudem ukrył zdziwienie.

To znaczyło, że ktoś zdradził. Jakiś mistrz Zakonu uciekł i przystał do Ashihei. Wydawało się to równie niesłychane, jak szalone.

– Zdrajca zna wiele z naszych tajnych receptur – dodał Odyniec zbolałym tonem. Zdawał się najbardziej przybity i zagubiony z całej trójki. Mistrz Drapieżca i mistrz Ptak okazali się twardzi i nieugięci niczym bazalt. Martwił się tylko pan Dzik.

– Tak, to prawda. – Tygrys wcale nie poruszał się jak starzec. Krążył po pawilonie szybkim, zdecydowanym krokiem, niczym poirytowany kot. – Zna. I nie waha się wykorzystać. A to znaczy, że robi dla tego Ashihei nie tylko niezwykle cenne lekarstwa, ale też wiele innych, jeszcze droższych środków. Rozumiesz, Omura?

Tego nie trzeba było tłumaczyć.

Narkotyki, pojął natychmiast daimio. Zdrajca produkuje narkotyki na dużą skalę, a gangster je sprzedaje. W ten sposób psuje szyki Zakonowi, który do tej pory sam zarabiał na handlu nielegalnymi substancjami. Mistrzowie ponoszą poważne straty. Tymczasem ja nie mogę udawać, że mnie to nie dotyczy, bo większa część terenu kontrolowanego przez tego cholernego Ashihei leży w mojej prowincji. Do tej pory szczególnie mi to nie wadziło, zwłaszcza że płacił uczciwie całkiem godziwy haraczyk. Ale teraz zupełnie mu odbiło i zaczął zadzierać z Zakonem Szczególnych Receptur. Idiota! Przez niego mogę stracić dostawy dla Mero! A to pięknie! Zdaje się, że wpadłem w naprawdę głęboką i czarną wodę.

– Po twojej minie, Omura, widzę, że zrozumiałeś – rzucił cierpko Tygrys. – Nie możesz bez końca pozwalać, żeby na twoim ciele rósł wrzód. Musisz go w końcu przeciąć, choć to bolesne. Wiem to z mojej praktyki lekarskiej.

Daimio obrzucił starego mistrza ciężkim spojrzeniem.

Nie oddałbym w twoje ręce parchatej kozy, draniu, pomyślał, lecz nie ośmielił się odezwać na głos.

– To oznacza, że chcecie, żebym wypowiedział wojnę Ashihei? Czy tak?

– Nie – warknął ostro Żuraw. – Żądamy stanowczo, żebyś go zniszczył, a zdrajcę Zakonu oddał w nasze ręce. Inaczej nie dostaniesz już żadnego specyfiku dla pana Mero. I żeby wszystko było jasne. Odszczepieniec poznał wiele cennych receptur. Ale nie tych najważniejszych. Nic z tego, co uwarzy, nie przedłuży życia prezydentowi Antilii ani o sekundę. Co najwyżej może je skrócić.

– Piękny księżyc – powiedział pan Tygrys. – Prawda?

Omura milczał ponuro.

Odyniec rozłożył ręce jakimś żałosnym, przepraszającym gestem. Daimio nadbrzeżnej prowincji miał ochotę go kopnąć.

– Oczywiście, gdy tylko dojdziemy do porozumienia, nasz najszybszy kurier dostarczy najnowszą partię leków dla twego zamorskiego przyjaciela.

– Ależ właśnie doszliśmy do porozumienia, czyż nie? – głos Tygrysa był zimny niczym studzienna woda.

Głęboka, czarna, martwa studnia. Strzeż się.

– Tak – wychrypiał z wściekłością pan Omura. – Oczywiście, że doszliśmy.

– To wspaniale – skwitował Żuraw. – Nigdy nie sądziliśmy, że mogłoby być inaczej. Pozwól jednak, że się oddalimy. Widok jest porażająco piękny, lecz nocny chłód szkodzi naszym wiekowym kościom.

Drapieżca, Ptak i Dzik skłonili się sztywno i wyszli z pawilonu, szeleszcząc kosztownymi szatami.

Daimio patrzył na odblask księżyca na ciemnej tafli jeziora. Bezwiednie zaciskał dłonie w pięści. Odechciało mu się nawet sake.

Starcy rządzą światem, pomyślał. Jakie to niesprawiedliwe.

Szacowni goście odjechali na swych monstrualnych biostworach wśród wielu zachwytów i podziękowań. A pan Omura znów zamknął się w gabinecie. Żony, konkubiny i służący nie potrafili pojąć, dlaczego jest taki niezadowolony. Wszakże uczta udała się nad wyraz, a wizyta mistrzów Zakonu Szczególnych Receptur przydała tylko domowi splendoru.

Obrzydliwe dziady, myślał tymczasem daimio, ukryty za fantazyjnymi wzorami swych kosztownych parawanów. I sprytne. Jedna oficjalna wizyta w moim domu może wywołać zdziwienie tylko wśród szczególnie podejrzliwych urzędników szoguna, ale kolejne z pewnością zwrócą powszechną uwagę. Jeśli szpiedzy dworu dowiedzą się o moich konszachtach z Mero, mogę od razu otworzyć sobie brzuch. Oczywiście Zakon pozostanie nietykalny. Nawet szogun nie ośmieli się oskarżyć żadnego mistrza.

Strzeż się czarnych chmur i głębokiej wody, ostrzegał poeta. Tylko jak pokonać chmury?

Sytuacja nie wyglądała dobrze. Niestety, Omura pozwolił, żeby wpływy Ashihei za bardzo się rozszerzyły. Gangster kontrolował spory obszar wewnątrz prowincji, a w ostatnim czasie bardzo urósł w siłę. W pojedynkę daimio mógł sobie z nim nie poradzić. Co prawda tereny pana Ashihei sięgały także sąsiedniej prowincji nadmorskiej, więc każdy inny daimio po prostu poprosiłby o pomoc sąsiada, kłopot jednak w tym, że rody Omura i Urakami od wieków toczyły ze sobą zażartą wojnę.

Ostatnio Bogowie Szczęścia zdecydowanie sprzyjali Omurze. Odkąd kilka lat temu zmarł stary Urakami, jego jedyny syn popełniał same błędy. Omura bez trudu wyparł go z rynku handlu ryżem, a potem musiał włożyć tylko odrobinę wysiłku, żeby zdominować też produkcję melasy. Niedawno odzyskał także sporny port, który niegdyś stracił jego dziad, ukonstytuował nad nim władzę i obecnie cieszył się profitami z opłat portowych. To właśnie ten piękny port, zwany Jadeitową Skałą, niezwykle dogodnie położony w głębokiej, spokojnej zatoce, od powstania Wakuni stanowił przedmiot zaciekłego konfliktu i wściekłej nienawiści pomiędzy klanami Urakami i Omura.

Wielokrotnie przechodził z rąk do rąk, a teraz znów znalazł się we władaniu prawowitych panów. W każdym razie daimio był o tym całkowicie przekonany. O tak, pokonał wreszcie sąsiada i był na dobrej drodze, by zupełnie go zniszczyć.

Tyle że teraz potrzebował jego pomocy.

Ród Urakami nie był tak bogaty i potężny jak Omura, lecz słynął z wojowniczości. Mógł się też poszczycić wielowiekową tradycją, a jego licznych członków otaczano swego czasu szacunkiem i podziwem. Teraz podupadł, lecz panu Omura i tak przydałby się sąsiad w walce z Ashiheim.

Prawdę rzekłszy, gangster o wiele bardziej szkodził interesom młodego Urakami. Z pewnością nie płacił za zostawienie go w spokoju, a jego działalność przysparzała prowincji wielu problemów.

Gdyby żył stary daimio, Omura zaryzykowałby wysłanie do niego posłańca z listami. Pokonanie wspólnymi siłami pana Ashihei przyniosłoby korzyść obu rodom. Jednak syn Urakamiego miał opinię porywczego i skłonnego do gniewu. Co gorsza, obwiniał Omurę o śmierć ojca.

Na samą myśl daimio poczuł irytację.

Czy to, do czortów, jego wina, że stary padł akurat po przeczytaniu jego ultimatum dotyczącego melasy? Amane Urakami zawsze był pobudliwy, a przy tym pił jak sam Wodny Smok. Jasne, że musiał tak skończyć. Szkoda, że spłodził syna jeszcze gorszego od siebie.

Z Hikobeim Urakami na pewno nie da się negocjować. Chłopak nienawidzi rodziny Omura bardziej niż króla zła Yagyosana.

Co robić?

Omura się zamyślił.

Nie mógł liczyć na pomoc szoguna. Na dworze każdy urzędas czyhał tylko na najdrobniejszy błąd pana Omury. Bogactwo i potęga zawsze kłuły w oczy, lecz najgorzej miał ten, kto dopiero do nich aspirował i ciężką pracą osiągał sukcesy. Szogun czujnie się przyglądał starym rodom, lecz najbardziej nienawidził tych, które właśnie rosły w siłę. Historia uczy, że to one są najgroźniejsze dla trzymających władzę.

Cesarz? Z całym szacunkiem dla Drugiego Syna Niebios, kogo dziś obchodzi cokolwiek, co zrobi lub powie cesarz? Większość ludzi wierzy, że prawowity, boski władca cesarskiego tronu został w Starym Świecie, gdzie rządzi z Pałacu w Chmurach. Nie ma się co oszukiwać. Kolejne dziecię Amaterasu nie zyskało w Wakuni ani wpływów, ani realnej władzy. Cesarz to raczej najwyższy kapłan, zajęty niekończącymi się ceremoniami.

Zatem Syn Niebios odpada jako mediator.

Omura westchnął.

No tak, na to wychodziło od samego początku. Musi zwrócić się do któregoś z Zakonów. Trzeba tylko wszystko dokładnie przemyśleć i wybrać najwłaściwszy.

Według pism religijnych utworzenie Zakonów Osławionego Kunsztu było pomysłem samej Bogini Prezes. Pod tą ogólną nazwą kryły się klany rzemieślnicze, biegłe w starożytnych sztukach, które miały kultywować i przekazywać wiedzę zapomnianą podczas Wielkiego Regresu. Istniały więc Zakony zajmujące się snycerką, płatnerstwem, wytwarzaniem ceramiki lub rytualnych ozdób i masek, ale także klany inżynierów, budowniczych, lekarzy, biotechnologów oraz wielu innych specjalności.

Zgodnie z wolą Bogini pilnie strzegły i zachowywały dla potomnych starożytną, często niezrozumiałą już wiedzę, lecz z biegiem czasu powstały także nowe Zakony, o szczególnych cechach. I o nich właśnie teraz rozmyślał Omura.

Zakon Szczególnych Receptur, z którym prowadził od lat interesy, oczywiście nie zda się na nic. Mistrzowie sami potrzebują pomocy. Członkowie tego Zakonu potrafią warzyć niezwykłe lekarstwa, specyfiki i chemikalia. Medykamenty, których skład od wieków jest pilnie strzeżonym sekretem. Mikstury pozwalające zachować młodość, zdrowie i urodę, poprawiające pamięć i koncentrację. Niezwykle uzależniające narkotyki, a nawet słynne serum prawdy, esencję prawdomówności, na którą odporni są jedynie adepci Zakonu Czarnej Wody. To niezwykłe umiejętności, ale nawet mistrzowie, tacy jak Tygrys i Żuraw, nie umieją nikogo podstępnie uśmiercić. Nie są skrytobójcami ani wojownikami. W starciu z Ashiheim nie mieliby szans. Dlatego okazują takie zaniepokojenie obecną sytuacją.

Kolejne stowarzyszenie, z którego usług Omura korzystał od lat, Zakon Zaciśniętej Pięści, też raczej na nic się nie zda. Ten klan kształcił doskonałych ochroniarzy i obrońców, lojalnych wobec swego pana aż do śmierci, zwanych Samurajami Nowej Drogi. Za ich służbę trzeba było słono płacić starszyźnie Zakonu, lecz inwestycja doskonale się zwracała. Już kilkakrotnie sześciu Samurajów Nowej Drogi uratowało Omurze życie, a sama ich obecność w rezydencji odstraszała przestępców i wrogów, jednocześnie podnosząc prestiż domu.

Gdyby daimio umarł lub zginął, wynajęci przez niego członkowie Zakonu Zaciśniętej Pięści natychmiast przysięgliby lojalność najstarszemu synowi pana albo osobie, którą zmarły jeszcze za życia wyznaczył na swego następcę.

Samurajowie Nowej Drogi byli zdolni, bystrzy, świetnie wyszkoleni, oddani służbie i kryształowo uczciwi, a to oznaczało, że w walce z podstępnym gangsterem i jego licznymi wojownikami mogliby tylko heroicznie przegrać, umierając za honor swego pana, z okrzykiem: „Aż do śmierci!" na ustach.

Omura skrzywił się z niesmakiem. Cóż za bezsensowna strata pieniędzy. Mógłby co prawda dokupić kolejne pół tuzina, bo na więcej nie byłoby stać nawet jego, ale dwanaście bardzo drogich trupów prezentuje się jeszcze gorzej niż sześć.

Nie, o Zakonie Zaciśniętej Pięści można spokojnie zapomnieć.

Tak samo jak o Strażnikach Prawa. Ten klan podlegał prawie całkowicie władzy szoguna, poza tym zrzeszał raczej żołnierzy i stróżów porządku niż prawdziwych wojowników. Niektórzy wyjątkowo majętni daimio tworzyli z nich prywatne armie, lecz Omura jeszcze nie mógł sobie na to pozwolić.

Czas na takie rzeczy przyjdzie później, przekonywał się w myślach.

Na razie wojownicy w szarych kurtach z wypisanym na piersiach mottem Zakonu: „Porządek i ład" musieli służyć komuś innemu.

O konszachtach z Zakonem Rozerwanego Kręgu Omura nawet nie chciał myśleć. Coś takiego byłoby niebezpieczne, a w dodatku okropnie obciążałoby karmę. Członkowie tego klanu twierdzili, że sami są w stanie wyrwać się z cyklu przemian, i jawnie drwili z oświecenia. Poza tym odznaczali się wręcz sadystycznym okrucieństwem. O ich tajnych rytuałach, pełnych krwi i cierpienia, opowiadano ze zgrozą i tylko szeptem.

Mistrzowie i adepci klanu byli znani jako wielcy magowie, czarnoksiężnicy i nekromanci. Spowijał ich jednak wieczny mrok, a jak wiadomo, kto raz nasiąknie ciemnością, już na zawsze będzie miał zatrutą duszę.

Nie, Omura nie zamierza prosić o pomoc bluźnierców, okrutników i magów zaprzedanych złu. Taki brud duchowy przylgnąłby do niego na tysiąc wcieleń.

Także z Zakonu Księżyca Utajonego nie miałby żadnego pożytku, choć z innej przyczyny. Na co mu przyjdą w starciu z gangsterem wróżbici, magowie, ślepe szamanki, kuglarze, gejsze i aktorzy teatru kabuki? Magia, mistyka i iluzja nie pomogą, kiedy wokół lecą odrąbane głowy, a w powietrzu fruwają stada zabójczych pocisków.

Zresztą oficjalnie Zakon Księżyca Utajonego od dawna nie istniał. Nie miał siedziby, chramów, świętych miejsc ani nawet starszyzny. Był jak barwne przywidzenie, całe utkane z legend, mitów i zabobonów. Podobno zrzeszał magiczne zwierzęta, borsuki, koty, węże, jenoty i podobne tałatajstwo, a na jego czele stała lisica Kitsune.

Co za brednie! Prędzej znalazłoby się tam szulerów, dziwki, oszustów wszelkiej maści, bajarzy, sztukmistrzów i przeróżne dziwolągi. Bezużyteczny motłoch.

Zatem Zakon Księżyca Utajonego odpadał.

Do rozważenia pozostawały dwa. Czarna Woda i Uśpiona Wierzba.

Pierwszy wydawał się najlepszym. Był potężny, stary, od wieków otoczony mroczną legendą. Budził lęk, ale też szacunek. Mistrzowie tego klanu znali wiele tajników magii i mnóstwo prastarej, zakazanej wiedzy, a używali ich po to, by wychowywać i kształcić niezwykle niebezpiecznych skrytobójców, szpiegów, wojowników i morderców.

Treningi i szkolenia, którym od wczesnych lat dziecięcych poddawano przyszłych członków Czarnej Wody, uchodziły za wyjątkowo ciężkie, wymagające, a często też okrutne. Bardzo niewielu uczniów osiągało stopień adepta. Okres nauki kończył się podobno straszliwą, morderczą próbą, której rezultatem niejednokrotnie była śmierć egzaminowanego.

Podobno wojownicy Czarnej Wody nie czuli bólu, nigdy nie tracili przytomności, byli odporni nawet na esencję prawdomówności i nawet podczas najstraszniejszych tortur nie dawali się złamać. Nie na darmo ich motto brzmiało: „Ani słowa".

Omura się zastanowił. Skorzystanie z usług Zakonu Czarnej Wody wydawało się bardzo kuszące. Może wystarczyłby nawet jeden zdolny człowiek, który przeniknąłby do gangu Ashihei, a potem dyskretnie pozbył się szefa. Pozbawiona przywódcy struktura szybko by się rozproszyła. Ta wariatka Mariko nie miałaby najmniejszych szans utrzymać się przy władzy po śmierci swego przyszywanego braciszka. Nie było wątpliwości. To Ashihei trzymał cały gang w garści. A nawet najgroźniejszy demon bez głowy staje się trupem.

Jednak nie wszystko wyglądało tak różowo. Od kilku lat Zakon Czarnej Wody nie był już taki, jak dawniej. Mistrzowie klanu zawsze chełpili się, że skrytobójcy, których hodują, nie są jedynie bezmyślnymi wykonawcami rozkazów, lecz samodzielnie analizują sytuację i postępują zgodnie z wyciągniętymi wnioskami. Ten Zakon zrzeszał adeptów inteligentnych, bezwzględnych, przebiegłych i bardzo niezależnych.

I to właśnie doprowadziło go niemal na skraj upadku.

Siedem lat temu, podczas słynnej rewolty przeciw szogunowi, starzy mistrzowie postanowili poprzeć braci Miyazaki. Szybko jednak doszli do wniosku, że popełnili błąd, i zmienili zdanie. Żeby wkupić się w łaski szoguna, na znak poddaństwa, wydali mu własnych ludzi, których przedtem przekazali w służbę przywódcom buntu. Doszło wtedy do dramatycznej bitwy, zwanej potem Klęską Czworga. Bracia Miyazaki zginęli, rewolta została krwawo stłumiona, lecz znaczna część członków Zakonu Czarnej Wody, oburzona zdradą swej starszyzny, wypowiedziała posłuszeństwo i odstąpiła od klanu. Tak straszna zbrodnia i plama na honorze Zakonu nie mogła pozostać bezkarna. Mistrzowie bezlitośnie ścigali odstępców, a schwytanych spotykały okrutne kary.

Jednak prestiż stowarzyszenia podupadł.

Wielu ludzi głęboko w sercach uważało, że prawdziwymi zbrodniarzami są zdradzieccy mistrzowie. Nikt też nie miał wątpliwości, że z klanu odeszli najlepsi, najbardziej honorowi wojownicy.

Ci, którzy zostali, nie cieszyli się już zaufaniem ani szacunkiem.

Także słynna lojalność Zakonu Czarnej Wody została podana w wątpliwość. Skoro starszyzna była w stanie poświęcić swych własnych adeptów, jaką pewność mają klienci płacący za usługi skrytobójców?

Kiepską, pomyślał Omura.

Jeszcze kilka lat temu bez wahania wysłałby listy do chramu mędrców Czarnej Wody. Teraz wolał tego nie robić.

Zostawał więc tylko Zakon Uśpionej Wierzby, a on słono sobie liczył za usługi. Trudno, trzeba będzie zapłacić. Tylko wyszkolony negocjator z tego najbardziej cenionego i godnego szacunku Zakonu może pomóc przełamać niechęć młodego Urakami. Układ z Mero i pozbycie się tego drania Ashihei są warte wszystkich pieniędzy.

Zakon Uśpionej Wierzby otaczał powszechny podziw. Był to popularny i lubiany klan, kształcący wyśmienitych doradców i specjalistów od negocjacji. Jego członkowie słynęli z umiejętności rozwiązywania szczególnie trudnych sporów i wielkiej lojalności wobec klientów. Zrzeszał wiele kobiet, które niekiedy, dla dobra najemcy i Zakonu, zostawały konkubinami swoich mocodawców.

Zakon interweniował w sprawach politycznych, spadkowych, rodzinnych, finansowych i taktycznych. Adepci słynęli z wdzięku, obycia, wykształcenia, inteligencji, znajomości poezji, sztuki i etykiety.

Gdyby Omura zdobył tak wspaniałego doradcę, a tym lepiej konkubinę, poważnie awansowałby w hierarchii społecznej.

Tak, to najlepszy pomysł. Niech ktoś z Uśpionej Wierzby zajmie się rozmowami z tym narwańcem, młodym Urakami. Nawet jeśli nie przyniosą sukcesu, nikt nie będzie mógł zarzucić Omurze złej woli. Uśpiona Wierzba stanowiła aż nadto wyrazisty dowód.

List! Natychmiast trzeba napisać list do starszyzny klanu z prośbą o prędkie przysłanie negocjatora. Czas jest teraz równie cenny jak specyfiki mistrza Tygrysa.

Pan Omura nie mógł wszakże wiedzieć, że w tej samej chwili w swej pięknej, staroświeckiej, lecz podupadającej rezydencji Hikobei Urakami także myślał o swoim sąsiedzie i wrogu.

– Padalec! Gad! Śmierdząca gnida, która wciąż ma gnój między palcami stóp! Jak takie nic ośmieliło się podnieść zbrodniczą rękę na rodzinę wysoko urodzonych?! Pan Omura! Widzicie go! Bydlę! Oparszywiałe bydlę i skurwysyn! Zniszczę go! Muszę go zniszczyć. Żeby pomścić pamięć ojca. Żeby ocalić honor. Żeby uratować ród. Tylko jak? Jak, na wszystkie osiem mroźnych piekieł?!

Młody daimio zupełnie dał się ponieść emocjom i sake. Szarpał się za włosy, niszcząc misternie ułożony samurajski kok, miotał po pokoju, kopał meble i parawany, a wino ryżowe zamieniało jego krew we wrzącą lawę. Niestety, przemieniało też umysł w coś na kształt kleiku z prosa.

Biedny pan Urakami po alkoholu zupełnie tracił rozum.

Nie tracił jednak inicjatywy.

Tonął. Pogrążał się ostatecznie. Nie miał ani pieniędzy, ani perspektyw. Zabrano mu przyjaciół i wpływy. Jego ludzie głodowali. Ograbiano go z dziedzictwa rodowego, tracił ziemię i rynki zbytu. Doskonale zdawał sobie z tego sprawę. Nawet opary sake nie przyćmiewały bolesnej prawdy.

Sam nie posiadał dostatecznych środków, żeby wystąpić przeciw znienawidzonemu sąsiadowi. Jego wasale byli co prawda dzielni, lojalni i honorowi, lecz zbyt nieliczni, by spodziewać się wygranej w otwartej wojnie z Omurą. Hikobei nie wątpił, że w razie konieczności z radością oddadzą życie na polu walki, jednak na takie rozwiązania zawsze był czas. Ostateczny.

Na razie młody daimio czuł się odpowiednio zdesperowany, żeby podjąć próbę uratowania rodu, odzyskania zagarniętych bezprawnie włości i ocalenia honoru.

Ale los mu nie sprzyjał. U stóp Gór Rubinowych, zarówno na terenie należącym do rodziny Urakami, jak też częściowo na będącym w posiadaniu tego drania Omury, zalegał niczym ropny wrzód ten odrażający bandzior Ashihei.

Jeszcze jeden problem, kolejne zmartwienie.

Czemu ojciec musiał odejść z kręgu życia akurat teraz?

Urakami zacisnął pięści.

No jasne! Przez Omurę, podstępnego suczysyna! Susanoo, pozwól się zemścić!

Choć sake nieźle zdążyło namieszać pod czaszką młodemu panu Urakami, zostało mu tyle rozsądku, by pamiętać, że nie ma pieniędzy. Nie mógł więc zwrócić się o pomoc do żadnego ze specjalnych Zakonów.

Na sprawiedliwość szoguna nie liczył w Wakuni nawet ktoś tak pijany, jak Hikobei, a Drugi Syn Niebios zawsze był tylko żałosnym figurantem.

Czy naprawdę nie zostawało już nic oprócz śmierci? To straszna perspektywa.

Młody daimio znów z rozpaczy zaczął szarpać nieszczęsną fryzurę. Upadek rodziny, wygaśnięcie linii spadkobierców oznaczałoby, że nikt nie zadba o groby przodków. Nie zapewni ofiar ani odpowiednich rytuałów, modlitw i uroczystości. A wtedy nastąpi ostateczna groza. Głodne duchy wrócą na ziemię, by gnębić żywych i dopominać się o swoje prawa. Ojciec, dziadek, liczni wujowie i pradziadowie staną się upiorami, a wszystko to nastąpi jedynie z jego winy. Jego. Nieudolnego, słabego Hikobei Urakamiego, który zaprzepaścił ród i skazał przodków na straszliwy los głodnych duchów.

Przeklną go. Nie dadzą mu chwili spokoju ani za życia, ani po śmierci. Będą prześladować przez wieki, aż do końca czasu. Nie ma wybaczenia za tak straszną przewinę.

Jęknął z rozpaczy.

Nie! Do tego nie może dopuścić. Trudno, niech sam będzie przeklęty, niech zbruka, zniszczy na zawsze własną karmę, lecz nie może pozwolić, by potężni i szanowani krewni stali się ohydnymi upiorami.

Słyszał już takie historie. Sam wraz z przyjaciółmi kilka lat temu pojechał na własne oczy zobaczyć nawiedzony dwór rodziny Tsukioka. Pamiętał przejmujące wycie oszalałych z głodu duchów, choć przecież był wówczas biały dzień, a oni mieli przy sobie mocarne sutry ochronne. Stchórzyli wtedy. Uciekli, nie otwarłszy bramy wiodącej na dziedziniec. Grupka wystraszonych, chichoczących nerwowo chłopców. Mieli dużo szczęścia, orzekli potem wróżbici jin-jang. Ta wyprawa mogła się skończyć tragicznie.

Hikobei się wzdrygnął.

Miłosierna Kannon! Ten okropny wrzask, to zawodzenie wiecznie głodnych upiorów! Ojciec miałby skończyć tak samo? Majestatyczny, wszechwładny, ze wszech miar godny szacunku pan Urakami? Nigdy.

Młody daimio podjął już decyzję. Zwróci się do Zakonu Rozerwanego Kręgu. Oni nie żądają pieniędzy. Tylko przysług.

Aż przysług.

Zatrząsł się ze zgrozy.

Trudno. Trudno! Po tysiąckroć trudno! Jeśli musi zaprzepaścić własne oświecenie, na zawsze zbrukać karmę, żeby ocalić rodzinę, zrobi to. Nawet gdyby przez wieki miał się odradzać jako wstrętny robak. Albo i demon.

Bał się, oczywiście. Kto by się nie bał?

Wiedział co nieco o klanie Rozerwanego Kręgu. Że czerpią swą siłę i moc z cierpienia innych ludzi. Że torturują i dręczą niewinnych, żeby podnieść umiejętności magiczne. Że są nekromantami, bluźniercami i otwarcie drwią z nauk wielkiego Buddy Amidy. I najważniejsze. Że nigdy, przenigdy nie wypuszczają z rąk raz zwabionej ofiary.

– Nie mam wyjścia – szepnął, żeby utwierdzić się w przekonaniu, że postępuje słusznie. – Nie mam wyjścia. Naprawdę nie mam.

Powtarzał to, sięgając po papier i tusz dłonią drżącą z lęku i nadmiaru sake. Nabazgrał kilka krzywych znaków. Podpisał, przyłożył pieczęć.

Stało się. Dokonało. Zrobił to.

Ponieważ pamiętał też motto otoczonego złą sławą Zakonu. Buńczuczne i butne hasło: „Nic niemożliwego!”.

A skoro tak, klęska rodu Urakami nie będzie już nieunikniona.

Główna ulica handlowa Yamauba City była gwarna i zatłoczona licznymi kramami. Ludzie wybierali towary, targowali się, przepychali, śmiali, jedli i spacerowali.

Co poniektórzy kradli.

W powietrzu unosił się zapach smażonych ryb, ostry aromat przypraw i dymny swąd palącego się oleju. Pachniało też morzem, wodorostami i mokrym drewnem.

Niezliczone neony mrugały wesoło, śmiejąc się kolorami. Na powietrznych panelach pojawiały się niby zwiewne wróżki piękne dziewczęta, zachęcające do inwestycji giełdowych, kupowania nieruchomości i ubezpieczeń. Bolidy śmigające tuż ponad głowami tłumu przecinały bezlitośnie te słodko rozradowane zjawy, atakując barwne kimona i koronkowe sukienki dziewcząt z reklamy. Niektórzy kierowcy, pewnie po paru czarkach sake, starali się trafić okutymi dziobami pojazdów prosto w lśniące, oprawne w makijaż oko lub różowe usta. Wtedy przez taflę panelu przebiegał dreszcz podobny do fali, a wykresy obiecujące zyski i wielką prosperity gięły się niczym palmy poddane wichurze.

Imokori Ashihei przeciskał się pośród ciżby, zadowolony z własnej anonimowości. Nie zabrał ze sobą żadnego z ochroniarzy. Dziś chciał być sam, wtopić się w miasto, poczuć jego rytm, stać się cząsteczką płynącą arteriami ulic.

Straganiarze wykrzykiwali głośno, zachwalając towar. W ogromnych wokach spowitych oparami dymu i pary skwierczał smażony makaron.

Ashihei szedł wolno, wsłuchany w silny, żywotny puls Yamauba City. Lubił takie chwile. Lubił też samotność, dlatego ostrym słowem lub machnięciem ręki odganiał natrętne dziwki i holopanienki oferujące przeróżne usługi.

– Zajrzyj do rajskiej krainy, mój piękny, mój jedyny! – zaśpiewała mu nagle nad uchem przejrzysta niczym firanka, widmowa dziewczyna o oczach jarzących się złotem. – W naszym sklepie jak w niebie, znajdziesz wszystko dla siebie!

Poruszył gwałtownie dłonią, a głowa holopanienki zamieniła się na chwilę w kolorową mgiełkę.

– Czarujące przedmioty, cacka misternej roboty – śpiewała nieugięcie, więc przyspieszył, żeby się jej pozbyć.

Holograficzne reklamy miały swoje rewiry, nie mogły długo biec za klientami. Zresztą złotooka już łowiła kogoś innego. A Imokori dobrze wiedział, do jakiego sklepu zmierza.

Na chwilę musiał przystanąć, przytulony do ściany, gdy ogromny, kosmaty biostwór transportowy przeczłapał obok, ciągnąc trzy wyładowane przyczepy. Zaśmierdziało biomasą i piżmowym zapachem zwierzęcia.

Jakiś rikszarz okrzyknął go kilka razy, kiwając się niebezpiecznie na siodełku pteropoda, lecz

Ashihei zignorował wołanie, bo znajdował się już prawie na miejscu.

Sklepik damy Shibata był niepozorny, cały wyłożony czarnym drewnem i krwistą laką, tak że sprawiał wrażenie puzderka na klejnoty.

I słusznie, pomyślał Imokori. Bo też krył w sobie prawdziwe, bezcenne skarby. Biżuterię, grzebienie, wachlarze, przedmioty codziennego użytku najwyższej próby. Kunsztownie wykonane drobiazgi, warte fortunę.

Jedynym paskudnym zgrzytem wśród tego piękna była dama Shibata. Krucha, malutka staruszka, przypominająca zasuszoną jaszczurkę. Na widok klienta uśmiechnęła się pomarszczoną jamą uczernionych zębów.

– Pan Ashihei! Ależ to zaszczyt!

Gangster skinął głową w geście, który mógł być równocześnie potwierdzeniem i ukłonem.

– Czy dostarczono już dla mnie specjalną przesyłkę? – zapytał zamiast powitania.

Właścicielka pokiwała skwapliwie misterną peruką, usadowioną na głowie niczym stara wrona.

– Oczywiście, oczywiście! Tym razem to coś naprawdę niezwykłego.

Pajęczo chudą ręką sięgnęła pod kontuar, wyciągając rzeźbione pudełko. Gdy Ashihei uniósł wieczko, uśmiech zachwytu przebiegł po jego wąskich wargach, a blizny na policzkach zadrgały.

Sztuka. Doskonałość. Tylko to naprawdę cenił. A teraz trzymał w dłoni przedmiot niewątpliwie doskonały.

Złota szpila do włosów połyskiwała głębokim, matowym blaskiem szlachetnego metalu. Uczepiony główki jadeitowy smok zdawał się żywy. Jego łuski poruszały się, jakby oddychał. Przy najlżejszym poruszeniu wężowe ciało zaczynało falować, pysk otwierał się i zamykał, prezentując ukrytą pod językiem perłę, a łapki nerwowo wpijały się w złoty pręt, na którym siedział.

– Wpięty we włosy zdaje się fruwać – zaskrzeczała z dumą dama Shibata. – Wspaniała rzecz. Bardzo cenna.

W wąskich oczach sprzedawczyni płonęła chciwość.

Zedrzesz ze mnie ostatnią skórę, stara ropucho, pomyślał Ashihei. Ale nie miał zamiaru się targować. Zapłacił bez słowa wygórowaną cenę.

Gdy tylko wsunął do kieszeni pudełko kryjące bezcenną szpilę, znów się uśmiechnął. Nie mógł powstrzymać rozbawienia na samą myśl, jak panienka Mariko w ataku złości będzie ciskać jadeitowym smokiem o ściany i deptać go nogami.

To był widok wart każdej kwoty.

Panienka Mariko dostrzegła małpkę, kiedy właśnie kładła się spać. Maleńki biostwór siedział nieruchomo na belce pod stropem. Wyglądał jak element konstrukcji. Nie reagował na żadne polecenia ani bodźce, tak pogrążony we własnym świecie, jakby należał do strefy nadprzyrodzonej.

Zwykle takie małpki służyły jako zabawki dla dzieci. Dokazywały wesoło, fikały koziołki i psociły odrobinę, zawsze jednak uważając, żeby niczego nie zniszczyć, stosować się dokładnie do poleceń i wykazywać całkowitym posłuszeństwem. Uwielbiały je szczególnie dziewczynki, gdyż żywe przytulanki paplały rozkosznie, dawały się głaskać, czesać i ubierać, a po skończonej zabawie zawsze obejmowały dziecięce szyje małymi rączkami, żeby słodko wyszeptać: „Kocham cię!".

– Jest zepsuta – tłumaczył zakłopotany sprzedawca w sklepie z drobiazgami, gnąc się w pokornych ukłonach. – Coś poszło nie tak w procesie tworzenia. Proszę wybrać sobie sprawną zabawkę, panienko. Z tej nie będzie żadnego pożytku.

Jednak Mariko uparła się, że chce właśnie tę małpkę, a Ashihei, jak zwykle, natychmiast ją nabył.

Od tej pory zabawka krążyła po całej rezydencji jak duch, nie zwracając uwagi na żadnego z domowników. Czasem dawało się ją zauważyć, jak siedzi gdzieś przyczajona, nieruchoma i czujna. Jej oczy lśniły niczym wypolerowane mosiężne ćwieki, bezdenne i puste. Niekiedy dostawała ataków szału. Niszczyła wtedy małe przedmioty, rzucała po ścianach wszystkim, co zdołała unieść, krzycząc przy tym przenikliwie i rzewnie, niby ranna mewa. Przeważnie jednak znikała na długie dni, jakby przenikała do innego wymiaru.

Mariko podniosła głowę.

– Czy ty mnie kochasz, małpko? – zapytała ciemności pod sufitem.

Biostwór pozostał niemy i nieporuszony. Światło nocnej lampki kładło na burym futerku odpryski rudego blasku, niby zarzewie pożogi.

Jest taka jak ja, pomyślała Mariko, zasypiając. Zupełnie taka jak ja.

Miłość i sprawy ostateczne

Z początku Haru nudziła się, pozując. Wielokrotnie próbowała wciągnąć mistrza w rozmowę, wypytując o liczne podróże, które musiał odbywać, kokietując i obsypując komplementami, ale szczupły, jasnoskóry mężczyzna okazał się małomówny jak posąg w świątyni. Odpowiadał uprzejmie, krótko i nieciekawie.

Córka wójta przywykła do tego, że potrafi zrobić wrażenie na każdym facecie. Charakter też miała odrobinę przekorny, więc ani myślała się poddać. W sumie, zamiast zniechęcać, Takeshi nieświadomie podsycał zainteresowanie modelki.

Dziwny z niego człowiek, myślała uparcie Haru. Niby nudny i nijaki, a przecież coś w nim siedzi. Nie spocznę, póki się nie dowiem co.

Przestała go zagadywać, a zaczęła obserwować. I nagle doszła do wniosku, że to naprawdę ekscytująca zabawa.

Ile może mieć lat? Wydaje się niemłody, ale porusza się sprawnie i lekko. Czasem, gdy zaskoczy go nagły dźwięk lub błysk światła, niemal błyskawicznie. Garbi się. Czy na pewno ze starości? Może po to, żeby ukryć, jaki jest wysoki. Ma kościste, mocne dłonie o wyrobionych ścięgnach, tak jakby pracował fizycznie. Lecz to nie ręce chłopa. Ani artysty, prawdę mówiąc.

Jest ciepło, a on chodzi cały okutany. Jakby coś ukrywał. Ale co? Tatuaż? Jakiś inny znak szczególny?

Blizny, przebiegło jej przez myśl, lecz natychmiast odrzuciła tę możliwość. Za bardzo kojarzyła się ze złym snem. Okropnym koszmarem o pewnej gospodzie, w której…

Nie. Koniec. Lepiej baw się w zgadywanki, Haru. Przeszłość niech sobie leży pogrzebana w głębokiej ciemności.

Co jeszcze ciekawego ma ten wędrowny artysta? Twarz. Często ukrytą pod szerokim rondem kapelusza. Po co? Żeby lepiej widzieć kolory, jak twierdzi, czy z innej przyczyny? Ponieważ to nie jest oblicze wieśniaka ani handlarza. To wąska, koścista, twarda twarz, która czasem przybiera drapieżny i czujny wyraz.

Twarz wojownika. Bohatera z dawnych malowideł. Starożytnego szermierza.

O bogowie! Czy to możliwe?

Zadrżała. Poczuła, jak serce zaczyna jej brykać niczym spłoszony źrebak.

Czy to naprawdę możliwe? Musi zobaczyć jego oczy. Jak to się stało, że nie wie, jaki kolor mają oczy człowieka, który maluje jej portret? Przecież cały czas na nią patrzy!

Porwała się z miejsca, nim zdążyła to przemyśleć, przestraszyć się i zatrzymać. Kilka kroków i już spoglądała prosto w źrenice artysty.

Jego tęczówki były zielone. Zielone jak liście.

Poczuła, że uginają się pod nią kolana, a na policzki wypływa fala gorąca.

– Zdrętwiałam – wydukała. – Zupełnie nie czuję nóg.

Uniósł lekko brwi, jakby w zdziwieniu.

Bogowie Szczęścia! Rzeczywiście, co z niej za idiotka! Przecież tak naprawdę pozowała zaledwie kilkanaście minut.

– W takim razie może skończymy na dzisiaj? – spytał.

Och nie! To byłoby coś okropnego, gdyby teraz odszedł. Nie mogła do tego dopuścić.

– Tak naprawdę chciałam tylko rzucić okiem na portret – wydukała speszona. – Jestem taka ciekawa.

Zmierzył ją uważnym spojrzeniem.

– Jeszcze niewiele widać, panienko. Trzeba cierpliwie poczekać – głos miał spokojny, a ton łagodny.

– Tak – zgodziła się. – Tak, oczywiście, mistrzu.

Posłusznie usiadła na miejscu, ale w głowie jej huczało, a dłonie chyba lekko drżały.

To on! To on! To on! Ach, jakie to niesamowite. Straszne. I wspaniałe. I… I… takie ekscytujące.

Prawdziwy bohater. Tajemniczy zbawca, który uratował jej życie. A teraz udaje skromnego rzemieślnika. Całkiem jak w powieści. Okame, ratuj! To przerażające. Przecież zabił tylu ludzi. Pamiętała go, całego we krwi, otoczonego nimbem błękitu, z mieczem w dłoni. Tak, zabił. Ale po to, żeby wszystkich ocalić przed gangsterami. Ryzykował przecież własne życie. Jest dobry. Dobry i przystojny. Bardzo przystojny, jeśli się dokładnie przyjrzeć.

Tak, to na pewno ten człowiek. Tu, na jej podwórku. Co za niesamowita historia!

Poczuła się nagle lekka niczym lampion wzbijający się ku niebu. Wreszcie coś się zdarzyło. Przygoda przybyła do niej, jakby w odpowiedzi na zew.

Nuda przestała rządzić w Zimnej Wodzie. Teraz królowała tu niezwykłość.

Trzeba tylko przeprowadzić ostateczny dowód. Ostatnią próbę. Zobaczyć blizny.

Miłosierny Jizo! Czy ośmieli się to zrobić? Podkraść się niepostrzeżenie do pokojów dla służby i zerknąć.

Zacisnęła z determinacją usta.

Tak. Z pewnością. Jeszcze dziś, a najpóźniej jutro rano. Musi mieć pewność. Po prostu musi. Nie darowałaby sobie tchórzostwa przez całe życie.

– Myślę, że dam radę jeszcze chwilę pozować, mistrzu – powiedziała z nieco wymuszonym uśmiechem. – Możemy pracować dalej?

Odpowiedział skinieniem głowy.

Dziewczyna stała tuż za oknem. Słyszał jej przyśpieszony oddech, a przez szczeliny zamkniętych okiennic mógł zobaczyć cień padający na trawę w srebrnym i zimnym blasku księżyca.

Nie miała wprawy w podglądaniu.

Rozbierał się właśnie pośrodku mikroskopijnego, niezwykle zagraconego pokoiku, który służył w domu pana Takasuke jako coś w rodzaju magazynu. Takeshi próbował się umyć w misce mniejszej niż czarka do sake, kiedy poczuł, że jest obserwowany. Odetchnął z ulgą natychmiast, gdy się przekonał, że to tylko córka gospodarza.

Mimo iż cały czas trzymał Blask w zasięgu ręki, ucieszył się, że nie będzie zmuszony bronić się w tak ciasnej przestrzeni. Pomieszczenie wyglądało jak domek dla lalek, szczególnie że złożono tu cały dwór cesarski, czekający na Święto Dziewczynek. Wydawało się oczywiste, że rozpieszczona jedynaczka, taka jak panienka Takasuke, będzie miała komplet wszystkich dostępnych kukiełek, misternie wykonanych i ubranych w kosztowne szaty. Szkoda tylko, że nie stał gdzie indziej.

Takeshi czuł się tutaj jak Godzilla rozdeptująca Tokio. Wszędzie piętrzyły się pudła, skrzynki, kuferki i szafeczki. Malutkie i kruche. Futon trzeba było wtłaczać siłą i choć jakoś się zmieścił, były członek Zakonu Czarnej Wody musiał spać z podkulonymi nogami. Już po pierwszej nocy żałował, że we wsi nie ma gospody.

Zerknął znów na ukryty za okiennicą cień.

Może innemu mężczyźnie imponowałoby, że młoda, śliczna dziewczyna szpieguje go w sypialni, ale Takeshi do takich nie należał. Dobrze wiedział, że to nie jego porywająca uroda skłoniła Haru do ryzykownego kroku.

Zatem co? Zwykła ciekawość? Ktoś nowy pojawił się w domu, więc od razu stał się interesujący? Panienka się nudziła. To się dało zauważyć na pierwszy rzut oka. Czyżby nigdy nie widziała mężczyzny bez kurtki i bluzy? Nie, to chyba niemożliwe. Wyglądała raczej na księżniczkę, która umie sobie omotać chłopców wokół palca. A może córka wójta chciała sprawdzić na nim własną atrakcyjność? W końcu świadomie odrzucał wszelkie próby zacieśnienia znajomości.

Nie, pomyślał. Mała zdecydowanie nie jest z tego gatunku. Nie stanie nagle przede mną jak bohaterka taniego romansidła. Księżniczki tak nie postępują. Trochę szkoda, ale co tam.

Zastanowił się.

Dlaczego, u diabła, w ogóle się nim zainteresowała? W końcu starał się być nudny niczym mnisie sutry. Przesadził? Cholera, może faktycznie. Zrobił się tak bezbarwny, że aż fascynujący.

Uważaj, chłopie, skarcił sam siebie. Tracisz instynkt.

Natychmiast, już na samym początku, ledwie rozpoznał sylwetkę podglądacza, przestał się niepokoić, że został rozpoznany. Haru z pewnością nie bawiła się tamtej nocy „Pod Jenotem i Czajnikiem". Miał doskonałą pamięć do twarzy, wyrobioną dzięki wieloletnim ćwiczeniom. Mniejsza o to, że taka speluna w ogóle nie pasowała do córki wójta. Różne rzeczy działy się na świecie, a sekretna wyprawa grzecznej dziewczynki w nieszczególnie grzeczne miejsce wcale nie należała do najdziwniejszych. Takeshi nauczył się, że po ludziach trzeba się spodziewać wszystkiego.

Po prostu dobrze pamiętał. Nie zauważył tej dziewczyny w gospodzie. A to znaczyło, że jej tam nie było.

W zmiennym i niestabilnym świecie należało w coś wierzyć. Dlaczego nie miałyby to być własne zmysły?

Najłatwiej byłoby teraz zgasić lampę i położyć się spać. Nowy Takeshi, skromny wędrowiec, z pewnością by tak uczynił. Lecz dawny Takeshi, choć dla wielu pogrzebany, wcale nie myślał umierać. Uśmiechnął się krzywo.

Proszę bardzo, panienko Takasuke. Czas na spektakl.

Ściągnął przez głowę cienką, spodnią koszulę i zaprezentował się w całej okazałości blizn pokrywających tors i plecy. Historia życia, zamiast na papierze spisana na skórze. Zawsze z nim, aż do śmierci. Kronika zwycięstw i porażek. Mapa bólu.

Gorzka pamiątka po prawdziwym Takeshim, którego przecież nigdy nie zdoła zabić i spalić na stosie pamięci.

Usłyszał tylko stłumione westchnienie, coś jak chichot czy szloch, a potem odgłos prędkich kroków w ciemności. Córka gospodarza uciekła.

Nic dziwnego. Nie ona jedna.

Takeshi przesunął palcami po gładkiej powierzchni wędrownego kija, który ukrywał wewnątrz Blask.

Czy dobrze zrobiłem? – zastanowił się. Może tracę nie tylko instynkt, ale i ostrożność? No dobra, wszystko jedno. Mała i tak nikomu nie powie.

Gdyby zdawał sobie sprawę, że Haru znalazła schronienie w składziku „Jenota i Czajnika" na długo, zanim wyszedł z pomieszczenia z automatami, żeby zasiąść do gry przy macie, gorzko pożałowałby nieostrożności. Ale skąd niby miał to wiedzieć?

Ochlapał twarz i ramiona w miniaturowej misce, skulił się na futonie i spróbował zasnąć.

Oparła się plecami o filar domu, z trudem łapiąc powietrze.

To on! Bogowie, to naprawdę on! Bohater. Demon. Człowiek z gospody.

Nagle ogarnęła ją szalona, przemożna myśl, żeby wyciągnąć dłoń wśród ciemności i dotknąć jego ramienia. Powiedzieć: jestem tu. Wiem. Widziałam. Współczuję.

Co by zrobił? Zabiłby ją? Przytulił?

Myśli kłębiły jej się w głowie, szybkie, zakręcone, ulotne, niczym złote karpie w stawie.

Skoro był tu, w jej domu, wszystko mogło się zdarzyć. Przybył do niej. Na pewno. Przecież to znak. Przeznaczenie. Takie rzeczy nie dzieją się przypadkiem. Świat otwierał przed nią nowe, choć przerażające możliwości.

Do zapyziałego bagienka Zimnej Wody wkroczył ktoś spoza zwykłego wymiaru. Nie kupiec, urzędnik, czy nawet dworzanin szoguna, lecz wojownik, bóg, starożytny heros. Bohater, jak Promienny Książę Genji. Tajemniczy, niezwykły i piękny.

O tak. Piękny mimo blizn i ciężkich przeżyć.

Jak może się z nim równać jakikolwiek zwykły facet?

Haru czuła się roztrzęsiona, pijana, zszokowana. I szczęśliwa. Musiała to ze zdumieniem przyznać. Była szczęśliwa.

Z pewnością wszystko potoczy się, jak powinno. Spojrzy na nią. Rozpozna. Będzie ją obserwował i wkrótce zrozumie, że są dla siebie stworzeni. Że ona dusi się tutaj, w tej wsi, w tej obezwładniająco Zimnej Wodzie, w której tonie, zapada się, każdego dnia głębiej i głębiej.

Razem pójdą przez świat, ku szaleństwu, przygodzie, wyzwaniom. Ku niebezpieczeństwom. Będą bronić się i chronić nawzajem, a w końcu staną się legendą.

Takeshi i Haru. Haru i Takeshi. Dwie gwiazdy płonące we wzajemnej konstelacji. Wojownik i księżniczka.

Co za wspaniała wizja.

Była bardzo wzburzona, lecz wiedziała, że musi się szybko uspokoić. Teraz najważniejsze to zatrzymać Takeshiego w domu tak długo, żeby nieuniknione się dokonało. Zbliżyć się do niego, sprawić, że odkryje przeznaczenie. Ją.

Dotknęła zimnymi palcami rozpalonych policzków.

Okame, ależ była zdenerwowana!

To nic. To nic. Przecież właśnie spełniają się jej marzenia. Wyśniony wojownik przybył. Musi tylko przekonać ojca, że potrzebują całkowicie nowego wystroju domu. Och, dzięki, dobrzy bogowie! Co to za wspaniały pomysł! Takeshi zostanie na długo i będzie malował im ściany aż do czasu, gdy przestanie się ukrywać, wyjawi prawdziwą tożsamość i zabierze ją ze sobą ku innemu życiu, wspaniałemu i pełnemu chwały.

Nowy wystrój. Nowe parawany, panele, obrazy. Ojciec na pewno nie odmówi, gdy zacznie nalegać. Nigdy nie odmawiał. Swoją drogą przyda się takie odświeżenie. Już ona się postara, żeby w oczach taty jej pomysł nie wyglądał na zwykły kaprys, lecz poważną, opłacalną inwestycję. Takeshi jest przecież niezmiernie utalentowany, a ceny stawia niewygórowane. Ojciec się zgodzi. Na pewno się zgodzi. Miłosierny Jizo, jak to wspaniale!

Miała ochotę skakać z radości i podekscytowania.

Nie, to nie jest dobry moment. Musi okazać się rozsądna. Położyć się do łóżka, a rano zacząć narzekać na brzydkie, stare dekoracje ścienne.

Co za noc. Pełna blasku i obietnic. Początek nowego życia.

Nieco chwiejnie biegła przez rozświetlony księżycem ogród, wciąż pogrążona w szalonych marzeniach, gdy zauważyła w mroku pod krzewem magnoliowca przyczajoną, tajemniczą postać. Serce zabiło jej radośnie. Czyżby to on? Takeshi? Tak prędko?

Przyspieszyła kroku, lecz zaraz przystanęła, bo sylwetka ukryta wśród kwiatów wydawała się jakaś za niska i obca. Straszliwy wróg, który czai się, żeby zabić Takeshiego? Mroczny ninja albo inny okropny skrytobójca? Co teraz będzie? Zabije ją? I najważniejsze. Jak ostrzec mistrza, zanim morderca poderżnie jej gardło? Z przerażenia zupełnie zamarła. Nie miała pojęcia, co robić. Zabrakło jej tchu. Otworzyła usta, lecz nie potrafiła krzyknąć. Za bardzo się bała.

– Haru? – odezwał się szeptem znajomy głos. – To ty, Haru?

Kazuya, zrozumiała. I poczuła, jak ogarnia ją biała, drgająca od wyładowań fala furii.

– Co tu robisz? Jak śmiesz mnie nachodzić po nocy! – syknęła nienawistnie.

Chłopak cofnął się w cień.

– Ja tylko chciałem... – wybąkał, ale mu przerwała:

– Co niby chciałeś? Myślisz, że można do mnie przyłazić jak do pierwszej lepszej? Mam zasady i reputację!

– No tak, wiem. Jasne. Chciałem tylko zaprosić cię na spacer. Księżyc...

– Miłosierna Kannon! Ależ banał! Spacer przy księżycu! Z tobą! Zapomnij, rozumiesz? Nie chcę mieć z tobą nic do czynienia! Ani przy księżycu, ani na słońcu! Zimą i latem! We dnie czy w nocy! Nigdy! Dotarło? Nigdy, Kazuya! Nie jestem stworzona dla kogoś takiego jak ty. Nie mogłabym nawet... Bogowie! Co to za pomysł! Odejdź stąd, bo zawołam ojca!

Obiecujący syn urzędnika skulił się, jakby zapadał się w sobie.

– Wybacz. Nie wiedziałem, że aż tak mnie nie lubisz.

– Lubię, nie lubię! Co za różnica? Lubiłbyś kamień, Kazuya? Albo słupek przy drodze? Dla mnie właśnie tyle znaczysz. A teraz wynoś się stąd! Bo naprawdę zacznę wrzeszczeć i powiem, że mnie napastujesz!

Nawet w srebrnym blasku bijącym z nieba widać było, jak bardzo pobladł.

– Dobrze. Nie zobaczysz mnie więcej. Obiecuję.

– To wspaniale! – krzyknęła. – Bardzo się cieszę. Naprawdę.

Pobiegła przez wysoką trawę wprost ku oknu swojej sypialni, nie oglądając się za siebie. Kazuya nic jej nie obchodził. Uchyliła okiennicę, wskoczyła do środka i natychmiast padła na futon.

– Mru? – zdziwił się Genji.

Leżał na kołdrze otoczony nimbem mdłego, fosforycznego blasku w kolorze bladego seledynu, którym czarna za dnia sierść zawsze świeciła nocą. Haru objęła kota, przytuliła twarz do jego futerka i rozpłakała się z emocji.

Takeshi nieco się zdziwił, gdy dwa dni później wójt Takasuke zaproponował mu pracę przy nowym wystroju całego domu. Nie odpowiedział od razu, lecz obiecał, że rozważy ofertę.

Teraz, siedząc nad piwem i kluskami „Pod Wesołym Kogutkiem", doszedł do wniosku, że się zgodzi. Czemu nie? Zimna Woda wydawała się całkiem miłą wiochą. Dobrze byłoby zarobić trochę więcej grosza na zimę.

– Stary Takasuke jest uczciwy. Dobrze zapłaci – poradził życzliwie właściciel jadłodajni. – A i mnie będzie miło, jeśli zostaniesz dłużej. Dobrze czasem pogadać z kimś inteligentnym.

– Wszystko dzięki Panu Kurakowi – zaśmiał się Takeshi. – Wiesz co, Harunobu? Daj no spod kontuaru flaszkę sake. Wypijemy pod jego cwany dziób!

– Takie zamówienie bardzo mi się podoba – rozpromienił się karczmarz. – Za kurczaka, przyjacielu!

– I łasicę. Nie wolno zapominać o łasicy. Ona też mi się dobrze przysłużyła.

Gospodarz parsknął śmiechem.

– Zabawny jesteś. Już ci to mówiłem? Od razu widać, że przyzwoity z ciebie facet. Ja to mam oko do gości, nie?

Zabiłem więcej ludzi, niż ty zjadłeś klusek, mistrzu, pomyślał Takeshi, takiś znawca. Ale skinął tylko głową i sięgnął po podawaną czarkę.

Panienka Mariko zjechała do Zimnej Wody niespodziewanie, niczym diabeł oni. Wdzięcznie wyskoczyła z bolidu, ozdobionego kwiatami wiśni, których środki stanowiły ludzkie czaszki, i ruszyła główną ulicą miasta. W jej dłoni spoczywał obnażony Strumień. Ubrana w srebrzystą szatę, wyszywaną w kwiaty blade niczym szron, wyglądała jak sama Yukionna, bezlitosna Śnieżna Pani. Towarzyszyło jej czterech dryblasów w garniturach, każdy z nich ściskał w garści potężny rewolwer. Wszyscy mieli doskonale opanowaną Ścieżkę Stali, tajemniczą i niebezpieczną sztukę walki bronią palną. Mariko była o tym absolutnie przekonana, bo przecież sama ich szkoliła. Długo i żmudnie.

Na widok przybyłego orszaku ludzie w panice pierzchali do domów. To nie była normalna rzecz, żeby Ashihei lub ktoś z jego świty przechadzał się tak ostentacyjnie po wsi. Wydawała się nawet w jakiś sposób głęboko niewłaściwa. A w dodatku ona. Czarna jak laka, srebrzysto odziana, adoptowana siostra gangstera. Wiedźma i pomiot demona.

– Nikt nie wyszedł mnie powitać – mruknęła z pogardliwym uśmieszkiem na ustach, pełnych i czerwonych niczym nierozgryziona wiśnia. – Co za brak manier!

W Zimnej Wodzie stał tylko jeden budynek urzędowy, który służył jako biuro wójta, poczta i miejsce spotkań mieszkańców. Był żółty, obszerny i brzydki. Tam właśnie skierowała się Mariko.

– Gdzie on jest? – wrzasnęła do przerażonego pana Takasuke, który wyjadał właśnie wczesny obiad z wesołego zielonego pudełka z wodnikiem kappa, prezentu od ukochanej córki.

Wójt zakrztusił się kawałkiem marynowanej ryby.

– Kto, panienko? Chętnie pomogę, ale niestety, nie mam pojęcia, o kogo chodzi…

– Och! Szermierz, debilu! Przecież to jego szukam! – Wykrzywiła wściekle ciemną, gładką twarz, której z pośpiechu nie zdążyła pobielić szminką.

Ojciec Haru wytrzeszczył zdumione oczy.

– Szermierz? Nie mamy tu nikogo takiego. Przysięgam, panienko. Natychmiast bym powiedział, gdybym miał choć cień…

– No, nieznajomy! Przybysz, żałosny śmieciu. Rozumiesz? Ktoś, kto tu niedawno przyjechał – przerwała, tupiąc ze złości nogami. – J-a-k-i-ś o-b--c-y. Dociera? Mówisz po ludzku, wieprzu? Tak? Jakoś wątpię. No dobra. Syn kupca. Młody urzędnik. Ktoś zamożny, ale nie bogaty. Dobrze ubrany. Wysoki. Jasny. Tyle wiem. Gdzie jest?

– Urzędnik? Syn kupca? – wyszeptał pan Takasuke z rozpaczą.

Kompletnie nie rozumiał, czego chce ta wariatka. Aż się cały spocił ze strachu. Mariko była niepoczytalna. Za chwilę mogła brutalnie przeciąć nić jego życia, a wójt wcale się jeszcze nie szykował wkroczyć między szprychy koła narodzin i śmierci.

– Tak!

Miecz zwany Strumieniem wbił się głęboko w kosztowne drewno biurka pana Takasuke. Ojciec Haru o mało się nie rozpłakał.

Osierocę moje jedyne dziecko, pomyślał zdjęty trwogą. Miłosierny Jizo, ratuj!

– Syn pana Tsukioka jest urzędnikiem przy szogunie, a kupców mamy...

– Nie, no! Dość tego bełkotu! – krzyknęła Mariko, powoli pojmując, że traci tylko czas.

W oczach wójta Zimnej Wody widziała jedynie przerażenie i rozpaczliwą, bezrozumną chęć pojęcia, czego właściwie panienka od niego oczekuje. Nie wydawało się możliwe, żeby taki bałwan cokolwiek ukrywał.

– Nikt tu nie przyjechał ostatnio? Młody, przyzwoicie sytuowany mężczyzna? Ktokolwiek?

– Nie, panienko. Przysięgam. Nikt taki tu się nie zatrzymał. Powiem natychmiast, jeśli... Powiadomię natychmiast... – dławił się słowami.

– Pewnie, że powiesz – mruknęła ze złością. – Jeszcze byś się ośmielił nie donosić. Dobra, sama sobie poszukam. Na razie, debilu. Do rychłego! Chłopaki, za mną!

Zawinęła połami srebrnego kimona i ruszyła osobiście dokonać podboju Zimnej Wody.

Czasem okoliczności składają się tak, jakby niektóre rzeczy po prostu musiały się zdarzyć. Jedni zwą to przeznaczeniem, inni tłumaczą długami karmicznymi, a jeszcze inni zwyczajnie nazywają złym losem.

Zimna Woda była dużą wsią, gdzie mieszkało przecież mnóstwo ludzi. A traf chciał, że główną ulicą, wprost do urzędu swego ojca wędrowała akurat Haru. Ślicznie ubrana w króciutką lawendową sukienkę z delikatnego muślinu, kołysała się odrobinę na monstrualnych obcasach sznurowanych do kostki, fioletowych bucików. We włosy wpięła trzy piękne szpile oraz gustowny, skromny złoty diademik. Wyglądała zupełnie jak holopanienka. No, może nawet jeszcze lepiej.

Była tak pogrążona w myślach, że nie zauważyła dziwnej pustki na ulicy. Myślała, oczywiście, o Takeshim. Na razie nic się nie zmieniło w jego zachowaniu. Wciąż był powściągliwy i milczący. Przez chwilę kusiło ją, żeby zrobić pierwszy krok, powiedzieć coś znaczącego, dać do zrozumienia, że wie, kim jest, lecz nie śmiała. Wydawał się taki skupiony i chłodny. A jednocześnie okropnie przystojny. Tak bardzo chciałaby, żeby niezwykłe, zielone oczy patrzyły na nią z czułością, zaś spokojny, niski głos zadrgał od tłumionych emocji. Przyglądała się jego rękom, twarzy, sylwetce i chłonęła na zawsze całym sercem.

– Takeshi – wyszeptała bezgłośnie. – Jakie piękne, męskie, twarde imię. Takie…

– Dobry Hachimanie, patronie wojowników! Co to jest, u diabła?!

Panienka Mariko, która zatrzymała się pośrodku ulicy, tarasując drogę swym orszakiem, zmrużonymi oczami przypatrywała się nadchodzącej

Haru, włożywszy dłonie w rękawy kimona. W jej głosie brzmiała najgłębsza pogarda.

– Coś wylazło ze śmietnika. Jakaś stara, zeszmacona lala. Obrzydliwość, nie?

Czterej w garniturach stali nieporuszeni, bojąc się nawet mrugnąć. Panienka Mariko była zła. A to oznaczało kłopoty. Lepiej jej teraz nie podpadać.

Córka wójta się zatrzymała.

Przysnęłam, pomyślała. Chyba nagle przysnęłam pośrodku ulicy i teraz śni mi się koszmar.

Zupełnie nie potrafiła uwierzyć, że ta wielka, czarna gejsza z mieczem nie jest tylko dziwacznym przywidzeniem.

– Coś ty z siebie zrobiła, szmato! Popatrz, jak wyglądasz. Kupa gówna, ot co! Ubierać się trzeba godnie. Tradycyjnie, właściwie, porządnie. Mamy piękne, ugruntowane historycznie stroje, w których kobieta wygląda zwiewnie, wdzięcznie, lecz dostojnie. Kimona, pasy obi, płaszcze. Co sobie zamarzysz. A ty? Nosisz jakieś obrzydliwe kiece i myślisz, jaka to jesteś słodziutka. Rzygać się chce od tej cukierkowatości. Kawaii! Taka śliczniusia, że na jej widok każdy zapiszczy z zachwytu: „Iiiiii!" i zabierze się podskakiwać. Malutkie, lukrowane kurwiątko. Spójrz no na mnie, lalusiu-szmatusiu! Czy ja piszczę z zachwytu? Piszczę?! No jakoś nie. Raczej z trudem powstrzymuję się od puszczenia pawia. Księżniczka się znalazła. Żałosne. Wiesz, co mi przypominasz? Dziwadło z jarmarku. Małpkę kataryniarza. Coś bardzo paskudnego. Matka cię nie nauczyła, jak powinna się ubierać porządna dziewczyna?

Oszołomiona Haru zamrugała tylko pokrytymi grubym makijażem powiekami.

To mi się naprawdę śni, pomyślała.

Lecz nie śniła.

– Moja matka nie żyje – powiedziała odruchowo.

Mariko wydęła pogardliwie usta.

– Szkoda, że ty nie zdechłaś razem z nią. Mniej by było kurew na świecie. Ściągaj te szmaty, wywłoko. Pójdziesz do domu goła. Tak będzie lepiej niż w tym gównie.

– Co? – szepnęła z niedowierzaniem dziewczyna.

Mariko postąpiła o krok, wycelowała w nią palec.

– Głucha jesteś? Ściągaj to, ale już! A tę parszywą tapetę zetrzesz sobie z mordy piachem z ulicy. I to zaraz.

Córka wójta poczuła, że nagle brakuje jej tchu, a serce płynie w górę, jakby chciało uciec z piersi.

– Ja… nie chcę! Nie mogę… – wykrztusiła bezradnie.

– Ale ja chcę! To wystarczy, nie? – Twarz panienki Mariko wykrzywił grymas wściekłości. Siostra pana Ashihei nie przywykła do odmowy. – Zdejmuj kiecę, bo zrobię to za ciebie! Tym!

Wyciągnęła miecz.

– Nie – jęknęła Haru. – Nie!

Nie ruszyła się jednak z miejsca. Strach był jak nagły, okrutny atak niemocy. Nie potrafiła nawet drgnąć.

– Co kazałam?! Ściągaj łachy! – wrzasnęła czarno-biała gejsza i szarpnęła mocno za dekolt fiołkowej sukienki.

Materiał trzasnął. Wysokie obcasy nie utrzymały Haru w pionie i dziewczyna ciężko runęła na ziemię. Okropna Mariko górowała nad nią niczym złe bóstwo. Strumień w jej dłoniach srebrzył się i opalizował.

To koniec, zrozumiała przerażona dziewczyna. Ona mnie zabije.

Ogarnęła ją panika. Czysta, rozpaczliwa, bezmyślna panika.

Mariko zaraz wypruje jej flaki. Wymaże ją ze świata. Unicestwi. Jak będzie wyglądał taki pusty świat bez Haru? Okropnie. Biedny, osierocony Genji! Nieszczęsny tata. Biedny, zrozpaczony Takeshi! Wyobraziła sobie łzy w jego zielonych, zawsze tak jasnych oczach.

I wtedy nagle poczuła przypływ szalonej, desperackiej odwagi. Nie, nie umrze w piachu i kurzu, na ulicy, naga i upokorzona. Mowy nie ma! Co by o niej pomyślał Takeshi? Nawet jeśli legenda o ich miłości okaże się smutna i dramatyczna, wciąż pozostanie piękna i godna. Haru się nie ulęknie. Umrze jak dama, jak starożytna bogini. A Takeshi ją pomści!

– Ani mi się śni! – krzyknęła. – Nie boję się ciebie! No już, proszę bardzo, rozetnij mnie tym swoim supermieczem! Takeshi i tak ma piękniejszy! Cały błękitny i błyszczący! Pomści mnie, stara, wstrętna żmijo! Bo jest znacznie lepszy od ciebie! Słyszysz? Zabije cię jednym cięciem, tak jak zabił twoich przydupasów w gospodzie! Wszyscy leżeli na podłodze we krwi i gównie! A ty skończysz tak samo, obrzydliwa wariatko!

Panienka Mariko poderwała w górę głowę, niczym rasowa klacz. Ubranie Haru natychmiast przestało ją obchodzić. Zresztą sama dziewczyna również. Była tylko kawałkiem mięsa, który leżał na ziemi i wydawał dźwięki. Ale wśród tych dźwięków pojawiały się słowa o kluczowym znaczeniu. Czarna gejsza natychmiast je wychwyciła. Kurwiątko znało szermierza z gospody. I tylko to się liczyło.

A Haru znajdowała się w głębokim szoku, w którego gęstym, mrocznym cieniu naprawdę była bohaterką znanego poematu.

– Mój ukochany. Promienny wojownik. Wielki artysta – krzyknęła z pasją. – Kiedy umrę, dokończy mój portret, zapłacze, a potem zabije cię, okropna babo! Bo jest niepokonany!

Mariko zmrużyła oczy i zaczęła się zastanawiać. Zaraz, zaraz. Portret, tak? Czy to możliwe, żeby chodziło o tego nędznego malarzynę, który ponoć zawitał do Zimnej Wody? Dotąd nie brała śmiecia pod uwagę, bo wszyscy twierdzili, że to tylko jakiś wędrowny szmaciarz. Ale kto wie? Warto sprawdzić. Może jest cwany i tylko się podszywa pod wiejskiego głupola? To by czyniło przygodę jeszcze bardziej ekscytującą.

– Ten, co u was mieszka? Holopacykarz? – upewniła się.

Haru wcale nie heroicznie pociągnęła nosem.

– Żaden pacykarz! Artysta. Mistrz! I wspaniały wo…wo…wojownik – załkała.

Siostra pana Ashihei uśmiechnęła się triumfalnie.

– Aaaa, chłopaki! – Odwróciła się ku nieruchomym ochroniarzom. W jej głosie brzmiało podniecenie. – Chyba go mamy! No już, ruchy. Szybciutko! Skocz no tam który po mój bolid. Czeka nas niezapowiedziana wizyta w domu tego durnia Takasuke.

Jak zawsze niecierpliwa, zaszeleściła srebrem kimona i ruszyła szybkim krokiem w stronę, gdzie zostawiła zaparkowany pojazd.

Nawet nie spojrzała na Haru, szlochającą w pyle ulicy, rozpaczliwie próbującą osłonić się strzępami sukienki. Prawdę mówiąc, zupełnie o niej zapomniała.

Czarne, szalone oczy Mariko wpatrywały się uważnie w głęboką, przepastną zieleń. Chłodną. Nieprzebraną jak morze. Co też się w niej kryje? Nie potrafiła zgadnąć.

Tak, to był on. Szermierz z gospody. Dorwała go wreszcie.

Wydawał się taki spokojny.

Takeshi miał niewzruszoną twarz o chłodnym, obojętnym wyrazie. W duszy jednak czuł coś, co przypominało podwodny wybuch wulkanu. Erupcję gorącej złości. Przede wszystkim na siebie samego.

No, pięknie! Pięknie, idioto, syczał bezgłośnie. Tylko pogratulować! Mistrz Dupa z ciebie, chłopie, nie żaden szermierz. Podłożyłeś się koncertowo.

Dał się zaskoczyć. Stracił czujność. Przyjął, że nikt nie skojarzy go z wydarzeniami w gospodzie. Popadł w samozadowolenie i pozostał zbyt długo w jednym miejscu. Odkrył się.

A to wszystko były błędy głupie i niewybaczalne. Niegodne adepta Zakonu Czarnej Wody.

Owszem, nawet w tej chwili byłby w stanie zabić czterech nieudolnych durniów, którzy tak źle obstawili drzwi i okna pokoiku, a także tę zdumiewającą wariatkę w białym kimonie, ale potrzebowałby do tego wiele wysiłku i odrobinę szczęścia.

A, jak widać, szczęście ostatnio odwróciło się do niego tyłkiem.

Dlatego bez sprzeciwu pozwolił zedrzeć z siebie bluzę, a potem obejrzeć liczne blizny znaczące mu skórę, jakby był biostworem na targu.

Mała mnie wydała, pojął w nagłym przebłysku zrozumienia. Nikt inny, tylko ona. Ale jakim cudem? Przecież nie było jej wtedy w gospodzie. Mógłby przysiąc.

Lecz zaraz potem pojawiła się nowa myśl, natrętna i paskudna jak stare skaleczenie.

A może była, u diabła, tylko ty jej nie zapamiętałeś? Takeshi, żałosny, stary gnojku, kończysz się powoli. Nie zapamiętałeś twarzy. Co za upadek.

Naprawdę czuł się jak mistrz Dupa. Dupa Trupa i tyle.

Mariko trajkotała coś do drabów, z którymi przyszła, podniecona i zadowolona. Przypominała lisicę, która wsadziła właśnie nos do nory zająca. Tyle że ten zając był przebranym wilkiem. Obserwował ją, z pozoru nieruchomy, a jednak napięty, gotów do natychmiastowego uderzenia.

Dźgnęła go palcem pod obojczyk, wskazując ciąg wypalonych wiele lat temu znaków.

– Obręcz Ashurów! – Pokazała zęby w promiennym, pełnym szczęścia uśmiechu. – A to numer! Jeśli ją nosisz, musisz być prawdziwym mistrzem miecza. Ja też mam taką, o, widzisz?

Rozchyliła kimono i pokazała mu wytatuowane sutry.

Mistrz Dupa Trupa nawet nie drgnął, ale cały czas gorączkowo się zastanawiał. A wnioski, do których doszedł, nie wydawały się pocieszające.

Jest kompletnie rąbnięta. Szalona jak szczur z doków. Dobry Darumo, ona się cieszy, że mnie znalazła. Cieszy się! Wariatka. Czort wie co gotowa zrobić? Z walniętymi najgorzej walczyć, nigdy nie wiesz, jaki numer wywiną. Nie mam wyjścia. Zabiję ją, zdecydował z ciężkim sercem, bo ryzyko było naprawdę duże. O tych czterech smutnych zatroszczę się później.

Patrzył uważnie w czarne, puste oczy Mariko, jakby chciał zahipnotyzować węża, a tymczasem jego dłoń szykowała się, żeby jednym, niemal niezauważalnym ruchem sięgnąć po rękojeść Blasku. Miecz leżał tak blisko, a przecież wydawał się bardziej oddalony niż Dawny Kraj.

Takeshiemu nic dziś nie sprzyjało. Ani szczęście, ani okoliczności. Ten cholerny, ciasny pokoik. I lalki przygotowane na Święto Dziewczynek, które z irytującym spokojem zdawały się czekać na rozwój wydarzeń, niczym nieco już znużona widownia teatru kabuki.

Mariko mówiła i mówiła, ale nie słuchał. W uszach miał tylko szum krwi i uderzenia tętna. Musi zgrać się z oddechem wszechświata, poczuć jedność z otaczającą go rzeczywistością, stać się na chwilę wszystkimi gratami zalegającymi w pokoju, czterema nerwusami za oknem, domem pana Takasuke pogrążonym w pełnej lęku ciszy, ostrzem swego Blasku, a wreszcie wielką, biało-czarną gejszą, którą za moment zabije. Wszystkimi sercami bijącymi w nim i wokół niego.

Wtedy uderzy.

Panienka Mariko była już tak blisko śmierci, jak człowiek leżący na marach, gdy z jej wiśniowych, pełnych ust padło zdumiewające słowo, które zmieniło wszystko.

Pojedynek. Ona proponuje pojedynek, zrozumiał Takeshi. Wszyscy bogowie Wysokiej Równiny Niebios, czy ja się przesłyszałem?

To było tak absurdalne, że pozwolił sobie na pojedyncze mrugnięcie i oddech podobny do westchnienia.

– Niech ci tylko nie przyjdzie do łba uciekać – pouczyła surowo Mariko.

Nie przyszło mu do łba. Ani przez chwilę.

Skupił się, chcąc posłuchać, o czym, u diabła, gada ta niepojęta kobieta?

– Jeśli nie zjawisz się o północy nad Jeziorem Węża, żeby walczyć ze mną, zginą wszyscy mieszkańcy tego domu. I to małe, rozczochrane kurwiątko także. Rozumiesz? Nic mnie nie powstrzyma, żeby to zrobić. Jeśli zechcę, zrównam z ziemią całą Zimną Wodę. Będę zabijać po kolei. Dzieci wyrwane z rąk matek, żony i kochanki wydarte wprost z objęć mężczyzn. Tych załatwię na końcu. Po starcach i chorych. Gdyby bogowie zjawili się, żeby mi przeszkodzić, ich również poślę do piekieł. Nie ujdzie stąd żywa dusza, szermierzu. Weźmiesz to na swoje sumienie czy wolisz stawić się do uczciwego pojedynku? Sam na sam, jak za dawnych czasów, kiedy żyli jeszcze prawdziwi wojownicy. Tylko ty i ja.

– Ty i ja – powtórzył, nie mogąc uwierzyć w to, co słyszy.

Energicznie skinęła głową.

– Przysięgam na koło wcieleń mojego brata.

Takeshi wyprostował się, rozluźnił. Zielone oczy pojaśniały z zadowolenia. Więc szczęście wreszcie przestało się na niego boczyć. Dobry Darumo, miał ochotę roześmiać się w głos.

– Zabiję cię – ostrzegł z poczucia obowiązku.

Prychnęła pogardliwie.

– Tylko spróbuj.

Pochylił się ku niej.

– Nazywasz się Mariko, prawda? Posłuchaj, daruj sobie. Odpuść. Wracaj do domu, do brata czy kogo tam kochasz. Ja nic do ciebie nie mam. Nie obchodzi mnie, co robisz. Jesteś jeszcze młoda. Możesz pożyć, dokończyć swój los. Nie pragnę twojej śmierci.

Uśmiechnęła się pięknie niczym wschodząca Amaterasu.

– Ale nie pozwolisz mi zabić tych żałosnych śmieci z wioski, co? Ja nigdy nie kłamię, szermierzu. Pamiętaj, nie ocaleje ani jeden. Więc jak? Spotkamy się nocą nad Jeziorem Węża?

Takeshi, ten nowy Takeshi, holopacykarz, miał już powiedzieć: „Nie".

Lecz wtedy przypomniał sobie o Panu Kurczaku i łasicy. O wesołych służących wójta Takasuke, które zawsze były dla niego miłe. O czarnowłosym, bystrym Kazui. A nawet o księżniczce Haru i jej czarnym kocie Genjim, który w ciemności świecił niczym gwiazda nadziei. Pozostawała tylko jedna odpowiedź.

– Tak.

– Pewnie! Znam takich jak ty – wycelowała w niego palec. – Wojownicy światła. Zawsze tacy sami, aż do zrzygu. Do zobaczenia o północy, roninie.

Odwróciła się, żeby odejść.

– Mariko? Ja też znam takich jak ty. Są jak latawce zerwane przez wichurę. Tak pełni niepokoju, tacy zagubieni. Pędzą po niebie i myślą, że są smokami. Przykro mi, że odejdziesz stąd, nie poznawszy swojej drogi. Krążysz i krążysz po manowcach, ale nigdy nie zbliżyłaś się do własnej ścieżki. To smutne. Może w przyszłym wcieleniu, wojowniczko? Urodziłaś się pod władaniem żywiołu powietrza, prawda? Powietrza, nie ognia.

Zatrzymała się, zaskoczona. Nikt nigdy nie mówił do niej w ten sposób.

Małpka, pomyślała z nagłym zdziwieniem. Moja małpka, która jest przecież taka jak ja. Kochasz mnie, małpko? W ogóle kogoś kochasz?

Dotknęła rękojeści Strumienia, jakby miecz mógł przekazać jej swą chłodną, bezlitośnie ostrą siłę.

– Kim ty jesteś? – spytała zielonej, morskiej wody.

– Nikim – odpowiedział Takeshi całkowicie szczerze.

Może broń naprawdę tchnęła w nią moc, a może po prostu minęła chwila, gdy prawdziwa magia dotyka serc śmiertelnych, dość, że Mariko znów poczuła się smokiem.

– Ach, świetnie! – warknęła. – Ronin znikąd staje do walki w obronie uciśnionych. Szykuje się dobra zabawa. Tylko nie stchórz, szermierzu. Obciążysz wtedy swoją karmę mnóstwem niewinnych trupów.

Uśmiechnął się, a uśmiech ten przypominał kolejną bliznę.

– Nie martw się. O północy nad Jeziorem Węża.

Węże też sądzą, że są smokami, przypomniał sobie, gdy bez słowa odwróciła się i ruszyła do wyjścia. Ciekawe, czemu tyle istot uważa się za kogoś innego, niż dyktuje im natura?

Mariko ostro okrzyknęła swoich ochroniarzy i opuściła podwórze domu pana Takasuke, szeleszcząc śnieżną bielą kimona.

Przez chwilę Takeshiemu zdawało się, że podłoga, na której stała, jest zmrożona szronem jej smutku, samotności i żądzy śmierci, lecz to wrażenie szybko minęło.

Z witryn i gablot lalki Haru spoglądały na niego obojętnie.

Śmierć nad Jeziorem Węża

Młody pan Urakami zbladł, gdy tylko otrzymał przesyłkę. Otworzył ją drżącymi palcami. W środku, tak jak się spodziewał, ujrzał szorstki, zwykły kawałek bambupapieru, a na nim nakreślony tylko jeden znak. Niepełny okrąg, w jednym miejscu rozerwany, poszarpany, rozdarty, jakby coś brutalnie wyrwało się ze środka. Bestia? Śmierć? Przeznaczenie?

Daimio nie miał pojęcia.

Symbol krzyczał zarazem szyderczo i zwycięsko, rdzawą, czerwonobrązową barwą. Był bowiem nakreślony krwią.

Mistrzowie Zakonu Rozerwanego Kręgu przyjęli propozycję Urakamiego.

Ród zostanie ocalony. Ale Hikobei przepadnie na wieki.

Daimio zwinął list, ukrył głęboko w biurku, a potem dłonią tak samo drżącą jak wtedy, gdy rozrywał przesyłkę, sięgnął po butelkę sake.

Jego los został przypieczętowany, a przyszłość przesądzona.

W tej jednej chwili został potępiony na zawsze.

Nie mógł wszakże wiedzieć, że daleko za szarymi wodami cieśniny zwanej Smoczą Paszczą, niemal w tym samym momencie, inne niecierpliwe dłonie także otwierały przesyłkę. Lecz nie lęk, a ulga odmalowała się na obliczu adresata, ledwo ujrzał zawartość.

Zgrabna, wyściełana szkatułka z laki zawierała bowiem sześć bezcennych fiolek. Żadna buteleczka nie została uszkodzona podczas transportu, a to oznaczało, że lekarstw wystarczy przynajmniej na kilka miesięcy.

Hernandez Mero, prezydent Wspólnoty Korporacyjnej Antilia, dawno nie czuł się tak silny i zdrowy jak teraz. Dotykając ciemnego, lśniącego szkła, nabierał przekonania, że przeciwstawi się opozycji, zwycięży, a może nawet wyciągnie swój kraj z głębokiej zapaści. Dzięki cudownym flaszeczkom wszystko to wydawało się prawdopodobne.

Wielki, pręgowany kocur ukryty w cieniu u pułapu chłonął całą scenę uważnymi, turkusowymi ślepiami. Uznał w końcu, że napatrzył się już dość. Pozostawił prezydenta z jego nierealnymi marzeniami, a sam cicho niby opar mgły wycofał się po belce aż na dach, a potem zwinnie zeskoczył na ziemię.

Nic więcej nie trzymało go w Antilii. Dowiedział się najwięcej jak mógł. Nadszedł czas, żeby wrócić do domu.

Kocim krokiem przemknął przez ogród rezydencji Mero, a potem prosto przez miasto skierował się do portu, gdzie kołysał się na wodach zatoki pękaty, lecz dostojny statek kupiecki z Wakuni.

Kogo zdziwi kot wałęsający się w portowej dzielnicy? Nikogo. Buras swobodnie przemykał między magazynami i szkutnią. Nagle zatrzymał się, rozejrzał czujnie. Portowy zaułek był pusty. Nigdzie w pobliżu nie czuł zapachu człowieka ani nie słyszał odgłosu kroków. Upewnił się, że naprawdę jest sam, a potem znów puścił truchtem w stronę doków.

I tylko jego cień prześlizgujący się po ścianach budynków rósł i potężniał niczym ciemna chmura, żeby za chwilę przemienić się w czarną, ruchomą sylwetkę ogromnego kocura o gibkim, rozdwojonym ogonie.

Ostre słońce Antilii zdawało się wycinać tę plamę cienia z bielonych ścian szkutni, ona zaś drgała, zmieniała się, wciąż rosnąc, aż nagle stała się zwykłym cieniem zwykłego mężczyzny.

Niewysokiego, szczupłego, o płynnych ruchach i czujnej twarzy.

Który wkradł się błyskawicznie do jednego z magazynów, odnalazł ukryte przedtem zawiniątko z odzieżą, a po chwili zmierzał szybkim, sprężystym krokiem ku portowemu basenowi, jakby pragnął jak najszybciej wkroczyć po trapie na pokład statku płynącego do Wakuni.

Listy otrzymał także pan Omura. Wieści bardzo go ucieszyły. Cena została zaakceptowana, mistrzowie wyrazili zgodę, więc negocjator z Zakonu Uśpionej Wierzby już wkrótce miał przybyć do jego rezydencji. Zdecydowanie szczęście nadal mu sprzyjało.

O szczęściu rozmyślał także Takeshi. Wydawało się dziwne i ulotne, niczym płatek śniegu w dłoni. Niby je miał, a przecież nie miał. Zawsze rozpływało się pod dotknięciem.

Domownicy pana Takasuke od razu uwierzyli, że panienka Mariko chciała na wszelki wypadek sprawdzić, kim jest holopacykarz z Zimnej Wody, ponieważ był nowym przybyszem we wsi. Nie znalazła w nim jednak nic ciekawego, więc poszła sobie, zostawiwszy go w spokoju.

Klepali Takeshiego po plecach i gratulowali, że tak łatwo się wywinął. Równie dobrze mogła go zabić. Każdy przecież wiedział, że siostra pana Ashihei ma nierówno pod sufitem. Ze strachu przed jej gniewem nikt nie ośmielił się podsłuchiwać. Kolejny biały, kruchy płatek szczęścia do kolekcji byłego adepta Zakonu Czarnej Wody.

Zaraz potem wszyscy w gospodarstwie zapomnieli o przykrej przygodzie wędrownego artysty, bo biedna, kochana panienka Haru wróciła do domu w opłakanym stanie. Podarta sukienka wisiała na niej w strzępach, a śliczna buzia, cała wymazana błotem i spływającym makijażem, opuchła od szlochu. Za nią przybiegł blady i zdyszany wójt Takasuke i nikt w całej Zimnej Wodzie nie miał mu za złe, że opuścił stanowisko pracy. Służące i niańki, lamentując jak stado nocnych ptaków, zaniosły Haru do łóżka, a wszyscy młodzi mężczyźni pracujący w rezydencji przysięgali, że zabiją tę wredną wiedźmę Mariko, ponieważ ośmieliła się podnieść rękę na ich panią.

Nie, chłopcy, pomyślał Takeshi nie bez odrobiny ironii. Tak się składa, że to ja ją zabiję.

Nie miał wątpliwości, jak skończy się nocne spotkanie nad Jeziorem Węża. Obserwował Mariko, jej ruchy, postawę, gesty, i nie zamierzał lekceważyć przeciwniczki. Z pewnością była niezła. Może nawet całkiem dobra. Lecz czasem „całkiem dobra" to za mało.

Gdyby usypać stos z ciał całkiem dobrych szermierzy, których posłałem w Wielką Podróż, mógłbym kiściami pozrywać gwiazdy z nieba, uśmiechnął się drwiąco.

Mistrzowie Zakonu Czarnej Wody słusznie zasługiwali na renomę najbardziej surowych i wymagających nauczycieli miecza w Wakuni. Tutaj był tylko rzemieślnikiem włóczącym się w poszukiwaniu roboty. Ale dziś w nocy nad taflą jeziora okrągłego jak oko gada odkryje znów prawdziwą naturę.

I nie mógł nawet udawać, że to go nie ucieszyło.

Kolejna drobina szczęścia topiła mu się na dłoni, bo nie musiał nikogo pytać, gdzie leży miejsce, które Mariko wybrała na pojedynek. Ukryte w górskiej kotlinie Jezioro Węża stanowiło jedyną atrakcję Zimnej Wody. Stała tam stara kapliczka poświęcona wodnym bóstwom, a każdy mieszkaniec wsi, który zamienił z Takeshim bodaj trzy słowa, zdążył już pokazać mu drogę i gorąco namawiać, żeby odwiedził ten piękny, malowniczy zakątek.

Nie zostawało już nic, tylko czekać na północ.

Czekał więc, tak długo, aż ptaki nocy dołączyły do okrzyków, lamentów i biadań służących nad okropną przygodą, która spotkała nieszczęsną Haru.

Gdy krągły, niespokojny księżyc uniósł złocistą twarz nad kalenicą domostwa pana Takasuke, Takeshi już podążał wąską, stromą dróżką w stronę ukrytej kotliny, wiedząc, że tym razem znowu musi wkroczyć na ścieżkę przeznaczenia.

Cóż, taka karma. Przez ciężkie i mroczne lata spędzone w Zakonie zdołał się niejednego nauczyć, ale niczego nie zapamiętał tak dobrze, jak tego, by nigdy nie popełniać błędu Węża i nie zaprzeczać własnej naturze.

To zawsze kosztowało zbyt wiele. Często znacznie więcej niż coś tak nieskomplikowanego jak życie.

Rzeczywiście, to był piękny zakątek. Jezioro wciśnięte w kotlinę niczym okrągła srebrna misa, gotowa w każdej chwili pomieścić spadający księżyc, otoczone białym nimbem piaszczystej plaży. Wokół czarne na tle nieba, strzępiaste czupryny miłodrzewi i upajający, słodki niby nadchodząca śmierć zapach kwitnących purpuronii. Mała kapliczka wodnych węży przycupnęła na brzegu, urocza jak odpoczywająca gejsza.

Takeshi uśmiechnął się na ten widok. Mógłby nieźle zarobić za taki pejzaż. Klientom nie podobałaby się tylko wysoka, strojna w szkarłatne szaty kobieca postać z mieczem u boku, oczekująca w głębokim nocnym cieniu pobliskich drzew.

To zbyt niepokojące do domu czy biura, pokręciliby z dezaprobatą głowami. Zaburzałoby przepływ energii chi.

Pewnie tak, pomyślał. Ale dla mnie ten obraz pozostaje doskonale piękny.

Nie mógł powiedzieć, że nie czuje pewnej dziwnej, podszytej goryczą radości. Tu, w obliczu wody, księżyca i zapomnianych bóstw, nie był już holopacykarzem. Noc jest matką cieni, a on znów mógł stać się sobą, jakby powracał do dawnego, prawdziwszego wcielenia. Po raz kolejny odrodził się jako cień z przeszłości. Cień Śmierci.

Mariko skłoniła przed nim głowę na powitanie. Nic nie mówili, bo nie było potrzeby wymieniać żadnych słów. Wokół istniała tylko noc i oni oboje. Jak za dawnych, niepamiętanych czasów w Starym Kraju, gdzieś hen, poza gwiazdami i czasem.

Dwóch rosłych ochroniarzy, przyczajonych na ścieżce w głębi zagajnika, nie miało znaczenia. Wystarczył jeden rzut oka na pełną powagi twarz Mariko, żeby Takeshi zrozumiał, że siostra pana Ashihei nic o nich nie wie. Z pewnością zabiłaby obydwu natychmiast, gdyby odkryła, że nie usłuchali jej rozkazu i pogwałcili świętość pojedynku.

Nie szkodzi. Sam ich zabije w odpowiednim czasie. Teraz, z szacunku dla przeciwniczki, nie powinien rozpraszać jej drobiazgami. Zasługiwała na pełną uwagę.

Wystąpiła z mroku i wkroczyła na plażę, białą od księżycowego blasku. Na krwawym tle jej kimona wzbijały się do lotu dzielne, nieustępliwe jaskółki, dzieci burzy, ptaki, które nie znają lęku.

Ubrała się na czerwono, zauważył Takeshi. Czerwień to kolor szczęścia. Będzie jej teraz potrzebne. Żałował, że nie ma lepszego stroju niż łachy wędrownego artysty. Prawdziwy pojedynek wymaga odpowiedniej oprawy. Obiecał sobie w duchu, że zrobi wszystko, żeby prestiż Mariko nijak już nie ucierpiał.

Przesunęła lekko lewą nogę w tył i dotknęła rękojeści miecza, przyjmując pozycję *żuraw na gnieździe,* dobrze wykonaną, ale zdecydowanie zbyt mało finezyjną. Takeshi uśmiechnął się i niemal niedostrzegalnie pokręcił głową. Wydawało się, że wcale się nie poruszył, a jednak z układu jego dłoni i stóp natychmiast wywnioskowała, że odpowiedział *lisem ukrytym w trzcinach.* Wiedział, jak się czuje. Niczym skarcona dziewczynka. Gdyby zaatakowała z góry, zgodnie z wybranym układem, błyskawicznie ciąłby ją od dołu i bez trudu przeciął korpus. Umarłaby, zanim zdążyłaby dotknąć piasku. Zagryzła wargi, upokorzona.

Drugi był *nóż w wodzie.* Dobra technika, ładnie wykonana. Lecz zanim zdążyła uderzyć, przyjął pozycję *przebudzonego tygrysa.* Zrobił to tak lekko i perfekcyjnie, aż wstrzymała oddech. Niewielu szermierzy potrafiło walczyć tym trudnym stylem. Mógł stąd wyprowadzić niezwykle precyzyjne, zabójcze cięcie, ale czekał. Odpowiedziała natychmiast, drapieżnie i zwinnie, niełatwym, bardzo skutecznym *czatującym kotem.*

Zrozumiał, że Mariko zbliża się do kresu swych umiejętności. Płynnie zmienił więc *tygrysa* na *bakeneko* – kota demona. Nikt prócz adeptów Zakonu Czarnej Wody nie walczył w tym niezmiernie trudnym stylu. Nie próbował jej przestraszyć. Dawał szansę. Nic nie było jeszcze przesądzone. Los się nie dopełnił. Mogła skłonić przed nim głowę, uznając jego wyższość, i z honorem zakończyć pojedynek.

Nie zrobiła niczego podobnego. Błyskawicznie zmieniła pozycję na *wicher nad górami,* wyprowadzając ostre, wysokie cięcie. Takeshi bez najmniejszego trudu odbił je Blaskiem, przemienionym w pazur *diabelskiego kota.* Doskonale władał tym stylem, a Mariko zasłużyła na dobrą walkę. *Wicher z gór* znów uderzył, ostrym, porywistym podmuchem. Był szybki, ale *kot* poruszał się zwinniej. Niełatwo wichurze powalić małe, drapieżne zwierzę, zawsze przyczajone, czujne i uważne. Nim Mariko to zrozumiała, błękitne ostrze Blasku zdołało zahaczyć i rozpruć połę pięknej, czerwonej szaty. Pierwsze ostrzeżenie. Bezkrwawe, choć szkarłatne. Jeszcze nie jest za późno, dziewczyno. Jeszcze możesz wrócić do eleganckiego, bezpiecznego domu swego szalonego brata.

Jednak ona nie chciała wracać. Takeshi widział to wyraźnie w jej twarzy i oczach. Żywych, wreszcie żywych, a nie przydymionych wiecznym znudzeniem.

Zrobił jeszcze jedno ustępstwo. Pozwolił jej znów zmienić styl, na bardziej odpowiedni niż *górski wiatr.* I tak *wesoła małpa* stanęła naprzeciw *diabelskiego kota*. Dobry wybór, bo *małpa* była skoczna, bezczelna i nieustępliwa.

Strumień płynął w rękach Mariko jasno, prosto i połyskliwie. Zdawało się, że szarosrebrny miecz za chwilę przetnie łachmany Takeshiego, wgryzie się głęboko w ciało i zakończy nocny taniec dwojga szermierzy. Ale zawsze na jego drodze pojawiał się Blask. Błękitny, czysty, nieugięty. Ostrza uderzały o siebie i odskakiwały, z brzękiem, który przypominał śmiech lub szloch duchów ukrytych w pobliskiej kapliczce węży.

Wydawało się, że dwoje walczących może tak splatać się ze sobą w nieustającej grze krwi i stali, aż wypalą się gwiazdy, lecz Mariko stopniowo słabła. Wiedziała o tym, dlatego atakowała z furią godną demona. *Wesoła małpa* nie wydawała się już skoczna i zwodnicza, ale szalona. Strumień furczał w czarnych dłoniach dziewczyny, śpiewał jękliwie, napastliwie, złowieszczo.

Raz, jeden raz Blask pofrunął zbyt wysoko, a wtedy miecz Mariko ukąsił, zostawiając pod obojczykiem Takeshiego cieniutką, krwawą kreskę.

Kochasz mnie, małpko? Kochasz mnie?

Kocham, Mariko. O, jak bardzo cię kocham!

Zatem strzeż się, *diabelski kocie*.

Lecz strzegł się. Strzegł się doskonale. Robił to całe życie i w żadnej innej dziedzinie nie osiągnął takiej perfekcji.

Nagle wszystko przestało się liczyć. Takeshi poczuł, że osiąga całkowitą pełnię, absolutne zjednoczenie z bronią, księżycem, połyskliwą taflą jeziora, czarnymi cieniami drzew. To było uczucie bliskie oświecenia. Nigdy pełniej nie pojmował istoty i granic własnej osobowości. Swego miejsca na ziemi.

I kochał. Wreszcie kochał całym głodnym, ściśniętym sercem. Kosmos, gwiazdy, grunt pod nogami, żywioły wbudowane w strukturę wszechświata. Wszystko i wszystkich. Kochał też szczerze panienkę Mariko, która stanęła z nim do walki właściwie bez powodu, tak oddana, tak dzika i zapamiętała, tylko dla niepojętego, choć uświęconego piękna pojedynku na miecze.

Kochał, dlatego już mógł ją zabić.

Blask uderzył potężnie, śmiertelnie i z tak niesłychanym kunsztem, że nie mogło być mowy o jakimkolwiek uchybieniu godności przeciwniczki. O takich ciosach pisze się pieśni. Był perfekcyjny. Idealny. Ostrze sunęło w powietrzu niczym nieziemski promień. Czysty blask.

Gdy już dotarł do niej, wniknął w jej ciało, Mariko mogła tylko skłonić się głęboko, a potem uklęknąć, przyjmując wprost do swego wnętrza ogromną, niemal boską potęgę. Chwilę trwała na klęczkach, zdawałoby się w uniesieniu, aż upadła na bok, wciąż ściskając w dłoniach rękojeść Strumienia.

Czerwień kimona piła czerwień krwi. Haftowane jaskółki, dzielne ptaki burzy, jedna po drugiej tonęły w szkarłacie.

Oto zakończył się taniec żywiołów.

Takeshi podszedł bliżej, dysząc ciężko z opuszczonym mieczem w prawej ręce. Pojedyncza krwawa łza spłynęła na piasek tuż obok twarzy Mariko. Płatek chwały i żalu. Usta dziewczyny już siniały niebieskawo, lecz uśmiechały się triumfalnie, niemal wesoło.

– To była dobra walka – wyszeptała z trudem.

Adept Zakonu Czarnej Wody skinął głową.

– Tak – powiedział szczerze. – Bardzo dobra.

Patrzyła na niego czarnymi, płonącymi węglami oczu, w których odwieczna pustka śmierci zaczęła już gasić blask szczęścia.

Bo ona jest szczęśliwa, stwierdził bez zdziwienia Takeshi. Szczęśliwa jak chyba nigdy w życiu.

Przybrana siostra pana Ashihei spróbowała się poruszyć, lecz nie dała rady.

– Czy… moje… nogi… – wydyszała chrapliwie i ciężko – czy wyglądają… godnie?

Takeshi pochylił się i starannie ułożył rozrzucone, bezwładne już stopy Mariko.

– Tak. Teraz tak.

– Dobrze… – tchnęła.

Oddychała z coraz większym wysiłkiem, a szkarłat wypływał z rany i barwił piasek na kolor krwi. Uśmiechała się jednak nadal sztywniejącymi wargami.

– Czarna Woda – szepnęła. – Kto… by… pomyślał? Świetna walka, co?

– To prawda – przyznał Takeshi. – Znakomita.

– Bardzo pięknie – powiedziała Mariko, nie wiadomo, do Takeshiego czy do ciemniejącego, zamykającego się wokół niej świata. I umarła.

Frrrrruuuu!

To Blask poderwał się w górę, posłuszny dłoniom Takeshiego. Zaświecił intensywnym błękitem błyskawicy, kreśląc w powietrzu ochronne sutry. Lśniąca, lustrzana tafla niebieskiego światła natychmiast otoczyła szermierza. Ruchy ramion były idealne, wyćwiczone przez niezliczone lata praktyki. Zapiekła tylko jedna z blizn Obręczy Ashurów, wypalonej niegdyś na plecach i barkach, ta draśnięta ostrzem Strumienia.

Adept Zakonu Czarnej Wody prawie tego nie poczuł.

Ziiim! Zaaang! Ziiippp! – zakrzyczały pociski, odbijając się od przejrzystej tarczy.

Dwaj ochroniarze Mariko wyskoczyli z ukrycia i gnali ku Takeshiemu, strzelając z pistoletów trzymanych w obu dłoniach. Nie ośmielili się złamać rozkazu i pogwałcić świętości pojedynku. Straciliby wówczas na zawsze twarz, a to los gorszy od śmierci nawet dla pospolitych gangsterów. Teraz jednak, zgodnie z odwiecznym prawem i obyczajem, rzucili się pomścić swoją panią. Gniewni i straszni, biegli z determinacją rozpaczy, ich życie bowiem nie było warte garści ryżowych plew. Właściwie już byli trupami. Obaj wiedzieli, jak pan Ashihei kocha Mariko, a oni nie zdołali jej upilnować. Czarna gejsza nie żyła. Nigdy już nie uniesie Strumienia w rękach.

Została więc tylko zemsta.

Takeshi doskonale znał takich ludzi i takie sytuacje. Już nie raz stawał wobec zimnej furii pomsty. Ci dwaj nie poddali się jednak emocjom. Atakowali razem, współpracując, a nie wchodząc sobie w drogę.

Przestali go lekceważyć. Musieli. Widzieli przecież pojedynek. Nie był już dla nich jakimś holopacykarzem, którego kwaterę w domu Takasukego obstawiali tak niedbale i kiepsko, lecz prawdziwym mistrzem miecza. Zabił przecież Mariko, wytrawną, wyćwiczoną i doskonałą. Ich panią i nauczycielkę.

Gdy tylko pojęli, że Obręcz Ashurów zdążyła się aktywować, zanim ich pociski dosięgły szermierza, z miejsca przestali strzelać. Nie chcieli sobie pozwolić na utratę amunicji. Za to natychmiast i płynnie przyjęli wyjściową postawę Ścieżki Stali, sztuki walki bronią palną. Trwali tak chwilę, patrząc w oczy Takeshiego, a jednocześnie jakby spoglądając obojętnie gdzieś w dal, żeby nie zdradzić choć drgnięciem powieki momentu, gdy zdecydują się zaatakować.

Przypominali dwa bliźniacze posągi, pomniki bitewnego kunsztu. Obaj rośli, jasnowłosi, ubrani w nieskazitelne garnitury, prawie identyczni, choć ten z prawej jakby odrobinę niższy, ciemniejszy, zdradzający drobne oznaki zdenerwowania. Słabszy. Zdecydowanie słabszy.

Pierwszy, którego trzeba wyeliminować.

Adept Zakonu Czarnej Wody dobrze wiedział, że wyszkoleni wojownicy znający Ścieżkę Stali mogą być groźni nawet dla niego. O ile są dobrzy.

A ci byli.

Ruszyli niemal jednocześnie, choć ten wyższy, o jaśniejszych włosach, był minimalnie szybszy. Musieli się dobrze zsynchronizować, żeby mieć szansę przeniknięcia przez zasłonę Obręczy Ashurów. I zrobili to niemal perfekcyjnie.

Niemal. A to często decyduje o życiu i śmierci.

Wyższy starał się odwrócić uwagę Takeshiego, a niższy miał uderzyć pod tarczą, z boku, i strzelić z bliskiej odległości. Ponieważ atak lewego był pozorowany, wędrowny artysta płynnie, w lekkim obrocie zwrócił się ku słabszemu, prawemu, który miał zadać śmiertelny cios. Mignęła mu jeszcze osłupiała twarz wyższego blondyna, kiedy wyprowadzał uderzenie i przecinał ostrzem Blasku bark oraz ramię niższego. Ciało słabszego napastnika nie upadło jeszcze na ziemię, gdy powietrze przeciął ostry huk wystrzału. Pocisk przeniknął gładko pod tarczą, a Takeshi zdołał go uniknąć, wykonując niesłychany wyskok w górę i w bok. Poczuł szarpnięcie, jakby ktoś pociągnął go za połę, lecz to tylko wystrzelona kula rozdarła materiał kurtki, nie kalecząc skóry.

Lewy. To oczywiście lewy. Musiał być naprawdę niezły, skoro tak szybko się pozbierał i uderzył, wykorzystując minimalną przewagę. Takeshi natychmiast ruszył do zwarcia. W ten sposób skrócił przeciwnikowi pole manewru. Zaskoczony blondyn z trudem uchylił się przed ostrzem miecza. Zrobił krok w tył, odwinął się i spróbował znów wystrzelić, wdarłszy się z dołu pod tarczę niebieskiego światła. I właśnie o to chodziło Takeshiemu, bo teraz przeciwnik mógł tylko zastawić się drugim, trzymanym w lewej dłoni pistoletem przed ciosem spadającego ukośnie z góry Blasku. Metal uderzył o metal z wysokim, ptasim krzykiem, przenikliwym jak głos żurawia o świcie. Broń zwarła się z bronią. Ale to miecz zwyciężył. Pistolet rozpadł się w dłoni ochroniarza Mariko. Ten krzyknął, opadł na kolano. Bezwładna lewa ręka ciężko zwisała z ramienia. Właściwie już nie żył. Jego sprawna, wciąż uzbrojona dłoń zdołała co prawda przeniknąć przez błękit Obręczy Ashurów, palec nacisnął spust, lecz w tym samym momencie bezlitosny Blask opadł mu na kark. Odgłos wystrzału odbił się echem wśród skał niczym okrzyk grozy, a ucięta głowa potoczyła się po piasku, brudząc jasne włosy krwią. Ciało upadło na bok, bezwładne jak wór.

Obaj ochroniarze leżeli martwi nieopodal swej pani.

Tej nocy węże z kamiennej kapliczki jak kiedyś, przed wiekami, znów mogły się napić krwi.

A Cień Śmierci stał w zimnej, śmiertelnej poświacie księżyca, dysząc ciężko i patrząc na trzy ciemne, bezwładne wzgórki ciał, które jeszcze niedawno były ludźmi.

Wreszcie przyklęknął, otarł Blask o garnitur niższego trupa, a potem ukrył w bezpiecznym wnętrzu podróżnego kija i ruszył ścieżką z powrotem do Zimnej Wody. Musiał się śpieszyć. Bo gdzieś tam, na dole, ukryci w domostwie lub ogrodzie pana Takasuke czekali jeszcze dwaj pozostali ochroniarze Mariko. Czekali, żeby się radować z powrotu swej pani lub zemścić na jej zabójcy.

Gdzieś w głębi duszy Takeshi wiedział, że gdyby teraz nie wrócił do wioski, tylko odszedł szlakiem przez góry, ci dwaj, zgodnie z rozkazem czarnej gejszy, zabiliby Haru, całą jej rodzinę i służbę domową. Panienka Mariko nie lubiła niedokończonych spraw.

A on nie chciał, żeby ta sprawa zakończyła się w taki sposób.

Nie, zdecydowanie nie chciał.

Przepowiednia Wodnego Smoka

Yuki odsunęła przesuwne drzwi.

– Pani Kitsune?

Piękna czarnowłosa kobieta spojrzała na nią pytająco.

– Wrócił pan Nekomata. Prosi o spotkanie.

Kitsune zwykle doskonale panowała nad emocjami, jednak teraz jej twarz rozjaśniła się niczym kwiat muśnięty słońcem.

– No to na co czekasz? Wprowadź go natychmiast! Przynieś też herbaty, wina i coś do jedzenia. Na pewno jest zdrożony po długiej podróży.

– Oczywiście. – Yuki starała się ukryć znaczący półuśmiech, lecz to nie do końca się udało.

– Yuki, widziałam! – krzyknęła za odchodzącą pani Domu Lisów. – Nie wyobrażaj sobie tylko jakichś głupot, dziewczyno!

Poczuła się jednak niepewnie. Czyżby zachowała się niestosownie? Okazała zbyt wielką radość z powrotu przyjaciela? W końcu wyruszył na niebezpieczną misję, a teraz szczęśliwie ją zakończył.

To była dobra nowina. Bardzo dobra. Szczególnie dla przełożonej Zakonu Księżyca Utajonego.

Nic nie potrafiła poradzić na to, że tak się cieszy. Czy przyspieszone bicie serca na wieść, że on znów jest w domu, może znaczyć coś szczególnego? Nie. Zdecydowanie nie.

Poprawiła fałdy sukni i spróbowała zapanować nad twarzą.

Nic z tego. Gdy tylko w drzwiach pojawiła się charakterystyczna, szczupła, niewysoka sylwetka, Kitsune spłonęła rumieńcem.

– Nekomata! – Wyciągnęła ku niemu ręce. – Tak się cieszę!

W ogromnych oczach przybyłego mężczyzny, lśniących i bystrych, turkusowych niczym spokojne morze, także zapłonęła radość.

– Pani Kitsune! Jak dobrze cię widzieć. Twoja uroda jest jak drzewo migdałowca. Gdy ktoś raz ujrzy je w rozkwicie, nigdy nie zachwyci się pospolitą magnolią czy peonią.

– W Antilii zajmowałeś się ogrodnictwem? Czy po to cię tam posłałam, przyjacielu? – Starała się ironią pokryć zmieszanie. Ale miłe zmieszanie, trzeba dodać.

Ukłonił się dwornie. Poruszał się zwinnie, z gracją prawdziwego kota.

Aż przyjemnie patrzeć, pomyślała Kitsune.

– Wybacz to mało wyrafinowane porównanie. Biednemu, staremu kocurowi brakuje słów, gdy na ciebie spogląda.

– Och, przestań już! Nie masz mi kadzić, tylko opowiadać, co tam knuje Mero.

– Nie kadzę – powiedział prosto i szczerze. – A Mero kupuje leki od Zakonu Szczególnych Receptur za pośrednictwem pana Omury. Jest stary, schorowany i u kresu sił. Niedługo jastrzębie wyfruną z gniazd i zadziobią go, Tamamo.

– Naprawdę tak sądzisz? Władza prezydenta Antilii dobiega kresu? – zaniepokoiła się.

Nekomata spoważniał.

– Tak. Szykuje się wojna. Antilia uderzy na Wakuni, prędzej czy później.

Pani Domu Lisów zbladła. Zaczęła nerwowo skubać rękaw szaty.

– Fatalne wieści przynosisz, Buchi. Fatalne. Mero przynajmniej próbował rozwiązać zagadkę wiecznych klęsk trapiących kontynent Ciboli. I był na dobrej drodze. Jeśli wybuchnie wojna… – urwała.

– Przynajmniej zmieni coś w zastanej sytuacji. A ona jest jak staw pełen zgniłej, czarnej wody. Pamiętaj, że ten stary drań nie chciał od nas żadnej pomocy. Ani rad, ani sugestii. Przez jego tępotę i upór zginął twój szacowny mąż, pan Genkuro…

– Myślisz, że zapomniałam?! Że kiedykolwiek mogłabym zapomnieć?! – krzyknęła ostro, a przez jej twarz przebiegł skurcz bólu.

Pan Nekomata znów głęboko się ukłonił, lecz jego jasne, turkusowe oczy wciąż patrzyły śmiało.

– Wybacz, pani Kitsune. Posunąłem się za daleko.

Opanowała się z trudem.

Bogowie Wysokiej Równiny Niebios! – pomyślała. Co go napadło, żeby wspominać Genkuro? To było trzydzieści lat temu! Trzydzieści. Czy dla nas czas płynie inaczej tylko dlatego, że jesteśmy długowieczni?

– Nie, ty wybacz. Ostatnio trudno mi zachować spokój. Nierównowaga w przepływie mocy się pogłębia. Nad Antilią szaleją sztormy magicznych wyładowań. Jeśli sytuacja się szybko nie ustabilizuje, może dojść do katastrofy, która zmiecie z powierzchni ziemi całą cywilizację. Wojna to chaos. Jak myślisz, w jaki sposób zareaguje na nią i tak już okropnie rozchwiana aura? Bardzo się martwię, Buchi. Bardzo. Nie wiem, czy zdołam zapobiec tragedii. Od Zakonu Księżyca Utajonego tak wiele zależy. To chyba za duży ciężar na moje barki.

– Sama w to nie wierzysz, Tamamo – zaprzeczył łagodnie. – Jesteś wspaniałą, natchnioną przywódczynią pięciu klanów magicznych zwierząt. Ze wszystkim sobie poradzimy. Zmiany nie muszą oznaczać pasma nieszczęść. Są niezbędne, od nich zależy rozwój. Poczekamy, zobaczymy, co przyniosą. Pamiętaj, przez wieki Zakonowi udawało się powstrzymać każdą katastrofę i rozwiązać każdy kryzys.

Westchnęła.

– Tak, ale wtedy żył Genkuro.

Nekomata ośmielił się delikatnie dotknąć jej dłoni.

– A ty jesteś jego najwspanialszą następczynią – powiedział z przekonaniem.

W płynnym złocie jej oczu zobaczył niepewność. I dzikość, i nieprzejednanie, i determinację, i dumę, które tak kochał.

– Dziękuję, że zawsze jesteś przy mnie – szepnęła Kitsune.

– To moje miejsce, Tamamo. I mój obowiązek.

Nie wysunęła ręki z jego dłoni.

Lecz w tym samym momencie na korytarzu rozległ się poirytowany głos Yuki przeplatany czyimś głębokim, natarczywym basem.

Kitsune odskoczyła od Nekomaty, jakby poraził ją prąd. Akurat w momencie, gdy drzwi zaczęły się odsuwać.

Zanim rudowłosa dziewczyna z tacą przysmaków i trunków zdążyła wejść do pokoju, przepchał się przed nią niski, gruby jegomość o tubalnym głosie.

– Pan Tanuki – powitała go chłodno szefowa Domu Lisów.

– Do usług! – zagrzmiał intruz, zginając się w ukłonie. Łypnął niechętnie na drugiego mężczyznę. – Widzę, że nie jesteś sama, pani Kitsune.

– Przecież mówiłam, że ma spotkanie. – Yuki z trzaskiem postawiła tacę na niskim stoliczku. – Proszę o wybaczenie, ale nic nie mogłam zrobić. Pan Tanuki był bardzo natarczywy.

– Bo i sprawa jest pilna! – ryknął grubas, bezceremonialnie częstując się ryżowym ciastkiem.

Turkusowe oczy Nekomaty zwęziły się niebezpiecznie. Zacisnął usta, a mięśnie szczęk zagrały.

Jeszcze mi tu awantura potrzebna, pomyślała rozzłoszczona Tamamo. Ten gruby dureń jest przywódcą potężnego klanu. Wytrawnego w magii i znanego z mściwości. Pomoc i życzliwość jenotów jest teraz niezbędna. Ród Tanuki to jeden z filarów Zakonu Księżyca Utajonego. Bez niego nie tylko nie podejmiemy skutecznych działań, ale możemy w ogóle nie przetrwać. Nie wolno obrażać jego przywódcy. Czy ten zaślepiony, głupi kocur tego nie widzi? Albo Yuki! Druga mądra! Czemu koty są tak obrzydliwie drażliwe?

– Nic nie szkodzi, Yuki. Przywódca Domu Jenotów zawsze jest u nas mile widziany. Spocznij, proszę, Tanuki. Może skusisz się na coś do jedzenia?

Szef klanu jenotów policzki miał już wypchane jak banie. Mlaskając i oblizując palce, sięgał właśnie po flaszkę sake.

Nekomata prychnął jak kot.

– Nasz gość czuje się tu jak w domu, pani Kitsune. Obżera się bez skrępowania. To znaczy, chciałem rzec, częstuje się.

Tanuki zarechotał.

– Dają, to się bierze. A co ty byś chciał tutaj zeżreć, kocurze?

Twarz Buchiego stężała. Tamamo położyła mu rękę na ramieniu i mocno zacisnęła. Poczuła, że cały dygocze z wściekłości. W tej sytuacji musiała puścić mimo uszu dwuznaczną, grubiańską uwagę nowego gościa.

– Dla każdego znajdzie się poczęstunek, wino i należna uwaga. Co cię sprowadza w takim pośpiechu, panie Tanuki?

– Wieści! – zadudnił, wychylając jednym łykiem połowę butelki. – Ważne wieści! Z wielkim trudem, tylko dzięki wrodzonemu sprytowi i nabytym niezwykłym umiejętnościom, udało mi się dowiedzieć, że Omura wynajął negocjatora z Zakonu Uśpionej Wierzby, żeby dogadać się z młodym Urakamim. Zakon Szczególnych Receptur zażądał, żeby Omura rozprawił się wreszcie z tym gangsterem Ashihei, który psuje im interesy w obu prowincjach. Stary daimio nie da rady go rozgromić, prowadząc jednocześnie walkę z sąsiadem. Ha! Ciekawe nowiny, co?

Faktycznie, stwierdziła Kitsune. To ważne wiadomości. Tanuki mógł sobie być pyszałkiem i gburem, ale sprawdzał się w roli informatora.

Nekomata miał taką minę, jakby szczerze pragnął zatopić zęby w tłustym karku intruza.

– A ty dowiedziałeś się tego wszystkiego, zmieniwszy się w czajnik do herbaty? Mylę się? To wasz stały, najlepszy numer, zgadza się? Mam tylko nadzieję, że nie musiałeś przy tym tańczyć, bo podłoga by się pewnie zarwała – zadrwił.

Jenot poczerwieniał.

– No wiesz! Bardzo śmieszne. Niby dlaczego wyliniały, stary kocur…

To był ostatni moment, żeby zareagować. Ostro. Jak przystało na przywódczynię całego Zakonu.

– Dość! Żarty sobie robicie?! – krzyknęła z irytacją Kitsune. – Musimy tu rozważyć poważne sprawy, a nie kłócić się jak nierozumne, małe szczenięta. Nekomata! Tanuki! Zachowujcie się! Panowie, od naszych decyzji zależy przyszłość całego świata! Ostudźmy niepotrzebne emocje i zasiądźmy do rozmowy. Yuki, przynieś więcej trunków i jedzenia. Dyskusja może potrwać całą noc. Potem czekaj, proszę, za drzwiami. Możesz się przysłuchiwać, lecz czuwaj, żeby nie usłyszał nas nikt niepowołany.

– Tak, pani. – Rudowłosa dziewczyna natychmiast wstała, żeby wykonać polecenie.

Obaj skarceni mężczyźni popatrzyli po sobie ponuro, ale powstrzymali się od komentarzy.

Kitsune zasiadła na poduszkach naprzeciw nich.

– Radźcie – powiedziała.

Nekomata miał już otworzyć usta, jednak spojrzał na purpurowego z irytacji jenota i pozwolił mu pierwszemu zabrać głos. Może był i porywczym kotem, ale zdecydowanie nie głupim.

Radzili. Zapomniawszy o urazach i drwinach. Sytuacja naprawdę wydawała się poważna, a oni nie mogli sobie pozwolić na głupie docinki czy słowne przepychanki. Noc już dawno zaczerniła niebo mrocznym atramentem, lecz na ścianach apartamentu Kitsune trzy ogromne cienie, lisa, jenota i kota, wciąż pochylały się ku sobie, pogrążone w doniosłej rozmowie.

Trójkolorowa kotka Yuki, skulona w kłębek, niby uśpiona, lecz czujna, czuwała, żeby nikt nie zakłócał narady. W swej naturalnej postaci miała bardziej wyczulone zmysły. Wszystkie zmiennokształtne magiczne zwierzęta tak bardzo przywykły do ludzkiej postaci, że rzadko powracały do pierwotnej formy. Yuki jednak była jeszcze młoda i bardzo lubiła na powrót stawać się kotem. Po prostu świetnie się czuła w futrze.

Świtało już, gdy Kitsune powstała.

– Drodzy panowie – oświadczyła – wygląda na to, że zgadzamy się już, co robić. Czy popieracie mój wniosek, żeby przed rozpoczęciem jakichkolwiek działań odwołać się do dawnej tradycji i zapytać o radę wyroczni? Wróżbitą jin-jang będzie oczywiście smok, a to przysporzy nam pewnie niejakich trudności…

Zawiesiła głos. Obaj mężczyźni skinęli w milczeniu głowami.

– Dobrze – podsumowała. – Skoro nie macie obiekcji, jeszcze tego ranka zawiadomię pana Ryujina, że pokornie prosimy o jego pomoc. Idźcie teraz odpocząć. Wygodne pokoje już na was czekają. Zobaczymy się niebawem, na późnym śniadaniu.

– Dziękuję za serdeczną gościnę – powiedział ze szczerym uśmiechem Tanuki, przeciągając się na poduszkach. – Uchhh, męczące te mądre rady. Z przyjemnością prześpię się trochę.

Wstał i wyszedł, życząc wszystkim dobrej nocy.

Nekomata zawahał się w drzwiach.

– Śpij dobrze, Tamamo – powiedział cicho. – Wyglądasz na wykończoną.

Uśmiechnęła się blado.

– Aż tak źle?

– Nie – powiedział. – Bardzo pięknie. Po prostu nie chciałbym, żebyś się tyle martwiła. Zakon Księżyca Utajonego poradzi sobie ze wszystkim. Ty sobie poradzisz.

Poczuła w sercu nagłe ciepło i otuchę. Tak, Buchi ma rację. Jakoś to będzie.

– Dziękuję – szepnęła. – Naprawdę myślisz, że to dobry pomysł, prosić o radę smoka?

– Tak. Doskonały. W naszej sytuacji dobry wróżbita jin-jang może dać nam niezwykle cenne wskazówki. A Ryujin jest nie tylko dobry, lecz wybitny. Otworzy nam oczy na wiele aspektów sprawy.

Kitsune westchnęła.

– To prawda, wiem. Ale to przecież smok!

– Smok też ma rozum, Tamamo. Zapewniam, że Ryujin zrobi ze swojego użytek. Dobranoc, pani

Domu Lisów. Musisz się położyć chociaż na chwilę.

– Dobranoc, przełożony Domu Kotów. Tę radę powinieneś też odnieść do siebie. Masz za sobą długą i męczącą podróż. – Zamknęła za nim drzwi.

Ale gdy tylko odszedł, poczuła się nagle bardzo samotna.

Krzątanina w Domu Lisów trwała od rana. Nic, doprawdy nic, nie miało prawa uchybić szacownemu gościowi. Zakon Księżyca Utajonego od momentu powstania zrzeszał pięć klanów magicznych zwierząt zamieszkujących Wakuni. Koty, psy, jenoty i węże zjednoczyły się pod przywództwem lisów, kiedy tylko zyskały moc i świadomość, jeszcze za czasów gdy po ziemi chadzała Wielka Bogini Prezes i Bóg Pierwszy Udziałowiec. Jednak najpotężniejszy z klanów, ród smoków, z pogardą odmówił uczestnictwa w przedsięwzięciu. Smoki uważały się za bóstwa i nie miały ochoty pospolitować się za sprawą związków z magicznymi zwierzętami. Były to stworzenia dumne, pyszne i aroganckie, lecz dysponowały wielką mocą i umiejętnościami, zwłaszcza w dziedzinie wróżbiarstwa.

Nikt nie był tak głupi, żeby zlekceważyć smoka. A już na pewno nie Kitsune.

Dlatego uczta na cześć pana Ryujina miała być wystawna, wyrafinowana i perfekcyjna.

Szanowny gość przybył wczesnym rankiem, wraz z pierwszymi kroplami deszczu, gdyż pojawienie się smoka zawsze zwiastowały opady. Trzeba przyznać, że wyglądał imponująco. Ogromny, barczysty, odziany w piękne, błękitne szaty, roztaczał wokół aurę powagi i dostojeństwa. Twarz o szlachetnych rysach okalały falujące, złociste włosy. Oczy były przenikliwe, mądre i głębokie niczym górskie jaskinie. Długie, aksamitne wąsy w barwie leśnego miodu dodawały miękkości surowo zaciśniętym ustom.

Towarzyszyło mu trzech młodzieńców i jedna dziewczyna, zapewne dalsi krewni i powinowaci, terminujący w służbie u potężnego wuja. Ich ubrania były skromne, żeby nie powiedzieć ubogie. I bardzo, bardzo przewiewne. Taszczyli niezliczoną ilość paczek i pakunków stanowiących bagaż podręczny nestora swego rodu.

– Witam w skromnych progach Domu Lisów, wielmożny panie Ryujin. – Kitsune skłoniła się z szacunkiem. – To zaszczyt gościć cię tutaj.

Za nią stali, zgięci w ukłonie, przywódcy wszystkich klanów magicznych zwierząt. Nekomata, Tanuki, wysoki i kościsty Shiro, pan Domu Psów, oraz urodziwa wężyca Manago.

Smokowi wyraźnie przypadło do gustu to korne powitanie, bo uśmiechnął się lekko z satysfakcją.

– Przybyłem niezwłocznie, droga pani Kitsune – odrzekł uprzejmie. – Z radością przyjmę twoją gościnę.

– Jakże się cieszę! Wejdź, proszę. Już czeka na ciebie posiłek i przygotowane pokoje, abyś mógł, wraz z towarzyszami, odpocząć po podróży, a nie moknąć tutaj na deszczu.

Ryujin roześmiał się, a brzmiało to jak odgłos gromu.

– Moja miła, deszcz to nasz żywioł! Pieszczota kropel sprawia przyjemność każdemu prawdziwemu smokowi!

Sądząc z miny, jaką mieli ociekająca wodą młoda smoczyca i jeden z młodzieńców, aż posiniały z zimna, nie było to do końca prawdą.

– Mam nadzieję, że porównywalną przyjemność sprawi też śniadanie – uśmiechnęła się Kitsune.

Lecz smok spoważniał.

– Dobrze – rzekł. – Pokrzepię się nieco, ale nie będziemy ucztować długo. Mam ważne wieści, które pragnę jak najszybciej przekazać. Wygląda na to, że wkrótce zaczną się dziać rzeczy doniosłe.

Wkroczył zamaszystym krokiem do Domu Lisów, a za nim dreptali pokornie zmoknięci i zziębnięci służący.

Tamamo obrzuciła Nekomatę pełnym niepokoju spojrzeniem.

– Wszystko się dobrze skończy, zobaczysz – szepnął w przelocie, przechodząc obok, a ona znów poczuła ulgę i radość, że jest tu teraz, zawsze gotowy udzielić jej wsparcia.

– Nadchodzą trudne czasy – oznajmił Ryujin zebranym w sali obrad przywódcom pięciu klanów. – Moc aż wibruje potrzebą zmiany, więc każdy krok musimy stawiać niezwykle ostrożnie.

Napotkał zdumiony wzrok Kitsune i pozostałych gości.

– Tak, tak! Dobrze słyszeliście – zagrzmiał donośnym głosem. – Nie czas na niesnaski i roztrząsanie dawnych nieporozumień. W obliczu zaistniałych okoliczności smoki zjednoczą się na czas kryzysu z Zakonem Księżyca Utajonego. Nasze cele są przecież takie same. Chodzi o przyszłość nie tylko Wakuni, ale też całego świata.

– Dziękujemy za twą mądrość i roztropność, panie – rzucił gładko Nekomata, zanim Tamamo, zaskoczona nagłą deklaracją pomocy, zdołała choć otworzyć usta.

Smok uśmiechnął się z satysfakcją.

– To jedyna sensowna decyzja. Pod przywództwem smoków z pewnością uda się rozwiązać kryzysową sytuację.

Oho, już zaczyna się rządzić, pomyślała kwaśno Kitsune. A to pięknie!

– Nie wątpię – odezwał się znów Buchi, a ironia w jego głosie była gładka i ostra jak miecz.

Ryujin jednak niczego nie zauważył.

– Moi drodzy – ciągnął protekcjonalnie – wszyscy wiemy, w jaki sposób brak harmonii stale obecny w Antilii wpływa na wariacje mocy. Wszyscy też dążymy do tego, żeby owa niewygodna i niebezpieczna sytuacja zmieniła się na lepsze. Wyrocznia jasno stwierdza, że niedługo może dojść do głębokiego przewartościowania. Moc się przemienia, aura sprawcza buzuje, dążąc do stabilizacji poprzez gwałtowne, rewolucyjne zmiany. To straszny i doniosły okres. Od wieków nie byliśmy tak bliscy zwycięstwa. Jednak znacznie więcej czynników wskazuje, że destabilizacja Antilii zakończy się katastrofą dla całego cywilizowanego świata.

Tanuki i Manago nie zdołali powstrzymać okrzyków grozy.

– Niestety! – zaryczał pan Ryujin. – Wyrocznia jasno to ukazuje. Będzie wojna. Antilia napadnie na Wakuni. Już to tylko wywoła straszne w skutkach erupcje i tak bardzo niestabilnej aury. Aktywują się demony, pojawią się niespodziewane klęski żywiołowe, bogowie uciekną, obrażą się na wyznawców lub zaczną toczyć między sobą walki. Tak czy inaczej, zaczną zdradzać objawy szaleństwa. Co więcej, swoje mroczne knowania spotęguje Zakon Rozerwanego Kręgu, który ze wszystkich sił będzie dążył do upadku całej naszej cywilizacji.

– Och! – jęknęła przerażona Kitsune i mocno zacisnęła palce na dłoni Nekomaty.

– Tak, Tamamo! – ciągnął bezlitośnie smok. – Ci wraży, obrzydli, obrazoburczy magowie z Zakonu Rozerwanego Kręgu chwycili już w swoje łapy młodego pana Urakami. Przedstawiciel tego ohydnego klanu już do niego podąża, żeby knuć i skłaniać go do złego. Wydawałoby się, cóż to jest! Jedna zubożała rodzina. Nie ma się czego bać! Lecz to część ogromnego planu, mającego na celu zniszczenie zarówno Wakuni, jak i Antilii.

– Nie wiedziałam! Tego nie wiedziałam! – wyszeptała pobladła Kitsune.

Pan Ryujin zniżył głos i spojrzał ciepło na przerażoną lisicę.

– Nic jednak nie zostało jeszcze przesądzone – dodał miękko. – Widmo katastrofy może zostać zażegnane. I tym razem nie smoki, ani nawet magiczne zwierzęta, ale ludzie mają moc zaradzenia złu. Jeśli okażą się zdolni do wielkich czynów i jeszcze większych poświęceń. Koła przeznaczenia już się obracają. Kilka zwykłych osób może odmienić losy całej cywilizacji.

– Kim oni są?! – wykrzyknął Tanuki.

Wróżbita jin-jang pokręcił tylko głową.

– Nie wiem, jenocie. Widziałem wiele postaci, lecz wszystkie są rozmazane i niejasne. Najważniejsza figura układu to pewien człowiek, który pragnie zapomnieć o przeszłości. Lecz wszędzie, na każdym kroku ta przeszłość zacznie się o niego upominać. Będzie uporczywie powracać, aż przestanie on zaprzeczać swojej naturze i stanie do boju, jak przystało na wojownika. Bo to dawny wojownik, za którym wlecze się potężny, mroczny cień. Cień śmierci. Jednak jego serce pozostało czyste. Jeśli nie odwróci się znów od samego siebie, okaże się zdolny do wielkich czynów. Na swej drodze spotka duchy z dawnych czasów. Wrogów i przyjaciół. Wszystko, co kiedyś kochał i czego się boi. Sytuacje, które już przeżywał, i dylematy, jakie kiedyś roztrząsał. Jeżeli wyjdzie zwycięsko z tych prób i nie ucieknie, jak to niegdyś uczynił, ma szansę przyczynić się do zwycięstwa dobra i światła. Ale tylko przyczynić. To nie żaden wybraniec, ukryte bóstwo ani bodhisattwa, lecz zwykły człowiek, zaplątany w trudny węzeł dawnych zależności. Nie oczekujcie bohatera, herosa, który ocali świat. Po prostu pewni ludzie będą uczestniczyć w pewnych kluczowych dla Wakuni wydarzeniach, czasem nawet nie zdając sobie sprawy z powagi sytuacji, a ich wybory będą miały istotny wpływ na rozwój wypadków. Taka karma, przyjaciele. W końcu ktoś musi zapisać się na kartach historii, prawda? Czasem to przypadkowe istoty. Staną się aktorami wielkiego dramatu dopiero, gdy spektakl się zakończy. Rozumiecie?

Chyba nie wszyscy pojęli.

– Tylko tyle powiedziała wyrocznia? – zdumiał się przełożony Domu Psów. – To za mało, żebyśmy mogli znaleźć tego człowieka i otoczyć ochroną!

– I za mało, i nie, Shiro. Towarzyszyć mu będą jeszcze inni. Dawno niewidziany przyjaciel. Istota niezwykle starożytna, tak wiekowa, że nie pamięta już, kim jest ani skąd przybyła. Rozbitek spoza czasu. W każdym razie naszego czasu w Wakuni. Dziś to wędrowny mnich. Niegdyś wyrafinowany i perfekcyjny zabójca. Dysponuje mocami, o których nie śniło się nawet nam, smokom, lecz pozostają one głęboko uśpione. Liczmy na to, że się ockną w potrzebie. Jego imię brzmi Nikt. Zero. Pustka. Ale to pustka pozorna. Kryje za sobą potęgę dawnej, nieznanej rasy. Pozostanie wiernym i oddanym przyjacielem naszego wojownika. Są też dwie ważne kobiety, obie będące również cieniami przeszłości. Jedna pełna wielkiej miłości, druga wielkiej nienawiści. Pierwsza skupiona, skrępowana własnym poczuciem celu i obowiązku, lodowa jak Śnieżna Pani, Yukionna, lecz nie obojętna. Druga figlarna, wesoła, urocza, choć nie do wyobrażenia zepsuta i okrutna. Są też pozostałe figury, jeszcze bardziej niejasne. Księżniczka. Artysta. Najemnik. Czarna gejsza, ale ona już nie żyje. Aha, i przedmiot, w którym mieszka bóg.

– To wszystko? – stęknął rozczarowany Tanuki.

– Obawiam się, że tak – powiedział smok.

Nastała ciężka cisza.

– W takim razie, cóż… – Kitsune wstała i spróbowała się uśmiechnąć – zapraszam na ucztę. Jesteśmy niesłychanie wdzięczni, szanowny panie Ryujin. Pańskie słowa wiele wyjaśniły.

– Ale i wiele rzeczy uczyniły niejasnymi, prawda? – rzekł łagodnie wróżbita.

Pani Domu Lisów westchnęła.

– Tak – przyznała.

Smok ujął ją pod ramię i wyprowadził z pokoju.

– Przyszłość wszystko wyjaśni – obiecał.

Mam nadzieję, że nie będzie wtedy za późno, pomyślała Tamamo, lecz nie rzekła tego na głos.

Wieczorem, po obowiązkowej uczcie, pokazach tanecznych, śpiewach i innych występach mających uradować serce dostojnego gościa, Nekomata miał wreszcie trochę czasu, żeby zamienić kilka słów z Kitsune.

– Muszę znów wyruszyć w podróż, Tamamo.

Drgnęła, nieprzyjemnie zaskoczona.

Znowu mnie zostawi, stwierdziła gorzko. Samą z tym wszystkim.

– Nie uważasz, że bardziej przydasz mi się tutaj?

Pokręcił głową.

– Nie. Ktoś powinien jak najprędzej dowiedzieć się, co knuje Urakami i co naprawdę zamierza zrobić Omura. Tanuki świetnie się spisał, ale wiesz przecież, jaki on jest. Nie zauważył pewnie wielu istotnych rzeczy. Gdy bystrość i spostrzegawczość oferowały po świecie swoje wdzięki, Tanuki spał zagrzebany w norze.

Pani Domu Lisów nie uśmiechnęła się nawet. Jednak Buchi jak zwykle miał rację. Ktoś powinien zbadać sytuację w obu nadmorskich prowincjach. A nikt nie nadawał się lepiej niż on.

– Masz rację, powinieneś odwiedzić domy obu daimio.

– Ale najpierw rezydencję tego gangstera, Ashihei. Coś mi mówi, że kryje się tam wiele ciekawych tajemnic.

Przestraszyła się. Nie chciała wystawiać go na tak wielkie ryzyko. Nie zaprotestowała jednak. Jeśli Buchi coś sobie umyślił, nie ustępował. I tak wejdzie do domu Ashihei, nawet jeśli Kitsune mu tego zabroni. Koty robią, co chcą, taka już ich natura, prawda?

– Uważaj na siebie, dobrze? – Podniosła ku niemu pełne troski oczy.

– Zawsze uważam, pani Kitsune.

Tak, ale ile niebezpieczeństw czyha na jednego drobnego, smukłego mężczyznę? Jednego burego kocura, choćby był nie wiem jak ostrożny i błyskotliwy?

– Wyruszysz jutro o świcie – zdecydowała sucho, wracając do roli przywódczyni Zakonu.

– Wolałbym jeszcze dziś. Noc to matka kotów.

– Więc idź.

Oddalił się śpiesznie.

Znów jestem samotna, pomyślała Kitsune. Cóż, taki dżos.

Wróżba Księgi Wrzasku

Czerwień na ścianach zdawała się krzyczeć. Za ścianą krzyczeli zaś ci z torturowanych, którzy zachowali jeszcze dość sił na wrzaski. Pozostali tylko charczeli lub jęczeli głucho. Na parawanach i obrazach wszędzie wokół widniały realistycznie przedstawione, anatomiczne rysunki ludzkiego ciała. Upiory odarte ze skóry. Roześmiane szkielety. Kadawry z wypatroszoną jamą brzuszną. Przedstawienia poszczególnych narządów. Wszystkie ryciny opatrzono strzałkami z napisem, gdzie i w jaki sposób najlepiej zadać ból.

Członkowie Zakonu Rozerwanego Kręgu odbierali przecież staranne wykształcenie, zarówno teoretyczne, jak i praktyczne.

Etsuke uwielbiała ten pokój. Tu zgłębiała tajemnice Zakonu, tu uczyła się nowych sztuczek, tu medytowała i odpoczywała. Powietrze zawsze wibrowało tutaj czystą, nieskażoną mocą, a wrzaski eksponatów wprawiały ją niemal w euforię.

Dziś aż buzowała potęgą. Spędziła wiele godzin w sali ćwiczeń, oprawiając wiele eksponatów, a przecież żaden do tej pory nie umarł. Cały czas piła ich cierpienie, upajała się nim, zaś poziom jej magicznej siły rósł z każdą złamaną kością, każdym oparzeniem i raną. Naprawdę, była świetna. Skupiona na sztuce, wyrafinowana, odważna.

Z początku rozczarowało ją zadanie, które otrzymała od mistrzów. Jakiś Urakami, chłystek z upadającego rodu. Czy to jest sprawa godna uwagi najlepszej adeptki Zakonu? Phhh! Beznadzieja.

Dlatego przyszła tutaj, poszukać odpowiedzi wyroczni.

Siedziała na podłodze, na macie leżał przed nią kawałek oczyszczonej, lecz wciąż świeżej ludzkiej skóry, dopiero co zdarty z pleców jednego z eksponatów. Etsuke przesypywała w dłoni małe, okrwawione kosteczki, które przed chwilą wypreparowała z dłoni innego obiektu. Doskonale nadawały się do wyrysowania wróżebnych heksagramów.

Obok czekała mała miseczka z krzepnącą powoli krwią i pędzelek z włosów małego dziecka. Doskonałe narzędzia, żeby poznać przyszłość.

Wiodąca adeptka Zakonu Rozerwanego Kręgu zamknęła oczy, a jej śliczna, jasna, wesoła twarzyczka zastygła w wyrazie skupienia. Myślała teraz tylko o zadaniu. Co też jej przyniesie dobrego?

Czując wciąż moc płynącą w żyłach, rozgrzewającą zimne, obojętne, okrutne serce, zasnuwającą umysł różową mgiełką podniecenia, Etsuke na przemian rzucała kości i kreśliła linie heksagramu świeżą, ludzką krwią.

Gdy skończyła, otwarła powieki.

Nie musiała nawet sięgać do magicznej Księgi Wrzasku, najpotężniejszego z wróżebnych pism Zakonu, żeby odczytać znaczenie powstałego heksagramu. Znała ją przecież na pamięć.

Sześć krwawych linii parującą jeszcze czerwienią wołało do niej: „NIEOCZEKIWANA PODRÓŻ. Odważny wstępuje z powrotem na ścieżkę czasu, żeby odkryć wiele nowych przyjemności. Krew płonie. Dawni wrogowie ugną się pod brzemieniem cierpienia. Pomsta będzie jak żar upadającego słońca. Nie czekaj. Uderzaj!".

Etsuke zaśmiała się z radości. Był to słodki dźwięk. Niczym szczebiot ptaka. Głos szczęśliwego dziecka. Płomień lampy w ciemności.

Odsunęła z twarzy falę ciężkich, gęstych włosów, brązowych, lśniących niczym sierść zdrowego zwierzęcia.

Była bardzo zadowolona. Otrzymany heksagram oznaczał, że podjąwszy się nudnego i banalnego zadania, otrzyma od losu okazję, żeby zemścić się na dawnym znienawidzonym wrogu. I to zemścić krwawo. Jeszcze nie wiedziała, kto to jest, ale miała nadzieję, że wkrótce się dowie.

Strzeż się, pomyślała. Jestem teraz silniejsza niż kiedykolwiek dotąd.

Niestety, miała rację.

Dobrej wróżby nigdy nie dość, pomyślała z satysfakcją. Pochyliła się nad zmasakrowanym ciałem. Komuś postronnemu mogło się wydawać zdumiewającym, że ta straszna kupa mięsa jeszcze żyła. A jednak. Etsuke naprawdę była doskonała w swoim fachu.

– No co? Co widzisz? – spytała po raz setny. – Musisz coś widzieć! Obiecuję, że zaraz cię zabiję, jeśli tylko wydusisz, co tam widzisz, słoneczko.

Na pewno coś zobaczył. Umierający potrafili przecież tuż przed śmiercią ujrzeć przyszłość. A temu już niewiele brakowało.

Ta metoda prawie nigdy nie zawodziła. Sam Mistrz Rozpaczy wielokrotnie o tym zapewniał.

– Ci... c... cie... – mamrotał konający.

– No, dalej, postaraj się, pieseczku. Nic nie rozumiem, wiesz? Musisz mówić wyraźniej. – Etsuke odsłoniła spod włosów małe, kształtne uszko. – Bo pożałujesz, wiesz? Naprawdę okropnie mi zależy. Nawet nie wiesz jak.

Jama, która została w miejscu ust, poruszyła się.

– Cień... cień...

Adeptka prychnęła.

– Cień? No też mi nowina! Jasne, że po tamtej stronie jest ciemno. No nie, chyba muszę znowu sięgnąć po narzędzia!

Zmasakrowane mięso zaskomlało.

– Cie...! Cień! Cień!

Etsuke zamarła, tknięta nagłą myślą. Nie, to byłoby zbyt wspaniałe! Zbyt! Wróg z przeszłości. Ktoś, kto ją skrzywdził i upokorzył. Odrzucił. Czyżby on? Takeshi? Nie, niemożliwe. Och, co za radość! Czy to naprawdę może być on?

Zaczęła się śmiać i wirować w szalonym tańcu wokół zachlapanego krwią i kałem stołu. Wspaniale! Cudownie! Nie wie tego jeszcze na pewno, ale przecież to jednak może być on!

Jej błękitne, jasne oczy lśniły radością. Ciemne włosy falowały porwane rytmem wesołego tańca. Wyglądała jak boginka, dziewczyna z baśni. Jeśli postaci z baśni chadzają całe uwalane cuchnącą, ludzką krwią i ekskrementami.

– E! Eeee... – zajęczał eksponat.

Etsuke zatrzymała się w pół kroku.

– No, czego chcesz, słonko? A, tak! Miałam cię zabić. Ale wiesz co? Żartowałam! Chyba nie wziąłeś tego na serio, nie?

Zachichotała słodko.

Umierający zaniósł się upiornym skowytem.

Nieoczekiwana podróż, pomyślała Etsuke, odsłaniając okienko lektyki kołyszącej się łagodnie na grzbiecie potężnego biostwora. Los zawsze sprzyja temu, kto go bierze we własne ręce. A któż jest do tego lepiej stworzony niż oświecony adept Zakonu Rozerwanego Kręgu?

Ten, który zawsze bierze, co chce. Ten, który własną mocą potrafił wyrwać się z nędznego i żałosnego kręgu wcieleń. Zwycięzca. Człowiek stworzony, aby pragnąć, rządzić i gardzić.

O tak, gardzić Etsuke potrafiła już od dzieciństwa.

I wkładała w to zawsze wiele serca. Miała w głębokiej pogardzie swego słabego, dobrotliwego ojca i głupkowatą, przesłodzoną matkę. Tchórzliwego młodszego brata i pulchną małą siostrzyczkę, zawsze tak idiotycznie radosną, słodką i rozszczebiotaną. Ale najbardziej gardziła starszym bratem, żałosną kopią ojca. Był tak samo miły, mdły i pozbawiony sił. Pomyśleć, że z początku nawet próbował się z nią bawić.

Ale krótko.

Wykrzywiła śliczną twarzyczkę w mściwym uśmiechu.

O tak, krótko ją kochano. Lecz pobłażano znacznie dłużej. Ze strachu. Jasne, że ze strachu. Szybko zaczęli się jej bać. Wszyscy w domu. Rodzina, rodzeństwo, służba, sąsiedzi. Od początku czuli, że starsza córka pana Kawanabe, urzędnika średniego szczebla, ma powołanie do Zakonu Rozerwanego Kręgu.

Że musi być Odrodzoną. Dawną adeptką, która przezwyciężywszy śmierć, wyrwała się z koła przemian i powróciła znów w chwale i triumfie na świat, tylko po to, aby ponownie dostać się na łono Zakonu.

Zawsze się tak działo. Na tym polegała moc i potęga członków najmroczniejszego ze wszystkich stowarzyszeń. Gdy mistrz lub adept umierał, nie poddawał się pośmiertnej karze ani nie przyjmował bezmyślnie i potulnie nowego ciała, żeby podjąć żmudną, bezsensowną drogę ku jakiemuś tam oświeceniu. O nie. Jego dusza wybierała sobie, a następnie opętywała małe dziecko.

I biada temu, kto w imię tak zwanej miłości natychmiast po ujrzeniu symptomów opętania nie przywiózł swego syna lub córki do siedziby Zakonu, żeby otrzymali należyte wychowanie.

Taki błąd popełnili rodzice Etsuke. Nie chcieli zauważyć, że ich ukochana córeczka jest Odrodzoną. Starą duszą, która posiada moc i potrafi ją potęgować, czerpiąc z gwałtownych emocji odczuwanych przez innych. Mogła to być radość, mogła erotyczna euforia lub szał bitewny, lecz nigdy żadne ludzkie uczucie nie okazywało się w końcu tak silne jak cierpienie. Więc idąc śladem poprzednich wielkich adeptów, Etsuke szybko zrozumiała, że tylko zadając ból, osiągnie pełnię magicznej potęgi. I doskonale potrafiła to wykorzystać.

Z początku była zbyt młoda, żeby pojmować w pełni istotę swego mrocznego daru. Więc tylko biła, kopała, szarpała i gryzła bliskich lub służących z przerażającym u niemowlęcia zapałem. Potrafiła wyrwać matce garść włosów, przegryźć skórę dopiero kiełkującymi zębami, zostawić czerwone krechy na policzku niańki bladymi, cienkimi jeszcze łuskami paznokci. Widząc na twarzach ból, grozę i zaskoczenie, czuła się wspaniale. Obłędnie. Jak po sutym, niezwykle sycącym posiłku. Żywiła się cierpieniem. Rosła. Nabierała mocy. I uczyła się. Cały czas pilnie uczyła się trudnej sztuki dręczenia.

Wkrótce, gdy podrosła, zrozumiała, że maltretowanie psychiczne także niesie w sobie strzępy tej siły, która utrzymywała ją przy życiu. Unosiła w górę niczym podmuch wichru. Niosła z sobą jak rwący nurt rzeki. Nabrała więc szybko umiejętności manipulacji ludzką trzodą, która otaczała ją nieustanną opieką i uczuciem. Dręczyła z wyczuciem matkę, młodszego brata, małą siostrzyczkę. Pomiatała i obrażała służbę. Wywoływała ataki gniewu u spokojnego, potulnego ojca, tylko po to, żeby później umiejętnie wpuszczać go w poczucie winy. Jej ciosy zawsze były celne, głębokie, raniące. Zwłaszcza że nikt nie podejrzewał jeszcze małej, ślicznej dziewczynki o taką perfidię.

O tak, władza nad kruchą psychiką bliskich upajała. Lecz dopiero fizyczny ból dostarczał prawdziwej mocy.

Etsuke nigdy nie posuwała się do męczenia zwierząt. W tak upokarzający i żałosny sposób czerpali siłę tylko słabi i nędzni członkowie Zakonu, stojący najniżej w hierarchii, pogardzani i wyśmiewani rakarze, którzy nie mieli szans osiągnąć statusu adepta. Dusza Odrodzonej, która osiedliła się w ciele córki pana Kawanabe, była prawdziwie potężna. I naprawdę zła.

Największym gniewem zapłonęła wtedy, gdy dowiedziała się z szeptów i pomruków służących o istnieniu Rozerwanego Kręgu. Od wczesnego dzieciństwa słyszała tę nazwę, budzącą w niej dziwnie tęskne emocje.

Ona jest z Kręgu.

Ona musi być Odrodzoną.

Trzeba im oddać tego potwora, zanim stanie się prawdziwe nieszczęście, rozbrzmiewało w całym domu. Zdawało się, że wiatr świszczący w okiennicach też to powtarza. I belki skrzypią. Parawany szeleszczą. Gada ogień na kuchni.

Odrodzona.

Odrodzona.

Pochodzi z Kręgu. Oddajcie ją!

Ale rodzice nie chcieli usłuchać. Zamknęli uszy na głos prawdy i rozsądku. Na szesnaście buddyjskich piekieł, z których drwi sobie Rozerwany Krąg, ci głupcy naprawdę spodziewali się, że łagodnością i miłością zawrócą córkę z jedynej słusznej drogi.

Miała nadzieję, że dobrze im się za to odpłaciła.

Uśmiechnęła się mściwie w ciemnawym wnętrzu lektyki. Dziś nadal te wspomnienia budziły w niej wielki gniew zmieszany z dumą. Poradziła sobie. Zdana tylko na siebie, rozwścieczona ogromem swej krzywdy, jednak poradziła sobie doskonale.

Miała już sześć lat, gdy zapędziwszy do spiżarni i pobiwszy do krwi głupią, zapłakaną, tchórzliwą dziewuchę z kuchni, wydusiła z niej w końcu prawdę o Zakonie Rozerwanego Kręgu.

Ciężar nowin zdruzgotał Etsuke. Przetrzymywali ją tu w nieświadomości, podczas gdy już dawno powinni pozwolić jej wrócić do domu. Jak śmieli?! Czemu się na to odważyli? Och, już ona im za to zapłaci! Miała sześć lat! Całe sześć lat! A co, jeśli okaże się za stara? Jeśli nie przyjmą jej do Kręgu?

Na samą myśl czuła grozę. W jej zimnej, czarnej, przegniłej duszy po raz pierwszy zrodził się strach. A wraz z nim dzikie, nieokiełznane pragnienie zemsty. Zabiłaby ich. Zabiłaby wszystkich, pilnując, żeby cierpieli nieskończenie długo i przeraźliwie.

Kiedy służąca ujrzała zdjętą straszliwym gniewem, bladą i okropną twarz swej małej pani, zakryła głowę fartuchem, zdolna wykrztusić tylko:

– Jesteś diabłem, Etsuke! Opętanym demonem.

Dziewczynka wycedziła z furią:

– Nie. Jestem kimś o wiele gorszym. Odrodzoną, nędzna łajzo! Pożałujecie tego, co mi robicie!

Pozwoliła uciec szlochającej, pokrwawionej podkuchennej, a sama udała się prosto do pokoju dziecinnego.

Jeśli chciała, umiała udawać. Potrafiła być radosna, urocza i rozszczebiotana. Tak jak zawsze. Tak jak wtedy.

Niania nie miała nic przeciw, żeby Etsuke pobawiła się z siostrzyczką. Nawet się ucieszyła, idiotka. Tak jak wszyscy, miała nadzieję, że starsza córka pana Kawanabe wyrośnie ze swych ataków okrucieństwa, że nie jest jednak adeptką Rozerwanego Kręgu. Bo kto chce mieć w rodzinie demona?

Dreptała za dziewczynkami, podczas gdy Odrodzona musiała podskakiwać i piszczeć, biegając po domu i robiąc z siebie małpę, choć targały nią nienawiść i wściekłość.

To nic. Zapłacą i za to. Za wszystko zapłacą.

Mała śmiała się i klaskała w tłuste rączki. Była zachwycona. Wreszcie duża siostrzyczka zaszczyciła ją zabawą.

Gdy Etsuke, ciągnąc roześmianą dwulatkę, wparowała do kuchni, niańka poczuła się niepewnie.

– Uważaj! – krzyknęła. – To niebezpieczne.

Och, nawet nie wiesz jak! – warknęła w myślach Odrodzona.

Wok. Ogromny i lśniący, pełen wrzącego tłuszczu. Tego właśnie szukała.

Nim zaskoczona kucharka i przerażona niańka zdążyły zareagować, wytężyła siły, siły nienawiści i zemsty, i poderwała siostrę w górę.

– Spójrz, kochanie, co dziś będzie na obiad – zaszczebiotała wesoło.

Nie wszystko do razu udaje się perfekcyjnie. Zwłaszcza gdy ma się zaledwie sześć lat. Ale dobre i te strzępy powodzenia, które przynosi los.

Mała wrzasnęła nieludzkim głosem, wyprężyła się, wyrwała, bezwiednymi kopniakami posyłając siostrę na podłogę. Wok był za ciężki, więc się nie wywrócił. I dobrze, bo inaczej Etsuke też mogłaby ucierpieć. Tego nie wzięła pod uwagę, zaślepiona szaleństwem zemsty.

Podnosiła się już z podłogi, słysząc rozpaczliwy, nieprzerwany krzyk dziecka, jęki i wrzaski zebranych w kuchni kobiet, bulgot oleju. Cudowne dźwięki.

Czuła się wspaniale. Spełniona. Dumna. Pełna mocy.

To nic, że ta ohydna baba, gruba, wielka jak sumotori kucharka, uderzyła ją w twarz, posyłając znów na podłogę.

Udało się! Udało. Odpłaciła draniom!

Tylko jedna dziecinna rączka pogrążyła się w złocistym, wrzącym jeziorze oleju. Nie obie, jak planowała Etsuke. Nie twarz, o czym skrycie marzyła. Jedna ręka. W dodatku lewa.

Trudno. Trzeba szukać dobrych stron we wszystkim, co nas dotyka.

Zaskwierczało. Zapachniało smażonym mięsem.

Przyjemnie, stwierdziła Odrodzona. Chyba nawet poczuła się trochę głodna.

Nikt więcej nie podniósł na nią ręki. Bali się. Nie śmieli.

I dobrze. Uśmiechnęła się z satysfakcją.

O Wielcy Mistrzowie sprzed wieków. To był triumf!

Widziała strach i nienawiść w oczach służby.

W oczach braci.

W oczach ojca i matki. Wreszcie. Po tylu latach!

Moc w niej buzowała.

Nigdy nie dowiedziała się, czy siostra przeżyła, lecz obawiała się, że tak. Bachor był silny i zdrowy. Szkoda. Nie można mieć wszystkiego, prawda?

Jeszcze tej samej nocy wyruszyła do siedziby Zakonu.

Jechała do domu. Do domu! Jak wspaniale!

Surowy zwyczaj nakazywał, żeby towarzyszyli jej rodzice, którzy mają obowiązek osobiście przekazać kandydata na adepta starszym Kręgu i podziękować za zaszczyt, że Oświecona Dusza wybrała ciało ich dziecka, żeby się odrodzić. W wypadku panny Kawanabe musieli też kornie przeprosić, że tak długo przetrzymywali córkę wbrew jej woli i powołaniu.

Cóż to była za cudna chwila!

Przymknęła powieki, żeby wyraźniej przywołać wspomnienia. Westchnęła. Nie, wcale nie okazała się za stara. W domu przyjęto ją z radością, a ona uczyła się sumiennie i chętnie, aż wkrótce stała się jedną z najlepszych adeptek. Nie, czas odrzucić fałszywą próżność. Najlepszą adeptką i tyle.

Teraz też jest w podróży. Ma spełnić ważne dla Zakonu zadanie. A także, jeśli dżos pozwoli, dopełnić starej, prywatnej zemsty.

W swym nieudanym, zmarnowanym dzieciństwie nie marzyła nawet o tak wspaniałym życiu.

Opuszczona świątynia

Pierwszego z dwóch czatujących w Zimnej Wodzie ochroniarzy Mariko Takeshi zabił bez problemów. Cicho, fachowo, prostym, lecz zabójczym chwytem odciął mu dopływ powietrza do płuc. Mężczyzna, ukryty tuż za bramą wiodącą do posesji wójta wioski, zupełnie nie spodziewał się ataku. Zacharczał tylko, a po chwili już nie żył.

I dobrze. Adept Zakonu Czarnej Wody był nieco zmęczony pojedynkiem i niespokojny o los małej Haru. Gdyby cyngle czarnej gejszy okazali się nadgorliwi, mógłby zastać w domu same trupy.

Ciało kolejnego wojownika Ścieżki Stali spokojnie, niemal dostojnie padło w głęboki, nocny cień krzewu srebrnokapu. Musiało tu zaczekać, aż Takeshi zdecyduje, jak się go pozbyć.

Drugi ochroniarz, jak można się było domyślić, czekał skryty w mroku, w pobliżu tymczasowej kwatery holopacykarza. Nie zdążył dobyć miecza. Zaatakował dwoma trzymanymi w dłoniach pistoletami. Jednak nie zdecydował się wystrzelić, żeby nie pobudzić śpiących domowników. Takeshi nie chciał zostawiać śladów krwi, więc walczył kijem, w którym ukryty był Blask. To była dobra broń, niemal tak doskonała jak sam miecz. Przeciwnik się o tym przekonał. Desperackie próby obrony przed ciosami i blada, napięta twarz wyraźnie zdradzały strach. Szybko pojął, że został sam, a jego towarzysze i panienka Mariko wkroczyli przed chwilą między szprychy odwiecznego koła narodzin i śmierci. Myślał już tylko o ucieczce. Bał się strzelać, żeby nie narobić hałasu. I to przesądziło jego los.

Takeshi zabił go czysto, właściwie bez wysiłku.

Potem zaczął nasłuchiwać. W domu panowała cisza. Na szczęście nikt się nie obudził. Jedynymi żywymi istotami w obejściu wydawali się holopacykarz i wielki, rudy kocur biegnący po dachu pralni, wyraźnie zajęty swoimi sprawami.

No pięknie, stary, pomyślał Takeshi. Zrobiłeś, co było trzeba. Wszyscy, którzy mieli przeżyć, żyją, pogrążeni w smacznym śnie. Inaczej ten jasnowłosy olbrzym nie wahałby się do ciebie strzelać. A teraz pożegnaj się pięknie z szanowną Zimną Wodą, bo przynajmniej przez dziesięć lat nie pokażesz się w okolicy. Pora się zbierać. Szkoda tylko klusek „Pod Wesołym Kogutkiem". Były całkiem smaczne.

Musiał jeszcze postanowić, co zrobić z ochroniarzami Mariko. Nie chciał pozostawić ciał na dziedzińcu, bo to nieuchronnie wiązałoby śmierć czarnej gejszy z rodziną Takasuke i pewnym biednym, wędrownym artystą. W głębi duszy był dziwnie pewien, że szalona siostra pana Ashihei nie powiedziała nikomu o pojedynku, a jej czterej blondyni od Ścieżki Stali też nie śmieli puścić pary z pysków. Dzięki temu prawdopodobnie nikt nie powiązałby zgarbionego, cichego portrecisty z szermierzem z gospody.

Prawdopodobnie.

To znacznie za mało.

Co więcej, oznacza jedno:

Biedny holopacykarz musi zniknąć. Przynajmniej na jakiś czas. Warto zastąpić go innym, zupełnie odmiennym wcieleniem.

Co dziwne, porzucając postać wędrownego artysty, Takeshi poczuł wyraźną, lecz niepokojącą ulgę. Jakby pozbywał się niewygodnego, przyciasnego ubrania. Jakby urósł odrobinę, spotężniał i zmroczniał. Nagle zaczął głębiej oddychać, wyprostował się, zrzucił ciążące od dawna na ramionach jarzmo.

To Cień, zrozumiał i zadrżał. Cień Śmierci. Znów chce mnie wypełnić. Nie mogę mu na to pozwolić.

Ale to takie kuszące. Cholernie kuszące.

– Ocknij się! – warknął na siebie ostro. – Do roboty. Masz sprawy do załatwienia.

Rozejrzał się po pustym, przesiąkniętym nocną ciemnością dziedzińcu. Pod ścianą szopy majaczył znajomy, nieco pokraczny kształt. Wózek holopacykarza.

No cóż, kumplu, pomyślał z nutą nostalgii. Wredny ze mnie przyjaciel. Pomożesz mi jeszcze jeden, ostatni raz, a potem wyruszysz w wielką podróż. Trudno, taki dżos, nie?

Nie było łatwo wpakować dwóch martwych osiłków do wózka, lecz w końcu udało się zatrzasnąć burty. Takeshi spakował jeszcze pieniądze zarobione w Zimnej Wodzie, parę drobiazgów i był gotów do drogi. Poruszał się miękko, lekko, bezszelestnie.

Jak cień. Zupełnie jak cień.

Z trudem wypchnął stary, sfatygowany pojazd za bramę podwórza i dopiero tam ośmielił się zapuścić silnik. Też byłby wyjątkowo niezachwycony, gdyby teraz pobudził wszystkich domowników. Mechanizm stęknął niczym wiekowy osioł, lecz ruszył niemrawo do przodu.

Nigdzie w oknach nie zapłonęły światła.

To dobrze. Bardzo dobrze.

Takeshi bez problemów opuścił wieś.

Żegnaj, Zimna Wodo!

Na tyle szybko, na ile pozwalały pełznące powolnie gąsienice wózka, zaczął oddalać się traktem wiodącym na południe, w głąb ziem pana Omury. Im dalej od strefy wpływów Ashihei, tym lepiej. W głębi prowincji gangster na szczęście nie miał wiele do powiedzenia.

Ostrożność to cnota. Dla ostrożnego wieje wiatr pomyślności. Na wszelki wypadek lepiej unikać złych ludzi.

Zwłaszcza jeśli zabiło im się siostrę.

Noc stała nad światem, wciąż czarna, głęboka i bardzo daleka od świtu, gdy adept Zakonu Czarnej Wody postanowił pozbyć się wózka.

Bez niego pójdę prędzej, zdecydował.

Za wioską górski szlak znów zrobił się stromy, wąski i podstępny. Z jednej strony skalna ściana, z drugiej przepaść. Przyjemnie głęboka, kamienista, podobna do leja, który zdawał się wieść wprost do trzewi ziemi. Jednym słowem, doskonała.

Takeshi zatrzymał się, energicznym ruchem ręki nakazał wózkowi skręcić w bok. Głupia maszyna nawet się nie zawahała. Posłuszna instynktowi i oprogramowaniu, krwawiąc strupami biomasy, ruszyła w stronę przepaści. Przez sekundę zagmerała kółkami i gąsienicami, gdy krawędź gruntu zaczęła kruszyć się i osypywać, a potem spadła, koziołkując, w mrok. Wesoła trumna, pokryta krajobrazami krainy umarłych, dla niewesołych, blondwłosych adeptów Ścieżki Stali. Hopsasa! Przez chwilę nad kadłubem wózka unosiły się, ćwierkając, barwne holoptaszki, niczym widmowe kwiaty dla zmarłych, ale szybko zgasły.

Takeshi też już odchodził w ciemność. Wolny. Nareszcie wolny. Prawdziwy, realny, wierny swej dawnej, jedynej osobowości. Powoli wtapiający się w cień.

Cały nim wypełniony.

Jeszcze nie! Jeszcze trochę. Och, błagam, wytrzymaj choć trochę dłużej. Musisz. Po prostu musisz.

Serce Haru tłukło niczym dzwon wzywający głodne duchy. Natarczywie. Głośno. Pospiesznie.

Jak tu czekać, kiedy z podniecenia, ze zdenerwowania, z euforii niemal lewituje się pod sufitem?

Pościel była mokra od potu, zmięta.

Jeszcze chwilę, jeszcze parę chwil. Żeby już nie mógł zawrócić. Żeby nie mógł cię odesłać. Bał się zostawić samą. W ciemności, w lesie. Żebyś już musiała z nim pójść. Na dobre i złe. Jak w książkach. Jak w baśniach. Bo taki dżos. Taka karma. Twoja i jego. Nierozłączna od tego momentu, na zawsze.

Promienny Książę Genji także nie spał, wyczuwając niepokój swej pani. Jarzył się w mroku nocy bladym, widmowym blaskiem seledynu.

– Mrruu? – spytał bojaźliwie.

– Nie, kocurze. Ty zostajesz – oświadczyła Haru, siadając na futonie. – To nie wyprawa dla ciebie. Zostań i pomóż tatusiowi. Pewnie będzie zły i smutny. Przynajmniej póki nie zrozumie, że mój los powinien się wypełnić. Ale nie musisz się bać. Nie ma czego. Jestem bardzo szczęśliwa. Zawsze wiedziałam, że nie dla mnie ta głupia, nudna Zimna Woda. Będą o mnie śpiewać pieśni, wiesz? Snuć opowieści, tworzyć holomalowidła. Nie. Nie o mnie. O nas! Takeshi i Haru. Wielki bohater i jego wierna, mądra księżniczka. Czy to nie brzmi wspaniale? Kocham go! O, bogowie Wielkiej Równiny Niebios! Jak strasznie go kocham! Rozumiesz, Genji?

Kocur nie rozumiał.

Haru zaczęła się pośpiesznie ubierać. Wszystkie potrzebne rzeczy spakowała już wieczorem, czekając, aż Takeshi wróci. Bo wiedziała, że wróci. Była tego pewna. Zabił tę wredną, czarno-białą jędzę, która tak upokorzyła jego ukochaną.

Dziewczyna zacisnęła usta.

I dobrze jej, szmacie. Niech zdycha. Niech leży gdzieś tam samotnie i się rozkłada.

Ani przez chwilę nie uwierzyła w to, co powtarzała cała służba, a nawet i ojciec. Holopacykarz miał szczęście, że Mariko go nie zabiła. Sprawdzała tylko, czy nie jest szermierzem z gospody. Jak miałby nim być? Ha, ha, ale śmieszne. Nawet czarna gejsza się pewnie uśmiała.

Nie, pomyślała Haru mściwie. Akurat! Wcale jej nie do śmiechu w piekle, gdzie teraz gnije. Po co z nim walczyła? Po co go zaczepiała? Czemu zaczepiała mnie? Teraz ma za swoje, durna, wielka baba. Nie ży-je!

Przez całą noc czekała, aż ukochany wróci. Bo musiał wrócić, prawda? Żeby upewnić się, że jego księżniczka jest bezpieczna.

Słyszała go. Słyszała, jak walczy, jak się pakuje, pamiętała odległy, stłumiony dźwięk silnika jego malarskiego wózka.

Odszedł, ponieważ nie chciał narażać jej na niebezpieczeństwo. Na tułaczkę. Na niepewne życie u boku wojownika i bohatera. Ale ona go dogoni. Wytłumaczy, że nie można zatrzymać wichury, zawrócić rzeki, zmienić losu. Są sobie przeznaczeni.

Teraz, Haru. Czas działać! Musisz sama wykuć swój dżos.

Zabrała swoje tobołki i zawiniątka, cicho ruszyła ku oknu, żeby wykraść się niepostrzeżenie z domu. Genji zamiauczał żałośnie. Odwróciła się, pogłaskała go po aksamitnym łebku, mżącym zielonkawym blaskiem.

– Nie płacz, kiciuś. Wszystko będzie dobrze. Nie wolno za mną iść. Musisz zostać w domu, z tatą. Ja wybieram własny los. I wiesz co? Nigdy nie byłam szczęśliwsza!

Przeskoczyła przez framugę, opadła wprost w gęstą, zimną od rosy trawę. Szybko zamknęła okiennicę, żeby Genjiemu nie strzeliło do głowy jednak za nią pobiec. Kocim krokiem ruszyła w stronę garażu, gdzie pod starą plandeką ukryła wieczorem ostatni prezent od taty, który dostała na Święto Dziewczynek. Różowy skuter, pokryty srebrnymi bryzgami odblasków. Wpakowała skromny dobytek do bagażnika i wzorem Takeshiego

(ależ on jest mądry i przezorny!)

wypchnęła pojazd za bramę. Przetoczyła go prawie za granicę ogrodzenia, zanim zdecydowała się wskoczyć na siodełko i odpalić.

– Dzień dobry, panienko Haru! – odezwała się maszyna wesołym głosem. – Czas na przejażdżkę. Dokąd dziś jedziemy?

– Przed siebie – rzuciła.

– To wybornie – ucieszył się skuter. – Piękny dziś mamy dzień, prawda? Życzę przyjemnej podróży.

O, na pewno będzie przyjemna. Cudowna wprost. Wymarzona. Prawdziwa podróż ku nowemu, lepszemu życiu. O tym była zupełnie przekonana.

– Myśli, że mnie zgubił – szepnęła trochę do siebie, a trochę do skutera. – Przypuszcza, że nie mam odwagi, że zostałam w domu. Pokażemy mu, skarbie, jacy jesteśmy dzielni? Pokażemy, na co nas stać! On idzie pieszo, a ja mam ciebie. To nasza mała tajemnica, nie? Ruszajmy! Ruszajmy odmienić los!

– Tak, panienko Haru. Proszę trzymać się mocno!

Wiedziała, dokąd poszedł. Nie była głupia. W grę wchodził tylko szlak wiodący na południe, przez przełęcz, w głąb prowincji, którą władał daimio

Omura. Na północy Ashihei miał zbyt wiele wpływów, a daimio Urakami był za słaby, by chronić gościńce. Ze wschodu Takeshi przybył, więc nie mógł zawrócić, była tego pewna. Na zachodzie ciągnęło się morze. Pozostawała tylko ta droga.

Tak jak jej. Tak samo jak jej. Jedna droga. Do niego.

Przez wieś jechała wolno, bojąc się obudzić kogoś z mieszkańców, za granicą lasu ośmieliła się zapalić reflektor i dodać gazu.

– Nie tak szybko, panienko! To niebezpieczne. Za słaba widoczność. Za duża prędkość! – narzekał monotonnie skuter.

Och, zamknij się, pomyślała i znów dodała gazu.

Las wokoło był ciemny i gęsty. Minęła już przełęcz i wdzierała się dalej w głąb nieznanej ciemności. Nigdy nie zapuściła się tak daleko sama. Ale przecież wcale nie była sama, prawda? On też tam był. Gdzieś dalej na drodze, spowity głębokim mrokiem nocy. Już niedługo go zobaczy. O Bogowie Szczęścia, dajcie siłę, żeby znaleźć odpowiednie słowa!

Bała się tego spotkania. Bała się nocnej ciemności. Obawiała się reakcji Takeshiego, a jednocześnie tak bardzo pragnęła stanąć z nim twarzą w twarz.

Zacisnęła usta i znowu dodała gazu. To musi się rozstrzygnąć zaraz, jak najszybciej.

– Nie tak prędko, panienko! – jęczał rozpaczliwie skuter.

Ściszyła dźwięk najbardziej jak się dało, więc ostrzeżenia motoru zmieniły się w nierealny, upiorny szept, jakby to duchy starały się zawrócić ją z drogi.

Już od jakiegoś czasu słyszał za sobą słaby odgłos silnika.

Coś małego, pomyślał. Skuter lub nieduży motocykl. Samotny jeździec na szlaku. Niewielki samotny jeździec. Nie powinien stanowić problemu. Gorzej, że gdzieś z oddali dochodził inny dźwięk. Głęboki, niski pomruk nadciągającej grupy bolidów. Sporej grupy.

Przynajmniej kilka maszyn, uznał Takeshi. Jasna cholera, co za parszywy pech. Ruch na tym pieprzonym trakcie niczym na głównej alei przed pałacem szoguna. Przejażdżki nocą. Nowa modna rozrywka na prowincji. Dołącz do nas.

Rozejrzał się wokół. Po obu stronach drogi rósł las kolumnowych pni, właściwie bez poszycia. Tylko wysokie słupy zwieńczone płaskimi koronami i ściółka na dole. No pięknie. Żeby się ukryć, musiałby się przebrać za świerkowiec wyniosły, a to raczej trudne. W dodatku chmury się przerzedziły i ukazał się w całej okazałości księżyc, jasny niczym cesarski majestat.

Takeshi przyspieszył kroku w nadziei, że za zakrętem pojawi się jakaś kryjówka. I nie zawiódł się, bo tuż przy drodze zamajaczyła czarna, pękata sylwetka małej świątyni. Przybytek wydawał się opuszczony. Nie świeciły lampiony, nie widać było wstążek ani ofiarnych kwiatów. Ot, mała, porzucona kapliczka. Bardzo przydatna, trzeba przyznać. Doskonała, żeby uniknąć udawania świerkowca.

Niestety, świątyńka stała kawałek drogi za zakrętem, a bzyczenie małego silniczka skutera przybliżało się nieuchronnie. Takeshi z niechęcią stwierdził, że będzie jednak musiał przez chwilę wczuć się w rolę krzaka. Ukrył się w głębokim cieniu za najgrubszym pniem rosnącym na skraju drogi i czekał.

Słuch miał wyćwiczony podczas niekończących się praktyk w Zakonie. Czas go nie przytępił. Usłyszał więc doskonale przebijające się przez monotonny poszum motoru żałosne narzekanie maszyny.

I serce w nim zamarło.

– Zwolnij, panienko Haru! To niebezpieczne! Proszę, panienko Haru! Nie tak szybko! – szeptał rozpaczliwie skuter.

Takeshi poczuł podchodzącą do gardła, dławiącą, gorzką falę wściekłości. Dobrzy bogowie Wysokiej Równiny Niebios! Co ta smarkata sobie wyobraża?! Pieprzona idiotka! Przygód jej się zachciało czy co?!

Nie miał pojęcia, co zrobić. A coś trzeba było zrobić, na pewno. Pojechała za nim. Sama, w środku nocy. Po jakiego diabła właściwie? Zadurzyła się? W wędrownym holopacykarzu, który wyglądał jak uosobienie pospolitego frajera?

Jasna cholera! Za chwilę mnie szlag trafi, pomyślał. Nie wierzę!

Jednak musiał uwierzyć. Reflektor skutera wynurzył się z ciemności jak pojedyncze ślepię jednookiego zwierza. Haru pędziła do swojego bohatera. Miłosierny Jizo! Kto by wymyślił taki idiotyzm?!

Nie pozostawało nic innego. Wyskoczył na drogę.

– Haru? Stój!

Zatrzymała się z takim impetem, aż mały skuterek zrobił półobrót.

– Takeshi… ja… och, tak się cieszę… ja… no, rozumiesz przecież… nareszcie cię znalazłam!

– Nie – warknął. – W cholerę niczego nie rozumiem! Złaź z siodełka. Ale już!

Blask w sarnich oczach nieco przygasł, a na ślicznej buzi pojawił się grymas rozczarowania.

– Przyjechałam do ciebie. Myślałam, że się ucieszysz…

Ucieszy się? Z równą radością powitałby przybycie siedmiu pałających żądzą zemsty mistrzów Zakonu Czarnej Wody.

– To się pomyliłaś – warknął. – Złaź z motoru. Musimy się natychmiast ukryć.

– Ukryć? Przecież zabiłeś tę okropną babę i już nic nam nie grozi. Możemy być na zawsze razem! Ja i ty. Bohater i jego księżniczka. Też tego pragniesz, prawda?

Poczuł się tak, jakby nagle dostał w łeb czymś ciężkim. Miał ochotę zamrugać i potrząsnąć głową, żeby zbudzić się z koszmaru. Bo to był koszmar, czyż nie?

Na zawsze razem? Bohater i księżniczka? Ta mała jest poważnie chora. I w dodatku wie, że zabił Mariko. Niech to wszyscy diabli ze wszystkich szesnastu piekieł!

Skup się, nakazał sobie. Myśl. To nie czas na jałowe dyskusje z rąbniętą nastolatką. Teraz trzeba się martwić amatorami nocnej przejażdżki. Głęboko w duszy był przekonany, że nadciągające bolidy oznaczają poważne kłopoty.

Złapał dziewczynę za ramiona i potrząsnął jak pies szczurem, aż jej zadzwoniły zęby.

– Ocknij się, młoda. Musimy się schować. Jadą tu bardzo źli faceci, którzy z pewnością zechcą nas zabić. Rozumiesz?

Miał nadzieję, że ją choć trochę wystraszy, ale córka wójta tylko zatrzepotała rzęsami.

– Nie musisz być taki skromny. Wiem, jak wspaniałym jesteś wojownikiem. Z pewnością wszystkich pokonasz, a potem odejdziemy w spokoju, już zawsze razem, wypełnić nasz wspólny los.

Dokąd? – pomyślał przerażony. Chyba do ochronki dla wariatów.

Nie mógł już ani chwili dłużej słuchać tych bredni. Wiedział, że nadciąga realne niebezpieczeństwo, i musiał zrobić wszystko, żeby ochronić siebie i tę oszalałą miłośniczkę romantycznych eposów.

– Dobra, skoro jesteś moją księżniczką, to masz słuchać swego bohatera – desperacko postanowił pograć z dziewczyną w tę szaloną zabawę z piekła rodem. – Pędzimy co sił do świątyni. Gazu, Haru!

Schwycił ją za rękę i pociągnął. Drugą porwał skuter w pół, niczym omdlałą dziewoję. Pobiegli w stronę przysadzistego budynku, ścigani przez głuchy pomruk nadciągających bolidów. Takeshiemu przypominał burczenie rozzłoszczonego tygrysa. To były ostre, sportowe maszyny. Bardzo drogie i bardzo szybkie. Odpowiednie dla młodego, wyrywnego daimio. Albo dla lubiącego zaszaleć bandziora. Nie miał pojęcia, kto nadciąga, ale miał bardzo złe przeczucia. A przez wszystkie lata spędzone w Zakonie przekonał się, że przeczuć lekceważyć nie wolno.

Proszę, niech będą otwarte! – pomyślał, dopadłszy drzwi.

Dobrzy bogowie spełnili prośbę, więc wepchnął dziewczynę do środka i sam wkroczył w gęstą, kadzidlaną ciemność świątyni z motorem w objęciach, zupełnie jakby przenosił przez próg świeżo poślubioną małżonkę.

Haru obijała się w mroku o belki i posągi, ale Takeshi miał dobry wzrok i nieźle widział w ciemności. Zamierzał postąpić bardzo radykalnie, bo po prostu nie widział lepszego rozwiązania.

Uciśnie pewien punkt na szyi dziewczyny, żeby na jakiś czas pozbawić ją przytomności. Kiedy bolidy odjadą, odczeka chwilę, a potem podrzuci nieświadomą małą z powrotem do domu. Trudno, straci dużo czasu, ale przynajmniej pozbędzie się problemu.

– Takeshi? – szepnęła Haru, potykając się o jedną z licznych rąk powalonej Kannon i robiąc tyle hałasu co pochód nocnych demonów. – Nic nie widzę!

– Nie przejmuj się, zaraz ci pomogę – starał się nadać głosowi możliwie łagodne brzmienie, choć nadal był wkurzony jak diabli.

Już wyciągał ręce do karku dziewczyny, gdy nagle zamarł.

Bolidy. Były tuż-tuż. Właśnie zbliżały się do świątyni. Słyszał głęboki, charakterystyczny ryk silników. Bardzo charakterystyczny. Oznaczający tylko jedno. Odgłos hamowania.

Kurwa mać! Tego już chyba za wiele!

Nie potrafił uwierzyć w ogrom swojego pecha. Co ci dranie zamierzają robić po nocy w świątyni? Modlić im się zachciało? Popadli w manię religijną? Objawiła im się miłosierna Kannon i zażądała natychmiastowych hołdów przy księżycu? Obawiał się, że jednak nie.

Pojazdy już parkowały. W żadnym wypadku nie zostało mu tyle czasu, żeby schować gdzieś bezwładne ciało Haru. No i skuter. Cholerny skuter. Różowy jak pąs nastolatki i równie trudny do ukrycia.

Podłoga świętego przybytku była zagracona. Połamane belki, przewrócone rzeźby, rozbite naczynia ofiarne, liczne flaszki po sake i mocniejszej wódce. Wesoła balangownia z doborowym towarzystwem bogów. Można się napić z Inarim albo staruszkiem Darumą. Fajnie, nie? Tyle że nigdzie nie dawało się schować. Zwłaszcza że przybysze na pewno przyniosą ze sobą światło.

Pozostawał ołtarz.

– Chodź! – syknął do Haru, wpychając ją za przekrzywiony posąg Buddy Oświeconego.

Musiała stać na głowie wywróconego Ebisu. Był jednym z Bogów Szczęścia, więc może przyniesie im trochę fartu. Jeśli się nie obrazi za obcasy wbijające mu się w czaszkę.

Jednym potężnym rzutem Takeshi wbił jeszcze piekielny, różowy skuter za plecy Ebisu, odcinając dziewczynie drogę w dół, a sam wcisnął się za gruby, drewniany brzuch poczciwego Hotei, boskiego mistrza zen.

W samą porę. Właśnie w tym momencie otworzyły się drzwi i wnętrze zalało ostre światło lampionów, zwanych lisimi ognikami.

Skulony za wielkim worem na jałmużnę, który dobry Hotei dźwigał na ramieniu, Takeshi niewiele widział. Migały mu tylko nogi wkraczających do świątyni przybyszów. Było ich sześciu, ale przyjechali przynajmniej trzema bolidami. Rozmawiali półgłosem, oświetlając kąty promieniami lampionów. Odcinały cienie ostre jak nóż.

– Nie ma go – szepnął ktoś niepewnie. – Może nie przyjdzie.

– Przyjdzie, przyjdzie. Zależy mu – odpowiedział chrapliwy, władczy głos. – O, już jest.

Faktycznie, na zewnątrz zaklekotał silnik znacznie pośledniejszego pojazdu. Drzwi znów skrzypnęły.

– Witajcie, panowie. Punktualni jak szogun na śniadaniu – rzekł nowo przybyły. Ton wydawał się wesoły, lecz pobrzmiewało w nim tłumione napięcie.

Ktoś zaciągnął się petem. Takeshiego doszedł mdły, słodkawy zapach boskiego ziela.

Bardzo odpowiednie do świątyni, pomyślał z ironią.

– Obędzie się bez twoich skrzących się intelektem dowcipów – warknął chrapliwy. – Pokaż, co masz. Nie będziemy tu sterczeć do rana.

– Co mam? Bardzo wartościową rzecz. Tylko spójrzcie.

Przed oczami Takeshiego pojawiła się ręka sięgająca do kieszeni. Długie, blade palce wydobyły płaski, podłużny przedmiot podobny do płytki czarnego szkła.

Podręczny rejestrator obrazów i dźwięków. Naprawdę wartościowy. I rzadki.

Komunikator głosowy w gospodzie, teraz ta zabawka. Istny pokaz starożytnej techniki, stwierdził były adept Czarnej Wody. Nieźle sobie radzą na tej prowincji.

Cicho kliknął wciskany guzik, rozległ się słaby szum i tyle. Nagranie nie miało dźwięku. Mimo to mężczyźni skupili się wokół, wyraźnie poruszeni.

– No proszę, nie mówiłem, że to coś ciekawego! – pochwalił się wesołkowaty.

Ktoś gwizdnął przez zęby.

– Faktycznie – odezwał się chrapliwy. – Pan Ashihei będzie bardzo zadowolony. Nie omieszka się odwdzięczyć.

– Szczodrze? – spytał chytrze właściciel nagrania.

– O tak. Z pewnością. Nazwisko zdrajcy jest dla niego wiele warte. Nasz pan potrafi być bardzo hojny, gdy ktoś pomaga mu dopełnić zemsty.

– Zawsze do usług. – Takeshi tego nie widział, ale był pewien, że koleś z rejestratorem uśmiecha się z mieszaniną ulgi i triumfu.

Zasrany, wścibski szczur.

– Daj płytkę – powiedział władczy głos.

– Oczywiście, proszę bardzo.

Szef o zdartym gardle zabije teraz tego kapusia, pomyślał Takeshi. Jeśli będę miał trochę szczęścia, to zaraz sobie pójdą i po wszystkim.

Ale tej nocy Bogowie Szczęścia wyraźnie spali mocnym snem.

Świątynią wstrząsnął nagły dźwięk, lecz bynajmniej nie był to huk wystrzału.

Na podłogę zwalił się różowy skuter. A zaraz po nim zleciała ubrana w koronkową sukienkę i słonecznie żółty sweterek panienka Haru. Diademik spadł jej z głowy, potoczył się pod buty stojących na środku mężczyzn.

Miłosierny Jizo! – zdołał tylko krzyknąć w myślach Takeshi, zrywając się na nogi.

Blask już tkwił pewnie w jego dłoniach.

Jasne, że byli zaskoczeni.

I całe szczęście.

Błękitny miecz przeciął ze świstem powietrze. Jeden z gangsterów stęknął, zacharczał i padł na podłogę. W ostrym blasku lisich ogników krew wyglądała jak płomień. Tak samo czerwona i gorąca. Ramiona Takeshiego dały się ponieść niebieskiemu światłu, tak jakby Blask sam wiedział, co robić. Ostrze zagłębiło się w ciało kolejnego przeciwnika, szkarłatny bryzg posoki rozbił się o złotą, lśniącą, współczującą twarz Kannon i teraz naprawdę zdawało się, że świątynia staje w ogniu.

Kroczysz w spokoju przez łan zboża. Pole trzciny. Unormuj oddech. Bądź uważny. Idź!

Ludzie Ashihei zaczęli wydobywać z kabur broń, lecz trwało to długo, nieskończenie długo.

A Blask wzniecał wokół kolejne płomieniste wykwity krwi.

Następny gangster, z rozrąbanym głęboko barkiem, wpadł w ramiona zwalonego posągu. Bogini objęła go licznymi dłońmi niczym stęskniona matka.

Takeshi usłyszał głuchy, odległy huk wystrzałów, przypominający odgłos nadciągającej burzy. Pociski, rój metalowych owadów, uderzyły w tarczę błękitnego światła i rozprysły się.

Haru, pomyślał Takeshi. Haru!

Ale teraz nic nie mógł dla niej zrobić. Miał tylko nadzieję, że schowała się za którymś z obalonych posągów.

Czwartego przeciwnika ugodził w bok. Poczuł, jak stal tnie kości i miękkie tkanki. W tym samym momencie obce ostrze wdarło się od spodu pod krawędź tnącą Blasku. Błękitny miecz odezwał się wysokim, brzękliwym krzykiem, jakby protestował oburzony.

Szef o zdartym gardle. To musiał być on.

Takeshi zobaczył przed sobą wykrzywioną wściekłością, kanciastą, pospolitą twarz. Wywinął się, żeby uniknąć cięcia, zrobił krok do przodu, a nie w tył, jak się pewnie spodziewał chrapliwy, i uderzył. Blask wbił się w brzuch gangstera, wydobył na wierzch gorące, lepkie festony wnętrzności i znów pofrunął w górę, sypiąc wokół rubinowe koraliki krwi.

Ktoś wrzeszczał rozpaczliwie, nie wiadomo, ze strachu czy bólu.

Huknęło, zaklekotały pociski. Drzazgi, złote niczym iskry, posypały się z twarzy i fryzury drewnianej Kannon.

Dwóch. Gdzieś jest jeszcze dwóch.

Pierwszy był bliżej, niż Takeshi przypuszczał. Czaił się z tyłu, jak dodatkowy, mroczny cień. W dłoni ściskał stary, płaski pistolet. Czas znowu zwolnił. Właściwie przestał płynąć. Adept Zakonu Czarnej Wody widział wyraźnie blade, pajęcze palce wroga zaciśnięte na kolbie, dosięgające spustu.

Kapuś. Wredny gnojek. Jego grube, różowe usta podobne do brzydkich gąsienic rozciągały się w paskudnym uśmieszku. Celował Takeshiemu w plecy.

I byłby bez trudu trafił, gdyby noga nagle mu się nie ześlizgnęła i nie zapadła między bok a ramię przewróconego Bishamontena, patrona wojowników. Widocznie ten jedyny bóg dziś nie spał i miał w opiece swojego szermierza.

Takeshi ciął z półobrotu. Odcięta głowa poleciała do tyłu i upadła pod stopami Bishamontena.

Oto odpowiednia nagroda dla zdrajcy, który sprzedaje swoich ludzi za pieniądze.

Został jeszcze jeden.

Adept Czarnej Wody obrzucił błyskawicznym spojrzeniem rozmigotane, złoto-czarne wnętrze świątyni, naznaczone plamami czerwieni niczym rozlaną laką. Belki, posągi, głębokie cienie i gorące, żółte światło lampionów.

Gdzie on jest? Gdzie ten ostatni?

Był. Pochylał się właśnie, żeby sięgnąć po upuszczoną broń jednego ze swoich towarzyszy. Nie zdążył. Takeshi skoczył na niego jak jastrząb na mysz. Uderzył. Blask wbił się w ciało, posłuszny, gotowy zabić. Za błękitną smugą ostrza znów popłynęła fontanna szkarłatu.

Ostatni gangster nie żył.

Zapadła głucha, złowroga cisza.

Serce Takeshiego zabiło mocno, boleśnie.

Bogowie Szczęścia, co z dziewczyną? Oberwała? Zemdlała?

– Haru! – zawołał ochrypłym z niepokoju głosem. – Haru, żyjesz?

Coś zaszeleściło w kącie.

– Chyba tak – odezwał się słaby dziewczęcy głos.

– Nic ci nie jest?

– Chyba nie.

– To chodź do mnie.

Wyciągnął ją zza ogromnego brzuszyska drewnianego Hotei. Płakała. Ręce jej się trzęsły. Po twarzy spływał rozmazany makijaż. Ale była cała.

– Jak wyglądam? – spytał. – Jestem bardzo zakrwawiony?

Potrząsnęła głową, pociągając nosem.

– Trochę.

– Musimy poszukać wody, jakiegoś płynu, czegokolwiek. Tak nie możemy się pokazać. Dasz radę jakoś doprowadzić się do porządku?

Potwierdziła skinieniem.

– No to do roboty.

Złapał jeden z lisich ogników i zaczął szybko, metodycznie przeszukiwać kąty. Haru poruszała się znacznie bardziej niezdarnie i niemrawo, ale to ona coś znalazła.

– Tu jest butelka i odrobina sake. Wystarczy? Potrząsnęła flaszką.

– Musi – stwierdził Takeshi.

Pochylił się. Jego odbicie widoczne na złocistym policzku Kannon było zdeformowane i niewyraźne, lecz to wystarczyło. Szybko oczyścił twarz i ręce. Śmierdział teraz wódką, ale to nic. Przetarł ostrze Blasku, starannie zatrzasnął miecz w podróżnym kiju.

Haru wycierała zacieki z tuszu zwilżoną szmatką.

– Jest nieźle, może być. Zostaw to i chodź – ponaglił ją. – Trzeba się stąd jak najszybciej zmywać.

Nie umiał tego wytłumaczyć, jednak był pewien, że w świątyni nie jest bezpiecznie. Niby nic, tylko kolejne przeczucie. A jego przeczucia sprawdzały się niepokojąco często.

Taszcząc przed sobą różowy skuter, dostrzegł na podłodze szczątki rozbitego rejestratora. Ostre odłamki szkła przypominały płatki czarnej chryzantemy. Kwiatu smutku i łez.

Ledwo zdążył wyciągnąć na zewnątrz skuter, usłyszał ten dźwięk. Silniki. Silniki kilku bolidów.

Dobrzy bogowie Wysokiej Równiny Niebios! Co to ma być? Noc przejażdżek?

Zrezygnowany, rozejrzał się wokoło. Nic tylko wyniosłe, nagie pnie świerkowców. I mech. Dawno już nie udawał mchu. Wyśmienita rozrywka, nie?

Cóż, trzeba przyznać, że ostatnio rozrywek nie brakuje. Widać taki dżos.

Kiedy zobaczył liczne światła nadjeżdżających pojazdów, nie chciało mu się nawet zakląć.

– Haru, podejdź tu – nakazał ostro.

Gdy się zbliżyła, mocno ścisnął ją za rękę.

– Posłuchaj, ja będę mówił. I cokolwiek wymyślę, masz przytaknąć. Rozumiesz?

– Tak.

Nie chciała puścić jego dłoni, musiał ją niemal wyszarpnąć. Oczy miała ciemne i rozszerzone. Ale oprócz strachu widniało w nich coś jeszcze. Podziw? Zachwyt? Miłość? Aż zadrżał, zdjęty grozą.

No nie, łatwo się z tego nie wyplącze.

Sznur bolidów ciągnących drogą zaczął zwalniać. Wszystkie pojazdy zdobiły duże, żółte mony przedstawiające stylizowanego jastrzębia w locie.

– To ludzie pana Omury! – ucieszyła się Haru. – Nic nam nie grozi! To nasz daimio.

Tego się właśnie obawiałem, pomyślał ponuro Takeshi. I raczej się mylisz, mała. Moim zdaniem mamy poważne kłopoty.

– Nic nie mów – syknął. – Gadam tylko ja. Pamiętaj.

Mężczyźni, którzy właśnie wysiadali z czterech bolidów, też mieli na kurtach naszyte mony z jastrzębiem. A rosły blondyn, sądząc z postawy i miny, szef grupy, oprócz żółtego znaku miał też inny, przedstawiający zaciśniętą pięść.

No pięknie. Pan Omura musi być nieźle nadziany, jeśli stać go na usługi ochroniarza pochodzącego z najlepszego i najdroższego Zakonu osobistych strażników i żołnierzy.

Zaciśnięta Pięść krótkim gestem nakazał swoim ludziom przeszukać świątynię, a sam zwrócił się ku Takeshiemu i dziewczynie. Minę miał groźną i podejrzliwą. Nieprzyjemnie podejrzliwą. Uniósł wysoko lampion, zaświecił obojgu w oczy.

– Kim jesteście? Co tu się dzieje? – zagrzmiał.

Adept Zakonu Czarnej Wody natychmiast znów wślizgnął się w osobowość wędrownego holopacykarza. Skulił się, skurczył i jakoś postarzał. Wyraz twarzy miał wystraszony i błagalny.

– Nie wiem, panie! Szedłem drogą i zobaczyłem światło w świątyni. Miałem nadzieję, że mnisi pozwolą mi się przespać. Nocą straszno iść samemu. A tam… coś okropnego! Same trupy, krew! To na pewno demony! Pomyślałem, że kaplica jest nawiedzona, i chciałem czym prędzej uciekać, ale przyjechała panienka Haru i… – zachłysnął się. – Zaraz potem wasi ludzie, panie. O mało nie zemdlałem ze strachu! Byłem pewien, że to demony wracają! Dlaczego muszą mnie spotykać takie straszne rzeczy? W poprzednim wcieleniu musiałem być chyba bardzo złym człowiekiem!

– Zaraz, chwila – warknął Pięść. – Martw się lepiej o aktualne wcielenie. I nie pleć od rzeczy. Gadaj rozumnie, od początku. Coś ty za jeden?

– Ubogi artysta, panie. Wędruję po kraju, robię portrety, dekoruję domy, projektuję szyldy…

Jasnowłosy ochroniarz wydął ironicznie usta.

– Taaa? A niby czym? Gołymi rękami?

– Gdzie tam! Miałem cały sprzęt w wózku. Dobry sprzęt, choć może nieco starawy. Za to wózek był zepsuty. Istny złom. Jechał, gdzie chciał. No i spadł w przepaść, jak uciekałem z Zimnej Wody. Nie wyrobił się na zakręcie. Próbowałem go zatrzymać, ale bałem się, że sam zlecę. Straszny szmelc to był, ten mój wózek. I tak miałem sobie kupić nowy za pieniądze zarobione we wsi.

Zaciśnięta Pięść wyglądał na nieco skołowanego. Takeshi przez lata wypraktykował, że udawanie ciołka jest w takiej sytuacji najlepsze, czasem nawet zbawienne. Rozmówca, który ma się za kogoś ważnego, słucha jednym uchem i szybko traci cierpliwość. A wtedy łatwiej mu wepchnąć każdy kit. Bo kto by szukał sensu w bełkotliwej opowieści wioskowego matoła?

– Czekaj! Czekaj no! Co to za brednie? Dlaczego uciekałeś po nocy z jakiejś wody i co ma do rzeczy, że była zimna? A ona to kto?

Takeshi ukłonił się, jakby to robił odruchowo.

– Panienka Haru. Córka wójta, pana Takasuke. Zimna Woda to wieś, panie. Robiłem wystrój wnętrza i portret panienki, ale potem taka przerażająca czarna gejsza o mało mnie nie zabiła, więc postanowiłem uciec. Wiem, że postąpiłem bardzo źle, bo nie dokończyłem pracy, ale tak bardzo się bałem… Panienka Haru pojechała za mną, pewnie, żeby mnie zawstydzić. Ale ja nie wziąłem ani jednego jena za ten niedokończony projekt, przysięgam. Uczciwy jestem. Uczciwość to wielka cnota…

Jasnowłosy wydawał się kompletnie ogłupiały.

– Przestań pleść, durniu! – ryknął. – Jaka gejsza cię miała zabijać i po co?

– Panienka Mariko! – jęknął Takeshi, udając strach. – To przerażająca kobieta! Groźna jak sama Górska Starucha, chociaż jest całkiem młoda. Kto ją tam wie, czemu mnie chciała zabić? Szukała jakiegoś szermierza. Podobno.

To Zaciśnięta Pięść jakoś rozumiał. Na dworze daimio Omury dużo się mówiło o Ashiheim i jego szalonej siostrze. Przypomniał też sobie mętnie, że słyszał coś o wiosce pod nazwą Zimna Woda. Uznał, że nie wydusi nic więcej z tego głupca, więc zwrócił się do dziewczyny. Była ubrana jak wariatka i zapewne też miała nierówno pod czapką, zatem nie spodziewał się żadnych klarownych wyjaśnień.

– To prawda, co on mówi? – Wskazał ruchem głowy kulącego się, zgarbionego Takeshiego.

Haru miała chmurne spojrzenie, zaciśnięte usta. Były adept Czarnej Wody prosił w duchu wszystkie dobre bóstwa, żeby nie palnęła jakiegoś głupstwa. Był cholernie zmęczony, a zadzieranie z ludźmi Omury to ostatnia rzecz, jaka mu się marzyła. Nie chciał ich zabić. Nie chciał już nikogo zabijać. Czasem można mieć po prostu dość, no nie?

– Tak, to prawda – potwierdziła w końcu Haru, a Takeshi postarał się nie westchnąć z wyraźną ulgą. – Nazywam się Takasuke i jestem córką wójta Zimnej Wody.

– Jesteś tu z własnej woli? Ten człowiek cię nie porwał ani nie skrzywdził?

Prychnęła jak kotka.

– Jasne, że nie! Sama za nim pojechałam, kiedy tylko przekonałam się, że ucieka.

Ochroniarz Omury rozłożył ręce w geście zdumienia.

– Sama? Po nocy? W stroju pożyczonym od lalki? Po jaką cholerę, dziewczyno?

Haru podniosła głowę, wyciągnęła dumnie brodę.

– Zależało mi, żeby wrócił i skończył robotę. To ja uprosiłam ojca, żeby zatrudnił tego tchórzliwego partacza. Chciałam mu pokazać, że umiem zadbać o sprawy domu.

Zaciśnięta Pięść potrząsnął z niedowierzaniem głową.

– No, to się tatulek ucieszy. Doczekał się pociechy z córuni. Hej, jak tam? Ktoś przeżył? – krzyknął do swoich ludzi.

– Nie. Same trupy – odpowiedział czyjś głos.

– Mam uwierzyć, że nic nie widzieliście? Nie wiecie, kto ich zabił?

– Nie! – odpowiedzieli chórem Takeshi i dziewczyna.

Blondyn obrzucił ich niechętnym spojrzeniem.

– No, o tym to już się przekona sam pan Omura. Chłopcy, wpakować tę dwójkę do bolidu. Wracamy do dworu. Nic tu po nas.

Już po chwili silne ręce chwyciły oboje nocnych podróżników, wepchnęły do pojazdu i zatrzasnęły drzwi.

Skulona w ciasnej kabinie, przyciśnięta do milczącego Takeshiego, Haru była bardzo dumna z siebie.

Nie wydała ich. Tak wspaniale udawała, że ten dureń z Zaciśniętej Pięści niczego nie podejrzewał.

A teraz jedzie na dwór samego daimio. Z nim. Z ukochanym. Czuje jego ciepło, a muskularne, kościste ramię wbija jej się w bok.

Naprawdę tu jest! Nie śni.

Nazwał ją swoją księżniczką. Tak! Dobrze zapamiętała. Tak właśnie powiedział. Czyż to nie cudowne?

Przymknęła powieki i westchnęła cicho. Przygoda jej życia właśnie się zaczynała.

Tygrysie oczy, tęczowe oczy

Gdy wędrowny mnich imieniem Rei zobaczył przed sobą budynek świątyni, poczuł, jakby wracał do domu. Właściwie nigdy go nie miał, więc nie mógł być pewien, ale tak to sobie wyobrażał. Widok spadzistych dachów i złoceń ogrzewał jego duszę miłym ciepłem. Cichy dźwięk dzwonków koił, a zapach wszechobecnego kadzidła przypominał same miłe chwile.

Wkroczył w łagodny, złotawy półmrok świątyni, odetchnął świętym powietrzem i od razu poczuł, jakby mu ubyło lat.

Skłonił się głęboko przed figurą Buddy Amidy i zaklaskał w dłonie, żeby zwrócić uwagę duchów.

– Proszę, wspierajcie mnie w drodze – szepnął. – Bo nie jest łatwa. I pomóżcie odnaleźć brata serca i krwi, gdyż niedługo przyda mu się wszelka pomoc.

Już wkrótce powinien się dowiedzieć, gdzie przebywa jego najlepszy przyjaciel. Od lat pozostawiali sobie wskazówki pod posążkiem Darumy, na ołtarzu. Takeshi na pewno nie omieszkał dopełnić rytuału.

Rei oczyścił się, pomodlił, a potem z wiarą w sercu sięgnął za drewnianą figurę buddyjskiego patriarchy. Nie rozczarował się. Jego palce trafiły na szorstki kawałek pakowego bambupapieru. Rozwinął świstek i przeczytał.

Północne prowincje nadmorskie słyną ze swych urzekających krajobrazów. To dobre miejsce dla pejzażysty. Widok wody przynosi ukojenie. Morze jest jak krąg życia i śmierci. Niemal bez dna.

Wędrowny mnich, który tak naprawdę wcale nie był człowiekiem, uśmiechnął się. Już wiedział, gdzie musi się udać. Odpocznie nieco i niezwłocznie wyruszy w drogę.

– Trzymaj się, Takeshi, braciszku – mruknął do siebie. – Nadchodzę.

Nie wiedział dlaczego, ale miał przeczucie, że wkrótce będzie przyjacielowi bardzo potrzebny. A jego przeczucia sprawdzały się jeszcze częściej niż Takeshiego. Prawdę mówiąc, zawsze się sprawdzały.

Rei, przygotowując się do podróży, nie zauważył nawet, że z krzaków przyglądają mu się uważnie bystre oczy młodego jenota. Kiedy mnich zniknął za zakrętem drogi, zwierzak śmignął w zarośla. On też się śpieszył. Miał do przekazania ważne wieści.

Twarz pana Ashihei przypominała kamień. Bardzo zimny i bardzo twardy.

Taka sama kamienna cisza ogarniała jego domostwo. Służba zaszyła się w kątach. Nikt nie śmiał przekazać panu okropnej wiadomości. Na przywitanie powracającego z długiej służbowej podróży szefa stawił się tylko pan Kubo. Czego jak czego, ale odwagi mu nie brakowało.

Wąskie usta Ashihei poruszyły się ledwo dostrzegalnie. Wszak kamienie częściej milczą, niż mówią.

– Zabiję cię, Kubo – wyszeptały.

Starszy mężczyzna skinął głową w ukłonie, lecz nie odwrócił wzroku.

– Dobrze, panie. Skoro taka jest twoja wola.

Imokori się żachnął.

– Nie dopilnowałeś jej! Nie uchroniłeś!

Na wargi najemnika wypłynął smutny uśmiech.

– Dopilnować panienki Mariko? Zabronić jej czegoś? To jakby człowiek stanął na drodze tajfunowi. Ona ma naturę smoka. Zawsze zrobi, co zechce.

Ma rację, pomyślał Ashihei, czując, jak rozpacz przepełnia mu serce. Dlatego ją tak kocham. Kochałem, poprawił się w myślach.

Chciało mu się wyć, krzyczeć, szaleć, zabijać, ale milczał. Kamienie milczą, prawda?

Tymczasem jego lodowe, złe serce szarpało się z bólu niczym wściekły wilk, bo rozumiało już, że przybrana siostra nie żyje.

– Szukaliście wszędzie? – zapytał po raz setny.

– Tak, panie. – Kubo miał twarz bladą i zmęczoną, oczy jak puste czarki po sake, tak samo smutne i ostateczne. – Chciała znaleźć szermierza z gospody, żeby się z nim zmierzyć. Nikomu jednak nie powiedziała, czy go spotkała, kto to i w jakim miejscu odbędzie się walka. Nikt nie wie, gdzie mogła się podziać.

Ale ja wiem, uprzytomnił sobie Ashihei. Domyśliłem się, gdy pierwszy raz usłyszałem o tym przeklętym pojedynku. Tylko nie chciałem dopuścić do siebie tej myśli.

Zadumał się. Martwym, niewidzącym wzrokiem wpatrywał się w ogród widoczny za oknem. Przez chwilę wydawało mu się, że na gałęzi dorodnego, kwitnącego magnoliowca widzi szalonego biostwora Mariko. Małpka wyszczerzyła ostre, żółte zęby i znikła w gęstwinie fioletowych kielichów.

– Zbierz ludzi – rzucił do Kubo. – Musimy coś sprawdzić.

Jezioro ukryte w kotlinie wyglądało jak mała, porzucona przypadkiem moneta. Kapliczka wodnych węży całkowicie pozieleniała od porastających ją mchów.

Imokori dawno tu nie był. Bardzo dawno. Pamiętał doskonale, jak przyprowadził tu po raz pierwszy swoją małą przybraną siostrzyczkę.

– Jakie niesamowite miejsce! – krzyknęła podniecona. – W sam raz na wspaniały pojedynek dwóch wielkich mistrzów, nie?

– Jasne – przytaknął. – To bardzo urokliwy zakątek. Jak ze starych opowieści.

Teraz wcale mu się nie podobał. Był zimny, pusty i nagi jak otwarta rana. Rozdzierająco smutny.

Ciało Mariko leżało na piasku, ze schludnie złożonymi, lekko podkurczonymi nogami. Strumień upadł obok. Wąski odłamek srebra. Odprysk wczorajszego księżyca.

Na pierwszy rzut oka mogło się wydawać, że czarna gejsza śpi, otulona szkarłatnym kimonem, gdyby nie ciemna plama krwi i brunatne zacieki na kosztownym, eleganckim materiale szaty.

Zresztą kto układałby się do snu na wilgotnym, przenikliwie chłodnym brzegu jeziora? Kubo i reszta gangsterów zamarli w milczeniu. Ashihei podszedł do siostry, ukląkł obok. Nie miał tyle siły, żeby dotknąć jej twarzy.

Jest zimna, pomyślał z rozpaczą. Zimna jak porcelana. Nie zniosę tego.

Czas skurczył się do rozmiaru rdzawej plamy na piasku. Imokori nie wiedział, jak długo trwał przy trupie Mariko. Wydawało mu się, że jest lekki niczym lampion, że wyfruwa wysoko w niebo i unosi się na wietrze. Chyba zapomniał, jak się oddycha, bo gdy spróbował się odezwać, tylko chrapliwie wciągnął powietrze.

– Zabierzmy ją do domu – powiedział wreszcie, a jego głos był jak piasek, szorstki i suchy.

Nikt nie ośmielił się zaoponować, przekonywać, że dotknięcie martwego przynosi pecha, bruka karmę. Panienka Mariko wracała do dworu na ramionach swoich podwładnych.

Dama Fumiko, wysłanniczka Uśpionej Wierzby, przybyła późnym rankiem do domostwa pana Omury skromnym, lecz eleganckim bolidem z monami Zakonu na burtach. Kierowca przekazał służbie bagaże i odjechał.

Gospodarz, który nie omieszkał wyjść na powitanie ważnego gościa, z radością stwierdził, że pani Fumiko jest niezwykle piękną i dystyngowaną kobietą.

Średniego wzrostu, szczupła, proporcjonalnie zbudowana, miała na sobie dziewczęco błękitne kimono, po którego gładkiej, jedwabnej powierzchni przepływały złocisto-szmaragdowe ważki. Gęste, kręcone włosy, ciemne niczym miód leśnych pszczół, zostały starannie upięte w nienaganną fryzurę, podtrzymywaną kosztownymi szpilami o główkach lśniących niebiesko niczym zastygłe krople wody. Gładka, nieskazitelna skóra przypominała jasnobrązowe, polerowane drewno jabłkownika.

Lecz najpiękniejsza wydawała się twarz. Owalne, łagodne oblicze świątynnej bogini, o regularnych rysach i drobnych ustach, winnych niczym dojrzała śliwka. W tej idealnej twarzy ogromne oczy o barwie orzecha tylko na pozór zdawały się miłe i uległe, senne i spokojne. Nakrapiane złotem, jasne jak poranek, po bliższym przyjrzeniu okazywały się bystre i przenikliwe, uważne i chłodne, podobnie jak ślepia wielkiego kota – tygrysa czy pantery wodnej.

Dama Fumiko miała w sobie więcej z drapieżcy niż z łani.

Poruszała się z wdziękiem, mówiła cicho i uprzejmie. Ale w jej duszy czaił się tygrys.

Przyjęła zaproszenie na śniadanie, jadła niewiele, chwaliła potrawy. Lecz zaraz potem, zamiast udać się do swoich komnat, poprosiła o poufne spotkanie z panem Omurą. Sam na sam, w jego gabinecie.

Daimio nie zdziwił się zbytnio. Wiele słyszał o adeptach Uśpionej Wierzby. Zawsze działali szybko, precyzyjnie i konkretnie.

Szanując czas oraz umiejętności swego gościa, starał się mówić zwięźle i prosto o naturze relacji łączących go z Urakamim, szogunem, Ashiheim i Zakonem Szczególnych Receptur. Nie przedstawił jednak całej prawdy. Odrobinę ubarwił opowieść, wybielając nieco własną postać.

Pani Fumiko słuchała z uprzejmym wyrazem twarzy, obserwując go spod przymrużonych powiek. Co pewien czas zapisywała coś w notesie szybkimi, zręcznymi ruchami pędzelka. Jednak gdyby ktokolwiek zerknął jej przez ramię, zobaczyłby tylko nieczytelne symbole i nic nieznaczące zawijasy. Szyfrowanie było jedną z umiejętności, którą opanowała do perfekcji już w wieku sześciu lat.

– Wybacz mi, panie, że zadam kilka pytań – odezwała się z łagodnym uśmiechem, gdy zamilkł. – Lecz nie wszystko rozumiem. Dlaczego nie pobierasz po prostu haraczu od tego Ashihei, jak mają w zwyczaju inni daimio?

Omura udał oburzenie.

– Ależ to nielegalne! Wbrew rozkazom i interesom szoguna.

Nakrapiane złotem oczy taksowały go nieugiętym, promiennym, wszechwiedzącym spojrzeniem godnym samej Amaterasu.

– Ale bardzo roztropne i wygodne. Wszyscy tak czynią, a ja nie urodziłam się wczoraj. Obrażając moją inteligencję, obrażasz nie mą nic nieznaczącą, skromną osobę, lecz cały Zakon Uśpionej Wierzby. No więc, mój panie?

– Ashihei mi płacił, i owszem – burknął ponuro Omura. – Aż w końcu tak obrósł w piórka, że przestał. Ot, cała tajemnica.

Fumiko nabazgrała coś szybko w notesie.

– Cóż, rozumiem. A czy za twoją chwalebną pomoc w odbiciu porwanego przez niego adepta mistrzowie Zakonu Szczególnych Receptur obiecali należną zapłatę?

Gospodarz jeszcze bardziej spochmurniał.

– Nie żądałem jej.

Fumiko znów zmrużyła oczy.

– Ach, jakie to podniosłe. Godne wielkiego człowieka. Starać się i nie oczekiwać nagrody. Niezwykły altruista z ciebie. Niesiesz ulgę chorym, wspierasz dzielnym ramieniem potrzebujących. A wszystko za darmo. Powiedz mi jednak, proszę, mój panie, czemu martwisz się o dostawy leków dla naszego sprzymierzeńca, prezydenta Mero? Skoro pomagasz mistrzom Szczególnych Receptur odzyskać utraconego człowieka, nie powinieneś mieć najmniejszych kłopotów z uzyskaniem od nich należnych specyfików. Zwłaszcza że wspomagając głowę państwa Antilii, troszczysz się o interesy całej Wakuni. A szogun dobrze o tym wie.

Suka, pomyślał Omura z wściekłością i dużą dozą podziwu. A to suka! Czyta w myślach czy co?

Nie pozostawało mu nic innego, jak wyznać prawdę.

Westchnął i zaczął opowieść od nowa.

Wysłanniczka Uśpionej Wierzby splotła smukłe palce.

– No tak – przyznała. – Teraz sytuacja wygląda klarowniej. Jednym słowem, mistrzowie z Zakonu Szczególnych Receptur odetną cię od dostaw lekarstw dla Mero, jeśli nie ukrócisz samowoli gangstera Ashihei i nie odzyskasz dla nich adepta, który okazał się renegatem i zdrajcą, bo z powodu spółki tych dwóch drani tracą rynek zbytu na cenne i silnie uzależniające środki odurzające. Za to ty, mój panie, jeśli przerwiesz dostawy specyfików dla Mero, utracisz korzystne układy handlowe z Antilią, a co za tym idzie prawdziwą fortunę. Zaś główny problem polega na tym, że czujesz się zbyt słaby, by walczyć jednocześnie z gangsterem i sąsiadem, młodym Urakamim, który zaatakuje cię niezwłocznie, gdy tylko napadniesz na tego Ashihei. Czy wszystko dobrze zrozumiałam?

Daimio potwierdził z niechęcią.

Fumiko uśmiechnęła się niemal czule.

– Jak cudownie wyjaśnić w końcu wszelkie niedomówienia. Czy jest jeszcze coś, o czym powinnam wiedzieć? Nawet błahe z pozoru rzeczy mogą okazać się w konkluzji istotne. Zechciej mi pomóc, panie Omura, i przypomnij sobie, czy jakaś jeszcze sprawa zaprząta twoją uwagę? Mam nadzieję, że wkrótce sama zapoznam się należycie z sytuacją, lecz na razie proszę pokornie o jak najwięcej szczegółów, które ułatwią mi pracę.

Gospodarz domu zastanowił się chwilę.

– Ach tak – przypomniał sobie. – Kilka lat temu wprowadziłem swego człowieka do służby gangstera.

Niestety, nie zdobył jego zaufania i nadal jest tylko zwykłym służącym, ale czasem przynosi przydatne informacje. To bardzo smutne i oburzające, lecz niedawno odkryłem, że w moim własnym domu czai się zdrajca. Za obietnicę nagrody miał dostarczyć temu przeklętemu bandycie Ashihei nagranie dekonspirujące mego dzielnego podwładnego jako szpiega. Na szczęście dowiedziałem się w porę i zorganizowałem obławę w nadziei, że dostanę w swoje ręce któregoś z pachołków gangstera, a potem zmuszę do zeznań. Pech chciał, że moi ludzie zastali na miejscu same trupy, zarąbane mieczem przez naprawdę wytrawnego szermierza. Zginął zarówno mój zdrajca, jak i wszyscy ludzie Ashihei. Po mistrzu ostrza nie został nawet ślad. Na miejscu był tylko jakiś niemotny wędrowny artysta, straszny dureń notabene, i córka wójta z Zimnej Wody, niejakiego Takasuke, porządnego, lojalnego podwładnego. Ona upiera się, że głupek jej nie porwał, a on przysięga, że nikogo nie widział. Dziwna historia. Przesłuchuję ich, ale niczego sensownego na razie nie wyciągnąłem.

Po raz pierwszy w nakrapianych złotem, drapieżnych oczach Fumiko pojawił się błysk zainteresowania.

– Mój panie, czy zechcesz pokazać mi więźnia? – spytała. – Mam przeczucie, że to może być ważne. Zaprowadzisz mnie do niego teraz? Proszę pokornie.

Uśmiechnęła się słodkim, rozbrajającym uśmiechem, lecz jej źrenice pozostały czujne i przenikliwe jak u drapieżcy przed skokiem.

Daimio zastanawiał się tylko chwilę, aż doszedł do wniosku, że powinien zaufać tej bystrej, zimnej suce. W końcu wynajął ją, żeby mu pomagała, prawda? I to za bardzo słone wynagrodzenie. A Zakon Uśpionej Wierzby słynął z lojalności wobec pracodawców.

– Dobrze, czemu nie? Ale może najpierw pokrzepimy się odrobiną sake lub wina ostróżynowego?

Wstała pośpiesznie, aż zielono-złote ważki znów zaczęły fruwać na bezchmurnym niebie kimona.

– Potem, panie. Z przyjemnością. A teraz chodźmy!

Wzruszył ramionami.

W porządku, niech będzie tak, jak chce. Wino i posiłek nie uciekną.

Takeshi siedział zamknięty w pomieszczeniu, które zdawało się być połączeniem celi i czegoś w rodzaju zapomnianej spiżarni. Stały tu ciężkie, zaszpuntowane beczki, a na półkach leżały wielkie drewniane pudła zalane laką. Wszędzie zalegał szary całun kurzu. Pachniało pleśnią i słabym aromatem zgniłych owoców. Z wąskiej szczeliny u sufitu wpadało nieco mdłego, rozproszonego światła.

Wprawdzie adept Zakonu Czarnej Wody mógłby stąd uciec bez większego trudu, jednak potem natrafiłby na problemy. Wydostanie się z rozległego domostwa daimio, przypominającego raczej twierdzę niż rezydencję, z pewnością nie należało do łatwych.

Zresztą Takeshi martwił się nieco o Haru. Nie sądził, żeby groziło jej realne niebezpieczeństwo, jednak nie chciał opuszczać dworu pana Omury, zanim nie przekona się, że stukniętej dziewczynie nic nie jest.

Ludzie gospodarza domu poturbowali go trochę, lecz na szczęście nie odkryli długiego, cienkiego skaleczenia na barku, które pozostawił miecz panienki Mariko. Albo nie rozpoznali, co na jedno wychodziło. Obręcz Ashurów, wypalona głęboko na skórze, też nie zwróciła ich uwagi. Tylko wprawne oko mogło rozpoznać magiczne sutry. Dlatego w Zakonie preferowano piętnowanie nad tatuowaniem. Bezmyślne okrucieństwo nie miało tu nic do rzeczy. W Czarnej Wodzie stosowano tylko okrucieństwa celowe i przemyślane.

Gdy zgrzytnęły zamki i odemknęły się drzwi celi, Takeshi nie przejął się zbytnio. Żadnych emocji nie wzbudził w nim także widok dwóch pachołków uzbrojonych w pałki. Nie zdziwił się też, że po raz drugi zaszczycił go odwiedzinami sam daimio, krzepki, zwalisty mężczyzna po pięćdziesiątce, o kanciastej twarzy, twardej szczęce, zimnych, niebieskich oczach i szpakowatej czuprynie, która zaczęła się już trochę przerzedzać. Można się było spodziewać tej wizyty.

Pan Omura przybędzie pewnie jeszcze ze dwa razy, zanim zdecyduje, co począć z głupkowatym wędrownym artystą. Martwić się trzeba będzie dopiero, jeśli podejmie niewłaściwą decyzję.

Pan domu obrzucił więźnia niechętnym spojrzeniem, a potem zwrócił się do kogoś, kto czekał za jego plecami:

– To on, ten rzekomy holopacykarz. Proszę zachować ostrożność, pani, bo wciąż nie wiemy, co to za ptaszek.

– Mój panie, jestem pewna, że z tobą nie mam się czego obawiać – odezwał się uprzejmy, łagodny kobiecy głos.

A Takeshi nagle uczuł, że nieznana siła rozrywa mu klatkę piersiową, wyciąga serce i zaczyna grzebać w nim rozpalonym patykiem.

Zbladł, krew załomotała mu w skroniach, oddech przyspieszył. Przecież zawsze trafnie rozpoznawał głosy, nawet po wielu latach. To jedna z podstawowych umiejętności adeptów Czarnej Wody. Nie mylił się nigdy. Nigdy.

Aż do teraz?

Co by tu robiła? Czemu akurat w tym momencie? Dlaczego właśnie ona?

– Fumiko – powiedział bezgłośnie.

Na szczęście nikt tego nie spostrzegł. Nikt prócz niej, oczywiście.

Wysłanniczka Zakonu Uśpionej Wierzby wkroczyła do celi i zamarła. Na chwilę krótszą niż mgnienie. Jej głębokie, z pozoru senne źrenice rozszerzyły się na moment. To przypominało krzyk, lecz zaraz ucichło, zdławione. Jednak przeczytał w orzechowych oczach swoje imię.

– Takeshi.

Zawsze była bardziej opanowana od niego. Nie spotkał w życiu innej tak opanowanej istoty. Natychmiast wzięła się w garść.

– Mam prośbę, mój panie. Każ służbie się oddalić. Niech wrócą do swoich zajęć – głos jej nawet nie zadrżał.

Omura uniósł ze zdziwieniem brwi.

– Dlaczego? Co to za pomysł?

Fumiko spojrzała na niego oczami pantery.

– Nalegam.

Spuścił wzrok. Był już pokonany, choć o tym nie wiedział.

– To tylko chuderlawy, niegroźny głupiec – ciągnęła. – Z pewnością z zawiązanymi oczami byłbyś w stanie obronić mnie przed nim, mój panie. On się boi tych silnych, bezwzględnych pachołków z pałkami. Nic nie powie w ich obecności. Postaram się przekonać go, żeby nam zaufał. Odwołaj służących, pokornie proszę.

To brzmiało nawet rozsądnie. Omura odprawił więc swoich ludzi machnięciem ręki.

– Idźcie, poradzę sobie bez was.

Posłusznie spełnili rozkaz. Dama Fumiko zamknęła za nimi drzwi. Uśmiechnęła się łagodnie.

– A teraz coś ci pokażę, panie.

Jeśli chciała, poruszała się błyskawicznie. Zaś Takeshi nie zamierzał jej w niczym przeszkadzać. Mógłby, ale ta chwila należała do niej. Poniekąd był jej to winny. Pozwolił więc bez najmniejszego zawahania, żeby jedną ręką ujęła go za dłoń, a drugą wyszarpnęła szpilę z włosów. Zrobiła to płynnym, eleganckim ruchem, tak jak wszystko, czego się dotykała. Ostrze wbiło się głęboko, na wylot. Takeshi drgnął ledwo dostrzegalnie. Uśmiechnął się do Fumiko samymi ustami, w żadnym wypadku nie ostentacyjnie, lecz jej twarz pozostała jak skała. Sroga, zimna, zamknięta.

Daimio Omura rozdziawił usta. W oczach miał tylko bezbrzeżne zdumienie.

– Czy on krzyknął, mój panie? – zapytała adeptka Uśpionej Wierzby. – Usłyszałeś, żeby krzyknął lub choćby jęknął?

Pan domu w milczeniu potrząsnął głową.

– No właśnie – westchnęła Fumiko. – Oni nigdy nie krzyczą. Nawet gdy doświadczają najgorszych cierpień. Nie są do tego zdolni. To skutek blokady, powstałej podczas ostatecznej próby, gdy uczniowie przeobrażają się w adeptów. Wszyscy o tym wiedzą, prawda?

Takeshi wyciągnął szpilę z rany, otarł starannie o kurtkę i podał damie Fumiko. Błękitna kropla klejnotu wyglądała jak łza.

Wysłanniczka Uśpionej Wierzby natychmiast wpięła ozdobę z powrotem we włosy. Nie znosiła, gdy jej fryzura traciła nienaganny kształt.

Rzekomy holopacykarz zerknął na swoją dłoń. Już puchła i zaczynała boleć jak diabli. Dziabnęła lewą. Jasne, że lewą. Pamiętała, że jest praworęczny. Kochana, stara Fumiko. Zawsze taka praktyczna i uprzejma.

Pan Omura chyba nadal niczego nie rozumiał.

Nie jest jakoś szaleńczo lotny, pomyślał Takeshi.

Fumiko znów się uśmiechnęła. Była z natury cierpliwa, przywykła do tłumaczenia rzeczy oczywistych.

– Każdy normalny człowiek krzyknąłby z bólu i zaskoczenia. Tyle że nasz wędrowny artysta nie jest normalny. To adept Zakonu Czarnej Wody. Mój ochroniarz. Przybył tu w przebraniu, żeby otaczać mnie opieką. Zjawił się nieco wcześniej, by ocenić wszystkie zagrożenia. Dopiero gdy złożył raport, że twoje intencje są szczere, a domostwo bezpieczne, mogłam przyjechać. To normalna procedura, choć mało kto o tym wie. Zakon Uśpionej Wierzby i Zakon Czarnej Wody od wieków żyją w przyjaźni i łączą swe interesy. Nasi adepci są cenni, szkolenie długie, żmudne, niestety często kończące się fiaskiem. Zakony chronią się nawzajem, co przynosi korzyści obu stronom. Nie musisz się więc niepokoić, panie. Takeshi będzie wobec ciebie tak samo lojalny jak ja.

Pan Omura sprawiał jednak wrażenie zmieszanego i niepewnego. Miał minę, która zdawała się mówić: „Bogowie, co za numer!". Nie znajdował jednak żadnych powodów, żeby nie wierzyć damie Fumiko. Co więcej, wszystko wydawało się cholernie sensowne i logiczne. Faktycznie, oba Zakony słynęły z przyjaźni, a każdy w Wakuni wiedział, że adepci Czarnej Wody nigdy nie krzyczą z bólu.

Zdumiewająca kobieta, doszedł do wniosku. Czemu mu to zrobiła? Przecież to jej ochroniarz i być może znajomy. W dodatku wydatnie zmniejszyła jego wartość bojową na kilka dni.

Wysłanniczka Uśpionej Wierzby skłoniła się głęboko Omurze.

– Jesteś bardzo przenikliwy i mądry, mój panie. Czy uwierzyłbyś mi jednak bez zastrzeżeń, tak jak teraz wierzysz, gdybym nie zrobiła tego małego pokazu?

Daimio aż sapnął ze zdziwienia.

– Och nie! Nie umiem czytać w myślach. Po prostu nauczono mnie uważnie słuchać i obserwować. Dlatego wiem, co cię nurtuje, panie. – Fumiko zaśmiała się wdzięcznie. – Mam jednak jeszcze jedną, ważną prośbę. Jeśli chcemy, by mój ochroniarz mógł należycie wypełniać swą misję, ważne, żeby nadal pozostawał w ukryciu. W ten sposób lepiej przysłuży się także tobie. Gdy twoi samurajowie i służba dowiedzą się, kim jest, nabiorą przed nim respektu, zaczną uważać na czyny i słowa. A ubogi artysta plączący się po dworze, w dodatku niezbyt rozgarnięty, będzie tak samo nieważny jak dodatkowy pies czy kot. Zapewniam cię, że dzięki temu nic nie ujdzie jego uwadze.

To znowu brzmiało sensownie. Bardzo sensownie, jeśli dobrze rzecz przemyśleć. Daimio Omura nie był do końca przekonany, czy cieszy się, że ta dziwna kobieta zdaje się zawsze mieć rację. A potem przypomniał sobie, ile zapłacił Zakonowi za jej usługi, i doszedł do wniosku, że to jednak dobrze.

– W porządku, zgadzam się. – Rozłożył ręce gestem niemal obronnym. – Ale na wszystkich bogów Wysokiej Równiny Niebios, po diabła on wymordował gangsterów w gospodzie, a potem jeszcze tych drugich, nocą, w opuszczonej świątyni? Za nic tego nie pojmuję.

Fumiko westchnęła z ubolewaniem.

– Ani ja, mój panie. Lecz mogę cię zapewnić, że adept Zakonu Czarnej Wody z pewnością nikogo jeszcze tutaj nie zabił. Nie miał najmniejszego powodu. On skupia się wyłącznie na zadaniu. W tym wypadku: zapewnieniu mi bezpieczeństwa. Ponieważ nic mi się do tej pory nie przytrafiło, powstrzymał się od wszelkich działań. Dopiero dziś sytuacja uległa zmianie. Ja przybyłam wypełnić warunki twego kontraktu z moim Zakonem, więc od teraz ty stajesz się dla Takeshiego panem. Oczywiście natychmiast zabije tego, kogo wskażesz, na twój wyraźny rozkaz. Nawet w tej chwili. I, rzecz jasna, nadal będzie mnie chronił. W sumie to bardzo proste. Zyskujesz nie tylko negocjatorkę z Uśpionej Wierzby, ale także wyśmienicie wyszkolonego adepta Zakonu Czarnej Wody. Korzystny układ, prawda? Obiecuję ci także, że dołożę wszelkich starań, by odnaleźć zabójcę z gospody, jeśli ta sprawa cię trapi, panie.

– Dobrze, już dobrze. Potem o tym pomyślimy. A on – daimio wskazał Takeshiego ruchem brody – oniemiał czy co? Potwierdzi twoją wersję?

Były adept Czarnej Wody ukłonił się z szacunkiem.

– Oczywiście, mój panie. To dla mnie zaszczyt, móc ci służyć. I ochraniać przy okazji damę Fumiko. Nie śmiałbym marzyć o wspanialszym zadaniu.

Posłała mu mordercze spojrzenie. Znaczyło: „Nie przeholuj, bo pożałujesz!".

Ponieważ dama Fumiko kłamała. Łgała jak z nut.

Znał ją tak długo, od dziecka. Była mu bliska jak żadna inna kobieta na świecie, lecz nigdy by nie przypuszczał, że dla jego dobra powie nieprawdę. Zakon Uśpionej Wierzby był dla niej ważniejszy niż rodzice, gdyby ich pamiętała, dzieci, gdyby kiedykolwiek je miała, i każdy mężczyzna, którego by pokochała. Fumiko żyła w Zakonie i dla Zakonu. Nikt nie stworzył lojalniejszego adepta. Gdyby rodziła się, oddawała życie za swój klan, odradzała się znów i znów dla niego umierała, z radością porzuciłaby dla tego układu każdą możliwą nirwanę.

A teraz skłamała. Żeby go chronić. Choć przez całe, nieskończone siedem lat pozwolił jej wierzyć, że zginął. Zaskoczyła go. Nie poznawał jej. Wcale się nie zmieniła, choć jednocześnie zmieniła się bardzo.

Fumiko, myślał gorączkowo i radość przezwyciężała gorycz. Bogowie! To naprawdę Fumiko!

Nie sądził, że zobaczy ją jeszcze kiedykolwiek w życiu. A jednak. Jakże dziwnymi ścieżkami chadza przeznaczenie.

Uśmiechnięta, łagodna, twarda jak stal miecza już wyprowadzała Omurę z celi, ująwszy go wdzięcznie pod ramię.

– Jeszcze ostatnia rzecz – szczebiotała. – Będę musiała często widywać się z Takeshim. To zrozumiałe, prawda? A byłoby naprawdę dziwne, gdyby dama spotykała się zbyt często z człowiekiem niskiego stanu. Mogłoby wzbudzić podejrzenia. Nie chcemy podejrzeń, mój panie. Zróbmy więc tak. Ogłosisz, że specjalnie dla mnie chcesz przemalować parawany w moim apartamencie. W ten sposób będę mogła często i bezkarnie wymieniać uwagi i spostrzeżenia z moim ochroniarzem. Czy akceptujesz ten pomysł, panie?

– Tak, tak – mruczał Omura.

Wydawał się jednocześnie zakłopotany i otumaniony. Za dużo tego wszystkiego na jego szpakowatą, łysiejącą głowę.

Takeshi ostrożnie spróbował zacisnąć pięść. Zabolało, jakby znów dźgnęła go szpila. Nie przejął się. Fumiko po prostu taka była.

Spojrzał na odchodzącego daimio.

Już go ma, pomyślał z niejaką dumą. Schwytała w pazury i nie wypuści, póki nie wyciśnie ostatnich soków dla dobra Zakonu Uśpionej Wierzby.

Dama Fumiko. Piękna, bystra, oddana, wyćwiczona niczym najlepszy pies. Należąca duszą i sercem do swego ukochanego Zakonu.

Nie do Takeshiego. Nigdy do niego.

Szczerze mówiąc, to bolało o wiele bardziej niż zraniona ręka.

To była dziwna rozmowa. Takeshiemu wydawało się, że cały świat jest napięty, wzdęty i tkliwy, niczym przerażona ryba jeżowa. Niemal słyszał, jak trzeszczy w szwach. Jakby zaraz miał pęknąć. A może to szumiała tylko buzująca w skroniach krew?

Kiedy wprowadzono go do pokoju, Fumiko jeszcze nie było. Jeden rzut oka na nieskazitelne, przepiękne parawany przekonał go, że nie potrzebują przemalowania. Jednak kiedy patrzył na nie uważnie, dostrzegł niewielkie skazy. Obrazy wyglądały z pozoru urzekająco, jednak raziły manieryczną sztucznością. Krajobraz wydawał się wyszorowany, lśniący i nienaturalnie symetryczny. Przestrzeń za płytka, bez głębi, niczym teatralna dekoracja. Zwierzęta, uchwycone w ruchu, poruszały się z gracją mechanicznych zabawek. Budowle przypominały kartonowe atrapy. Wszędzie tu brakowało szczerości, autentyczności, oddechu. Owych maleńkich prawd o żywych stworzeniach i ich drobnych niedoskonałościach, które tworzą dopiero spełnione dzieło artystyczne.

Tak samo poczuł się, gdy do pomieszczenia weszła adeptka Uśpionej Wierzby.

Odgrywali przed sobą jakiś zdumiewający spektakl teatralny w ciasnej przestrzeni między nimi obojgiem, a Takeshiemu wciąż brakowało powietrza.

Ale Fumiko uwielbiała takie rozgrywki. Czuła się i zachowywała jak władczyni. Łagodna, miła, ugrzeczniona, stanowcza. Straszna.

Nie poznawał jej. A przecież wiedział, że zawsze taka była, że zawsze wszystko przebiegało tak samo. Może już zapomniał przez te siedem lat? Pewnie tak. Pewnie to dlatego.

Weszła do pokoju, ukłoniła się, patrząc przez niego na wylot, jakby był szklany.

I pusty. Rozpaczliwie pusty w środku.

Przyniosła ze sobą kamienną misę, maleńką fontannę pluszczącą łagodnie, odprężająco, kojąco. Znał dobrze to urządzenie. Sztuczkę słynną w Uśpionej Wierzbie. Śliczna kaskadka zagłuszała wszystkie urządzenia podsłuchowe. Ponoć bardzo skutecznie. Wystarczyło dodać do wody parę kropel bezwonnego lub przyjemnie pachnącego narkotyku i klient zeznawał znacznie więcej, niż zamierzał. W miłej atmosferze, bez bólu, z własnej woli.

Takeshi, jak każdy adept Czarnej Wody, był całkowicie uodporniony na dowolne środki zmieniające świadomość, nigdy nie tracił przytomności i nie upijał się jak kłoda, nie miał zatem powodu do niepokoju.

Fontanna zaczęła nucić cichą melodię kropel, mogli więc rozmawiać swobodnie.

Nic jednak z tego nie wyszło.

Tronująca, urocza, nieskazitelnie uprzejma Fumiko nie miała zamiaru pozwolić na najmniejsze rozluźnienie atmosfery.

Poprosiła go, żeby opowiedział dokładnie, co się działo, gdy wkroczył na ziemie południowej prowincji nadmorskiej, ponieważ miało to ścisły związek ze sprawami pana Omury.

Opowiadał więc, czując się tak, jakby streszczał czyjąś, zupełnie dla niego obcą książkę. Zaczął od pokonania trzech bandytów na drodze, przyznał się do awantury w „Jenocie i Czajniku", pojedynku z Mariko i na koniec, walki stoczonej w opuszczonej świątyni. Starał się niczego nie pominąć, bo nie lubił kłamać, jeśli nie musiał.

Adeptka Uśpionej Wierzby w żaden sposób nie dała po sobie poznać, że cokolwiek w tej opowieści obchodzi ją osobiście. Jakby Takeshi był dla niej przypadkowym facetem, którego właściwie nie zna.

Kiedy skończył mówić, zamyśliła się.

Wyglądało to na całkowicie zawodowe, profesjonalne zamyślenie.

Ale dopiero taka, milcząca, skupiona, analizująca fakty, znów stała się Takeshiemu bliska jak nikt na świecie.

Gdy tak spoglądał na damę Fumiko, przypominał sobie z dawnych czasów każdy jej zapomniany gest, półuśmiech, sposób, w który poprawiała włosy, przechylała głowę, splatała palce, i serce przewracało mu się w piersi niczym stare, zmęczone zwierzę śpiące w ciasnej norze.

Czasami, przez mgnienie, gdy to zwierzę wierciło się nerwowo, nie mógł pojąć, w jaki sposób w ogóle był w stanie żyć pozbawiony widoku pani Fumiko. Nie dotykając jej, nie oddychając tym samym co ona powietrzem, nie słuchając głosu, który był jak strumień. Cichy, łagodny, chłodny. Ale to zdumienie szybko mijało. Wracało tylko jak bardzo stare wspomnienie, przebłysk z poprzedniego życia, odprysk karmy.

A ona siedziała tak spokojnie, niewzruszenie, wszechwiedząco, z wdziękiem drewnianej, pozłacanej bogini królującej na świątynnym ołtarzu, na podwyższeniu należnym komuś wysoko urodzonemu, opromieniona chwałą swego Zakonu, choć przecież przyszła na świat w tak strasznej nędzy, że została sprzedana Uśpionej Wierzbie, gdy tylko jej rodzice dostrzegli, jaka jest bystra, jak na dwulatkę.

Miała twarz Amaterasu, lecz spojrzenie tygrysa. A teraz te dzikie, żółte ślepia udające ludzkie oczy, prawdziwe oczy człowieka, kobiece, łagodne i wnikliwe, wpatrywały się w Takeshiego. I mówiły do niego z furią drapieżnika, który zdradził swoje stado: kłamałam dla ciebie. Kłamałam dla ciebie, Cieniu Śmierci! Czy rozumiesz, co to znaczy? Czy wiesz, na co się zdobyłam? Oszukałam swego klienta! Sprzeniewierzyłam się Zakonowi. Och, czemu tu jesteś! Czemu nie zginąłeś w bitwie, tak jak sądziłam przez te cholerne, przeklęte siedem lat? Dlaczego przetrwałeś Klęskę Czworga, a teraz wracasz jak upiór, jak demon z piekła, jak głodny duch, żeby zmuszać mnie do rzeczy, których nie zrobiłabym dla nikogo innego na świecie? Wyjaśnisz mi dlaczego?

Nie umiał. Sam był zupełnie zagubiony.

Słuchał oskarżeń tygrysich ślepi, a tymczasem jej prawdziwe usta, ciemne, wydatne, winne niczym dojrzała śliwka, mówiły spokojnie, rzeczowo, trzeźwo.

– Uważam, że lepiej będzie, jeśli przez jakiś czas zostaniesz tutaj. Postaram się, żeby daimio Omura nie wspomniał o tobie w żadnym oficjalnym ani prywatnym liście. To nie powinno nastręczać trudności. Z łatwością przekonam go, że Zakon Czarnej Wody nie życzy sobie, by ktokolwiek niepowołany wiedział o jego układach z Uśpioną Wierzbą. Powinieneś być względnie bezpieczny. Względnie, Takeshi. Mistrzowie Czarnej Wody wciąż zaciekle tropią renegatów, którzy wypowiedzieli posłuszeństwo po Klęsce Czworga. Ostatnio poszukiwania nie są już tak nasilone, jak w pierwszych latach, ale wciąż groźne. Niewielu już zostało odszczepieńców, Cieniu. Większość schwytano, inni zginęli w walce. Ci mieli szczęście, bo nie trafili żywi w ręce mistrzów. Z tego, co wiem, okrutnie się mszczą. Musisz być naprawdę utalentowany, skoro ukrywałeś się tak długo.

Rzuciła tę ostatnią uwagę niczym szuriken. Błyskawicznie, niepostrzeżenie i celnie.

Więc o to chodzi, pomyślał. Sądzi, że jestem tchórzem. Że powinienem raczej się zabić, niż wypowiedzieć Zakonowi posłuszeństwo. Biedna lojalna, wspaniale wytresowana Fumiko. Nigdy tego nie zrozumie. Nawet nie ma sensu tłumaczyć.

– Zawsze byłem niezły – przyznał. – Choć nie tak, jak ty. W końcu okazywałaś się najlepsza we wszystkim, prawda? Wyróżniałaś się nawet wśród wybitnych.

Ślepia tygrysa błysnęły złowrogo.

– Doprawdy, nie ma czego porównywać. Jestem negocjatorką, nie wojownikiem. Oceniam fakty, wyciągam wnioski, niosę pomoc. I tyle.

– A ja wypruwam flaki, ucinam głowy i przerąbuję torsy – westchnął. – Tyle że nie chcę już tego robić na rozkaz ludzi, którzy okazali się nielojalni wobec mnie i pozostałych adeptów. Niektórzy z poległych byli moimi przyjaciółmi. Zaufanie to taka dziwna rzecz, która musi być obustronna. Jak moneta.

Parsknęła pogardliwie.

– Zaufanie? To służba, Cieniu!

Wytrzymał jej spojrzenie.

– Mylisz się, Fumiko. To życie. Zawsze tylko życie. Darowane lub odbierane.

Wzruszyła ramionami, co nijak nie naruszyło jej godnej, dostojnej pozy.

– Człowiek musi się czegoś trzymać. Przynależeć gdzieś, mieć zasady i autorytety. Być częścią wspólnoty. Chcesz o wszystkim decydować sam? Na jakiej podstawie?

Oczy mu się zwęziły, niebezpiecznie i chłodno.

– Swojego człowieczeństwa, Uśpiona Wierzbo.

Znów prychnęła.

– Wspaniałe kryterium. Tylko że jeden człowiek jest szlachetnym idealistą, a drugi draniem. Co masz zamiar zrobić? Jak oceniać ludzi i ich czyny? Wypośrodkować? Być podłym dobroczyńcą czy cynikiem o wielkim sercu? Tak się nie da, Takeshi. Potrzebne są jasne, czytelne zasady. A Zakon właśnie takie zapewnia. Życie, godziwe, jedyne, jakie warto wieść, jest niczym innym, jak służbą. Zaszczytną służbą swojej krwi, swojemu rodowi, mistrzom, towarzyszom. Nie uczyli cię tego w Czarnej Wodzie? – dodała zjadliwie.

Uśmiechnął się krzywo, drapieżnie.

– A uczyli, uczyli. Tylko sami zapomnieli się dostosować.

– Widocznie tego wymagał interes Zakonu – nawet nie podniosła głosu, nie zmieniła tonu.

Pouczała go z wyżyn swego podestu dla wysoko urodzonych. Ze złocistej chmury swojej lojalności i prawości. Z opromienionej majestatem góry pogardy przemieszanej z litością. Nie mógł tego znieść. Ten głupi, mentorski, nierozumny ton ubódł go o wiele bardziej niż słowa.

Z trudem zachowywał spokój.

– Więc można zmienić strony konfliktu w połowie trwania wojny i skazać swoich adeptów na pewną śmierć, jeśli tylko robi się tę podłość dla dobra Zakonu? – nie chciał tego powiedzieć tak ochryple, zdławionym głosem, pełnym żalu i gniewu, ale niestety, stało się.

Na przecudnej, tak wytęsknionej twarzy Fumiko pojawił się pobłażliwy uśmieszek. Tak okropny, nieznośny, złowrogi, że chciałoby się go zgnieść, jak puste opakowanie po truciźnie.

– Bogowie Wysokiej Równiny Niebios! Takeshi, na tym polega sztuka dyplomacji! Opowiadając się po wygranej stronie, mistrzowie ocalili Zakon. Więcej, przyczynili się do jego rozwoju i dobrobytu, wynegocjowawszy z szogunem korzystne umowy. Co w tym złego?

– Co złego? – warknął, nie wierząc, że ona nie rozumie, że nie potrafi pojąć oczywistości. – Zdradzili nas! Opuścili! Pozwolili iść na rzeź w imię czego? Dobra Zakonu?!

– Oczywiście. Nie wiem, czemu to cię dziwi. W każdej kampanii trzeba brać pod uwagę dopuszczalne straty.

Drgnął, jakby znów dźgnęła go szpilą. Lecz tym razem ostrze zakończone błękitną łzą uderzyło prosto w serce.

– Więc ja i pozostali adepci walczący podczas Klęski Czworga byliśmy tylko dopuszczalną stratą?

Potrząsnęła z niedowierzaniem głową, że może być taki naiwny.

– Nie dla mnie, nie dla twoich przyjaciół, ale dla mistrzów oczywiście tak. To naturalne prawo świata. Dowódcy podejmują takie decyzje od tysiącleci. A wy opuściliście Zakon, bo czuliście się zdradzeni i oszukani. To dość dziecinne, nie sądzisz?

Takeshi zobaczył nagle we wspomnieniu ostrym jak cięcie miecza tych wszystkich wojowników, rannych, okaleczonych, krwawych jak miedziane posągi, osaczonych i samotnych, lecz walczących z dziką, oszalałą zaciekłością ludzi przekonanych o słuszności swego wyboru. Honorowych, wiernych przyjaźni i zasadom, dzielnych i niepokonanych, mimo nieuchronnej klęski. Umierających, jeden po drugim, niczym walący się las.

Dziecinne? Buddo Amido, pomyślał z rozpaczą. O czym ona bredzi?

– Ja nikogo nie zdradziłem. Nie ja – powiedział, ale zaraz tego pożałował, bo jego słowa brzmiały, jakby się tłumaczył, czuł winny.

Ale nie było w tym przecież żadnej jego winy.

Przygryzła wargę, westchnęła.

– Takeshi, technicznie rzecz biorąc, to ty jesteś renegatem. Odszczepieńcem. Opuściłeś szeregi Czarnej Wody. Nie wróciłeś po bitwie do domu. Uciekłeś. Ukrywałeś się przez ponad siedem lat i ukrywasz dotąd. Tak wygląda prawda.

Przez chwilę, moment krótszy niż oddech, Cień Śmierci wypełnił go całkowicie, zawładnął sercem i umysłem. Byłby gotów zabić każdego, kto otwarcie nazywał go zdrajcą i tchórzem. Każdego.

Ale nie Fumiko.

Nigdy Fumiko.

Opanował się, bo zawsze potrafił poskromić demona, który w nim mieszkał. Wstał, ukłonił się sztywno.

– Wysłuchałem uważnie twoich rad, pani, i niestety, ze smutkiem stwierdzam, że się mylisz. Nie powinienem ani chwili dłużej przebywać na dworze daimio Omury. Opuszczę go niezwłocznie, już teraz. Dziękuję, że poświęciłaś mi swój czas.

Zbladła tak, że jej policzki, brązowe jak polerowane drewno, w jednej sekundzie zrobiły się szare.

– Nie sądzę, żeby to było dla ciebie bezpieczne. To zła decyzja. Przemyśl ją jeszcze. Gangster Ashihei z pewnością rozkaże szukać wszędzie wędrownego artysty. I znajdzie, prędzej czy później. Ma niemal całkowitą władzę na ziemiach młodego Urakami, a to jedyna prowincja, do której możesz się udać, opuszczając włości Omury. Nawet ty nie przebijesz się przez góry sam, bez sprzętu i zapasów.

– To już mój problem, pani – powiedział sucho.

Przestraszyła się. Znała go przecież. Znała, odkąd przybyła do Zakonu. To znaczy od zawsze. Tego nieugiętego, dumnego, szlachetnego chłopaka, który zmienił się teraz w nieugiętego, dumnego i niezłomnego mężczyznę. Jej tygrysie oczy patrzyły na niego błagalnie. Nie chciała, żeby odchodził. Nie teraz, gdy go już odzyskała. Tak nagle niczym uderzenie pioruna. Nie mógł być błyskiem, który pojawił się znów w jej życiu i zniknął bez śladu. Nie pozwoli na to.

Wstała. Piękne żółte kimono wyszywane w szkarłatne feniksy zaszeleściło niczym opadłe liście, widomy znak jesieni. I tak samo jak liście, coś umierało i opadało na dno serca damy Fumiko.

– Zostań – powiedziała, ale to wciąż brzmiało jak rozkaz.

– Nie, Fumiko, to nie ma sensu.

– Ma – uparła się. – Zostań.

Nie powinien zadawać tego pytania. Ale zanim zdążył pomyśleć, już padło.

– Dlaczego?

– Bo tego chcę.

Uśmiechnął się krzywo, nieco drwiąco.

– Czy to aby nie za mało, pani?

– Nie. Wcale nie mało. Bo cię o to proszę. Bo mi zależy. Ponieważ to kpina z karmy, skoro tak nagle się spotkaliśmy, a nie umiemy tego wykorzystać. Bo będę się czuć o niebo bezpieczniej, wiedząc, że jesteś tuż obok. Bo nie mogę sobie nawet wyobrazić, że odszedłbyś teraz, bez słowa i pewnie już nigdy więcej bym cię nie ujrzała. Bo cię potrzebuję.

I kocham, pomyślała. A ty kochasz mnie, tak samo jak dawniej, a może nawet mocniej.

Milczał, ale wysłanniczka Uśpionej Wierzby wiedziała już, że zwyciężyła.

– Wystarczy? – spytała.

Popatrzył na nią poważnie, a jego oczy, zielone i głębokie jak woda w studni, były smutne i pełne niewypowiedzianych na głos podejrzeń.

– Na razie wystarczy.

I nagle nie było już jesieni, tylko drżąca, zimna, błotnista wiosna, wciąż bardzo brzydka i szara, lecz pełna pączkującej, nieśmiałej nadziei.

– Pozostaje jeszcze kwestia tej małej Haru, która za tobą pojechała, Benten raczy wiedzieć czemu – powiedziała, skoro najważniejsze już zostało ustalone. – Myślisz, że powinniśmy ją odesłać do domu?

– Nie – pokręcił głową. – Ashihei się dowie, że była w świątyni. Nigdy nie uwierzy, że nic nie słyszeliśmy, a nagranie się potłukło. Gotów pozabijać wszystkich w domu Takasuke, porwać dziewczynę i torturować, żeby zdobyć to cholerne nazwisko.

Fumiko westchnęła.

– Omura nie chce na razie zdradzić, kto jest szpiegiem w rezydencji gangstera. Jeszcze mi nie zaufał, choć to tylko kwestia czasu. Wolisz, żeby mała tu została?

– Chyba tak. Postaram się ją ochronić. W Zimnej Wodzie za parę dni będzie tylko poszarpanym, zmasakrowanym trupem.

– Pewnie tak – mruknęła obojętnie. – Słuchaj, może przyjmę ją na pokojówkę? Wtedy też mogę mieć na nią oko.

– Świetny pomysł – ucieszył się.

– Więc postanowione. – Jej uśmiech znów zrobił się jasny jak blask szogunatu.

I równie pewny siebie.

– Muszę iść. Strasznie długo wybierasz te wzory kwiatowe na ramy parawanów, pani – Takeshi nie odmówił sobie lekkiego sarkazmu.

– Przyjmijmy, że jestem kapryśna.

– Niewątpliwie – szepnął, odsuwając drzwi, i wiedział, że usłyszała.

– Mistrzu?

Zatrzymał się w progu. Patrzyła na niego śmiało, już uspokojona, zwycięska, odrodzona jak czerwone feniksy w żółtych płomieniach kimona.

– Mieszkam tutaj, w południowym skrzydle. Noce są takie piękne, że wcale nie zamykam okiennic, żeby chłonąć urodę ogrodu pogrążonego w ciemności, rozświetlonego tylko blaskiem gwiazd i księżyca. Do rana pozostają otwarte. Pomyśl, proszę, nad jakimś nocnym krajobrazem, specjalnie dla mnie. Uwielbiam noce. Bywają bardziej tajemnicze i obiecujące od dni. Prawda?

Uśmiechnął się tylko, ukłonił, ale jego serce znów przewróciło się nerwowo, z napięciem, w ciasnej norze klatki piersiowej.

Przyjdzie, pomyślała Fumiko, gdy wyszedł. Przyjdzie na pewno.

Haru nigdy nie była taka szczęśliwa. Została przyjęta do dworu samego daimio. I to w jakim charakterze! Miała zostać osobistą pokojówką pani Fumiko. Nieoficjalnie nawet więcej, bo czymś w rodzaju damy do towarzystwa. Wysłanniczka Uśpionej Wierzby dała jej to wyraźnie do zrozumienia.

Dzięki, dobra Benten, bogini miłości, urody i radości! – myślała dziewczyna, przepełniona wielką wdzięcznością.

Bogowie Szczęścia, jakże jej sprzyjaliście, skoro mogła służyć, uczyć się i obserwować adeptkę Zakonu Uśpionej Wierzby.

Haru, ledwo ujrzała panią Fumiko, pokochała ją miłością zagubionego szczeniaka. Dama odezwała się do niej uprzejmie, uśmiechnęła pobłażliwie, słysząc nieskładne podziękowania, obiecała nauczyć, jak dbać o jej ubrania i potrzeby, podszkolić maniery, sposób bycia, zapoznać z literaturą, sztuką i sposobem prowadzenia konwersacji. Ucieszyła się, że nowa pokojówka interesuje się poezją i starymi eposami. Jakże była piękna! I mądra. Odznaczała się również wyjątkową cierpliwością i wdziękiem. Łagodna dobroć aż promieniała z jej nieskazitelnej twarzy.

Chyba żywcem wyszła ze strof dawnych pieśni. Wydawała się tak idealna, aż nierzeczywista. Córka wójta Zimnej Wody nie raz miała ochotę uszczypnąć się w ramię, żeby przekonać się, że nie śni.

A jednak. Była tu, w pięknym dworze, otoczona luksusem, niemal przepychem, a jej wspaniałe, nowe życie kołysało ją niczym łódź na spokojnych falach. Poddała się temu, płynęła z prądem, czekając, co przyniesie.

Wcale nie zadzierała nosa, nie stroiła się już w piórka kapryśnej księżniczki. Teraz stała się księżniczką słodką i uczynną. Tak bardzo starała się naśladować w tym damę Fumiko. Ona nigdy nie wynosiła się nad innych, a jednak natychmiast zyskiwała miłość i należny respekt. Haru też tak chciała. Wcale nie miała się za zwykłą pokojową. O nie. Była młodą damą pobierającą nauki od starszej, bardziej doświadczonej arystokratki. Szybko zaprzyjaźniła się z innymi dziewczętami z dworu. Zyskała też sympatię starszych służących, bo aż rozpierał ją entuzjazm i chęć pomocy każdemu napotkanemu człowiekowi. To ze szczęścia, z radości, z dumy, że tu jest, że sobie radzi.

W dodatku była cały czas obok Takeshiego. Jej ukochany też został na dworze. Czy mogła oczekiwać czegoś więcej od losu? Rozumiała, że na razie muszą się ukrywać, lecz wkrótce ich miłość rozkwitnie. Chciała wykrzyczeć ją całemu światu, choć wiedziała, że roztropniej jest milczeć.

Niedługo, pocieszała się. Już niedługo.

Nazwał ją swoją księżniczką. To widomy znak uczucia, prawda?

Żyła w transie, zanurzona w swoich snach, w pięknych rojeniach, a świat zdawał się im poddawać, sprzyjać, wspomagać, więc czemu nie miałaby być szczęśliwa? Nie korzystać z tego dobrodziejstwa?

Wcale nie tęskniła za Zimną Wodą. Może tylko troszkę za Genjim. Ale kocurek byłby zbyt zagubiony na tak wielkim dworze, a ona rzadko mogłaby znajdować czas dla swego ulubieńca.

Nie, naprawdę nie tęskniła za domem.

Mimo to ucieszyła się, gdy jej ojciec, powiadomiony listem od daimio, niezwłocznie zjawił się na dworze. Przy okazji, żeby jego wizyta zyskała bardziej oficjalny charakter, został zobowiązany do zdania relacji o stanie wsi, zbiorach, podatkach i daninach należnych Omurze.

Wójt Takasuke złożył w kancelarii raporty, otrzymał plik ważnych papierów, a potem mógł już zobaczyć się z Haru. W ogóle nie gniewał się na córkę. Był olśniony wspaniałością rezydencji Omury. Oszołomiony zaszczytem, który go spotkał, i bardzo dumny. Otrzymał osobiste zaproszenie z kancelarii daimio, a jego mała Haru została damą do towarzystwa wysłanniczki Zakonu Uśpionej Wierzby.

Co za niezwykłe wieści. W najśmielszych snach nie przypuszczał, że ukochana córeczka zajdzie aż tak wysoko.

I to sama, bez jego protekcji. Tylko dzięki odwadze i sprytowi.

Pomyśleć, że jeszcze niedawno chciał ją swatać, szukać jakiegoś urzędnika lub młodego kupca jako kandydata do jej ręki. Teraz ten pomysł wydawał się taki głupi. Haru została przyjęta na dwór samego daimio. Kto wie do czego jeszcze dojdzie?

Dzielna, ukochana księżniczka. Nie na darmo ją rozpieszczał.

Może zainteresuje się nią jakiś majętny samuraj? Przecież jest taka śliczna i mądra. Okuninushi, Benten, dobra Okame, błagam, sprawcie, żeby to się ziściło! Byłoby naprawdę wspaniale!

Stary Takasuke puchł z dumy.

Haru biegła już ku niemu, przez cały ogromny dziedziniec. Pośród przepychu dworu ojciec wydawał się taki mały, jakiś wiejski, nieporadny, niemal wystraszony. Ale i tak go kochała. Zawsze był dla niej cudownym tatą. Rzuciła mu się w ramiona, uściskała serdecznie. Spoglądał na nią z zachwytem. Wyglądała przepięknie. Oczy miała błyszczące, zaróżowione policzki.

Księżniczka. No, prawdziwa księżniczka.

– Tak się cieszę, Haru! – zawołał.

– Ja też, tato! – Uśmiechała się czule.

Rozmawiali szybko, gorączkowo, wesoło. Streszczała mu swoje przygody, oczywiście w oficjalnej wersji, a on kręcił głową z niedowierzaniem. Uradował się w sercu, bo pytała o jego zdrowie, o domowników, o Zimną Wodę.

Nie wyparła się, nie zapomniała, myślał ze wzruszeniem. Dobra córka. Wspaniała. A jaka obrotna i bystra. Dama do towarzystwa adeptki Uśpionej Wierzby. Co za szansa! Co za zaszczyt! Wszyscy we wsi pękną z zazdrości.

– Genji trochę tęskni – przyznał, gdy spytała o kota. – Miauczy pod drzwiami i czeka na ciebie.

– Ojej, biedaczek – zmartwiła się. – Dbaj o niego, proszę!

– Przejdzie mu. Będzie na miejscu, kiedy wrócisz – zapewnił. – Cały, zdrowy i najedzony.

Uśmiechnęła się słodko, ale na razie nie myślała o powrocie. Jej nowe życie, rozkołysana łódź, miało ją ponieść gdzieś do nieznanego, cudownego świata, a nie do domu. Kiedyś na pewno wróci. Ale teraz nie czas na to.

– Otrzymałem pozwolenie, żeby cię czasem odwiedzać – oznajmił z dumą Takasuke. – Dzięki wielkiej łaskawości pana Omury. Przywieźć ci coś z domu, kochanie?

Zastanowiła się.

– Może parę sukienek, na wszelki wypadek. I kilka ozdób z pudełeczka. Dostanę tu wszystko co trzeba. Ubrania z monami, bieliznę, podstawowe rzeczy. Jestem teraz damą dworu u daimio!

Wiem, skarbie, rozczulił się w myślach. Wiem. I ogromnie się cieszę. Brawo, Haru. Sprawiłabyś matce wielką radość.

Rozejrzał się po obszernym, gwarnym dziedzińcu. Wprawnym okiem ocenił ogromne biostwory rolnicze, tupiące ciężko w zagrodzie, młode, prawie nowe, błyszczące i zadbane. Dostrzegł smukłe bolidy zaparkowane w cieniu wiaty, solidny, rozległy budynek magazynu, spichlerz, wspaniałą fasadę rezydencji, złocone, spadziste dachy innych budowli i kręcących się wszędzie, zajętych pracą domowników.

– To bogaty dwór – powiedział z podziwem. – Prawdziwy pałac.

– Tak, tato! Jest piękny. Szkoda, że nie widziałeś ogrodów. Czarodziejskie. Naprawdę czarodziejskie. Wszędzie kwitną kwiaty. Fontanna jest zrobiona z kamienia księżycowego. Świeci w ciemności, choć nie tak ślicznie jak futerko Genjiego. Wiesz, mają tu śpiewające drzewo! O świcie i zmierzchu liście się zwijają i brzmi to tak, jakby duchy nuciły pieśni. Porywająco melancholijne. Ale jakie podniosłe! A pawilon herbaciany? Jest zbudowany w stylu Siedmiu Rzek. Wokół rosną zielone i błękitne chryzantemy, które pachną jak samo szczęście. Nawet szogun takich nie ma. Za szpalerem magnoliowców stoi domek gejsz. Taki tradycyjny, ale za to z poczwórnym dachem przypominającym warstwy dworskiego stroju. Kolory zmieniają się wraz z porą dnia. Dom przebiera się jak gejsza na przyjęcie. Coś wspaniałego. Jest i teatr muzyczny! Na wielkie święta i urodziny daimio przyjeżdżają tu sławni muzycy i aktorzy. Wystawiają nawet opery, tato! Może kiedyś zobaczę prawdziwe przedstawienie? Oj, byłabym zapomniała o świątyni Bóstw Szczęścia. Och, mówię ci, jest taka piękna i elegancka. Smukła, strzelista, doskonała. Przypomina mi damę Fumiko. No oczywiście, o ile budynek może ją przypominać. Powinieneś ją koniecznie zobaczyć. To znaczy świątynię. I panią Fumiko też, bo jest bardzo piękna i dystyngowana.

Albo jezioro z pływającą wyspą. Wyobrażasz sobie, jak wspaniale to wygląda? I są jeszcze wiszące mosty, ogromna kaskada, która tak szumi, że nie da się rozmawiać, i gaj złocistych paprotni… ach, tato! – zabrakło jej słów.

Była promienna jak mała boginka. Bardzo ją kochał.

– Muszę już iść – powiedział. – Odprowadzisz mnie do bramy?

– Jasne!

– Ktoś tam na ciebie czeka.

– A niby kto? – zdziwiła się.

– Zobaczysz – odrzekł z uśmiechem.

Ich stary bolid, zaparkowany za bramą rezydencji, przedmiot zazdrości całej Zimnej Wody, wydał się jej nagle zdezelowany, brzydki i pękaty. Okropnie nie na miejscu. Przy pojeździe, oparty o burtę, stał nie kto inny, tylko Kazuya. Jeszcze bardziej nie na miejscu, jeśli ktoś chciałby poznać jej zdanie. Poczuła zimne ukłucie gniewu.

Co on sobie niby wyobraża? Przecież wyraźnie powiedziała, że nie chce go znać.

– Zabrał się ze mną – oznajmił wójt, wskazując chłopaka palcem. – Pomaga mi trochę w kancelarii i muszę przyznać, że jest całkiem bystry.

– Kto by pomyślał – burknęła.

Pan Takasuke uściskał i ucałował córkę na pożegnanie.

– Ale jestem dumny, skarbie – szepnął w jej gęste, pachnące kwiatami włosy. – Nawet nie wiesz.

Wsiadł do bolida i zatrzasnął drzwi.

– Uporządkuję tylko papiery i możemy jechać – oznajmił. – Pogadajcie sobie chwilę.

Puścił oko do Haru i zabrał się do dokumentów.

Dziewczyna spojrzała wyzywająco na Kazuyę.

– Czego chcesz? Jestem zajęta. Mam mnóstwo pracy.

Uśmiechnął się krzywo, złośliwie.

– A, wiem. Słyszałem. Zostałaś pomywaczką czy czymś takim. No, no. Gratuluję.

Zatrzęsła się z oburzenia.

– Zostałam damą do towarzystwa pani Fumiko, wysłanniczki Zakonu Uśpionej Wierzby, głąbie! To wielki zaszczyt i ogromna szansa.

Wzruszył ramionami.

– Szansa na co, Haru? Żeby się nauczyć ścielić futony czy prać kimona?

– To dwór daimio! Od takich rzeczy są praczki i służące! – wrzasnęła z furią.

Zmierzył ją chłodnym wzrokiem.

– Mnie się widzi, że to ty jesteś służącą. Co ty wyrabiasz, dziewczyno? W Zimnej Wodzie byłaś kimś. Córką wójta, panienką Haru. Mogłaś robić, co chciałaś, uczyć się, rozwijać, realizować marzenia. Dla nas naprawdę byłaś księżniczką. A tu? Tu jesteś zwykłym popychlem!

Aż się zachwiała, przygnieciona nagłą, dziką falą wściekłości. Co on mógł wiedzieć?! Nic nie rozumiał, debil, cioł, wicjski dupek! Och, jakże go teraz nienawidziła.

– A ty zazdrosnym, małym szczurem! – wycedziła. – Niczym innym. Podłym, śmierdzącym gnojkiem, zawistnym o sukcesy innych. I ostrzegam, trzymaj się z dala od mojego ojca, bo pożałujesz!

Chłopak zbladł, na policzkach miał ceglaste plamy upokorzenia i gniewu.

– Sam mnie zatrudnił – warknął. – I sam zwolni, kiedy zechce. Idź, wracaj do służby. Pewnie trzeba opróżnić nocnik tej całej Fumiko!

– Bydlę! – krzyknęła. – Żałosny śmieć! Gardzę tobą, Kazuya! Słyszysz? Gardzę!

Łzy paliły ją pod powiekami, ciekły po policzkach, żrące jak kwas. Odwróciła się i uciekła. Nie chciała, żeby ojciec to zobaczył.

Drań, drań, drań! – myślała, nieomal ślepa od furii i żalu.

A jego słowa, ciężkie, złe, zawistne, waliły o dno łodzi jej nowego, wspaniałego życia, gotowe zatopić całe zgromadzone na pokładzie szczęście.

Sny i smutki z zamierzchłej przeszłości

Czas płynął tak samo leniwie i łagodnie jak łódź szczęścia małej Haru, tylko woda wydawała się Takeshiemu czarna, mulista i irytująco oporna. Prąd zdarzeń ledwo się poruszał. Niekiedy wręcz miał wrażenie, że się cofa.

W tym bezruchu czuł się bezsilny, niesiony nurtem swojej dawnej karmy, zapętlony jak zwierzę w sidłach. Przeszłość wracała do niego. Ostro upominała się o swoje. A on nie rozumiał dlaczego. Czuł podświadomie, że ponowne pojawienie się Fumiko w jego życiu nie może być przypadkowe.

Wiązało się z przeznaczeniem, z koniecznością powrotu do spraw i zdarzeń dawno minionych, choć nie czuł się na to gotowy. Może gdyby znał przepowiednię mistrza Ryujina, smoka i wróżbity jin-jang, lepiej zrozumiałby istotę rzeczy. Lecz przecież nie mógł jej znać.

Dlatego był niespokojny.

Tymczasem dama Fumiko pogrążyła się całkowicie w pracy. Godzinami przeglądała papiery, pisała listy, prowadziła długie rozmowy z Omurą, domownikami i służbą, robiła przegląd majątku, finansów i włości daimio. Sprawdzała też jego wasali, sojuszników i przyjaciół. Dowiadywała się, jakich ma wrogów na dworze szoguna, zbierała wszelkie dostępne informacje o młodym dziedzicu Urakamim i gangsterze Ashihei. Była bardzo zajęta.

A Takeshi się obijał.

I czekał.

Wciąż nie potrafił pojąć, czemu po prostu nie zabrał swego podróżnego kija i nie odszedł.

(Bo cię potrzebuję. Bo czuję się o niebo bezpieczniej, gdy wiem, że jesteś obok).

Tłumaczył to sobie troską o życie Haru, problemem, jaki stanowił Ashihei, rolą ochroniarza Fumiko, wreszcie zdrowym rozsądkiem, choć, oczywiście, jego decyzja miała najmniej wspólnego z tym ostatnim.

Czekał.

No przecież nie mógł od razu do niej pobiec, jak stęskniony szczeniak, jak skarcony chłopiec, który czym prędzej składa przeprosiny, jak żałosny głupiec.

Czasami miał dość tego wszystkiego, a damy Fumiko w szczególności.

Ale czekał.

Bez cierpliwości, bez radości, bez specjalnych złudzeń.

Upłynęło siedem dni, długich, jałowych, zupełnie pustych, niby zapomniana flaszka po sake, nieznośnych o wiele bardziej niż te siedem lat, gdy jej nie widział.

A potem przyszła noc, patronka marzycieli i durniów, rozległa, czarna, pełna gwiazd lśniących jak fałszywe obietnice, i dłużej już się czekać nie dało.

Wniknął więc w mrok, plama czerni na tle ciemności ogrodu, i bezszelestnie, klnąc w duszy własną głupotę, poszedł szukać tych okien otwartych jak ramiona stęsknionej kochanki.

I znalazł, bo faktycznie była stęskniona.

Tak skrupulatna jak zawsze, pozamykała starannie okiennice, jakby zatrzaskiwała świat na zewnątrz, a kamienna fontanna szumiała kojąco w kącie. Ta ostrożność, ta wrodzona dbałość o bezpieczeństwo i dyskrecję w innych okolicznościach mogłaby wydawać się śmieszna, lecz tu już nie było miejsca na śmiech. Powietrze w pokoju aż wibrowało od innych emocji.

Żadne z nich się nie odezwało.

Po co?

Słowa były zdolne wszystko zniszczyć.

Zrzuciła kimono, zielone jak jego oczy. Jak wiosna, co nadeszła nagle, w pełnym rozkwicie, z kwiatami, stadami ptaków i słońcem, które oślepia po długiej, śmiertelnie mroźnej zimie.

A potem te długie lata smutku, samotności i żalu wybuchły między nimi potężną, szaloną falą żaru, jakiej nie zdołaliby powstrzymać nawet bogowie.

Czemu więc nie mogło tak zostać?

Dlaczego nie wymknął się o bladej godzinie, gdy ziemią włada jeszcze magia, a świt jest szarą kreską na horyzoncie?

Może powinien pożyczyć od Haru kilka starych, romantycznych eposów i wziąć przykład z Promiennego Księcia Genjiego, który, podobnie jak jego koci imiennik, zawsze potrafił odejść o właściwej porze, pozostawiając za sobą tylko dobre wrażenie i zapach róż?

Niestety, milczenie nie potrafi przetrwać długo. Jest kruche jak wiosenny lód. Topnieje od razu, gdy tylko miejsce namiętności zajmuje rzeczywistość. A wtedy zawsze musi pojawić się ten mały, złośliwy demon, przeszłość, który żąda natychmiastowego omówienia, wyjaśnienia, określenia obecnej sytuacji, sypiąc wokół oskarżeniami i pretensjami. Słowa wdzierają się tam, gdzie było miejsce tylko i wyłącznie na uczucia.

A zaczyna się zawsze niewinnie.

Długie włosy Fumiko, jak ciężkie, brunatne złoto, dopiero co wydobyte spod powierzchni mroku, lśniły w świetle lampki, rozrzucone na pościeli. Cała zdawała się ulana z jakiegoś połyskliwego kruszcu o niezwykłym, miedzianym kolorze.

Prawie wcale się nie postarzała. Prawie wcale nie zmieniła. Wciąż była piękna jak śmierć wojownika.

Uśmiechnął się czule.

Trudno mu było uwierzyć, że to naprawdę ona.

– Tak się cieszę, że zostałeś – powiedziała. – Że cię przekonałam, żebyś nie odchodził.

Miała rację. Przekonała, z czego i on się cieszył.

– Tak, to była dobra decyzja.

Przeciągnęła się leniwie, wdzięcznie niczym brązowozłota kotka, i wsparła głowę na łokciu.

– Możesz mnie często odwiedzać, żeby napawać się pięknem nocnego krajobrazu, mistrzu. Założę się, że wymalujesz potem coś naprawdę ładnego. Mamy dużo parawanów do omówienia, prawda?

– Z radością będę ci służył zawsze, gdy tylko zechcesz.

– Ale oczywiście nie codziennie – zaznaczyła, poważniejąc nagle. – I musisz zachowywać szczególną ostrożność.

Jeśli miał jakiekolwiek wątpliwości, w tej chwili przeminęły jak unoszony wiatrem obłok. Tak, to na pewno była kochana, stara Fumiko.

– Ostrożność to moje drugie imię. Zaraz po Cieniu Śmierci. Oba bardzo ładne i odpowiednie, nie sądzisz?

Zacisnęła usta w dziwnie nieprzyjazny łuk.

– Nie wygłupiaj się. Wiesz, ile ryzykuję.

Zirytowała go ta uwaga. Bo co właściwie ryzykowała, u diabła? Przyjechała tu jako wysłanniczka Uśpionej Wierzby, negocjatorka i doradczyni daimio, a nie jego potencjalna konkubina. Owszem, zdarzało się, że adeptki Wierzby wiązały się z klientami, ale w szczególnych przypadkach, zwykle po kilku latach służby. Oczywiście decydowali o tym mistrzowie Zakonu. Jak na razie Fumiko była wolna i swobodna niczym nocny ptak. Mogła sypiać, z kim chciała. Nawet jeśli to tylko biedny, głupkowaty holopacykarz. Damy bywają ekscentryczne, nie?

– Nie sądzę, żeby groziło ci jakieś szalone niebezpieczeństwo, nawet gdyby nasze spotkania wyszły na jaw – stwierdził cierpko.

– No pewno! – fuknęła. – Stracę tylko na zawsze reputację, pozycję, a być może i głowę. To przecież nic takiego. Tylko moje życie i kariera, na które ciężko pracowałam od dziecka.

Szczęki mu zadrgały z tłumionej złości.

– Co ty pleciesz? Wyrzucą cię z Zakonu, bo się przespałaś z wędrownym malarzyną? Od kiedy tam panują takie idiotyczne zasady? Zresztą możesz zawsze skłamać, że w ten sposób chciałaś pozyskać ważne informacje. Robicie tak czasem, nie?

Odsunęła się od niego, nieznacznie, lecz zauważalnie, nagle surowa i chłodna niczym fale przyboju.

– Nie, nie robimy. Może niekiedy, w szczególnych przypadkach. A ja nie kłamię mistrzom, Takeshi. Nigdy.

Teraz wkurzył się naprawdę. Ile razy zamierzała mu wypominać to jedno kłamstwo, które dla niego popełniła, na wszystkie szesnaście piekieł? Więcej, niż ma ramion Kannon o Tysiącu Dłoni? W końcu nie prosił jej o żadną pomoc.

– No brawo – warknął. – Świetnie wytresowana dziewczynka. Skacze przez płonące kółko i aportuje patyki. Super, mała. Tylko tak dalej, a zajdziesz na sam szczyt.

– Och, nie udawaj idioty! Tak dobrze ci wychodzi, aż się zaczynam bać!

Wstała z futonu, zirytowana, oschła, nagle obca i daleka, niczym odbicie księżyca na czarnej tafli stawu. A przy okazji w jakiś niemożliwie denerwujący sposób oskarżycielska i mentorska, niby matka, nauczycielka, stara mniszka czy ktoś taki, z racji wieku i pozycji uprawniony do krytykowania i napomnień. Ale nie kochanka. Już z całą pewnością nie.

Sięgnęła po koszulę, naciągała na siebie gniewnie, gorączkowo, szarpiąc się z cienkim jedwabiem. Złota chwila prysła, jakby była tylko wspólnym snem, dawno zgasłym marzeniem, wypłowiałym malowidłem na parawanie. Oboje ubierali się pośpiesznie, ze złością, bo nie prowadzi się takich rozmów nago.

Nie potrafił zrozumieć, jak nagle do tego doszło. Nie pojmował jej pretensji, nie miał pojęcia, o co chodzi.

– Daj spokój, Fumiko – powiedział pojednawczo. – Jeśli tak bardzo ci zależy, zrobimy, jak zechcesz. Będziemy się spotykać lub nie, na twoich zasadach. Sama wybierzesz czas i miejsce. Ale naprawdę nie sądzę, żeby twoja reputacja ucierpiała tak bardzo skutkiem paru nocy spędzonych z biednym holopacykarzem.

Odwróciła ku niemu twarz, która była tak pełna gniewu, jak padlina kruków. Zdumiał się i przeraził.

– Bogowie Wysokiej Równiny! Ty naprawdę zrobiłeś się taki tępy czy drwisz sobie ze mnie? Nie, nie z holopacykarzem! – syknęła jadowicie. – Z renegatem, uciekinierem z Czarnej Wody! Jeśli ktokolwiek cię rozpozna, będę trupem. Albo wiesz co? Gorzej niż trupem! Samotną, złamaną kobietą, żyjącą do końca swych dni z piętnem zdrajczyni i oszustki. Wolałabym umrzeć w męczarniach, niż stracić Zakon. Wolałabym na wieki odradzać się w piekle, niż go zdradzić! Co mi teraz powiesz, Cieniu Śmierci? Mało ryzykuję dla ciebie?

A więc o to chodziło. O jego decyzję. O jego odejście z Zakonu.

Poczuł się nagle bardzo zmęczony i smutny. Niektórych rzeczy po prostu nie da się pozbyć. Wplatają się w strukturę karmy i zawsze prędzej czy później wypływają na wierzch niczym zgniłe, wstrętne zwłoki w nawiedzonej studni.

Jego postanowienie było nieodwołalne i słuszne. Tylko że Fumiko nigdy nie zdoła tego zrozumieć.

– Nie prosiłem cię o żadne poświęcenie, Wierzbo. I nadal nie proszę.

Opuściła ręce apatycznym, zrezygnowanym gestem.

– Musiałam cię ratować. Nie rozumiesz? Nie zostawiłeś mi wyboru.

Uśmiechnął się krzywo, gorzko.

– To przeznaczenie postawiło cię przed wyborem. Twoja ścieżka życia, nie ja. Może żebyś się zastanowiła nad swoją bezmyślną, psią lojalnością, Fumiko. Zakon przeżuje cię i połknie, prędzej czy później. I tak skończysz jako stara, samotna dziwaczka. Pusta skorupa po kobiecie, która oddała wszystko w imię miłości do Wielkich Mistrzów i chwały swego zgromadzenia. A oni nie zawahają się tego wykorzystać, cynicznie i bezwzględnie. Nie mów, że ich nie widziałaś. Tych zgrzybiałych, wiecznie kwaśnych, kipiących złością adeptek, które są już za stare, żeby pełnić służbę. Ich bystre umysły stają się z wiekiem powolne i zamglone, a serca czarne, smutne i puste. Przeżarte wiecznym żalem za utraconym życiem. Jeszcze nie umarłe, już są głodnymi duchami, żerującymi na innych. Niby uczą zasad i podstaw sztuki negocjacji, a tak naprawdę gnębią kolejne pokolenia przyszłych młodych adeptów, tak przepełnione nienawiścią, że przebywanie w ich gronie grozi zatruciem.

Stała przed nim, blada i wstrząśnięta, jakby ją skrzywdził.

– Nieprawda. Dożywają swych dni w Zakonie, otoczone szacunkiem i spełnione, gdyż wykonały zadanie. Nie zawiodły. Są dumne z tego, głupku!

– Pewnie, dumne. A przy tym stare, spróchniałe w środku i gorzkie jak kora czarnodrzewia. Chcesz tak skończyć, Fumiko?

Na jej poszarzałych policzkach pojawiły się ceglaste wypieki gniewu. Pewnie, łatwiej walczyć, gdy człowieka ogarnia bitewna wściekłość. Tylko myśli się wtedy trudniej.

– Z pewnością nie chcę skończyć na szafocie, w hańbie i poniżeniu, jako zdrajca, Takeshi. Znasz jakieś gorsze słowo, co? No powiedz, znasz?

– Tak. Tchórz i podły drań.

Tygrysie oczy spojrzały na niego z wściekłością. Ale i bólem. Całym morzem bólu.

– Nie mógłbym na siebie patrzeć, nie potrafiłbym żyć, wróciwszy do Zakonu po Klęsce Czworga. Gdybym tak postąpił, kierowałby mną tylko strach, nie lojalność. Wtedy naprawdę okazałbym się tchórzem, a duchy moich poległych braci prześladowałyby mnie na wszystkich ścieżkach świata. Zrozum, to nas zdradzono i oszukano. W jaki sposób mógłbym nadal służyć mistrzom, którzy okazali się tak podli? Nie miałbym krzty honoru.

Potrząsnęła głową twardo, z uporem.

– Nie pojmuję cię. Honorowo jest oddać życie w służbie.

– Czasem jednak trzeba je zachować, żeby ocalić godność. Nie namawiam cię, żebyś sprzeniewierzyła się interesom Uśpionej Wierzby. Za dobrze cię znam. Proszę tylko, byś spróbowała zrozumieć, co mną kierowało. Dlaczego musiałem odejść. Przecież i mi było bardzo ciężko. Czarna Woda wychowywała mnie od dziecka, wpajała swoje prawdy. Niełatwo im się sprzeciwić. Fumiko, wiem, że jesteś lojalna i nie zawahałabyś się zginąć dla dobra Zakonu. To twój dom. Jedyny, jaki masz. Ale pamiętaj, że mistrzowie cię kupili. Zostałaś sprzedana jako maleńkie dziecko, niemal niemowlę. Podobnie jak ja, jak wszyscy adepci, jesteś towarem, dziewczyno. W twoim wypadku inwestycja się zwróciła. W moim niekoniecznie.

Targnęła głową, jakby ją uderzył.

– Więc okazałeś się zgniłym jajem. Tak to czasem bywa przy kupnie – warknęła drwiąco.

Znów z trudem pohamował falę gniewu.

– Woda rzadko kupuje dzieci. W większości bierze sieroty lub porywa z domów te bardziej zdolne. Dobrze o tym wiesz.

Prychnęła pogardliwie.

– Nie za bardzo sobie schlebiasz, co? Obawiam się, że masz zdolności głównie do usprawiedliwiania swoich porażek. Wyobraź sobie, że właśnie mi coś uświadomiłeś. Myślę, że odkryłam wreszcie, dlaczego jesteś taki, a nie inny. To musi być kwestia krwi.

– Krwi? – Nie miał pojęcia, co się z nią dzieje.

Oczy miała dzikie, chytre i błyszczące, na ustach niedobry, drwiący uśmieszek. Wydawało się, że ma do czynienia z zupełnie inną Fumiko. Odmienioną, a może opętaną? Kimś, kogo nie znał i chyba nie chciał znać. Zimną, złą, okrutną suką, a nie kobietą, do której zaczynał tęsknić, gdy tylko rankiem otwierał oczy. Pierwszy raz w życiu widział ją w takim stanie.

– A tak, krwi. Niektórzy rodzą się silni i dzielni, a inni wciąż czują w sercu strach. Ten strach potrafi popchnąć ich w stronę przeróżnych niegodziwości, małych i dużych, poważnych i błahych, które potem, jeśli są inteligentni, maskują szlachetnymi intencjami. Bo to przewrotni ludzie. Raz mówią tak, raz inaczej, jak im wygodnie. Boją się śmierci, bólu, odpowiedzialności, słowem, wszystkiego. Honor, godność, oddanie to dla nich puste dźwięki. Drżą z lęku, jeśli przyjdzie zaryzykować. Nie mogą znieść myśli, że będą zmuszeni oddać choć kroplę krwi w imię szczytnej idei. To biedne istoty. Kalekie. Żałosne i godne pogardy. Poniekąd to nie ich wina, rozumiesz? Tylko kwestia krwi. Właśnie jej, Cieniu. Tylko i wyłącznie krwi.

Patrzył na nią, osłupiały. Pobladł tak, że jego twarz przybrała niemal widmowy, przezroczysty kolor mgły. Zaciśnięte usta przypominały bliznę. Jedynie oczy zostały widoczne w tej twarzy, straszne, pociemniałe, nieludzkie. Wyglądał jak upiór.

Nikt, naprawdę nikt nie powinien doprowadzać adepta Czarnej Wody na skraj furii.

Nawet dama Fumiko.

– A więc chodzi o moją krew, Wierzbo? – powiedział zdławionym, ochrypłym głosem, który był niski, spokojny i przerażający. – Za mało oddałem krwi? Nie oglądałaś jej dość? Jest czerwona, lepka i słonawa. Całkiem zwyczajna. Przez kilkanaście lat mistrzowie i starsi adepci wytaczali ją ze mnie, żeby później, przez kolejne lata robili to w sposób jeszcze bardziej przykry i wyrafinowany liczni wrogowie Zakonu. Krew z moich żył, która wsiąkła w ziemię w całej Wakuni, mogłaby zalać Czarną Wodę i zamienić w czerwoną sadzawkę. Za mało tego było, mówisz? Ano, jak dla mnie, to wystarczy.

Zdał sobie sprawę, że zaciska pięści tak mocno, aż rana po szpili zaczyna znów broczyć. No i dobrze. Chce krwi, to będzie miała.

Na miłosierdzie Buddy Amidy! Nie widziała go czy co? Nie dotykała blizn? Nie była przy tym, jak wracał do Czarnej Wody tak poraniony, że niemal konający. Wypełniwszy przedtem zadanie. Zawsze wypełniwszy to wszawe, przeklęte zadanie. Taka była jego karma. Po wielekroć stał na skraju śmierci i znów odradzał się, powoli, w bólu i gorączce, jakby za życia odtwarzał koło wcieleń. Dla Zakonu.

Wracał, choć czasami już tak strasznie pragnął umrzeć. Bo wołał go obowiązek. Posługa, którą miał wypełnić dla dobra mistrzów i stowarzyszenia.

Więc wypełniał. Nieustannie, wciąż na nowo. Bez skargi. Bez nagrody. Bez oczekiwań innych niż bezmiar bólu, który znów go czekał na czarnej, kamienistej ścieżce posłuszeństwa i lojalności.

Co za to dostał? Wilczą odpłatę. Chociaż nie, nawet wilki nie krzywdzą swoich. Został potraktowany jak śmieć, zużyty i niepotrzebny. Został oszukany. Skazany na śmierć tylko za to, że wszystko oddał Zakonowi. Mistrzowie wydali wyrok na niego i jego towarzyszy, bez zastanowienia czy wątpliwości. Cały czas wierzyli, że adepci oddadzą życie za ich błędy bez śladu refleksji lub sprzeciwu. Bunt? Nie ma mowy. Chłopcy są przecież tak wyśmienicie wyszkoleni. Często traktowani batem, rzadko nagradzani smakołykiem. Wspaniały sposób okiełznania psa. Ale nie człowieka, który nie ma już nic do stracenia. Wieloletnia tresura musiała zadziałać. Lecz nie zadziałała. Ot, niespodzianka. Och, chciałby widzieć ich twarze, wstrząśnięte, zszokowane twarze starców, którzy od lat dzierżyli absolutną władzę, gdy dowiedzieli się, że część adeptów nie dostosowała się do rozkazów. To byłby widok wart śmierci. Dlatego tak straszliwie znienawidzili renegatów, po to tropili ich zaciekle i nieustannie, z tego powodu torturowali bezlitośnie przed straceniem. Odchodząc, narażał się na ciężkie życie i prawdopodobnie długą, przerażającą śmierć. Tylko po to, żeby ocalić honor i godność. Pokazać, że jednak nie jest psem.

Jakim prawem Fumiko wypomina mu tchórzostwo? Oszalała ta kobieta czy on się aż tak bardzo pomylił? Czy obdarzył zaufaniem i miłością jakieś swoje wyobrażenie o niej, które nigdy nie było prawdziwe? Czy od zawsze źle ją oceniał? Czy była taka od początku, a on po prostu tego nie dostrzegał?

Stała przed nim wzburzona, nieszczęśliwa i tak, na bogów, rozczarowana. Ośmielił się przeżyć, a więc zrobił coś haniebnego w jej mniemaniu.

Nie potrafił w to uwierzyć. Nic, co by uczyniła, nie mogło go bardziej zranić.

– To, że się pojawiłeś tak nagle, tutaj, w przebraniu, było dla mnie szokiem – powiedziała głucho, z żalem. – Opłakałam cię. Odbyłam długą, cichą, niewidoczną żałobę. Inaczej nie mogłam, ze względu na obowiązki. W tym smutnym i strasznym okresie jedyne pocieszenie czerpałam z tego, że zginąłeś śmiercią wojownika, godną adepta Czarnej Wody. Że oddałeś życie za swój Zakon. Jak przystało Cieniowi Śmierci. To było bardzo podniosłe i chwalebne. Budujące. Pielęgnowałam wspomnienia o tobie, cieszyłam się, że dane nam były choć chwile spędzone razem. Widziałam w tobie bohatera, Takeshi. Wzór dla uczniów i adeptów nie tylko Czarnej Wody, ale też wszystkich pozostałych Zakonów. A ty… tymczasem ty… uciekałeś, ukrywałeś się, ciągle ścigany, niepewny, wszędzie oglądając się przez ramię. Ze swą inteligencją i dumą udawałeś wiejskich głupków, służących, wędrownych kuglarzy. Żałosnych, małych ludzi. Jak zdołałeś to znieść?

Wykrzywił twarz w brzydkim, drwiącym uśmiechu.

– Zapomniałaś, że w Zakonie robiłem to samo? Jeśli wymagało tego zadanie. Sami mnie nauczyli sztuczek, teraz ponoszą konsekwencje.

Żachnęła się.

– Na Jizo! Przecież to co innego! Jeśli możesz użyć podstępu, żeby przysłużyć się chwale Zakonu, musisz to zrobić. Nie ma w tym nic niestosownego. Ale tak po prostu żyć jak chłop, rybak, drwal? Tylko po to, żeby ocalić życie? To nie przystoi wojownikowi, który jest mistrzem miecza.

Sama urodziłaś się jako chłopka, pomyślał gorzko. Mało brakowało, a teraz, po kolana w błocie, sadziłabyś ryż lub okopywała grządki brukwicy, razem z twoją ogładą, inteligencją i zdolnościami.

Patrzył na nią, nadąsaną, zawziętą i surową, aż nagle wydała mu się po prostu głupia. Wcale nie mądrzejsza niż ta mała, egzaltowana Haru, która śni o tym, że jest księżniczką.

Miłosierna Kannon! Fumiko też roi sobie ten pusty, śmieszny sen. Widziała w nim bohatera! Można się spłakać ze śmiechu. Po tym wszystkim, co przeżył, co sama zobaczyła w siedzibie Czarnej Wody, co jej opowiedziano, czego doświadczyła, chciała, żeby lśnił na firmamencie swym bohaterskim blaskiem.

Cień Śmierci, wojownik kryształowy i jasny niczym gwiazda.

A przy tym martwy.

Co za wzruszający obrazek.

Czuł, że za moment szlag go trafi, lecz jeszcze jeden, ostatni raz postanowił się opanować. Przyszło mu to z trudem.

– Posłuchaj, nigdy, ani wykonując polecenia Zakonu, ani później, nie uciekłem, nie okryłem się hańbą, nie zawahałem się zaryzykować życia, jeśli tego wymagały okoliczności, choć jak każde zdrowe na umyśle, normalne zwierzę wolałbym uniknąć bólu i śmierci. Najczęściej zdarzało się jednak, że nie udawało mi się uniknąć przynajmniej jednego elementu, tego pierwszego. To nic. Widać taka moja karma. A teraz powiedz mi, proszę, czy naprawdę wolałabyś, żebym zginął w bitwie nazwanej potem Klęską Czworga?

Spuściła wzrok.

– Nie wiem. Tak pewnie byłoby łatwiej.

Gdyby Wielka Równina Niebios zawaliła się teraz z hukiem i spadła mu na głowę, nie czułby się bardziej oszołomiony.

Złamany. Pusty. Potłuczony w środku niczym stary, spękany garnek.

Nic nie miał już do dodania. Nic do zrobienia. Czasem lepiej wcale nie odzyskiwać marzeń, jeśli ma się je natychmiast stracić. To za bardzo boli.

Ukłonił się swojej wielkiej miłości głęboko, z szacunkiem. Ukłonił na pożegnanie.

Sięgnął po sandały i zwinnie wyskoczył przez okno, choć miał ochotę wybuchnąć śmiechem. Złym, szyderczym, drwiącym, bo czyż nie odchodził właśnie jak bohater dawnych eposów?

Zupełnie tak samo.

Na niebie i w ogrodzie ciągle jeszcze wisiała noc, trochę przetarta i blada niczym sprany materiał długo noszonego kimona, teraz wydawała się jednak ślepa, nieprzyjazna, złowroga.

Dama Fumiko została sama w sypialni. Przysiadła na brzegu futonu, machinalnie sięgnęła do puzderka z przyborami kosmetycznymi. Wyjęła piękną szczotkę z rękojeścią ozdobioną złocistymi kwiatami jabłkownika. Kosztowną szczotkę, elegancką i stylową, godną adeptki Uśpionej Wierzby. Ujęła pasmo gęstych, ciemnych, niesfornych włosów i zabrała się do rozczesywania. Szarpała je wściekle, gniewnie, jakby chciała zedrzeć z głowy. Twarz miała nieruchomą, niewzruszoną, tygrysie oczy wpatrzone martwo w ścianę naprzeciwko, jedynie po poszarzałych policzkach płynęły łzy palące jak kwas.

Takeshi umiał znikać jak duch, poruszać się bezszelestnie, niemal przenikać przez ściany. Wielokrotnie to robił, gdy służył w Czarnej Wodzie. Wdzierał się do niedostępnych twierdz, wypełniał zadanie i wracał, niedostrzeżony nawet przez psy i ochroniarzy z Zaciśniętej Pięści.

Ale wtedy zawsze był skupiony, czujny, spokojny, a nie wściekły, zraniony i głęboko upokorzony.

Rozgoryczony. Wstrząśnięty aż do trzewi, do miękkiego, nieosłoniętego środka.

Czy mogłem się aż tak pomylić? – myślał z rozpaczą. Przez ten cały czas, przez całe życie? Czy popełniłem tak fatalny błąd?

Strzępy wspomnień kłębiły mu się w głowie, analizował je nieustannie na nowo, chaotycznie i zaciekle. Dawne wydarzenia, słowa, spotkania. Czyżby wcale jej nie znał? Czy oceniał niewłaściwie? I znów, bez przerwy, nieznośnie wracało to samo pytanie.

Jak mogłem się tak pomylić?

Wzburzony do granic możliwości, biegł przez ogród do odległych kwater służby. Niektóre nawyki, wyćwiczone od dziecka, utrwalają się tak mocno jak wrodzone, więc podczas tej szalonej, nieostrożnej ucieczki nie został przez nikogo zauważony.

Z wyjątkiem jednej osoby.

Pokojówki adeptki Zakonu Uśpionej Wierzby.

Haru, śpiąca niedaleko apartamentu swej pani, w małej, bocznej sypialni, nie słyszała ani jednego dźwięku dobiegającego z pokoju Fumiko, jednak obudziła się na trzaśnięcie okiennicy i doskonale widziała Takeshiego wykradającego się przez okno.

Ten widok był jak piętno. Jak wściekłe, gorące żelazo, które w nią ugodziło.

Nie sądziła, by miała kiedykolwiek go zapomnieć.

W tej chwili nie była zdolna czuć nienawiści ani do niewiernego ukochanego, ani nawet do damy

Fumiko. Jej świat się rozpadał. Walił po kawałku, coraz cięższym i straszniejszym, ostrym i krwawym, niczym wielkie płaty oderwanej blachy, odłamy skalne, kamienie, niszcząc, topiąc, dziurawiąc piękną, urojoną łódź szczęścia.

Haru pomyślała, że nie chce już żyć.

Ogarnęło ją jednak takie odrętwienie i pustka, że nie miała sił ani ochoty, żeby skończyć ze sobą. Trwała w bezruchu rozpaczy tak absolutnej, że nieomal obojętnej.

Takeshi jej nie kochał. Wybrał damę Fumiko.

Bogowie, czy można mu się dziwić? Adeptka Uśpionej Wierzby to kobieta idealna. Piękna, mądra, łagodna, uprzejma i wykształcona. Całkiem jak z powieści. Wprost stworzona dla bohatera.

A ona sama? Wójtówna z zapadłej wiochy. Służąca. Popychle. Kocmołuch. Och, Kazuya, ten przeklęty Kazuya miał rację. Jest tylko nic nieznaczącą pokojówką. Czego się, u licha, spodziewała?

A jednak spodziewała się. I to wiele. Dlatego rozczarowanie okazało się aż tak bolesne, tak straszne, tak niemożliwe.

Widocznie była to noc rozczarowań. Gorzka jak wywar z korzenia lilii, podobnie trująca, choć z początku złudnie słodka w smaku.

Nadszedł już szary, blady świt, nadąsany, płaczliwy obietnicą mżawki, który wyglądał, jakby nadciągnął nad rezydencję wprost z krainy umarłych, gdy druzgocząca, pusta obojętność Haru w końcu pękła i dziewczyna wybuchła szlochem, bardziej rzęsistym i smutnym niż pierwszy deszcz jesieni, jaki właśnie zabębnił o dachy domostwa pana Omury.

W tym samym czasie Takeshi pogrążał się w piekle wspomnień o Fumiko, próbując jednocześnie upić się tanią sake, wytargowaną od strażników przy bramie, co zupełnie nie działało, bo przecież nie mógł ani zapomnieć, ani pozbawić się przytomności, będąc pieprzonym, niezłomnym, zawsze gotowym do walki adeptem tej cholernej, kurewskiej Czarnej Wody, bodajby ją bogowie pokarali upadkiem.

Po krótkim nocnym deszczu wróciła kryształowa, krucha i zimna pogoda późnego lata. Ale w sercu Takeshiego wciąż siekła lodowata, zaciekła ulewa.

Nie potrafił sobie poradzić z pełną oskarżeń, nieprzyjazną postawą Fumiko. Prawdę mówiąc, sądził, że jego dawna kochanka i wielka miłość ucieszy się, widząc go żywego. On by się przecież ucieszył na jej miejscu. Wznosiłby modły do nieba, dziękując wszystkim bogom.

A tymczasem byłoby łatwiej, gdyby zginął.

Na Sutrę Lotosu! Komu łatwiej, do diabła?!

Wstał z futonu, uniesiony nagłym gniewem, i obijał się po ciasnej, ubogiej kwaterze jak pantera wodna w dole. Podła, cuchnąca zgniłą szmatą sake Momotaro nie koiła nerwów, nie otępiała umysłu, nie przynosiła ulgi, więc cisnął ją ze złością na podłogę. Flaszka potoczyła się w kąt, rozlewając zawartość.

To nic. Ma drugą. I jeszcze jedną. A potem kolejną, jeśli zechce. Tylko po co pić, jeśli nie można się upić? Ogłuszyć. Zasnąć. Nie istnieć przez chwilę, dokładnie tak, jak sobie życzyła.

Poczuł nagle wielką falę nienawiści do Zakonu, który okaleczył go fizycznie i psychicznie. I już nawet nie chodziło tu o mordercze ćwiczenia, które zabrały mu dzieciństwo, o nieskończone kary i surową dyscyplinę, o końcową próbę, którą musiał przejść, ani o rany, jakie odniósł w czasie szkolenia i w służbie.

Czarna Woda naznaczyła go na zawsze. Zrobiła z niego odmieńca, ukradła część człowieczeństwa. Pozbawiła bezpowrotnie najprostszych, przyrodzonych ludziom reakcji.

Nie mógł krzyczeć ani z powodu cierpienia, ani strachu.

Nigdy nie tracił przytomności.

Nie działały na niego żadne leki uśmierzające ból ani narkotyki, nie mógł więc w godny sposób przechodzić skomplikowanych zabiegów lub operacji. Skutek uboczny, wytłumaczyli mistrzowie, gdy już naszprycowali go ostatnią serią bolesnych zastrzyków, po których chorował i gorączkował całe tygodnie. Ponieważ musiał być całkowicie odporny nawet na tak potężny specyfik jak esencja prawdomówności, słynne serum prawdy produkowane przez Zakon Szczególnych Receptur.

Jedyne, co mógł i potrafił, to zabijać. Po latach spędzonych w Czarnej Wodzie stał się dokładnie tym, czym chcieli. Wojownikiem doskonałym. Bystrym, zaradnym, odważnym, śmiało podejmującym decyzje. Maszyną do wykonywania zadań Zakonu.

A teraz Czarna Woda razem z Uśpioną Wierzbą zabierały mu jedyną kobietę, która kiedykolwiek była mu bliska. Fumiko. Jego Fumiko.

Tylko to uczucie przez długie lata sprawiało, że czuł się naprawdę człowiekiem. Ośmielał się robić coś, co nie było zaplanowane przez mistrzów Zakonu. Nie należało do elementów szkolenia.

Zadrżał nagle, bo straszna myśl przeszyła go jak zimna stal miecza.

A co, jeśli i tu się pomylił? Jeśli jednak należało? Przecież przyjaźń, ta najważniejsza, chłopięca, dzielna i niezłomna przyjaźń, zrodzona ze wspólnego buntu i niedoli była w Czarnej Wodzie nie tylko dopuszczana, ale wręcz promowana. Oczywiście wszyscy nauczyciele i starsi adepci, robili, co mogli, żeby ją zniszczyć, złamać, podeptać i zohydzić, lecz jedynie dlatego, by rosła mocniejsza. Żeby więź między uczniami, tępiona, surowo zabroniona, piętnowana i karana w najwymyślniejszy sposób, nie tylko budowała wzajemną lojalność przyszłych adeptów, uczyła ich współczucia i zasad życia społecznego, ale także kanalizowała wszelkie myśli o rebelii i nienawiść wobec władzy. Jeśli masz przyjaciół, znoszących takie same upokorzenia, ten sam ból i dzielących taki sam gniew, w rozmowach z nimi, w snuciu wspólnych planów przeciw podłym mistrzom rozładowujesz energię, która inaczej mogłaby wybuchnąć w akcie jawnego sprzeciwu.

Jedno było pewne. Bez pomocy przyjaciela nikt nigdy jeszcze nie przeszedł próby końcowej żywy.

A jeśli tak samo było z miłością? Na pozór zakazana, była traktowana jako część szkolenia? Miała wzbudzić w przyszłych adeptach Czarnej Wody, Zakonu, który tradycyjnie i od wieków zrzeszał jedynie mężczyzn, lojalność i troskę wobec sojuszniczej Uśpionej Wierzby, gdzie przeważały dziewczęta?

Takeshiego ogarnęła groza. Po prostu nie mógł myśleć w ten sposób o swoich uczuciach wobec Fumiko. Więc jednak w żadnym odruchu nie okazał się w końcu człowiekiem? Był jedynie doskonale wytresowanym psem? Niczym, tylko psem mistrzów?

Wiele wskazywało na to, że tak.

Oparł czoło na zaciśniętych pięściach.

Zawsze umiał dobrze analizować i kojarzyć fakty.

Czy gdyby Fumiko kochała go naprawdę, odwróciłaby się od niego, ponieważ w jej mniemaniu zdradził Zakon? Co byłoby ważniejsze? On czy Czarna Woda, do której, u diabła, nawet nie należała?

Odpowiedź nasuwała się sama.

Dama Fumiko była naprawdę adeptką doskonałą.

Gorycz tego faktu zalała go i otępiła bardziej niż sake. Gdzie się podziała ta żarliwa, pełna pasji dziewczyna, błyskotliwa, inteligentna, odważna, która go zauroczyła, ledwie na nią spojrzał? Kroczy równą drogą prosto w dół, ku piekłu starych, wyeksploatowanych niczym wieloletnie biostwory, przepełnionych nienawiścią do świata adeptek odsuniętych od służby z powodu wieku. Czy ona także stanie się złośliwą, niecierpianą nauczycielką gnębiącą nowych uczniów?

Bał się, że tak.

Czy zawsze była taka jak teraz? Zimna, nieugięta, surowa, oddana bez reszty tylko pracy?

Musiał przyznać, że potrafiła. Że widywał chłód w jej tygrysich oczach, kiedy spodziewał się zupełnie innych odczuć.

Nagle, zupełnie niespodziewanie, przeszłość powróciła do niego z wielką wyrazistością. Znów stał się młodym adeptem wypełniającym jedno z najwcześniejszych zadań. Ważne, niesłychanie ważne, bo w jego rękach spoczywało także bezpieczeństwo Fumiko.

Oba Zakony, Czarna Woda i Uśpiona Wierzba, prowadziły wtedy tajną politykę ścisłej współpracy z szogunatem. A szogun miał wielu wrogów.

Jednym z nich był bogaty i wpływowy daimio ze starego, szacownego rodu, pan Torita, słynący z wielkiej surowości i szczególnego okrucieństwa. To dla niego właśnie oficjalnie pracowała młodziutka Uśpiona Wierzba o włosach jak brunatny miód i ustach w kształcie dojrzałej śliwki. Tak naprawdę spełniała jednak wolę mistrzów, którzy szpiegowali dla szoguna. Przybyła, aby pośredniczyć w trudnych rozmowach z wysokim urzędnikiem cesarskim, panem Kakunodate. Torita bardzo pragnął wciągnąć go do spisku przeciw znienawidzonemu wrogowi.

Zaś szogun równie mocno życzył sobie pozbyć się raz na zawsze zdradliwego Tority, a przy okazji osłabić dwór cesarski, pogrążając ulubieńca władcy, Kakunodate.

Zadaniem Fumiko było inteligentnie i podstępnie kierować rozmowę na takie tory, żeby spiskowcy w jednoznaczny sposób przyznali, że szykują wspólnie zamach. Jeden ze starszych, doświadczonych adeptów Czarnej Wody miał zainstalować specjalny sprzęt nagrywający w wytłumionym, zabezpieczonym przed podsłuchem gabinecie pana domu. Takeshi zaś, kilka tygodni wcześniej przyjęty do służby w rezydencji, powinien tylko wpuścić po kryjomu wysłannika Zakonu, umożliwić mu podłączenie urządzenia, a potem znaleźć odpowiednią kryjówkę.

Stało się jednak inaczej.

Daimio Torita wyjechał po szacownego gościa wraz ze świtą Samurajów Nowej Drogi aż do granicy swoich ziem. Towarzyszyła mu negocjatorka Uśpionej Wierzby. To ułatwiło robotę adeptowi Czarnej Wody, ambitnemu chłopakowi imieniem Shoiu, który z pomocą Takeshiego z łatwością zainstalował sprzęt w gabinecie, a potem, bezpiecznie schowany, mógł już tylko czekać na zakończenie rozmów, żeby natychmiast zwinąć urządzenia i dostarczyć nagranie mistrzom.

Wszystko zostało przemyślane i starannie przygotowane.

Ale plany pokrzyżował zmienny charakter pana domu.

Torita ostentacyjnie deklarował przywiązanie do dawnych obyczajów, wjechał więc w bramę konno, tradycyjnie ubrany, w asyście samurajów, a za nim podążał ogromny biostwór niosący na grzbiecie lektykę cesarskiego urzędnika. Fumiko sunęła na końcu niewielkim bolidem z monami Zakonu na burtach.

Wszyscy obecni na podwórzu słudzy padli na ziemię, zgięci w kornych ukłonach. Torita zwinnie zsunął się z siodła. Był niewysoki, szczupły i bardzo żywotny. Jego przystojną twarz szpecił wyraz nieustającego gniewu. Pan był znany z impulsywnego charakteru i wielkiej drażliwości.

Uprzejmie odczekał, aż jego gość, wielki, otyły Kakunodate, wygramoli się z lektyki. Zaufany cesarza z pozoru wydawał się dobrotliwy i jowialny, oczy miał małe, zimne i złe niczym ślepia dzika.

– Mój dom jest od teraz twoim domem, przyjacielu – oznajmił daimio.

– Wielceś łaskawy – skwitował urzędnik, ni to przyjaźnie, ni ironicznie.

Torita zacisnął ze złością usta, ale zaraz się opanował.

– Po drodze pogawędziliśmy sobie miło, jak dama z wojownikiem, przez okno twojej lektyki – zażartował nieco zbyt zjadliwie. – A teraz czas na poważne rozmowy. Zapraszam do salonu. Widok na ogród nastroi nas pogodnie i ułatwi negocjacje.

Jeśli gość poczuł się dotknięty jawną kpiną, niczego nie dał po sobie poznać. Roześmiał się gromko.

– Czemu nie? Damy lubią kwiaty, prawda? – zwrócił się do Fumiko.

Wysłanniczka Wierzby zamarła. Z powodu kaprysu gospodarza cały misterny plan miał wziąć w łeb.

– W samej rzeczy, dostojny panie – zaczęła szybko. – Ale zechciej wziąć pod uwagę moją słabą kobiecą naturę. Porażające piękno ogrodu pana Tority mogłoby całkowicie mnie rozproszyć. Nie wiem, czy będę w stanie skupić się na rozmowach, podziwiając uroki tego niezwykłego zakątka. Raczcie wybaczyć, szlachetni panowie, lecz pokornie sugeruję, że lepszy będzie gabinet.

Pan domu zmierzył ją niechętnym spojrzeniem.

– Bzdury. Zakon Uśpionej Wierzby nie byłby wart garści ryżowych plew, gdyby jego adeptki traciły rozsądek na widok kilku kwiatków. Zapraszam do salonu, Kakunodate.

Ruszył przez dziedziniec, wskazując urzędnikowi drogę. Fumiko z uśmiechem na twarzy i grozą w sercu szła za mężczyznami. Nie miała już nic do powiedzenia. Przegrała. Misja właśnie legła w gruzach. Skąd mogła wiedzieć, że ten buc Torita zechce pochwalić się nowym, niesłychanie drogim nabytkiem, parą srebrnych, inkrustowanych drogimi kamieniami słowików, przywiezionych ledwie wczoraj i umieszczonych w klatce w salonie? Bogowie Wysokiej Równiny Niebios, powinna się domyślić, przewidzieć! Przecież daimio był z nich taki dumny. Prawdziwa, doświadczona adeptka na pewno natychmiast by na to wpadła. Ale nie ona. Ona zawaliła sprawę. Z powodu dwóch kiczowatych ptasich biostworów, drogich jak oczy z głowy samego cesarza. Oby jak najszybciej zdechły! Jak ona teraz spojrzy w oczy mistrzom? Jak im wytłumaczy własną nieudolność?

Ostrożnie niosła przez podwórzec łagodną, uprzejmie uśmiechniętą twarz, niczym straszliwie kruchy bibelot, w każdej chwili gotowy się rozpaść.

Lecz wtedy wydarzyła się rzecz niezwykła.

Torita wraz z gośćmi miał właśnie przekroczyć próg salonu, gdy do nóg padł mu młody służący.

– Panie! – zajęczał żałośnie. – Panie! Stało się coś strasznego!

Był to, rzecz jasna, Takeshi. Na jego widok wysłanniczka Wierzby straciła na chwilę oddech, lecz natychmiast się opanowała.

Pan domu, wściekły i zdumiony tak niesłychanym uchybieniem etykiecie, odruchowo sięgnął po miecz, by zabić bezczelnego sługę, ale w porę przypomniał sobie, że dawne czasy minęły i taki czyn nie przysporzyłby mu przychylności w oczach cesarskiego zaufanego.

– Co to ma znaczyć?! – ryknął tylko. – Mów, bo nie ręczę za siebie!

Takeshi leżał plackiem na podłodze, udając, że nie śmie spojrzeć w gniewne oblicze pana.

– Ja... ach, ja... wybacz, dostojny, błagam, wybacz!

Daimio kopnął go z wściekłością.

– Gadaj, głupku!

– Miałem wyczyścić meble w salonie! I pomyliłem środek do polerowania szlachetnego drewna z pożywką dla słowików! Tak się przeraziłem, że upuściłem pojemnik. Rozbił się na podłodze... Ach, panie! Co teraz ze mną będzie?!

– Co? Co zrobiłeś?! – wrzasnął Torita z furią, ale zreflektował się nieco, bo stojący obok Kakunodate zanosił się od śmiechu, aż łzy płynęły mu po tłustych policzkach.

– A to numer! – chichotał. – Co za świetny numer! Pomyśleć, że ten debil pomylił naczynia! Bogowie, nawet przez drzwi czuć ten okropny smród! Torita, ty potrafisz zapewnić gościom rozrywkę. Ubawiłem się jak rzadko!

Pan domu, choć cały gotował się od tłumionej wściekłości, musiał się pohamować. Inaczej niechybnie straciłby twarz. Skoro gość się śmiał, to i on musiał. Nie wypadało pieklić się dalej i robić z siebie pośmiewiska. Zmusił usta do krzywego uśmiechu.

– Tak, to zabawne – warknął. – Ale na przyszłość muszę lepiej dobierać służbę. Więc jednak obejrzysz mój gabinet, przyjacielu.

Urzędnik cesarski ocierał rękawem łzy radości.

– To nic, drogi Torito. Żadne kwiaty ani ćwierkające klejnoty nie wprowadziłyby mnie w lepszy nastrój niż ten idiota. Chodźmy więc.

Ruszyli, a za nimi kroczyła pobladła, lecz opanowana Fumiko. Nawet nie spojrzała na Takeshiego.

– Zamknijcie go – nakazał groźnym tonem daimio.

Przerażeni słudzy, którzy nadbiegli, słysząc odgłosy zamieszania, skwapliwie spełnili rozkaz.

Takeshi przez cały czas trzymał wzrok spuszczony, żeby nikt nie dojrzał w zieleni jego oczu gorejącego błysku triumfu. Gdy wszyscy zawiedli, on jeden zachował zimną krew i uratował misję.

Natychmiast kiedy tylko usłyszał o niespodziewanej zmianie planów, wycofał się chyłkiem z kornie kłaniającego się tłumku służących i pobiegł do magazynu. Błyskawicznie schwycił pojemnik z pożywką, a następnie, przez nikogo niezauważony, rozbił na podłodze salonu. W jednej chwili buchnął straszliwy smród. Pokój był niezdatny do użytku przez dobrych kilka dni.

Wszyscy wiedzieli, że pożywka ptasich biostworów cuchnie niczym trupiarnia w upalny dzień. Pokojowi, którzy musieli wstrzykiwać ją bezpośrednio do dziobów słowików, mieli wiecznie śmierdzące ręce mimo ochronnych rękawiczek.

Dumny z siebie Takeshi dał się zamknąć pod kluczem i czekał na rozwój wydarzeń.

Było już po rozmowach, na niebie wesołe słońce obwieszczało wszystkim wczesne popołudnie, gdy pan Kakunodate, zmęczony negocjacjami, udał się na odpoczynek do skrzydła dla gości.

Ale daimio Torita nie zamierzał odpoczywać. Roznosiła go furia, która nieustannie buzowała w jego sercu niczym lawa w jądrze wulkanu. Zwołał całą służbę na mniejszy, wewnętrzny dziedziniec, położony daleko od pokojów gościnnych, a sam zasiadł w podcieniach, na stosach mat i poduszek. Obok stała dama Fumiko.

Pośrodku podwórza sterczał zaś czarny, złowróżbny słup hańby, który nałykał się więcej krwi niż niejeden smoczy ząb. Budził powszechną grozę. Szeptano, że jest nawiedzony. Nocą dawały się słyszeć na dziedzińcu żałosne jęki, wrzaski i upiorne chichoty. Nikt nie chciał tamtędy przechodzić po zapadnięciu zmroku.

– To duchy – szeptano.

I może naprawdę tak było, bo przy słupie hańby zginął niejeden sługa, według oceny pana zbyt krnąbrny, leniwy lub nieudolny.

Do tego właśnie smoczego zęba dwóch osiłków przywiązało teraz Takeshiego.

Pan Torita milczał, bo nic mówić nie musiał. Tylko ruchem głowy nakazał zaczynać. Jeden z pachołków sięgnął po bicz. Pośród zgromadzonej służby dał się słyszeć słaby jak tchnienie jęk przestrachu. To nie był zwykły pejcz do poganiania bydła, lecz ciężki, morderczy kańczug ze skóry wołów wodnych. Naturalne, kamienne komórki i płytki wrośnięte w rzemień dotkliwie i głęboko raniły ciało.

Pachołek zamachnął się serdecznie, żeby tylko pan nie pomyślał, że się nie przykłada, i w ten sposób Takeshi po raz pierwszy w życiu zakosztował czułości kamiennego bicza.

Z początku sądził, że wytrzyma. Nie takie rzeczy na co dzień dotykały uczniów i młodszych adeptów Czarnej Wody. Ale potem... potem pragnął już tylko umrzeć. Wydawało mu się, że pęka w pół, a żebra, rozłamywane jak pancerz kraba, wbijają się w narządy wewnętrzne, rozrywając je na strzępy. Że cały się rozpada, rozdarty kamiennymi ostrzami jak pazurami drapieżcy. Nie krzyczał, rzecz jasna. Nie umiał już krzyczeć.

I to właśnie uratowało mu życie.

Pan Torita bowiem powziął przekonanie, że żylasty, chudy chłopak na samym początku kary stracił przytomność. Kazał go chłostać jeszcze przez dłuższy czas, żeby zrobić wrażenie na personelu, a potem znacząco machnął ręką.

– Dość. Mamy obowiązki, musimy szykować się do uczty na cześć naszego dostojnego gościa. Nikomu nie wolno zbliżać się do ukaranego więźnia. Ma zostać przy słupie do rana. Jeśli przeżyje, jutro znów zostanie oćwiczony. A teraz wszyscy wracajcie do pracy. Natychmiast.

Po sekundzie podwórzec był pusty, nie licząc smoczego zęba i jego ofiary.

Przez resztę dnia panienka Fumiko towarzyszyła gospodarzowi, skupiona i poważna, zgodnie z etykietą, której wymagały okoliczności. Potem, na uczcie, tak jak oczekiwano od doskonale wychowanej damy, okazała się wesoła i urocza, błyskotliwa i zabawna, choć w duszy mordowała pana domu na milion nieskończenie okrutnych sposobów. Karała go w myślach raz za razem, bez przerwy, raniąc i kalecząc, piętnując i odzierając ze skóry przez cały wieczór, który zdawał się ciągnąć niemal wieczność. Wypatrywała nocy bardziej żarliwie niż bonza oświecenia, ale noc nie chciała nadejść.

O tym jednak Takeshi nie wiedział.

Przykuty do pala, otoczony kokonem nieznośnego bólu, niczym ogromny, przepoczwarzający się owad, przeżywał przemianę w prawdziwego adepta Czarnej Wody. Już wiedział, jak będzie wyglądać jego życie w Zakonie, oczywiście, jeśli zdoła przetrwać, w co głęboko wątpił. Później, wraz z gorączką i towarzyszącym jej dotkliwym pragnieniem, przyszły niejasne rojenia o Fumiko. Widział ją, uśmiechniętą, błyszczącą wśród pozostałych kobiet, niczym klejnot ciśnięty do koryta dla świń. Usługującą temu podłemu, krwawemu gnojkowi Toricie i jego tłustemu kumplowi, pojącą ich sake i whisky, grającą na koto dla zabawienia gości i opowiadającą zabawne dykteryjki z życia Uśpionych Wierzb, wymyślone przez mistrzów i wpojone jej na odpowiednim kursie. Wydawało mu się, że słyszy jej słodki, łagodny głos i śmiech podobny do szemrania wodnej kaskady.

Wszystko to czyniła z wielkim wdziękiem, w sposób godny i dystyngowany. Jak prawdziwa dama.

Gorzej niż kurwa, pomyślał z goryczą i jeszcze bardziej zapragnął umrzeć.

A panienka Fumiko oczywiście robiła to wszystko, co sobie wymyślił, nienawidząc swego klienta i jego gościa tak straszliwie, jak umie tylko kobieta pogrążona w rozpaczy, jednocześnie w zły, bolesny sposób szczęśliwa, że oto doprowadza ich obu do upadku i śmierci.

Nie wierzył, że po niego przyjdzie.

Ale przyszła.

Głęboką nocą, gdy posnęli już pijani, ubawieni i obżarci szlachetni panowie oraz znużeni do granic zemdlenia służący. Towarzyszyła jej osobista pokojówka, półżywa ze strachu, drżąca starsza uczennica Wierzby, której imienia żadne z nich nie zapamiętało.

Takeshi, choć bardzo chciał, nie mógł iść sam, więc powlokły go ciężko, niczym świeżo upolowaną tuszę, wprost do pokojów Fumiko, która przezornie zwinęła zawczasu futon oraz maty, a podłogę wysłała grubo swymi najlepszymi sukniami. Żeby nie zostawić śladów krwi, pomyślał mętnie.

Czuł się strasznie. Jakby ktoś go wypatroszył przez plecy.

Fumiko, która próbowała za wszelką cenę opanować rozpacz i przerażenie, by nie zostawiać miejsca nadciągającej panice, starała się zachowywać oschle i profesjonalnie. Napoiła go i pozwoliła przez chwilę dochodzić do siebie.

– Leż – nakazała sucho, jakby był w stanie zrobić cokolwiek innego. – Zaraz cię stąd wywiozę.

– Misja? – wyszeptał.

– W porządku. Nagranie jest już prawdopodobnie u twoich mistrzów. Shoiu wymknął się od razu po zakończeniu rozmów, po południu.

Kiedy ty… – pomyślała. Kiedy ciebie… o bogowie!

Ale nic nie dodała.

– Podaj skrzynkę! – zwróciła się do pokojówki.

Dziewczynka strzeliła trzy przerażone, głębokie ukłony i skoczyła po apteczkę. Każdy bolid Zakonu musiał być wyposażony w zestaw podstawowych środków medycznych.

Wierzby stykały się w pracy z rozmaitymi przypadkami.

Fumiko zanurzyła palce w pojemniku zawierającym gęstą, cuchnącą szlamem maść.

– Wyciąg z alg – wyjaśniła sucho. – Zatrzyma krwawienie.

Gdy tylko dotknęła jednej z głębokich jak kanion, czerwonych rozpadlin na jego plecach, Takeshi zadygotał z bólu. Maść piekła niczym plwocina demona.

– To... nie pomoże – zaprotestował urywanym głosem, który brzmiał raczej jak jęk. – Za słabe... tylko... tylko... rozmięknie strup...

Urwał, bo kolejna eksplozja bólu wepchnęła mu oddech z powrotem do płuc. Nie było jeszcze żadnego strupa, tylko dziury w żywym ciele. Przynajmniej próbował coś zrobić, żeby przestała pogarszać i tak złą sytuację.

Nie dręcz mnie bez sensu, chciał dodać, ale milczał. I tak by nie usłuchała. Zawsze wiedziała swoje. Dostała ten specyfik od mistrzów, więc po prostu nie mógł okazać się bezwartościowy.

– Pomoże! – rzuciła desperacko. – Musi. Tylko to mamy. Nie możesz krwawić, rozumiesz? Jeśli spostrzegą, że kimono przecieka, już po nas! Dotarło?

Plasnęła kolejną porcję maści na ruinę pleców. Poleciał gdzieś w dół, w czerwień, prosto w płomienie i żar gorączki. Palce Fumiko były sprawne, zwinne, chłodne, nieczułe, jakby ugniatała ciasto. Starał się za wszelką cenę nie pokazać po sobie, jak straszliwie bolały zmasakrowane plecy, ale chyba nie wychodziło.

Głos Fumiko dochodził gdzieś z chmur, głuchy i podbarwiony pretensją.

– A w ogóle dlaczego to zrobiłeś? Oszalałeś? Przez ciebie mogliśmy nie sprostać zadaniu!

Oszołomiony gorączką i cierpieniem kompletnie nic nie rozumiał.

– Co? Jak to?

– Skąd ci przyszedł do głowy taki wariacki pomysł? Wylać pożywkę na podłogę! Ten gnój Torita mógł cię za to na miejscu zabić! Takeshi, myśl czasem, dobra?

Nie miał siły się bronić, ale poczuł się tak zlekceważony i skrzywdzony, że musiał coś powiedzieć.

– Poszliby... do salonu!

– I co z tego? – warknęła ze złością. – Wymyśliłabym coś, żeby zwabić ich do gabinetu. Na pewno bym wymyśliła. Tylko że ty musiałeś mi przeszkodzić! Wariat! Mogłeś zginąć, wiesz?

I już bym cię nie miała, pomyślała ze zgrozą, choć nie mogła, nie umiała wypowiedzieć na głos. Takeshi, Takeshi, jak bym żyła potem, bez ciebie?

Ale on, półżywy z bólu, słyszał tylko pretensje.

Wymyśliłaby, no pewno. Tylko jak? Kakunodate miał przecież rano wyjechać.

Najchętniej zamknąłby oczy i zapomniał o wszystkim. O Zakonach, mistrzach, zobowiązaniach. Właściwie fajnie byłoby umrzeć. Zawsze to przygoda, nie?

Nie mógł stracić przytomności, lecz popadł w bezruch i odrętwienie. Jedynie dzięki szalonej desperacji Fumiko dał się okręcić czerwonym jak krew kimonem i upiąć sobie we włosach ozdoby z laki. Gdyby tak nie cierpiał, pewnie by się uśmiał z tej cudacznej stylizacji.

Proszę państwa, oto świeżo poporcjowany połeć w jedwabiach. Kupujcie, póki świeży. To wspaniała okazja.

Oczywiście maść na nic się zdała i znów krwawił jak diabli.

– Zbieraj suknie z podłogi! – Fumiko ofuknęła wystraszoną pokojówkę.

– Ale po co? Są zupełnie zniszczone – jęknęła mała.

– Żeby nie zostawić żadnych śladów – warknęła poirytowana Wierzba.

Z tej dziewczyny nigdy nie będzie dobrej adeptki, stwierdziła. Za mało bystra.

– Pomóż mi – nakazała.

I obie, pośród ciszy i ciemności pogrążonego we śnie domu pana Tority, wepchnęły ledwie żywego Takeshiego do bolida Fumiko. Miał udawać wysłanniczkę Zakonu, podczas gdy ona sama przebrała się za swoją służącą i usiadła za sterami pojazdu. Mała Wierzba leżała skulona na podłodze. Takeshi czuł, jak dygocze ze strachu. Było mu przykro z tego powodu. Bardzo chciałby na nią nie krwawić, ale niespecjalnie mógł.

Niebezpieczeństwo zdawało się wisieć w powietrzu, tak namacalne jak swąd. Oddychali jego kwaśnym, ciężkim odorem.

Nie chcieli nawet myśleć, co by się stało, gdyby ktoś z ludzi Tority zatrzymał teraz bolid.

Lecz nikt ich nie złapał. Wyjechali przez bramę nie niepokojeni przez sennych, znudzonych strażników, a potem pomknęli w noc ku bezpiecznej siedzibie Zakonu Uśpionej Wierzby. Fumiko prowadziła ostro i szybko. Dopiero gdy znaleźli się już bardzo daleko od domostwa Tority, pozwoliła dziewczynce usiąść na siedzeniu.

Takeshi popadł w coś w rodzaju półsnu, lecz, oczywiście, wszystko słyszał.

– Szkoda takich pięknych sukien – szepnęła cienkim, drżącym głosikiem uczennica.

Jej młoda mentorka, myśląca teraz o zupełnie innej stracie, przerażającej i strasznej, której na szczęście nie doznała, zacisnęła usta.

– Tak. Oczywiście – odpowiedziała machinalnie. – Ale musimy się nauczyć obywać bez wielu rzeczy. Trzeba zawsze być gotowym na poświęcenia dla dobra Zakonu.

Takeshiemu flaki się przewróciły.

Bogowie, pomyślał. Ależ się poświęciła! Straciła drogie kiecki, biedactwo.

Nie mógł znieść tego kamiennego opanowania, owych frazesów wypowiadanych z głęboką wiarą, oddania do granic zatracenia.

Czy nic nie potrafiło wstrząsnąć tą kobietą? Czy była tylko maszyną swego Zakonu?

Nigdy nie umiał jej tego wybaczyć. Chłodu, który widział wtedy w tygrysich oczach. Wyrzutów, jakich mu nie szczędziła. Raportu spisanego surowym stylem nagany. I tych dłoni, zimnych, opanowanych, nieczułych.

Niewiele pomogło, że ledwie dwa dni później żołnierze szoguna aresztowali obu spiskowców, którzy po krótkim procesie zostali straceni.

Jeśli wierzyć plotkom krążącym wśród adeptów obydwu Zakonów, przepity Torita podobno wcale nie był zaskoczony nocnym odjazdem Wierzby. Spełniła swoje zadanie, pomogła w negocjacjach, a potem zabrała swój śliczny mały tyłek i odjechała. Co w tym dziwnego? Widać była potrzebna gdzie indziej. Nie dowiedział się także o ucieczce ukaranego więźnia, bo przerażona służba oznajmiła jednogłośnie, że chłopak umarł nad ranem, więc jak zawsze w takich przypadkach szybko pozbyli się ciała.

Misja zakończyła się ogromnym sukcesem.

Mistrzowie okazali wielkie zadowolenie z postawy Takeshiego. Otrzymał nawet oficjalną pochwałę. Taką samą jak Fumiko.

I co z tego?

Ból pozostał.

Jej oschły głos, jej karcące spojrzenie, jej pieprzone, niewzruszone opanowanie.

Starał się odepchnąć od siebie tamto dawne, pełne goryczy wspomnienie. Zapomnieć. Ale pamiętał. Po tylu minionych latach wciąż pamiętał zaskakująco wyraźnie.

Nie wiedział, bo skąd miał wiedzieć, jakie straszne emocje targały wtedy Fumiko. Lodowaty profesjonalizm był tylko pancerzem, który pozwolił jej przetrwać i działać. Inaczej rozsypałaby się na tysiąc kawałków, niczym stłuczona czarka do herbaty.

Lecz Takeshi nie miał o niczym pojęcia.

Oboje wychowani w bezlitosnym świecie Zakonów, zamknięci w sobie, nauczeni ukrywać prawdziwą twarz, nie rozmawiali o takich sprawach. Bo nie umieli.

Dlatego teraz były adept Czarnej Wody, wypełniający maleńką kwaterę dla służby w rezydencji pana Omury furią wściekłości i smutku zdolną rozsadzić cienkie ściany z deszczułek, sięgał po następną flaszkę parszywej sake Momotaro, żeby zatopić w niej ostatecznie Uśpioną Wierzbę o ustach jak dojrzała śliwka.

Tak, zawsze taka była, myślał z żalem i gniewem. A ja powinienem mieć tyle rozumu, żeby wiedzieć to już wtedy, na samym początku, kiedy leżałem, krwawiąc na te jej cholerne, kosztowne jedwabie.

Czasami przeznaczenie splata nam niezwykłe ścieżki.

Gdyby Takeshiemu nie udało się w końcu choć trochę otępić alkoholem i zasnąć ciężkim snem, pozbawionym marzeń i złudzeń, odszedłby z domu pana Omury jeszcze przed świtem.

Zaś gdyby dama Fumiko nie wybrała się na wczesnoporanny przegląd ziem i wiosek należących do swego klienta, nie spotkałaby po drodze Rei i nie przywiozła do dworu.

Wtedy przyjaciele nie wpadliby na siebie na podwórcu rezydencji, a wiele rzeczy prawdopodobnie potoczyłoby się zupełnie inaczej.

Takeshi właśnie ruszał w drogę, a wędrowny mnich spożywał późne śniadanie w cieniu magnoliowca. Obaj uradowali się wielce i padli sobie w ramiona. Brzydka, podłużna twarz Rei aż promieniała od uśmiechów.

– Bracie! Braciszku! – zawołał. – Wreszcie cię znalazłem!

Faktycznie w jakiś nieco karykaturalny, przerysowany sposób przypominał Takeshiego, jakby naprawdę był jego niezbyt udanym bratem. Ogromny, wysoki jak świerkowiec, a przy okazji węźlasty i chudy, wydawał się cały spleciony z pokrytych supłami postronków. Twarz pożyczył chyba od konia, tak była długa i pociągła. Nieładna. Ale świeciły w niej jasne, bystre, dobre oczy, o nieokreślonym, niezwykłym kolorze. Tęczówki mieniły się nieustannie różnymi barwami, cętkami błękitu, zieleni, fioletu i złota. To mogłyby być oczy boga. Zdawało się, że patrzy nimi na człowieka sam bodhisattwa Jizo.

– Bardzo się cieszę – powiedział Takeshi szczerze.

Mnich przyjrzał mu się krytycznie.

– To dobrze, bo chyba nie masz ostatnio wielu powodów do radości. Źle wyglądasz, przyjacielu.

Były adept Czarnej Wody uśmiechnął się krzywo.

– Dopadła mnie karma. Zła karma, Rei.

– Niech no chwilę pomyślę. Czy ta karma ma może ciemne, kręcone włosy, oblicze królowej niebios, nosi eleganckie i drogie szaty, a na imię ma Obowiązek i Powinność?

– Obawiam się, że owszem.

– No to kiepsko, stary. – Rei pokazał w uśmiechu wielkie, zaskakująco białe zęby. – Przypadł ci okropnie ciężki dług karmiczny, współczuję.

– Współczucie to coś, co wy, mnisi, odczuwacie zawodowo. Myślałem, że masz dla mnie jakąś mądrą radę albo choć sentencję. Tego się w końcu oczekuje od świątobliwej osoby.

– Mam. – Mnich spoważniał nagle. – Uważaj na siebie.

Takeshi prychnął pogardliwie.

– Też mi mądrości!

Rei z uporem pokręcił głową. Oczy miał wciąż poważne i pełne troski.

– Nie rozumiesz. Nie przeszedłem takiego szmatu drogi tylko dlatego, że stęskniłem się za widokiem twojej zbójeckiej gęby. Myślę... wydaje mi się, że nadchodzi moment, gdy powinieneś mieć u boku przyjaciela. Tak na wszelki wypadek. Nie będę ci przeszkadzał. Po prostu wolę mieć cię na oku. Może się przydam? Jeśli chcesz, przyjmij, że poczułem się samotny i postanowiłem cię odszukać. Coś dziwnego dzieje się wokół ciebie, Takeshi. Coś, czego nie potrafię pojąć ani wyjaśnić. Moc, magia skupia się czasem w pewnym punkcie, jakby ją przyciągał. To może być góra, wodospad, nawet miasto lub osada. Gdy koncentracja mocy przekracza pewien krytyczny poziom, następuje przełom. Wtedy dzieją się wydarzenia kluczowe dla danej społeczności, dzielnicy, kraju. Problem w tym, że teraz takim punktem stałeś się ty.

Takeshi drgnął, zaskoczony.

– Widziałeś coś? Miałeś sen, wizję, zobaczyłeś znaki?

Rei westchnął.

– Wciąż je mam, nieustannie, tylko nic z nich nie rozumiem. Wokół ciebie koncentruje się właśnie ogromna potęga. Nie jestem w stanie wyczuć, czy dobra, czy zła. Ale boję się, że może grozić ci niebezpieczeństwo. To dość niespotykane, żeby magia o takiej sile lgnęła do ludzkiej istoty. Wydaje się, że przeznaczone ci są wielkie czyny, które zmienią oblicze świata. Ale mogę się mylić. Wszystko jest takie zagmatwane, niejasne, tajemnicze. Nie umiem odczytać tej przepowiedni. Przerasta mnie.

Rozłożył bezradnie ręce.

– Wielkie czyny, bracie? – w głosie Takeshiego brzmiała gorycz. – Nie bój się, to mi nie grozi. To robota dla bohatera, a nie wędrownego holopacykarza. A ja prędzej zdechnę, niż zabiorę się za wykonywanie wzniosłych i chwalebnych zadań. I tak za dużo ich było w moim życiu.

Tęczowe spojrzenie mnicha było pełne współczucia i ciepła.

– Nie oceniaj jej tak ostro. Przeżyła prawdziwy szok, kiedy cię spotkała po tylu latach. Dla niej powstałeś z grobu.

– I wolałaby, żebym tam pozostał – warknął adept Czarnej Wody. – Byłoby łatwiej, wiesz? Tak się właśnie wyraziła. Łatwiej. Daj już spokój, dobra? Tak czy inaczej, nie będzie mnie dłużej oglądać. Właśnie wybieram się w drogę.

Wielka, koścista dłoń mnicha wystrzeliła błyskawicznie, chwyciła Takeshiego za ramię.

– Nie!

Próbował się wyrwać z uścisku, lecz przyjaciel trzymał go z przerażającą siłą.

– Rei, co ty wyrabiasz?

Mnich miał twarz białą jak maska Okame, zaciśnięte usta. Jego tęczówki straciły barwę, stały się czarne niczym otchłań. Wyglądały jak dziury, które ktoś wywiercił w gipsowej ścianie.

– Nie! Nie wolno ci! Słyszysz, nie teraz!

– Dlaczego, na litość miłosiernego Jizo?! – zirytował się nieco Takeshi.

Rei zamrugał, blade kolory wróciły mu na policzki. Wydawał się trochę oszołomiony.

– Nie wiem – wymamrotał. – Pojęcia nie mam. Ale tak musi być.

Takeshi spojrzał na przyjaciela wzrokiem pełnym zwątpienia. Znał go od zawsze. Połączyła ich przyjaźń i więź tak silna, jaka tylko może łączyć dwie istoty rozumne. Wielokrotnie ratowali sobie nawzajem życie. Ostrzeżenia i przeczucia Rei łatwo dawało się traktować jako bredzenie szaleńca. Ale mnich nie do końca był człowiekiem, a jego proroctwa i wizje miały ogromną wagę.

Poza tym Takeshi mu ufał.

Jak nikomu innemu.

– Dobrze – ustąpił. – W porządku. Zostanę tu z tobą kilka dni. A potem wyruszymy razem w drogę. Może być?

Rei uśmiechnął się słabo.

– Tak. Chyba tak. Bogowie Wysokiej Równiny Niebios, ale mnie mocno kopnęło tym razem!

Takeshi zdobył się na nieco weselszy ton. Naprawdę bardzo się cieszył z przybycia przyjaciela.

– Jesteś kompletnie pokręcony, stary. Wiesz?

– No wiem – mruknął Rei. – Za to świątobliwy.

Tym razem adept Czarnej Wody nie wytrzymał i parsknął śmiechem. Bowiem dobrze wiedział, z jakiego powodu ten mistrz miecza i były zawodowy zabójca zdecydował się ogolić głowę i przywdziać mnisie szaty. I nie miało to nic wspólnego z żarem pobożności.

Pani Fumiko, która także przyjaźniła się z Reim od lat i szczerze uradowała się z niespodziewanego spotkania, urządziła mnichowi wygodną, przestronną kwaterę.

Oznajmiła prosto z mostu Omurze, że jego rodzinę spotkał wielki zaszczyt, gdyż może gościć niezwykłego, oświeconego męża. Wcale przy tym nie kłamała, bo wierzyła święcie, że Rei to przyszły bodhisattwa.

– Jest bardzo dobry i skromny – oświadczyła zdziwionemu daimio. – Nigdy się nie wywyższa, żyje w ubóstwie, podróżując pieszo po kraju. To istne błogosławieństwo, że zechciał nas odwiedzić. Na domostwo i ród spłyną niedługo liczne łaski, zobaczysz, panie. Rei to mędrzec, żywy święty, a w dodatku niezwykle potężny mag i uzdrowiciel. Chodzące dobro w najczystszej postaci. Trzeba go godnie przyjąć.

– Dobrze, oczywiście – zgodził się skwapliwie Omura. – Dlaczego nie?

Wielu wędrownych mnichów pielgrzymowało po licznych drogach Wakuni, a niektórzy z nich okazywali się czasami bogami albo bodhisattwami w przebraniu. Głupotą byłoby urazić taką osobistość i stracić jej przychylność z powodu pychy lub skąpstwa.

Rei żył więc w rezydencji Omury niczym sam szogun przybyły z wizytą.

Dama Fumiko często zapraszała go na kolacje, a potem długo rozmawiali. Takeshi nie miał pojęcia o czym, bo Rei się nie chwalił.

Przez cały ten czas adeptka Uśpionej Wierzby wyraźnie unikała swego ochroniarza.

I dobrze, myślał zaciekle Takeshi. I bardzo dobrze!

A gniew i żal w jego sercu wciąż płonęły boleśnie gorąco.

Kot o rozdwojonym ogonie

Wielki, pręgowany kocur ostrożnie, chyłkiem przebiegał przez dziedziniec rezydencji pana Ashihei. Prześlizgiwał się pod ścianami i murami niczym bury opar mgły. W każdej chwili mogło mu grozić niebezpieczeństwo. Przypadkowy kopniak, celnie ciśnięty kamień, a nawet pocisk z broni palnej, jeśli któremuś z chłopców wpadłoby do głowy, że to zabawne, tak sobie zapolować na sierściucha. Musiał brać pod uwagę także podpalenie, utopienie lub wzięcie pod buty, bo takie tu preferowano rozrywki, nie tylko w stosunku do zwierząt.

Teraz w domu panowała żałoba, więc wszyscy chodzili jeszcze bardziej podminowani.

To zdecydowanie nie było dobre miejsce dla kota. Prawdę mówiąc, nie było dobre dla nikogo.

Nekomata świetnie umiał opanować strach, lecz wolał postępować jak najbardziej przezornie. Nie spieszyło mu się wkroczyć między szprychy odwiecznego koła narodzin i śmierci.

Poza tym miał zadanie do wykonania. Bardzo trudne zadanie.

Wymagało ogromnej odwagi, umiejętności i determinacji. Wręcz brawury.

Tej Buchiemu jednak nie brakowało.

Cichuteńko wskoczył na dach ganku, a stamtąd, przez uchyloną okiennicę, prosto do środka. Teraz wszystko stawało się jeszcze trudniejsze. Ostrożnie, z wyczuciem przemykał przez ciemne korytarze i puste pokoje domostwa. Żal, nienawiść i rozpacz gospodarza były wszędzie namacalnie wyczuwalne, tak jakby budynek nawiedziły złe duchy.

Nekomata wiedział jednak, że Imokoriego nie ma w domu. Przez dwie doby koczował przy zmarłej siostrze, nie jedząc, nie odzywając się, nie myjąc i nie zmieniając odzieży. Upijał się tylko ciężko sake i whisky przywiezioną z Yamauba City. Potem nagle wstał i pewnym krokiem, jakby wcale nie był półprzytomny z przepicia, poszedł do ogrodu, gdzie zamknął się w pawilonie herbacianym.

Ci, którzy go spotkali na swej drodze, uciekali w popłochu. Pan Ashihei bardziej przypominał trupa niż panienka Mariko. Miał martwą, zsiniałą twarz, włosy zmierzwione i brudne, rysy ściągnięte nienaturalnie, a zęby wyszczerzone w grymasie zastygłego uśmiechu, jakby wargi mu się obciągnęły skutkiem pośmiertnego stężenia. Blizny na policzkach wyglądały jak rowy wykopane w wilgotnej ziemi. Ale najgorsze były oczy. Matowe, szare, pozbawione wyrazu, jakby całkiem wygniłe. Każdy, na kogo spojrzał tymi oczami kadawra, zaczynał drżeć ze strachu, bo mieszkało w nich piekło.

Nekomata miał wątpliwą przyjemność oglądać ten pochód trupa przez ogród i doszedł do wniosku, że wszyscy się mylili. Może i panienka Mariko była za życia stuknięta, ale ten tu kwalifikował się na oddział zamknięty dla niebezpiecznych psychopatów. Imokori wyglądał tak, jakby był gotów podpalić świat.

Między innymi dlatego misja, którą miał wypełnić kocur, zdawała się taka ważna.

Biegł cicho, jak tylko kot potrafi, korytarzami domu, który zamienił się właśnie w grobowiec. Przeżył chwilę grozy, gdy nagle rozsunęły się drzwi od jednego z pomieszczeń i na zewnątrz wychynął któryś z ludzi Ashihei. Buchi natychmiast przypadł do podłogi, starając się wtopić w mrok. Jednocześnie modlił się do Inariego, boga lisów, patrona wszystkich magicznych stworzeń, żeby nie zostać zauważonym.

A dobrotliwy Inari wysłuchał prośby.

Gangster niemal musnął bosą stopą sierść Nekomaty i niewiele brakowało, żeby nadepnął na koci ogon. Na szczęście był tak pijany, że słabo postrzegał otoczenie. Cuchnęło od niego sake i starym potem. Gdy tylko znikł za załomem korytarza, kocur, cały drżący i zjeżony, śmignął do skrzydła, które zajmowała kiedyś panienka Mariko.

Jej trup wciąż leżał niepochowany w domu, na futonie w pokoju, gdzie zwykle spała. W pobliżu należących do niej apartamentów Buchi mógł wreszcie odetchnąć z ulgą, bo służba rzadko tu zaglądała, bojąc się, że czarna gejsza wstanie i z wyciem upiora ruszy do boju, karmiąc krwią swój ukochany Strumień. Jeśli ktoś kwalifikował się na przyszłego demona, to z pewnością ona.

Aż tak to sobie nie potańcuje, pomyślał złośliwie. Tylko trochę, tyle mi wystarczy.

Jednak przed wejściem do sypialni zamienionej w tymczasową kostnicę przeszedł go nerwowy dreszcz. Uspokoił się, wylizując przez chwilę zmierzwione, nastroszone futro. Zawsze czuł się dobrze w pierwotnej, naturalnej dla niego skórze kota, choć ostatnio częściej funkcjonował jako człowiek. Miło było znów mieć czujne uszy, bystre ślepia i zwinne łapy.

Zresztą mógł podołać zadaniu tylko jako prawdziwy nekomata, magiczny kot o rozdwojonym ogonie.

Trącił łebkiem przesuwne drzwi i bez trudu wślizgnął się do pokoju. Panienka Mariko zaczęła już trochę cuchnąć, choć na razie jeszcze całkiem do wytrzymania. Buchi podszedł do futonu, przyjrzał się uważnie.

Tak, dusza nie odeszła jeszcze zbyt daleko, już nie znajduje się w szoku, ale pozostaje wciąż nieco zdezorientowana. Idealny moment. Gdyby przybył później, byłaby już odległa, nieuchwytna, zajęta sprawami zaświatów, a nie ziemskimi. Wtedy nie zdołałby uzyskać potrzebnych informacji.

Nekomata westchnął, tak jak potrafią wzdychać tylko koty.

Teraz zaczynała się najtrudniejsza, najbardziej niebezpieczna część misji. Gdyby ktoś ujrzał go przy pracy, jego życie nie byłoby warte garści ryżowych plew.

Przygotował się, stanął na tylnych łapkach i oddał na próbę kilka zgrabnych skoków. W tej chwili z góry, spomiędzy belek sufitu rozległ się niegłośny, lecz przejmujący skrzek. Kocur drgnął, jakby ugodził go pocisk. Momentalnie poderwał głowę do góry. W mrocznym cieniu kalenicy krył się zepsuty biostwór, szalona małpka Mariko.

Stworzenie pokazało kotu obnażone zęby. Ale Nekomata się nie przestraszył. Najeżył groźnie ogon i syknął, ukazując wielkie, lśniąco białe kły. Małpka natychmiast śmignęła na dach, lamentując cicho z lęku i żalu. Buchi został sam ze zwłokami.

I rozpoczął osobliwy taniec.

Robił to niezliczoną ilość razy w ciągu kociego i ludzkiego życia. To był jego dar. Ciężki, przytłaczający, użyteczny, a zarazem przeklęty dar.

Bury kocur był nekromantą.

Doskonałym, najlepszym w całej Wakuni. Jak każdy kot, który przeżył czterdzieści lat, nabrał magicznych zdolności. Został rozdwojonym kotem, żyjącym na krawędzi dwóch światów. Realnego i nadprzyrodzonego. A dzięki temu potrafił wskrzeszać zmarłych, rozmawiać z nimi albo zmuszać ich do wypełnienia własnej woli.

Nie lubił tego, lecz cóż, taką miał karmę. Nie da się walczyć z przeznaczeniem, prawda? Starał się więc wykorzystywać tę mroczną umiejętność tylko w ostateczności, wyłącznie dla dobra Zakonu Księżyca Utajonego.

Ale panienki Mariko wcale nie było mu żal. Przeskakiwał nad jej ciałem, gestykulując przednimi łapkami i podwójnym ogonem. Perfekcyjnie, lekko i z gracją powtarzał dobrze znane, tajemne układy. Starożytne, potężne, przerażające. Powietrze stało się gęste, naładowane magicznymi wibracjami. I zimne. Zimne jak kryształ wydobyty z głębi ziemi.

Podobnie powracała na powierzchnię życia dusza czarnej gejszy.

Trup zadrgał. Wygiął się w pałąk, dotykając futonu tylko stopami i potylicą. Usta otwarły się, wydając chrapliwe „aaach!". Powieki zadrgały, ukazując zmętniałe gałki oczne.

A kocur tańczył, tańczył zajadle, z wdziękiem wrodzonym tylko kotom, bezwzględny, okrutny, zapamiętały, jakby igrał z myszą, a nie życiem i śmiercią. Podwójny ogon śmigał jak wstęga, łapy kreśliły sekretne mantry z zawrotną prędkością, pazury układały się w tajemne mudry.

– Kto? – spytał surowo, gdy przez twarz Mariko przebiegały skurcze bólu i strachu. – Kto cię zabił?

– Aaaaa! – zacharczała jękliwie, strasznie. – Haaaah! Oooon!

Oczy wywróciły się w tył, z ust wyciekło nieco gęstej niczym melasa, czarnej, cuchnącej krwi.

– Jaki on? – Buchi nie przestawał tańczyć. – Skup się! Nakazuję ci mówić!

Ciało Mariko wpadło w drgawki, zaczęło zsuwać się z futonu, pięty uderzały o podłogę.

Mam mało czasu, pomyślał trwożnie Nekomata. Zaraz ktoś się tu zjawi, a wtedy będę takim samym trupem jak ona. Uderzył potężną falą mocy.

– Mów!

– Sze…szermierz! – wykrztusiła, wypluwając kawałek brejowatej, brunatnej tkanki. – Szermierz!

Przyśpieszył i tak już zawrotne tempo skoków.

– Jak się nazywa?

– Nie wiem! – krzyknęła.

Teraz i jej głowa waliła w podłogę, jakby błagała, żeby na powrót otworzyć przed nią piekło. Skóra na twarzy była nabrzmiała, ciastowata, szara. Dłonie trzepały bezwładnie niczym płetwy ryby wyciągniętej z wody. Wydawało się, że nienaturalnie wygięty korpus panienki Mariko zaraz pęknie, a półzgniłe, błotniste wnętrzności przesiąkną przez kimono i wyleją się na podłogę.

Już wkrótce, zrozumiał kocur. Niedługo nie dam rady jej utrzymać. Jednak odeszła za daleko. Spóźniłem się.

– Pokaż! – rozkazał w desperacji.

– Szermierz – powtórzyła zamierającym głosem. – Dobra walka…

Spojrzał w jej martwe, zapadnięte oczy i nagle cofnął się w czasie. Ujrzał kotlinę, jezioro i mężczyznę z mieczem. Widział wyraźnie jego ubogi strój, ciemne włosy, twarz. A potem obraz pociemniał, zawirował od magii. Wprost do umysłu Nekomaty zaczęły spływać wizje, znaki, symbole i światła.

Jednoznaczne, wyraźne, czytelne. Jakby cały wszechświat krzyczał.

To on, zrozumiał w przebłysku wielkiej radości. To wojownik z przepowiedni Ryujina! Nie ma wątpliwości! Dzięki ci, Inari! To z pewnością on! Znalazłem go! Kitsune się ucieszy.

Zmordowany, lecz szczęśliwy, opadł na cztery łapy.

Trup Mariko łupnął ciężko o podłogę, znów martwy i zimny.

– Odejdź w spokoju – wysapał kot.

Był bardzo zmęczony. Ale misja powiodła się w pełni. Teraz trzeba tylko odszukać szermierza. Nie wątpił, że Zakon Księżyca Utajonego poradzi sobie z tym zadaniem. Magiczne zwierzęta są wszędzie, niewidoczne, za to czujne. Odkryją miejsce pobytu człowieka z przepowiedni. Prędzej czy później.

Buchi uśmiechnął się pod wąsem, zadowolony z siebie. Cały drżał, futro miał zjeżone, ale przepełniało go poczucie triumfu.

Musi tylko bezpiecznie wydostać się z tego przeklętego domu i zanieść wieści Kitsune. Czy to tak wiele dla dzielnego, sprytnego kocura?

Przekonamy się, pomyślał i skoczył w mrok.

A noc, matka kotów, otuliła go bezpieczną, przyjazną ciemnością i prostowała ścieżki, gdziekolwiek stąpnęła jego miękka, cicha łapa.

Kiedy wreszcie Ashihei późnym popołudniem otworzył drzwi pawilonu herbacianego, nikt go nie poinformował, że zwłoki jego przybranej siostry znaleziono rano na podłodze, poza futonem, zastygłe w nienaturalnej pozie, z ustami otwartymi jak do krzyku. Wyglądała, jakby próbowała zmartwychwstać, lecz padła znów, niczym rażona gromem. Podobno w nocy z sypialni dochodziły podejrzane jęki i skowyty, ale tego również nie powiedziano panu.

Niektóre rzeczy lepiej przemilczeć.

Imokori wykąpał się, ogolił, przebrał, napił nieco wody, jednak niczego nie zjadł.

W tym samym czasie służąca, która poszła posprzątać w pawilonie herbacianym, przybiegła do kuchni z krzykiem.

Całe wnętrze budynku pokrywały holomalowidła, które Ashihei wykonał w chwili żałoby. A był niesłychanie zdolnym artystą. Być może najlepszym, jakiego kiedykolwiek wydała Wakuni.

Straszliwe smoki zagryzały się na śmierć. Pantery wodne rozdzierały wnętrzności szarżujących dzikoturów. Tygrysy walczyły ze sobą, skłębione, drące pazurami pomarańczowe płomienie futra. Wszystkie, niezliczone stworzenia drgały, splecione w śmiertelnych pojedynkach. A ludzie umierali. Konali w najdziwniejszych pozach, wyjąc z bólu, wyrywając sobie oczy i paznokciami otwierając brzuchy.

Ten dramat trwał i trwał bez końca, oddany z rozpaczą, miłością i okrucieństwem, do jakich zdolny jest tylko geniusz.

A spektakl śmierci nakreślony na ścianach pawilonu herbacianego z pewnością był dziełem geniusza.

Gdy nastał wieczór, Ashihei posłał po dwóch swoich zaufanych ludzi. Starego Kubo i nowego najemnika imieniem Yoshitaki. Z tym drugim współpracował od kilku lat, robiąc interesy w mieście, a teraz wreszcie namówił go do przyjęcia posady w rezydencji. Był zadowolony, bo Yoshitaki zapowiadał się na świetnego następcę Kubo. Opanowany, bezwzględny, lecz nie bezmyślnie okrutny, inteligentny i dumny. Dobry wojownik i świetny nabytek. Doskonale władał mieczem, równie dobrze strzelał, bez trudu podążał Ścieżką Stali, znał też wiele innych sztuk walki. Kiedyś musiał być znakomitym samurajem i bogowie tylko wiedzą, jak to się stało, że skończył jako najemny ronin.

Pana Ashihei nie obchodziły jednak koleje losu jego nowego podwładnego. Szczerze mówiąc, nie obchodziła go żadna z ziemskich spraw. Jednak musiał się opanować i znów twardą ręką chwycić ster rządów, żeby nie stracić szacunku i pozycji najtwardszego szefa gangu na zachodzie Wakuni.

Siedział w gabinecie martwo spokojny, blady, z napiętą, ściągniętą twarzą. Teraz bardziej niż kiedykolwiek przypominał wojownika z dawnych malowideł.

– Znajdźcie zabójcę mojej siostry – powiedział stanowczo. – Rozumiecie? To rozkaz. Priorytetowy.

Ukłonili się z szacunkiem. Kubo głębiej, Yoshitaki jedynie krótkim skinieniem głowy.

– Aha – rzucił jeszcze szef. – Macie skończyć ze szpiegiem w moim domu. Musi zginąć. Natychmiast. Zdobądźcie jego nazwisko. Za wszelką cenę. A teraz możecie odejść.

Odeszli.

Imokori został sam.

Zawsze już będę sam, pomyślał.

Dom wydał mu się martwy jak grobowiec. Najchętniej by go spalił. I wszystkich w środku. Z sobą samym włącznie. Zamienił w ogromny stos pogrzebowy, który przeniósłby go w zaświaty, do Mariko.

Ale nie mógł. To by oznaczało przyznanie się do porażki. A on nie ponosił porażek.

Musiał pomścić czarną gejszę i żyć dalej. Dlaczego to takie cholernie trudne?

Wszystko, co przypominało mu siostrę, sprawiało nieznośny ból. Zmusił się, żeby wstać i pójść do swojej sypialni.

Gdyby po drodze spotkał małpkę Mariko, z pewnością by ją zabił.

Chmurny Takeshi, ponury i zdecydowanie zbyt często dzierżący w dłoni swego nowego kumpla, flaszkę sake Momotaro, prowadził z Reim długie rozmowy. Mnich wkrótce wiedział już o wszystkim, co przydarzyło się przyjacielowi, odkąd pozabijał na trakcie bandę wygnanego przez Mariko Hiro.

Obaj siedzieli właśnie w pustelni świątobliwego męża, jak Takeshi kąśliwie nazywał kwaterę Rei, na tarasie z widokiem na malowniczą pływającą wyspę. Nadchodził wieczór, lampiony pozapalane w ogrodzie malowały na nieruchomej powierzchni stawu złociste znaki niezrozumiałego pisma.

Rozmawiali. Tym razem zeszło na sprawę Haru. Rei nie potrafił zrozumieć, czemu Takeshi kompletnie lekceważy dziewczynę.

– Nie zamieniłeś z nią potem ani słowa? – zdumiał się, gdy usłyszał historię walki w opuszczonej świątyni.

– Po co? – Przyjaciel wydawał się naprawdę zdziwiony. – Mam na nią oko, pilnuję, żeby nic się jej nie stało. To chyba wystarczy, nie? Co mam jeszcze zrobić? Pijać z nią sake? A może czytać romanse? W porządku, prześladuje mnie pech. Zadurzyła się we mnie jakaś przypadkowa mała lala, która ma nierówno pod sufitem. Trudno, taka karma. Moja i jej. Dlaczego, u diabła, uważasz, że powinienem z nią jeszcze rozmawiać?

– Na przykład dlatego, że ta dziewczyna może cię wsypać. Widziała, jak walczysz. Dla niej nie jesteś zwykłym holopacykarzem. Co zrobisz, jeśli powie wszystkim prawdę?

Były adept Czarnej Wody prychnął pogardliwie.

– Rei, kto jej uwierzy, na miłosierdzie Buddy? Uznają, że zmyśla. Nie przejmuj się.

– Spróbuję – mruknął mnich. – Słuchaj, nie będziesz miał mi za złe, jeśli z nią pogadam na osobności? Chcę wybadać, co wie, jaka jest, czy można na niej polegać.

Takeshi wzruszył ramionami.

– To tylko głupiutka, zwariowana nastolatka, która wierzy, że jest księżniczką. A ty możesz gadać, z kim chcesz. Jasne?

Chodzi mu o Fumiko, zrozumiał Rei. O to, że mi się zwierza. Że spotyka się ze mną, bo też potrzebuje kogoś bliskiego, przyjaciela. To nie zbrodnia. Sami powinni wreszcie wyjaśnić swoje sprawy. Bogowie, ci dwoje są doprawdy nie do wytrzymania.

– Skoro tak, porozmawiam jutro z Haru – burknął rozzłoszczony.

Takeshi nic nie odpowiedział. Pociągnął tylko serdeczny łyk sake i ponuro wpatrzył się w taflę jeziora, jakby chciał odczytać szyfr kreślony przez światła lampionów.

W gruncie rzeczy Haru była dobrą dziewczyną. Nie czuła nienawiści do damy Fumiko ani tym bardziej do Takeshiego. Przecież wciąż go kochała. Posmutniała tylko, stała się roztargniona, często popadała w zamyślenie, jakby jej duch umykał gdzieś do górnych krain i dziedzin bogów. Koleżanki służące w rezydencji martwiły się, że może jest chora. Uspokajała je zdawkowo.

Tylko wysłanniczka Uśpionej Wierzby nic nie zauważyła. Miała dość własnych zmartwień, żeby przejmować się markotną pokojówką. Pracowała niemal nieustannie, zamykała się na całe dnie w gabinecie, śląc listy i sortując papiery, Haru pozostawało więc dużo wolnego czasu.

Z wolna, wbrew własnej woli i oczekiwaniom, córka wójta Zimnej Wody poczuła, że odradza się w niej iskierka nadziei. Po nocnej schadzce Takeshi wyraźnie unikał pani Fumiko. Nie odwiedził jej ani razu, nie rozmawiali ze sobą, na dziedzińcu wyraźnie schodzili sobie z drogi. Nie pozdrawiał jej pełnym szacunku ukłonem, choć było to jawnie niezgodne z etykietą. Zachowywali się, jakby naraz stali się dla siebie niewidzialni.

Czyżby, czyżby jednak, podobnie jak Promienny Książę Genji, jej ukochany zrywał czasem pojedynczy kwiat tylko po to, żeby przez krótką chwilę nacieszyć się jego pięknem? Czyżby nic głębszego nie wiązało go z urzekającą adeptką Wierzby?

Niemal nie śmiała dopuszczać tak wspaniałej, pocieszającej myśli.

Może jeszcze miała szansę. Może nie wszystko stracone?

Zdziwiła się trochę, gdy Rei zaproponował, żeby pokazała mu ogrody rezydencji. Nie mogła się jednak wymówić, była przecież tylko służącą. Zresztą przechadzka zapowiadała się miło, a wędrowny mnich wydawał skromny i sympatyczny. Rozmawiał z nią bardzo swobodnie, wypytywał o mnóstwo rzeczy, nawet zabawiał wesołymi anegdotami, aż zauważyła ze zdumieniem, że śmieje się serdecznie, choć była pewna, że uśmiech nigdy już nie zagości na jej ustach.

– Usiądźmy – zaproponował, wskazawszy ławkę w cieniu rozłożystego czarnodrzewia.

Znajdowali się głęboko w ogrodzie, poza zasięgiem wzroku i słuchu domowników. Tęczowe, nakrapiane oczy wędrownego mnicha spoglądały bystro i uważnie.

– Zaprosiłem cię na ten spacer, Haru, ponieważ chcę cię o coś spytać. Chodzi o mojego przyjaciela, Takeshiego. Wiesz, że nie jest zwykłym holopacykarzem, prawda?

Serce dziewczyny zabiło mocniej, ale głos brzmiał spokojnie.

– Tak. To wielki mistrz. Ma prawdziwy talent.

– Ma też inne talenty. Zazwyczaj ukryte przed obcymi. Widziałaś, jak walczy. Jak sądzisz, kim jest naprawdę?

Zawahała się, ale brzydka, końska twarz Rei promieniowała dobrem i autentyczną troską.

Boi się o niego, pomyślała. Dlatego powiem mu to, czego się domyślam.

– Wojownikiem. Bohaterem. Długo się nad tym zastanawiałam. Z początku przypuszczałam, że roninem, który stracił pana. Ale nie. Widywałam czasem takich w mojej wsi. Byli jak bezdomne psy. Dzicy, zagubieni, okrutni. Takeshi na pewno taki nie jest. Potem brałam pod uwagę arystokratę poszukującego przygód lub chcącego okupić jakiś przypadkowy, lecz niecny uczynek. Ale odrzuciłam i ten pomysł. On nigdy nie zrobiłby nic głupiego, nic nieprzemyślanego. Jest na to zbyt skupiony, poważny, poza tym za łatwo wciela się w kolejne role. Sądzę, że musiał to długo ćwiczyć. Dlatego pomyślałam o tajnym agencie dworu cesarza albo szoguna. I to był dobry trop, prawda? A potem przyszło mi do głowy, że w Wakuni istnieje tylko jedna organizacja szkoląca szpiegów i wojowników. Wtedy wszystko się logicznie poukładało. Takeshi należy do Zakonu Czarnej Wody, czy mam rację, panie?

Mnich wydawał się wstrząśnięty.

Patrzył na dziewczynę z mieszaniną podziwu i zdumienia.

– Tak – potwierdził. – Jesteś niezwykle inteligentna, spostrzegawcza i błyskotliwa. I masz całkowitą rację. Ale jeśli komuś o tym powiesz, podpiszesz na niego wyrok śmierci. Rozumiesz?

Drgnęła, jakby ją uderzył.

– Nigdy, nigdy nie powiem! – szepnęła żarliwie. – Ja… milczałam, milczę i tak zostanie. Na zawsze.

Rei westchnął, przymknął powieki, jakby usłyszał złą nowinę.

– Ty go naprawdę kochasz, dziewczyno – szepnął głucho.

Haru spuściła wzrok. Na bladych policzkach niczym peonie wykwitły jaskrawe rumieńce.

– To pytanie… ja… wybacz, ale nie odpowiem.

– Nie musisz. Było nie na miejscu. Ale posłuchaj. Chcę ci opowiedzieć historię. Ważną. O mnie i o Takeshim. Żebyś zrozumiała, kim jest. Jaki jest. Potraktuj to jak prezent dla ciebie, bo jesteś dzielna, silna i dobra. Prezent od świątobliwego męża. Tylko słuchaj uważnie, dobrze? Mogę zaczynać?

Skinęła głową. Trochę się bała, a trochę chciało jej się płakać. Pierwszy raz cętkowane oczy mnicha wydawały się nieludzkie, trochę straszne. Przewiercały ją na wylot, bystre, niebezpieczne, dziwne.

Nagle uświadomiła sobie ze zgrozą, że nie wie, co zrobić, jeśli on tak naprawdę nie jest łagodnym, nieszkodliwym mnichem.

Teraz wcale na takiego nie wyglądał. Nadal nie przypuszczała, żeby chciał ją skrzywdzić, ale zaskakujące skojarzenie, które przyszło jej do głowy, spowodowało, że poczuła zimny dreszcz na karku.

On nie pochodzi z tego świata. To demon albo dawny bóg, potężny kami, ale ratuj, miłosierny Jizo, chyba wcale nie człowiek!

I jeszcze opowieść w charakterze prezentu? Kto słyszał o takich rzeczach?

Miała mętlik w głowie. Wstała i chciała odejść, lecz przytrzymał ją za rękę.

– Nie bój się – powiedział łagodnie. – Nic ci nie grozi. To tylko wspomnienie. Bardzo stare, chociaż prawdziwe. Z czasów, gdy obaj służyliśmy w Czarnej Wodzie. Ma pewnie ze dwadzieścia lat. Więcej, niż jesteś na świecie, co? Zrobisz mi tę grzeczność i posłuchasz? Jeśli nie chcesz, w każdej chwili możesz odejść.

Tak naprawdę wolałaby wrócić do domu. Bała się tej opowieści. Ale to był jakiś strzęp z przeszłości Takeshiego, a przecież łaknęła wszystkiego, co się z nim wiązało.

Usiadła więc znów obok Rei. Już jej nie przerażał. Stał się na powrót niezbyt młodym, niełanym wędrownym mnichem o uśmiechniętej, pogodnej twarzy. Przecież tak było dużo łatwiej, prawda?

Zaczął mówić, a ona, wiedziona jego spokojnym, rzeczowym głosem, odpłynęła w przeszłość, tak jakby odbywała podróż wstecz, przez poprzednie wcielenia.

To była ciężka walka. Bardzo ciężka. Hideto leżał na ziemi, nieżywy. Ale wszyscy wrogowie także zginęli. Takeshi stał z mieczem w okrwawionej dłoni. Strużki czerwieni, jak szkarłatne wstążki zawiązywane na szczęście, spływały po zranionym boku i przebitym udzie, strzępiły się kroplami krwi na ramieniu. A Rei…

– Rei! Nie! – krzyknął rozpaczliwie Takeshi, kuśtykając z trudem w stronę przyjaciela.

Ten spoczywał na trawie, w takiej pozie, jakby właśnie oglądał chmury. Niedbałej. Swobodnej. Z jedną nogą nieco podkurczoną. Tylko twarz miał białą, przejrzystą niczym ryżowy papier. A w miejscu klatki piersiowej ogromną, krwawą rozpadlinę, w której odsłonięte serce biło słabo na sinawych, jakby spękanych poduszkach płuc.

Papierowe usta poruszyły się nieznacznie.

– Ktoś… żyje?

Takeshi nie mógł się zdobyć na nic więcej, tylko potrząsnął głową.

Rei przymknął tęczowe oczy.

– Żegnaj… przyjacielu…

– Nie ma mowy! Nie pozwolę ci umrzeć. Przeniosę cię! Tak jak w dniu próby.

– Nie – wyszeptał słabo umierający. – Za duże… ryzyko…

Takeshi ukląkł przy nim, stłumił szalony odruch, żeby potrząsnąć za chude, kościste ramiona. Twarz miał wykrzywioną w grymasie rozpaczy, ale zaciętą i dziką.

– Rei, ja tam nie wrócę sam. Nie wytrzymam. Chcesz tu sobie heroicznie umrzeć i zostawić mnie w tym gównie? Rusz się. Wpuszczam cię, słyszysz? No dawaj! Dam radę. Wyniosę cię.

– Nie… nie… mogę…

– Możesz! Musisz! – Pokrwawiona pięść uderzyła w ziemię tuż obok twarzy Rei. – No już!

Cętki w nakrapianych oczach zaczęły gasnąć, szarzeć.

– Rei, proszę! – krzyknął desperacko Takeshi. – Nie umieraj!

Śmierć to straszna rzecz, więc niemal w tej samej chwili poczuł w umyśle obecność przyjaciela.

– *Niech cię diabli!* – usłyszał. – *Coś ty zrobił, durniu?! A dużo gorzej, co ja zrobiłem! Trzeba mnie było dobić. Miłosierni bogowie, co za sukinsyn ze mnie! Podłe bydlę i drań!*

– Wal się! – Takeshi wyszczerzył zęby w radosnym, wilczym uśmiechu.

Teraz było już za późno i obaj o tym wiedzieli.

– *Sam się wal* – sarknął duch usadowiony głęboko w jego umyśle.

Szli, a właściwie Takeshi szedł, choć trudno było nazwać to rozpaczliwe, kulawe brnięcie jakimkolwiek pochodem. Jego trasę znaczył drobniutki, czerwony szew kropelek krwi.

Z każdym krokiem tracił siły. Myśli stawały się mętne, wola słabła. Odpływał.

A tymczasem w jego umyśle Rei rozpychał się, wiercił, naciskał, choć wcale tego nie chciał. I dominował. Cały czas, coraz mocniej dominował nad wycieńczonym, osłabionym, krwawiącym przyjacielem.

Po drodze mijali ludzi, i owszem. Nawet kilku. Ale żaden z nich nie zyskał aprobaty Takeshiego.

– Zmiłuj się – warknął, gdy duch w jego głowie wpadał w radosne podniecenie na widok samotnego podróżnego. – To jakiś poczciwina w drodze do domu. Popatrz na niego. Łagodny i milutki jak małe kociątko. Nie możesz go wziąć. Pewnie ma żonę i z tuzin dzieciaków. Mowy nie ma.

– *Muszę!* – krzyczał Rei, pełen rozpaczy i przerażenia, że zaraz, bez udziału woli, przejmie swego jedynego przyjaciela i zabije na zawsze. – *Bo za chwilę zabiorę CIEBIE!*

Takeshi tylko zaciskał usta.

– Nie pieprz. Dasz radę. Zaraz kogoś znajdziemy.

Potem spotkali matkę z dzieckiem. Zwykłą wieśniaczkę z wielkim tobołem na plecach, wyraźnie zmęczoną długą podróżą, lecz mimo to dzielnie niosącą w ramionach przysypiającego malca.

– Chłopie, czyś ty ogłupiał? – stwierdził natychmiast Takeshi. – Chcesz sobie na wieczność spaprać karmę?

Rei już tylko jęczał, opierając się przemożnemu instynktowi.

Następny był staruszek. Bardzo miły, choć bardzo przerażony widokiem zakrwawionego, poranionego wojownika. Zaoferował pomoc, której Takeshi nie przyjął.

– Jak możesz zabrać kogoś, kto chciał użyczyć nam gościny? – spytał, gdy dziadyga odkuśtykał już stanowczo za daleko, żeby go dopaść.

Rei znalazł się wtedy na krawędzi. Wstąpiłby w psa lub biostwora rolniczego, gdyby się taki napatoczył. Ale musiał jeszcze wytrzymać młodego rybaka, który minął ich, podśpiewując wesołą piosenkę.

– Pogięło cię? – wymamrotał na jego widok ledwo żywy Takeshi. – Do dziewczyny tak idzie. Wdowę chcesz z niej zrobić? W tym wieku?

Ale Rei milczał. Całą energię musiał wkładać w to, żeby nie przemieniać przyjaciela. Choć wiedział, że heroiczna walka z własnym instynktem na nic się nie zda. Obaj mieli zginąć. Widać taka karma. Jednak wolałby całą wieczność cierpieć piekielne męki, niż przejąć umierające ciało Takeshiego.

– Muszę... chwilę odpocząć – szepnął adept Czarnej Wody i ciężko opadł na skraj ścieżki.

Lecz właśnie wtedy Siedmiu Bogów Szczęścia postanowiło się do nich uśmiechnąć.

Drab, który zatrzymał się obok rannego leżącego przy drodze, bynajmniej nie miał dobrych zamiarów. Kopnął go w zakrwawione udo.

– Dawaj wszystko, co masz, szmato, to może cię nie zabiję! – zdążył oznajmić, zanim Rei wystrzelił z umysłu przyjaciela i niczym wodna pantera rzucił się na ofiarę.

Bandzior wydał zdławiony krzyk zaskoczenia, a potem przez chwilę wył monotonnie i strasznie, gdy jego ciało wydłużało się i przekształcało, żeby przyjąć kształt oraz proporcje właściwe dla Rei. Także twarz podlegała przemianie. Kości rozciągały się, przemieszczały, rosły, tworząc charakterystyczną, końską fizjonomię. Włosy z ciemnego blondu przebarwiały się w głęboką czerń. Na samym końcu na tęczówkach pojawiły się błękitne, zielone i fiołkowe plamy.

Rei powrócił do świata.

Zdrowy, cudownie zdrowy i sprawny, przyskoczył do Takeshiego, żeby porządnie zabandażować mu rany.

– Nieźle wyglądasz... stary – usłyszał. – Całkiem jak... koń. Mówiłem, że kogoś znajdę. Tylko to ubranko...

Faktycznie, rzeczy draba nie leżały doskonale.

– Przynajmniej nie jestem goły. – Rei uśmiechnął się szeroko.

Przez dłuższy czas, mimo protestów Takeshiego, niósł go na rękach, ciesząc się nowym, silnym, wspaniałym ciałem. Potem wynajął wóz zaprzężony w biostwora i tak wrócili do siedziby Czarnej Wody.

Jeśli ktoś się dziwił, że Rei wyszedł bez zadrapania z bitwy, w której trzech adeptów zabiło ponad czterdziestu przeciwników, to nic nie powiedział. Wszyscy wiedzieli, że był przecież naprawdę doskonałym szermierzem.

Haru siedziała z rozdziawionymi ustami, zasłuchana.

– Kim... kim ty jesteś? – wykrztusiła w końcu.

– Nie mam pojęcia – odpowiedział uczciwie.

– Mononoke? – spytała z przerażeniem, nie mogąc uwierzyć, że siedzi pod magnoliowcem w towarzystwie złego ducha, który opętuje ludzi. Coś takiego nie mieściło jej się w głowie. Ale przecież zdarzało się wcale nierzadko. Odrętwiała ze strachu, patrzyła na mnicha i jakoś wcale nie czuła, żeby był potworem z zaświatów. Kimś zdumiewającym, budzącym lęk, oczywiście tak. Lecz nie wcielonym złem.

– Nie, nie sądzę. Haru, ja naprawdę nie wiem, kim jestem. Prawdopodobnie nie człowiekiem. Nie do końca. Ja właściwie wcale nie mam wspomnień z dzieciństwa, z czasów, zanim trafiłem do Zakonu.

– Tylko raz zdarzyło ci się coś takiego?

Potrząsnął głową. Wydawał się bardzo smutny, wręcz przybity. Z pewnością trudno mu było o tym mówić.

– Nie. Trzy. Pierwszego prawie wcale nie pamiętam. Byłem bardzo małym dzieckiem. Chyba. Umierałem z głodu. Przejąłem kogoś, ale nawet nie wiem, kto to był. Instynkt zwyciężył. Nawet gdybym chciał, nie potrafiłem się oprzeć.

– Miłosierny Jizo! – szepnęła wstrząśnięta. – A drugi?

Bolesny skurcz przebiegł przez twarz mnicha.

– Drugi? To się stało podczas ostatecznej próby w Czarnej Wodzie. Nie opowiem ci, na czym polegała. Mam tylko nadzieję, że nigdy się nie dowiesz. W każdym razie przetrzymałem ją. Mój umysł przeżył, ale ciało zaczęło umierać. Takeshi był wtedy przy mnie. Czuwał, ponieważ bez pomocy przyjaciela nikt nie przetrwa nocy po próbie. Wiedział, jaki jestem. Opowiedziałem mu. Uwierzył. Byłem strasznie słaby, odchodziłem. Nie miałem w kogo wniknąć, a musiałem utrzymywać w ścisłej tajemnicy swoją odmienność, bo inaczej mistrzowie natychmiast by mnie zabili albo, co gorsza, sprzedali

Zakonowi Szczególnych Receptur jako obiekt eksperymentów.

– To okropne! – jęknęła Haru.

Rei lekko wzruszył kościstymi ramionami.

– Witaj w prawdziwym świecie, księżniczko.

Powinna poczuć się urażona, lecz była za bardzo poruszona. Przygoda życia, o której tak marzyła, powoli stawała się coraz bardziej trudna i niebezpieczna. Jakby wkraczała krok po kroku w las, coraz głębszy, mroczniejszy i straszny. W tej chwili wcale nie była pewna, czy chce się w nim zagubić.

– W sąsiedniej sali leżał jeszcze jeden chłopak – ciągnął mnich. – Niezbyt lubiany. Gburowaty głupek, który wciąż podlizywał się mistrzom. Nie miał nikogo, kto chciałby przy nim czuwać. Zresztą nie było po co. Nie przeszedł próby. Ciało całkiem nieźle dało sobie radę, ale umysł poleciał. Nazywał się Yoshitoshi. I cały czas wył. Krzyczał bez przerwy. Wszyscy czekali, kiedy wreszcie umrze, ale on wcale nie miał zamiaru. W tym stanie mógł wytrzymać naprawdę długo, aż nie padłby z pragnienia i głodu. Takeshi zaniósł mnie do niego, ryzykując własne życie. Natychmiast wniknąłem. Buddo Amido, nigdy nie zapomnę tej ulgi. Żyłem, byłem zdrowy. Mój przyjaciel mnie uratował. Ciało, które odrzuciłem, wcale nie przypominało Yoshitoshi. Długo się tym martwiliśmy, ale okazało się, że niepotrzebnie. Nie wiem, czy mistrzowie go nie rozpoznali, czy doszli do wniosku, że to nie ma znaczenia. W każdym razie śledztwa nie było. A młodsi adepci milczeli. Tak już jest w Czarnej Wodzie.

– Po co mi to opowiedziałeś?

Tęczowe oczy zalśniły.

– Bo jesteś wartościową, niezwykłą dziewczyną, Haru. Zasługujesz na wspaniałego mężczyznę. Lecz Takeshi nie może nim być. Po tym wszystkim, co przeszedł, zmienił się. Trudno go uznać za kogoś normalnego, umiejącego prowadzić zwykłe życie. Za nic nie chcę cię skrzywdzić ani urazić, ale on się dla ciebie nie nadaje. Pewnie dla żadnej kobiety. Wolę, żebyś to wiedziała, zanim popadniesz za głęboko w to uczucie. Zanim zrobi się za późno.

Już jest za późno, pomyślała Haru z gniewem. Nie pouczaj mnie, dziwna istoto. Nic nie wiesz.

Wstała.

– Pójdę już – powiedziała sucho. – Jeśli nie masz nic przeciw temu, panie.

– W każdej chwili mogłaś odejść – usłyszała.

Odwróciła się do niego, popatrzyła w długą, końską twarz i te nakrapiane oczy odmieńca.

– Nie boisz się, że rozpowiem wszystkim, kim jesteś?

Uśmiechnął się ze smutkiem.

– Jakoś nie. O to właściwie wcale się nie boję, Haru.

Zostawiła go pod magnoliowcem i odeszła, wmawiając sobie, że naopowiadał jej kłamstw tylko po to, żeby się przestraszyła. Ale w głębi duszy wierzyła w każde słowo tego dziwnego mnicha, co napawało ją jednocześnie przerażeniem i wielkim, niemieszczącym się w sercu współczuciem.

Rei zastał swego przyjaciela jak zwykle bratającego się z ulubionym kolegą imieniem Momotaro. Dwie puste butelki leżały na podłodze niczym martwe, czarne ryby. Takeshi obrzucił przybysza gniewnym, niechętnym, półpijanym spojrzeniem. Naprawdę pijany nie bywał nigdy, co wkurzało go dodatkowo.

– Rozmawiałem z Haru – oznajmił mnich.

– Jak dla mnie, za krótko – warknął były adept Czarnej Wody. – Może byś wrócił i jeszcze trochę z nią pogadał? Albo z tamtym dużym biostworem, który stoi na podwórzu. Wygląda na znudzonego.

– Taa, z tobą, z biostworem albo garnkiem do gotowania ryżu, efekt pozostanie ten sam. Ocknij się, chłopie. Co z tobą?

– Chcę stąd odejść. Mam dość – przyznał szczerze Takeshi. – Na co jeszcze czekamy?

– Nie wiem. – Rei wyglądał na zmieszanego. – Ale to zły moment.

– Akurat. Taki sam dobry jak każdy inny.

Mnich westchnął głęboko.

– Jeśli zechcesz odejść, pójdę razem z tobą. Poczekaj jednak jeszcze trochę, dobra?

– Na co, u diabła?

Rei jakby skulił się w sobie. W oczach przyjaciela widział tylko udrękę i wściekłość. Tego jednego nigdy nie potrafił mu wytłumaczyć. Subtelnej natury swoich przeczuć i wizji.

– Człowieku, nie mam pojęcia. Ale tak musi być.

Takeshi zrezygnował z oporu. Pociągnął długi łyk palącej, paskudnej sake.

Żeby chociaż whisky tu mieli, pomyślał z żalem.

– Dobra, zostanę. Chociaż nic dobrego z tego nie wyniknie, zobaczysz.

Mnich nie przestraszył się groźby. Usiadł na progu obok przyjaciela.

– Posłuchaj, ta mała Haru jest bystra. Domyśliła się, że pochodzisz z Czarnej Wody. Sama.

Takeshi wykrzywił twarz w kwaśnym grymasie.

– No to gratulacje! Wypijmy jej zdrowie.

– Nie wygłupiaj się. To może być niebezpieczne. Nie sądzę, żeby cię wydała, ale lepiej uważać.

– Kolejny powód, żeby się stąd jak najszybciej zmyć, nie sądzisz?

Na to Rei nie znalazł argumentów.

– Po prostu cię ostrzegam. Miej oko na tę dziewczynę.

– A mam, jasne, że mam. – Były adept Czarnej Wody zamachał wesoło flaszką. – Właściwie tylko dlatego tu siedzę. Żeby chronić księżniczkę przed strasznym potworem Ashihei. Taka karma, nie? Zawsze są jakieś księżniczki do chronienia i potwory do zabijania. A wielki, dzielny bohater urwie im wszystkim potworne i księżniczkowe łby. W przypadkowej kolejności.

Prawdę powiedziawszy, już od dłuższego czasu nie udzielał się zbytnio jako ochroniarz Haru. Mała była przecież pokojówką Fumiko, a Takeshi unikał jak mógł czegokolwiek, co wiązało się z wysłanniczką Uśpionej Wierzby.

Rei popatrzył na przyjaciela krytycznie. W tym stanie nie nadawał się do żadnych poważnych rozmów.

– Idę się przejść. Muszę pomyśleć.

Odpowiedział mu ten sam kwaśny, kąśliwy uśmiech.

– Może pomedytować, co?

Mnich nie zareagował na zaczepkę. Musiał przyznać, że faktycznie, Takeshi zdecydowanie za długo już tu siedzi.

Momotaro w ogrodzie nocy

Fumiko zanalizowała sytuację, a potem wysłała ostrożny w tonie list do dziedzica Urakamiego. Teraz pozostawało tylko czekać. Zareaguje zgodnie z jego odpowiedzią. Ruch należał do niego.

Westchnęła.

Skup się, powtarzała w myślach. Skup się!

Ale nie było już na czym. Zakończyła całą pracę. Przeczytała wszystkie papiery, zdobyła niezbędne informacje, zestawiła fakty, poznała wrogów i przyjaciół klienta, zlustrowała jego włości i majątek.

To była dobra robota. Lecz nie dała jej satysfakcji.

Adeptka Uśpionej Wierzby czuła się rozbita, smutna, rozgoryczona i skrzywdzona.

Dlaczego, na bogów, nie docenił jej poświęcenia? Czemu każdą serdeczną radę traktował od razu jak cios wymierzony w jego godność? Naprawdę nie był w stanie zrozumieć, jak bardzo się o niego troszczy? Jak bardzo jej zależy?

Wcale tego nie dostrzegał. Co gorsza, nawet nie chciał dostrzec. Potrafił tylko reagować gniewem. Dobry Darumo, nazwijmy to po imieniu! Gniewem? Jakąś cholerną furią!

Z jakiego powodu? Że chciała pomóc?

Próbowała go ochronić przed mistrzami Czarnej Wody, ryzykując własną karierę? Źle! Oszukała klienta, żeby bezpiecznie przeczekał aferę z Ashiheim? Jeszcze gorzej! Nakreśliła przed nim sytuację, w jakiej się znalazł po opuszczeniu Zakonu, żeby miał jasność i nie popełnił błędu? I tak niedobrze! Co jeszcze powinna zrobić? Popłakać się ze szczęścia, że po siedmiu latach, które przeżyła przekonana o jego śmierci, przez przypadek znów znalazł się na jej drodze?

Jasne, że się wściekła. Każda kobieta na jej miejscu dostałaby szału.

Nawet nie podziękował. Nie powiedział, że mu przykro.

Bo pewnie wcale mu przykro nie było.

Drań. Bydlak. Kawał sukinsyna.

Zacisnęła usta.

Mogła dla niego wszystko stracić. Swój dom, pozycję, zaufanie mistrzów. Cały świat. Ale nie! Nawet tego nie zauważył! Obraził się, bo śmiała skrytykować jego pochopną, dziecinną decyzję o ucieczce z Czarnej Wody. Co on sobie wyobraża? Nie czas na zabawę w honorowych, bohaterskich wojowników, kiedy toczy się prawdziwe życie.

Cały czas odnosiła wrażenie, że Takeshi nie zdaje sobie sprawy z ciężaru swojej zdrady. Bo to była zdrada, u diabła! Nieważne, czy dokonana za sprawą słusznych pobudek, czy głupiego kaprysu. Odchodząc z Zakonu, stał się odszczepieńcem, przestępcą. Jak może tak lekko do tego podchodzić? Teraz spędzi resztę swoich dni jako nędzny wygnaniec.

Do śmierci.

Bo od takiej decyzji nie ma odwrotu. Oszalał czy co?

Sama już nie wiedziała, czy zawsze był taki nieodpowiedzialny. Drażliwy. Nadpobudliwy. Nierozsądny. Gotów ryzykować na oślep, bez przemyślenia. Przesadnie agresywny. Nierozważny. Uparty jak biostwór z zepsutym oprogramowaniem. Wręcz tępy. Obsesyjnie przywiązany do źle pojętego honoru i wydumanych wartości wojownika. Niewdzięczny i samolubny.

Co ona właściwie w nim widziała? Dlaczego akurat ten chłopak, a potem ten mężczyzna stał się dla niej tak niesłychanie ważny?

Czy mogłam się aż tak pomylić w ocenie? – myślała z bolesnym zdumieniem. Czy zawsze był taki jak teraz, a ja tego nie dostrzegałam?

A przecież kochała go, rozpaczliwie i głęboko.

Dlatego na dnie jej duszy rodziło się wciąż na nowo jedno, straszne pytanie. Dlaczego przez siedem lat pozwolił jej myśleć, że zginął?

Siedem lat! Bogowie tylko wiedzą, jak to strasznie długo! Przecież musiał wiedzieć, że będzie rozpaczała. Że jej świat się zawali, życie załamie. I pozwolił na to. Nie przekazał głupiej wiadomości, nie dał nadziei. Przecież nie mógł okazać się tak głupi, żeby przypuszczać, że wydałaby go mistrzom? Nie, w to nie wierzyła. Znała go, a on ją.

Miłosierny Jizo, po prostu go nie obchodziła! Porzucił ją jak śmieć. Jak starą, zużytą bluzę, która już nie pasuje.

A teraz zjawia się, czystym przypadkiem, i myśli, że wszystko będzie jak dawniej? Niedoczekanie! Przecież nawet nie chciał się z nią zobaczyć, nie szukał jej, sumienie go nie ruszyło. Wszystko, co się stało, zaistniało dzięki splotowi okoliczności. Karmie. Przeznaczeniu. A nie jego woli. Jak mógł? Dlaczego postąpił tak okrutnie?

Drań. No, podły drań. Skrzywdził ją, prawie zabił, bo niemal umarła, gdy dowiedziała się, że padł w boju, a teraz ośmiela się powracać jak jakiś cholerny, głodny duch, i to od razu z pretensjami i gniewem.

Ale jej nie złamie, nie wytrąci z równowagi! O nie! Mowy nie ma.

Zwarła dłonie w pięści.

Skupi się na pracy. Tak właśnie zrobi. Nigdy więcej nie zawiedzie mistrzów. Nawet dla niego. Będzie mu pokazywać obojętną, spokojną twarz. Opanowanie to najlepszy pancerz. A przecież ona jest opanowana, tak strasznie, boleśnie, diabelnie opanowana. Jak nikt. Jak posąg z drewna.

Jednak przeszłość potrafiła się przebić i przez taką zbroję.

Siedem lat! – pomyślała. Dobrzy bogowie, nieskończone, przerażające, samotne siedem lat!

I jednak zaczęła płakać.

Dama Etsuke przyjechała do domostwa pana Urakami eleganckim, drogim bolidem, czerwono-czarnym jak krew i śmierć. Prowadziła sama. Tradycyjną lektykę pozostawiła u pewnego wpływowego samuraja, który wiele zawdzięczał Zakonowi Rozerwanego Kręgu. Bolid zabrała najstarszemu z jego synów, bo wolała nowoczesne pojazdy. Zresztą był ładny i modny, a zwykła brać wszystko, co tylko przypadło jej do gustu. Stary zgred, pan domu, nie tylko nie protestował, ale jeszcze dziękował za wielki zaszczyt. Widać zdążył dobrze poznać adeptów Kręgu.

I super.

Etsuke uśmiechnęła się słodko.

Niech się boją. Niech trzęsą portkami. Tak powinno być!

Lubiła poczucie swobody, które dawała szybka jazda. Życie jest krótkie, trzeba korzystać, nie?

Z początku młody Urakami całkiem ogłupiał, widząc młodą, uroczą, roześmianą kobietę na swoim zapyziałym podwórku. A ona tymczasem szybkim, taksującym spojrzeniem ogarniała gospodarstwo. Z pozoru prezentowało się nieźle. Obszerne, stare, stylowe. Lecz zaraz dostrzegła pozapadane dachy, belki stoczone przez korniki, pustą zagrodę dla biostworów, obłażącą farbę, wyblakłe złocenia. Smętnych, wychudłych służących snujących się bez sensu po majdanie. Słowem, symptomy upadku i nędzy. W tym otoczeniu czarno-czerwony bolid wyglądał jak wielka, szalona ćma, która przysiadła na śmietniku.

A Etsuke? Sama Etsuke w wygodnych, choć obcisłych spodniach i jedwabnej bluzie barwy posoki przypominała kolorową, nowoczesną, świecącą naklejkę nalepioną na antyczne, nieco wypłowiałe holomalowidło.

– Witaj, kochany Hikobei! Drogi, drogi kuzynie! – zaszczebiotała na widok gospodarza.

Ten aż rozdziawił usta ze zdumienia.

– Www...witaj, pani – wyjąkał.

Podbiegła sarnim krokiem, bezceremonialnie chwyciła go pod ramię.

– Nie poznajesz, głuptasie? Jestem kuzyneczka Etsuke! Napisałeś śliczny, uroczy liścik, żebym koniecznie wpadła, i proszę! Ta-dam! Właśnie przybyłam.

Patrzył na nią jak na zjawę widzianą w malignie.

– Kto? Jaki liścik?

Przytuliła się do niego, jej czerwone, czerwone, gorące usta niemal musnęły płatek ucha mężczyzny.

– Ten!

Zgrabnym ruchem podstawiła mu pod nos strzęp bambupapieru z krzyczącym pośrodku symbolem rozdartego okręgu.

Urakami zbladł.

– Bogowie! – szepnął.

Spodziewał się wizyty mrocznego starca o pobrużdżonej, pokrytej bliznami twarzy albo zimnookiego draba o fizjonomii mordercy, lecz nie prześlicznej, bezpośredniej, wesołej dziewczyny z miasta.

– Bogowie nic tu nie pomogą. – Ścisnęła go mocno za ramię. – Sza, drogi kuzynku. Sza! Ani słówka, kim naprawdę jestem, bo pożałujesz. Ale tak serdecznie, obiecuję.

Pokazała w uśmiechu równiutkie, białe ząbki. Ostre. Drapieżne. Spojrzał w szalony błękit jej oczu i dopiero wtedy zadrżał z lęku.

Ona nie jest normalna, pomyślał. To jakaś wariatka.

Wysłanniczka Rozerwanego Kręgu przeciągnęła się zwinnie jak łasica. Po długiej podróży czuła się zmęczona.

– Kochany mój, przygotuj coś do jedzenia. Umieram z głodu. Aha, będę potrzebowała służby. Niech szykują kąpiel i zajmą się bagażami. A na wieczór... – urwała, a na jej słodkiej twarzy pojawił się nagle ostry, okrutny uśmiech. – Na wieczór, ulubiony kuzynku, musisz mi przygotować coś specjalnego. Chłopca. Ale nie za małego. Takiego w odpowiednim wieku, rozumiesz? Za to koniecznie sierotkę. Albo przybłędę, który nie ma rodziny. Żeby się o niego nikt nie dopytywał. To bardzo ważne, słońce ty moje! Bo widzisz, bardzo się boję, że on już nie wróci do domu. Muszę odzyskać siły, żeby ci pomóc. Potrzebne mi do tego troszkę czystej, zdrowej energii. Wiesz, co mam na myśli?

– Nie – wykrztusił młody Urakami.

– To się domyśl! – warknęła. – I nie waż się kombinować, bo wezmę którąś z twoich durnych, niepotrzebnych młodszych sióstr. Dotarło?

Hikobei z trudem przełknął ślinę.

Miał ochotę wynieść tę bezczelną, wstrętną sukę na kopach aż do granic posiadłości, ale stwierdził, że za bardzo się boi. Za nią stała cała potęga przerażającego, magicznego Zakonu. Dobrze wiedział, jak kończą ci, co zadarli z Rozerwanym Kręgiem. Nie śmiał się sprzeciwić.

– Znajdę kogoś – szepnął, nienawidząc się za to.

– No i ślicznie, mój kuzynku – rozpromieniła się Etsuke. – Byle tak dalej.

Jedzenie okazało się niewyszukane, lecz smaczne, kąpiel gorąca, a chłopiec chuderlawy, niewydarzony i chyba słaby na umyśle, ale trzeba umieć się poświęcać dla dobra sprawy, prawda?

Przebrała się w czerwoną suknię, zapaliła ulubione kadzidełka o zapachu czarnych róż, przygotowała sznury i łańcuchy, rozpaliła nieduży, żeliwny piecyk. A potem rozwinęła piękny, haftowany futerał z narzędziami. Starannie wykładała na jedwabną chustę noże do skórowania, ostre i tępe, do wyboru, szpikulce, przecinaki, kleszcze, małą, poręczną piłę do kości, kilka różnych haków, żelaza do piętnowania, malutkie, zgrabne lancety i skalpele, służące do precyzyjnej roboty, oraz ulubioną łyżeczkę do wydłubywania oczu, o zmyślnie zaostrzonej krawędzi.

Uśmiechnęła się z aprobatą. Tak przygotowana, mogła już spokojnie zacząć się relaksować i nabierać sił.

Obłędne, opętańcze wrzaski, wycie, zawodzenie i rozdzierające jęki długo w noc wstrząsały całym domem.

Urakami, który gdzieś w duszy nie bardzo wierzył, że jego domniemana kuzyneczka jest adeptką Kręgu, przed świtem przeżył ciężkie i szokujące oświecenie. Płakał, wraz z dwojgiem najbardziej zaufanych służących zmywając krew i zbierając szczątki nieszczęsnego sieroty. Po tym doświadczeniu musiał przyznać, że nie ma już żadnych wątpliwości.

Sprowadziłem do domu potwora, uświadomił sobie ze zgrozą. Wybacz mi, Buddo Amido! Co ja najlepszego uczyniłem?

Ale nic nie powiedział. Bał się. Do późnego ranka pił samotnie w swoim gabinecie, ale i tak nie mógł ani upić się na śmierć, ani zapomnieć żadnego straszliwego szczegółu. Był stracony. Na zawsze, bezpowrotnie stracony.

Etsuke tymczasem spała słodko i głęboko. Na drugi dzień, rozśpiewana, odprężona i pełna wigoru, ostro wzięła się do pracy.

Nowy najemnik Yoshitaki stał przed Ashiheim spokojny i pewny siebie.

– Wiem już, jak zdobyć nazwisko zdrajcy, panie. W rezydencji Omury mieszka aż dwoje świadków jatki w opuszczonej świątyni. Młoda dziewczyna, córka naczelnika jakiejś tam wioski, i wędrowny dekorator. Oboje byli w budynku lub w jego pobliżu podczas zajścia. Nie wierzę, że niczego nie widzieli. Oni wiedzą, kto jest szczurem w twoim domu, ale boją się gadać. Bez trudu to z nich wyciągnę. Wystarczy odrobina perswazji.

Uśmiechnął się ostro, drapieżnie.

Szef gangu nie wydawał się jednak zachwycony.

– Dziwne te twoje rewelacje – warknął. – Jeśli jest tak, jak mówisz, czemu moi ludzie nie odkryli tego przedtem?

Yoshitaki wzruszył ramionami z jawną pogardą.

– Widocznie nie są tak dobrzy, jak sądzisz… panie – dodał po chwili.

Dawno temu odzwyczaił się od form grzecznościowych tego rodzaju.

Ashihei zmierzył go wzrokiem.

– Więc znalazło się aż dwóch świadków. Czyli mamy jakiś punkt zaczepienia. Możesz mi wyjaśnić, jakim cudem zdobyłeś te informacje, niedostępne dla innych?

– Służba w dużych domach uwielbia plotki. Po prostu pogadałem z paroma ludźmi Omury. To bardzo prosty i skuteczny sposób. Dziwię się, że nikt z twoich na niego nie wpadł.

Ja też się dziwię, pomyślał Imokori. Coraz bardziej.

– Tak po prostu? Wpadłeś tam i pogadałeś? – spytał.

Najemnik popatrzył na niego ze zdziwieniem, jakby Ashihei nie był do końca sprawny umysłowo.

– Oczywiście w przebraniu.

– W przebraniu? Co to miało być? Teatr kabuki? – parsknął szef.

Yoshitaki odezwał się po pełnej napięcia chwili, cierpliwym, cichym głosem wyjaśniając swoje postępowanie, tak jak się tłumaczy proste rzeczy głupkowatemu, rozkapryszonemu dziecku.

– Poszedłem na targ, gdzie służba Omury kupuje zaopatrzenie, przebrany za sprzedawcę ryb, zhandlowałem parę ładnych sztuk, a przy okazji dowiedziałem się wszystkiego. Nie robicie tak nigdy?

Nie, przyznał w duchu szef gangu. A szkoda. Ten człowiek jest bystry i przydatny.

– W porządku, to ma sens – stwierdził. – Tylko niewiele daje, skoro obaj świadkowie siedzą bezpiecznie za murami dworu tego gnojka Omury.

Na te słowa najemnik pokazał zęby w złym, wilczym uśmiechu.

– To żaden problem, panie. Bez trudu wyciągnę ci stamtąd tę dwójkę. Daj mi tylko paru ludzi i kilka dni na przećwiczenie akcji.

– Chcesz włamać się do domostwa daimio i porwać świadków? Tak po prostu? Gdyby to było możliwe, już dawno wdarłbym się tam i załatwił drania. Omura jest strzeżony jak diament najczystszej wody. Zawsze otaczają go zaufani samuraje, a jego dom to twierdza.

Yoshitaki nie wydawał się zbity z tropu.

– Nie twierdza, tylko rezydencja. To nie zamek obronny. Starannie obejrzałem holomalowidła jego włości. Ten głupek Omura jest tak zadufany w sobie, że pozwala sprzedawać je na targu. Widać musi być bardzo dumny ze swojej eleganckiej chałupy. Dzięki temu wiem, którędy najlepiej uderzyć. A dwoje podrzędnych służących, jakaś pokojówka i holopacykarz, nigdy w życiu nie będą strzeżeni tak, jak daimio. Założę się, że pozwala im po prostu błąkać się po posiadłości. Dla niego są bezużyteczni. Uwierzył, że nie znają nazwiska zdrajcy. I przestał zwracać na nich uwagę. Nie dostaniemy samego Omury ani nikogo z jego najbliższych, zaufanych pracowników. Ale dwoje nieważnych służących? To całkiem co innego. Dostarczę ci oboje, Ashihei. Sporo będziesz mógł się dowiedzieć, gdy dzięki ich zeznaniom dorwiesz wreszcie tego szczura, który ośmiela się szpiegować w twoim własnym domu.

Ashihei się zastanowił.

Plan wydawał się ryzykowny i nieco szalony, ale Yoshitaki wyglądał jak ktoś, kto wie, co robi. Może warto zaryzykować? Bardzo chciał dostać zdrajcę w swoje ręce. O tak, pragnął tego z całej mocy. Czuł, że musi wyładować emocje związane ze śmiercią Mariko. W głębi duszy pragnął gruntownego oczyszczenia. A nic nie oczyszcza lepiej niż świeżo przelana krew.

Popatrzył uważnie na opanowanego, twardego człowieka, który przed nim stał.

Dzięki temu wypadowi przekonam się, czy jest naprawdę tak dobry, na jakiego wygląda, postanowił. A potem niech wreszcie znajdzie zabójcę mojej siostry. Jeśli ktoś ma dorwać mordercę, to właśnie on.

– Dam ci ludzi. Tylko mnie nie zawiedź!

– Spokojna głowa – obiecał najemnik. – Jestem niezawodny jak wieczne potępienie.

Ashihei zdobył się nawet na cień uśmiechu.

Z początku, tuż po domniemanej zdradzie Takeshiego, Haru nabrała przekonania, że nigdy już nie będzie spokojnie sypiać. Natłok myśli i uczuć nie da jej zasnąć.

Ale myliła się.

Zmęczona i przytłoczona całą masą dziwnych, strasznych prawd, których dowiedziała się o ukochanym oraz otaczającym ją świecie, padała na futon jak kamień. Nie dręczyły jej sny ani koszmary. Po prostu zapadała w czarną studnię nieświadomości, budząc się rankiem niewyspana, osłabiona, jakby w ogóle się nie kładła.

Nic nie usłyszała.

Ani słabego, stłumionego trzaśnięcia okiennicy. Ani cichych kroków. Ani oddechów czy bicia serc intruzów.

Było ich dwóch. Zamaskowanych, czarnych. Myślała, że jej się przyśnili, wychynęli naraz z mrocznej głębi majaku, zawieszeni na granicy jawy i koszmaru. Lecz okazali się strasznie, brutalnie realni. Ich mocne ręce przycisnęły Haru do podłogi, szmata wciśnięta w usta stłumiła krzyki. Musiała być nasączona jakimś środkiem oszałamiającym, bo dziewczyna zachłystywała się oddechem, czując ostry, otumaniający zapach lilii i chemiczny, przyprawiający o mdłości smak gorzkiego lekarstwa.

To nie demony, pomyślała w nagłym przebłysku białego niczym błyskawica przerażenia. To ludzie!

Próbowała się wyrwać, lecz szybko traciła czucie w rękach i nogach. Sufit wirował w szaleńczym tempie, ściany się zapadały, podłoga zmieniała w lepkie grzęzawisko. Jeszcze jeden stłumiony szmatą haust gorzkiego, przesyconego lilią powietrza i Haru zemdlała.

– Widzisz, chłopie? – Takeshi wskazał palcem na ogród. – Pięknie, co? Pływająca wyspa i pawilon herbaciany. Tylko siadać i pisać wiersze.

Momotaro, wymalowany na etykiecie butelki, patrzył na niego pustymi, wyłupiastymi oczami głupka. Policzki miał wydęte wprost groteskowo, tak że przypominały pośladki. Wyglądał jak niemowlę sumotori z tyłkiem zamiast twarzy.

Każdy ma takiego kumpla, na jakiego zasługuje, pomyślał były adept Czarnej Wody, pociągając łyk z flaszki.

Ogród nurzał się w ciemności, ptaki zawodziły płaczliwie, liście szeleściły sucho. Noc stała rozpięta nad światem, czarna, wyszywana gwiazdami jak jedwabne kimono niedbale rzucone na rzeczywistość dnia. W powietrzu dało się już odczuć lodowe kryształy nadchodzącej jesieni.

Takeshi, który nie mógł spać, błąkał się bez celu pośród tego zimnego, ogarniętego mrokiem piękna, zmarznięty, lecz ponuro zacięty w sobie.

I jakoś tak bezwiednie, wbrew woli, podczas tej wędrówki po ogrodzie, klucząc i zataczając kręgi, coraz bardziej zbliżał się do skrzydła, w którym mieściły się apartamenty Fumiko.

– O, tam mieszka – pokazał Momotaro. – To tamte okna.

Ze swego miejsca, ukryty w kępie trawy grzywiastej, nie mógł dostrzec, czy są zamknięte. Nie wiadomo czemu, nagle stało się to niesłychanie ważne.

Otwarte czy nie?

Musiał sprawdzić. Po prostu musiał, choć przecież to i tak nic nie znaczyło. Z bolesnym, gorzkim poczuciem upokorzenia, przysuwał się wciąż bliżej i bliżej do kwater dla gości. W końcu widział już wyraźnie.

Zamknięte. Całkowicie, zdecydowanie, ostatecznie zamknięte.

No tak. Przecież było zimno.

Nagle poczuł przypływ złości.

Czego się spodziewałeś, głupku? Czego, żałosny, pieprzony durniu? Masz, co chciałeś.

Miał się właśnie odwrócić i odejść od tych zatrzaśniętych ostentacyjnie okien, gdy nagle obudził się w nim jakiś instynkt, odruch, niepokojący impuls, że coś tu nie pasuje, jest bardzo, parszywie nie w porządku.

Po prostu czuł ostry, słodkawy, mdlący odór niebezpieczeństwa. Nagle zrozumiał i serce zabiło mu gwałtownie, na alarm. To był tylko cień zapachu, ale wystarczył. Lilie. I cierpka, chemiczna gorycz.

Fumiko! O bogowie Wysokiej Równiny Niebios! Ktoś odurzył i porwał Fumiko!

Przypadł do ściany budynku, gorączkowo oglądał ślady. Miłosierny Jizo! Jedna okiennica została wyważona. Zobaczył zdeptaną ziemię pod oknem. Odrobinę brunatnej mazi na framudze, tam, gdzie porywacz postawił stopę. Czerwoną nitkę wyszarpniętą z koca czy kołdry, która, niestety, nie przyniosła właścicielce szczęścia.

Zwinnie wskoczył do środka. Tu cień zapachu był mocniejszy. Pościel rozrzucona, wzburzona. Pochylił się, dotknął jej całą dłonią. Zimna. Od porwania minęło trochę czasu.

Fumiko! – myślał rozpaczliwie. Och nie! Fumiko!

A potem przyszło chłodne opamiętanie. Bo to nie była sypialnia negocjatorki. Tylko mała, skromna kwatera pokojówki.

Haru. To Haru została uprowadzona.

Takeshi poczuł, jakby ktoś go walnął wielkim młotem w łeb. Wydawało mu się, że monstrualny, widmowy Momotaro rechocze z niego drwiąco, trzymając się za tłusty brzuch zawodnika sumo.

Ty idioto! – krzyczał na siebie w myślach. Ty durny, zapijaczony, żałosny śmieciu! Popatrz sobie, jak jej pilnowałeś! No tylko popatrz, dupku! I co teraz zrobisz, koleś? No, niby co?

Długim susem znalazł się w ogrodzie. Cichy, skupiony, w jednej chwili trzeźwy jak letni poranek, biegł przez ciemność, poszukując śladu napastników.

Wyćwiczonym wzrokiem doskonałego adepta dostrzegał zgniecioną trawę, złamane główki kwiatów, przygięte gałązki, poszarpane liście. Prowadziły daleko, w głąb ogrodu, aż na tyły stawu, a potem za ogrodzenie. Wspiął się na nie, nawet niezadyszany po długim biegu.

Za granicą posiadłości zaczynał się las. Słabe, rzadkie poszycie i wyniosłe pnie świerkowców, splecione koronami na górze. Przypominały kolumny w świątyni. Świątyni klęski i pokuty.

Bo na wilgotnej ziemi leżały ciała dwóch strażników Omury, cicho i fachowo zadźganych pojedynczymi ciosami sztyletu.

A w błocie opodal z szyderczą wyrazistością rysowały się ślady opon bolida, wiodące prosto w las.

Takeshi pozwolił sobie na zdławiony, ochrypły okrzyk wściekłości i żalu. Z całej siły uderzył pięścią w ziemię, lecz to nie przyniosło ulgi.

Żegnaj, Haru! Żegnaj, mała. Naprawdę wspaniale cię upilnowałem! Spieprzyłem koncertowo wszystko, co tylko się dało!

Wyrzuty sumienia żarły go jak dzikie psy padlinę. Mógł wraz z Reim przeniknąć do dworu Ashihei i próbować odbić dziewczynę, ale zanimby tam dotarli i dostali się do środka, z córki wójta zostałby tylko umęczony, poszarpany trup. Pozostawała jeszcze jedna, nikła szansa. Może ludzie gangstera czekają także na holopacykarza, zaczajeni w jego kwaterze? Wtedy dałby się porwać i przynajmniej w ten sposób dostałby się do domostwa tego przeklętego skurwysyna.

Pędem, najszybciej jak mógł, gnał susami przez ogród, z powrotem do skrzydła dla służby. Serce biło mu jak oszalałe, a wściekłość barwiła cały świat na kolor krwi.

Idiota! Idiota! Drań i bydlę! Dobra Kannon, co musi teraz przeżywać ta biedna dziewczyna! Tylko dlatego, że miał ją w dupie. Bo miał. Nie da się ukryć.

Żarliwie modlił się do różnych bogów, żeby nie było za późno.

Kiedy, dysząc ciężko, przykleił się do ściany tuż koło swojej kwatery, odetchnął z ulgą. Ciemny kształt czekał, skulony za załomem muru. Chyba nigdy w życiu żaden człowiek nie ucieszył się tak na widok swego porywacza. Widocznie ludzie gangstera nie zadowolili się dziewczyną i czatowali także na wędrownego artystę.

Takeshi stłumił przemożny odruch, żeby błyskawicznie, bezgłośnie zabić ten skulony cień, ot tak, z zemsty i wściekłości. To byłoby jeszcze bardziej kretyńskie niż wszystko, co zrobił do tej pory. Bandyci musieli nabrać przekonania, że jest zwykłym, nieszkodliwym rzemieślnikiem. Tylko w ten sposób miał szansę pomóc Haru.

Odczekał krótką chwilę, żeby uspokoić oddech, a potem wkroczył chwiejnym krokiem na dziedziniec. Mruczał coś pod nosem, żeby porywacze doszli do wniosku, że jest kompletnie pijany.

– Piękna nocka! W sam raz na pejzażyk. Kto chce pejzażyk, ładniutki i tani? – mamrotał, w środku spięty i czujny jak wodna pantera na łowach.

Z rozmachem otworzył drzwi. Zdążył je jeszcze zatrzasnąć, udając, że ma zamiar paść plackiem na futon, gdy pochwyciły go potężne, muskularne ramiona.

– Soo? – jęknął, nadal grając rolę pijaka, a wtedy przyskoczył ku niemu drugi napastnik i przydusił szmatą nasączoną narkotykiem.

Takeshi udał, że więdnie, rozluźnił mięśnie, by stały się całkiem bezwładne, i niechętnie zamknął powieki. Musiał, jeśli miał wyglądać na zemdlonego. Doskonale wiedział, jak sprawiać wrażenie zupełnie nieprzytomnego. Tego uczyli w Czarnej Wodzie już kilkuletnie dzieci.

Pozwolił owinąć sobie głowę cienką gazą i dał się ponieść na tyły ogrodu, do drugiego bolida, zaparkowanego w pobliżu pomieszczeń dla służby.

Trzymaj się, Haru, myślał przez całą drogę. Wytrwaj, księżniczko. Przysięgam, że zrobię, co w mojej mocy, żeby cię stamtąd wyrwać, całą i zdrową.

Ale w duszy dręczyły go straszne wątpliwości, czy aby na pewno podoła temu zadaniu.

Rei zaczął dobijać się do drzwi apartamentu Fumiko, ledwie nocną ciemność rozświetlił pierwszy, szarawy przebłysk świtu. Służący i dwaj strażnicy, pilnujący spokoju oraz bezpieczeństwa wysłanniczki Uśpionej Wierzby, nie chcieli go wpuścić. Na szczęście dama, obudzona hałasem, narzuciła pierwszą lepszą suknię na nocny strój i poszła zobaczyć, co się stało.

Na widok pobladłej, zmienionej twarzy mnicha poczuła gwałtowny strach.

– Wejdź – nakazała, odprawiwszy służbę.

Rei wyglądał jak śmierć. Tęczowe oczy przygasły, zszarzały. Zaciśnięte usta przypominały rysę na białym gipsie.

– Stało się coś złego – powiedział głucho. – Takeshi zniknął. Nie odszedł, bo nie zabrał niczego ze sobą. Nawet Blasku. Nigdy nie zostawiłby miecza. Byłem w jego kwaterze, widziałem ślady szamotaniny.

Adeptka Wierzby stłumiła okrzyk grozy, zasłaniając usta ręką.

– Dobra Kannon! – jęknęła. – Porwali go? Niemożliwe! Przecież pozabijałby napastników!

Znała Takeshiego, wiedziała, co potrafi, więc rewelacje Rei po prostu nie mieściły jej się w głowie.

Mnich zaprzeczył:

– Nie. On dał się porwać, Fumiko. Sądzę, że z powodu Haru.

– Haru? – powtórzyła ze zdumieniem.

W tej chwili pokojówka obchodziła ją tyle, co zeszłoroczna pogoda.

– Myślę, że ją porwali najpierw. Dlatego Takeshi pozwolił się złapać.

– Bogowie! – krzyknęła Fumiko. – Tak, to do niego podobne!

– Na wszelki wypadek sprawdźmy, czy mała także zniknęła – zaproponował mnich. – Między innymi po to przyszedłem.

Zmierzyła go czujnym wzrokiem.

– Między innymi? Co zamierzasz zrobić, Rei? Popełnić takie samo szaleństwo jak on?

Na twarzy mnicha malował się wyraz udręki.

– Zrozum, to się stało przeze mnie. Ja go namówiłem, żeby został. Upierałem się przy tym! Nalegałem. Z powodu kretyńskich przeczuć i snów! Dobry Darumo, jak mogłem być takim idiotą?! Teraz Takeshi pewnie zapłaci krwawą cenę za moje wariactwa.

Fumiko schwyciła mocno wielką, kościstą dłoń przyjaciela.

– Twoje wariactwa nigdy jeszcze nas nie zawiodły.

– No to masz pierwszy raz – oznajmił ponuro. – Posłuchaj, muszę go ratować. Ruszam natychmiast. Ukradnę bolid i pojadę za porywaczami. Na pewno zabiorą więźniów do rezydencji tego gnoja, Ashihei. Spróbuję wyciągnąć Takeshiego albo zginę razem z nim.

Adeptka Wierzby poczuła, że wpada w panikę.

– Nie! Nie rób tego! Zastanów się, jakie masz szanse? Sam? Na nieznanym terenie? Nie pomożesz mu, pozwalając się zabić! Wymyślę coś! Przysięgam, że wymyślę. Wymyślimy razem! Nie odchodź teraz. Zostań ze mną. Poczekaj choć chwilę, proszę!

Rei przymknął powieki. Wyglądał na załamanego i zdruzgotanego.

– Nie mogę czekać. Przecież oni go zamęczą. Takeshi naprawdę nie zna tego cholernego nazwiska! Jak myślisz, Ashihei uwierzy mu na słowo?

W umyśle Fumiko szalała burza, a w sercu rodził się przeraźliwy ból.

Zabiją go, myślała rozpaczliwie. Naprawdę go zabiją. Będzie trupem. Zginie. Zginie powtórnie, tak jak siedem lat temu, ale tym razem naprawdę.

O bogowie! Dobra Kannon! Miłosierny Jizo! Nie mogła do tego dopuścić. Tyle że nic nie potrafiła wymyślić. W jej przezornej, wyćwiczonej, rozsądnej głowie nie pojawiał się żaden plan, nawet najbardziej szalony. Wył tylko wicher i panowała ciemność.

Spojrzała na przyjaciela, który miał w sobie tyle życia, co drewniana deska.

– Chodź, zobaczymy, co z Haru, a potem razem zastanowimy się, co robić. – Pociągnęła go za sobą.

Tak jak się oboje spodziewali, mała sypialnia pokojówki była pusta. Rei wciągnął powietrze.

– Lilie.

– Tak – zgodziła się. – Gorzkie lilie. Odurzyli ją. Ośmielili się wejść na teren rezydencji i uprowadzić dwoje ludzi, będących pod opieką daimio. Niebywała bezczelność.

Nagle w jej głowie zrodził się pomysł, jak rozbłysk światła. Zagra na ambicjach klienta! Zmusi go do interwencji, przekonując, że inaczej straci twarz. Tak, to miało sens!

Blask znów ożywił jej tygrysie oczy.

– Poczekaj, Rei! Wiem już, co zrobić! Pójdę do Omury, zażądam, żeby natychmiast uderzył na gangstera. Ten dom został zbezczeszczony. Naruszono spokój i bezpieczeństwo domowników daimio. Honor gospodarza poważnie ucierpiał. Taką zniewagę może zmyć tylko krew! Zobaczysz, skłonię go, żeby w tej chwili pozbierał ludzi i ruszył jeszcze rankiem. Odbijemy Takeshiego!

Mnich miał wątpliwości.

– Nie wiem, czy cię usłucha.

– Och, usłucha z pewnością! – Fumiko uśmiechnęła się drapieżnie.

Odzyskała pewność siebie, gdy wreszcie mogła działać. Robiła, co w jej mocy, żeby ocalić ukochanego. A to podnosiło ją na duchu. Poza tym plan wydawał się całkiem sensowny.

Ale Rei nie wyglądał na przekonanego.

– Nawet jeśli Omura wyruszy niedługo, może nie zdążyć. A poza tym, Fumiko, pamiętaj, że młody Urakami tylko czeka, żeby zaatakować naszego daimio. I zrobi to natychmiast, gdy się tylko dowie, że jego wróg samotnie uderzył na Ashihei. Nie wytłumaczysz się w Zakonie z takiego błędu...

– Och, a kogo to obchodzi! – krzyknęła desperacko. – Takeshi jest najważniejszy! Tu chodzi o jego życie!

– Oczywiście, ja tylko nakreślam... – zaczął mnich, lecz nagle urwał.

Przez twarz przebiegł mu skurcz bólu. Schwycił się obiema rękami za skronie i opadł ciężko na jedno kolano.

Adeptka Uśpionej Wierzby poszarzała z przerażenia.

– Rei! Co się stało?! Co z tobą?

– Nie wiem... nie wiem... – wymamrotał słabo. – Ale nie ze mną. Z Takeshim! Dzieje się coś złego, Fumiko. Coś bardzo złego!

– Bogowie! – jęknęła głucho. – Bogowie! Błagam, nie!

Ale mieszkańcy Wysokiej Równiny Niebios zdawali się pozostawać głusi na jej prośby.

– Widzisz coś? Co się z nim dzieje? Gdzie jest? – pytała gorączkowo.

– Nie wiem. Natura naszych relacji nie jest tego rodzaju – odpowiedział ostrożnie, tymczasem w jego głowie jedyny brat, przyjaciel i towarzysz broni krzyczał z bólu. – Czuję tylko, że coś się stało.

– Miłosierny Buddo Amido!

Wymienili pełne grozy spojrzenia.

– Biegnę do daimio! – zawołała i wybiegła, choć przecież oboje wiedzieli, że pośpiech już na nic się nie zda.

Gęsta, gorąca czerwień

Podróż była długa i przykra. Leżał na tylnym siedzeniu bolida, udając zemdlonego. Ze zdawkowych rozmów kierowcy i pasażera nie dowiedział się niczego interesującego. Utyskiwali tylko, że zmarzli, czekając, aż ten pijaczyna dobrnie wreszcie do swojej kwatery. Jeden miał szczery zamiar nieźle przykopać Takeshiemu podczas wyładunku, lecz drugi mu to odradził.

– Ashihei by się wściekł, że robisz coś bez rozkazu – przypomniał.

W ten sposób adept Czarnej Wody dowiedział się przynajmniej, że ludzie gangstera nie są specjalnie samodzielni, a swego szefa boją się jak zarazy.

Bolid przejechał przez trzy bramy, zanim wreszcie zatrzymał się na wewnętrznym podwórzu rezydencji. Takeshi niczego nie widział wyraźnie, bo głowę miał obwiązaną kilkoma warstwami gazy. Kierowca i pasażer wyładowali go jak paczkę, rzucili bezceremonialnie na bruk dziedzińca.

– Mamy go! – zawołał któryś.

Szczęknęły zasuwy, otworzyły się drzwi dużego budynku gospodarczego. Jasne światło buchnęło z nich niczym krew z rozciętej tętnicy. W jednej chwili oślepiło przywykłe do ciemności oczy Takeshiego. Poczuł, jak podnoszą go silne ramiona, wciągają do środka i znów ciskają na twardą podłogę.

W pobliżu ktoś monotonnie pochlipywał.

Haru. Bogowie, żeby to była ona! To by przynajmniej oznaczało, że żyje.

Przed Takeshim pojawiła się krzepka, barczysta postać mężczyzny, czarna sylwetka na tle wściekłej jasności lamp, niczym postać z teatru cieni. Dłoń sięgnęła gazy, zerwała jednym ruchem.

– Ja pierdolę! – powiedział z niekłamanym zdumieniem znajomy głos.

Zdecydowanie znajomy.

Takeshi zamrugał, zmrużył powieki. Ujrzał wreszcie pochyloną nad sobą twarz i nabrał ochoty, żeby powtórzyć to samo.

Ja pierdolę!

Yoshitaki. Nie było wątpliwości. Rozpoznał go natychmiast. Przez minione siedem lat prawie wcale się nie zmienił. Nadal miał te same rude jak lisia kita włosy, niebieskie oczy i kanciastą szczękę twardziela. Przykląkł teraz przy rozciągniętym na podłodze kumplu z Czarnej Wody, mierząc go wzrokiem.

– Noc cudów – mruknął z przekąsem, cicho, żeby nie usłyszeli pozostali gangsterzy. – Stary, dobry Cień Śmierci. Prędzej bym się tu spodziewał chętnej na jakieś figle Tysiącorękiej Kannon niż ciebie, chłopie.

– Ja też – przyznał Takeshi. – Pracujesz dla tego gnoja Ashihei?

– Ano, wygląda, że tak.

– No to mamy problem – stwierdził ponuro więzień.

Jego stary przyjaciel skinął głową. Widać było, że sytuacja zdecydowanie go nie zachwyca.

– Możesz wstać? – Wyciągnął rękę, żeby pomóc.

Takeshi zawahał się tylko moment i uścisnął podaną dłoń. Yoshitaki pociągnął go w górę. Spojrzeli sobie w oczy i ujrzeli w nich pełne powagi zrozumienie.

Znajdowali się w obszernej, pustej hali. Nie było w niej mebli, tylko jedno krzesło, przyśrubowane do podłogi, obwieszone rzemieniami, klamrami i łańcuchami. Z sufitu zwieszały się haki, ostre jak pazury bestii. I jeszcze więcej łańcuchów. Z tyłu płonął piec typu koza, z otwartym paleniskiem. Pod ścianami stało kilka ciężkich, okutych kufrów.

Nie będzie łatwo, pomyślał Takeshi, patrząc na dawnego kumpla. Chociaż jemu pewnie też nie.

Skulona w przeciwległym kącie, siedziała zapłakana Haru. Kurczowo obejmowała ramionami podciągnięte kolana. Rozczochrane włosy opadały na ramiona. Miała na sobie różową piżamę w wesołe króliczki, co nadawało jej boleśnie żałosny wygląd skrzywdzonego dziecka. Brak makijażu jeszcze potęgował wrażenie. Była prawdopodobnie w szoku, bo albo nie poznała Takeshiego, albo nie zwróciła na niego najmniejszej uwagi.

W każdym razie żyła i nie sprawiała wrażenia pobitej czy rannej.

Zawsze jakiś mały dar od losu, za który warto podziękować Siedmiu Bogom Szczęścia.

Yoshitaki miał ponurą minę. Targały nim złe przeczucia. Znał swego dawnego przyjaciela. Znał całkiem dobrze i wiedział, czego się może po nim spodziewać. Co więcej, zaciągnął kiedyś poważny dług u Takeshiego. Tak poważny, jak tylko może być uratowanie życia. A zwykł spłacać swoje zobowiązania. Poza tym nie chciał robić kumplowi krzywdy, choć bardzo się bał, że będzie musiał.

– Nie możemy tego załatwić po ludzku, prawda? – spytał, choć głos miał całkiem wyprany z nadziei. – Podasz nazwisko, a ja dopilnuję, żebyście oboje znaleźli się bezpiecznie w domu? Dlaczego to nie wchodzi w grę, Cieniu?

Takeshi westchnął.

– Bo ja nie znam tego nazwiska. Dziewczyna też nie. Szczur Omury puścił waszym ludziom nagranie bez dźwięku. Widocznie obraz mówił sam za siebie. Schowani w kryjówce za ołtarzem nic nie widzieliśmy. W czasie małej bitwy, która się potem rozpętała, płytka z nagraniem się stłukła. To tyle, bracie. Przykro mi, ale nie mogę ci bardziej pomóc.

– Dobry Darumo! – Najemnik wzniósł oczy do nieba, przyzywając bodhisattwę na świadka swojej zgryzoty. – Ty się nigdy nie zmienisz, co?

Wiedziałem, że tak będzie, pomyślał Takeshi z gniewną zawziętością. Nie uwierzą mi. Za cholerę. Skoro nawet Yoshitaki nie wierzy, kiepsko to wszystko wygląda.

– Yoshi, mówię prawdę. Nie znam tego pieprzonego nazwiska. Powiedziałbym ci, gdybym wiedział. Bo co mi, u diabła, zależy?

Dawny przyjaciel zmierzył go chytrym spojrzeniem.

– Nie wiem – przyznał. – Ale na pewno masz swoje powody. My już tacy jesteśmy, nie? Knujemy, lawirujemy, nie możemy żyć bez sekretów i tajemniczych zadań. Wiesz, ale nie chcesz powiedzieć. Czemu, do cholery? Po prostu to zrób i po sprawie!

– Nie będzie po żadnej sprawie, bo nie mam nic do powiedzenia! – warknął Takeshi, którego upór byłego kolegi z Czarnej Wody zaczynał wytrącać z równowagi.

Najemnik zacisnął usta.

– Dobra, jak chcesz. Ostatnie pytanie, ze względu na nasze dawne układy. Ona czy ty?

Oczy Takeshiego zabłysły wściekle, niebezpiecznie, jak u dzikiego, szalonego zwierzęcia.

– Tknij ją, to zabiję. Przysięgam.

– A czego ja się niby spodziewałem? – skwitował gorzko Yoshitaki. – Oto Cień Śmierci, którego znamy i kochamy. Potrzebuję jasnej odpowiedzi. To znaczy, że ty, tak?

– Jasne, że tak, draniu – wycedził były wędrowny artysta, zbyt podminowany, żeby się opanować.

– No nie, teraz to przesadziłeś! – wkurzył się najemnik. – Człowiek robi, co może, żeby takiemu pomóc, a on ma to w dupie. Przestań się wygłupiać! Gadaj!

– Nie mam o czym!

– Niech cię diabli, pieprzony durniu!

Pięść Yoshitakiego wylądowała na kości policzkowej Takeshiego. Ból był oślepiająco biały, jak petarda. Były adept Czarnej Wody miał jednak tyle rozumu, żeby się nie bronić. Zostałby wtedy natychmiast zastrzelony przez pozostałych ludzi Ashihei.

Ciosy dawnego przyjaciela sypały się na jego korpus i głowę, mocne i bolesne, jednak rozważne i wyważone. Nie bił tak, żeby naprawdę zrobić krzywdę. Przypominało to spektakl teatralny na użytek nieświadomej gawiedzi. Wściekły czy nie, Takeshi potrafił to docenić.

– Gadaj!

– Nic nie wiem!

– Mów, sukinsynu!

– Nie!

– Dobry Darumo!

Yoshi walnął go w splot słoneczny, a potem zręcznie podciął nogi i powalił na podłogę. Przed oczami Takeshiego wybuchały, jedno po drugim, oślepiające słońca. Nie mógł złapać tchu, skulił się w obronnej pozycji. Najemnik kopał go po żebrach, aż dudniło. Z boku wyglądało to o wiele gorzej, bo tak naprawdę znacznie hamował uderzenia i ciosy okutego buta.

Zgromadzeni w sali gangsterzy Ashihei, przedtem poważnie zaniepokojeni dziwaczną wymianą zdań między więźniem a nowym przełożonym, przestali szemrać i odetchnęli z ulgą. Odezwały się nawet nieśmiałe komentarze i rechoty. Powód do zdenerwowania zniknął. Nagle wszystko wróciło do normy. Szef stał, a holopacykarz leżał. I nieźle obrywał.

Wylądowawszy na podłodze, Takeshi pochwycił przelotnie pełne bezbrzeżnego przerażenia spojrzenie Haru. Poczuł, że znów zaczyna nim trząść szalona wściekłość.

Dlaczego ten dupek Yoshi mu nie wierzy? Czemu jest taki tępy i durny, gnój jeden? Ach, do diabła z nim!

Tymczasem najemnik złapał go za ramiona, poderwał do pionu.

– Dość masz? Powiesz mi teraz?! – wysapał ze złością.

Strużka krwi pociekła Takeshiemu z nosa, obficie krwawił też przecięty łuk brwiowy, ale pęknięte, spuchnięte usta wykrzywiły się w złym, drwiącym grymasie.

– Niby co? Spierdalaj?

Miał gdzieś, że nie zachowuje się jak biedny wędrowny rzemieślnik. W tej jednej chwili nie dbał o to. Dał się ponieść gorącej, czerwonej fali gniewu. Miałby się płaszczyć przed Yoshim, błagać o litość? Niedoczekanie. Cień Śmierci powstał i wypełniał go całkowicie.

Wytrzymał oburzone, pełne furii spojrzenie niebieskich oczu.

– Jak tam wolisz! Mały, Gnat! Zwiążcie mu z tyłu ręce i na hak!

Dwóch ludzi podskoczyło natychmiast, wykonało rozkaz.

Takeshi stał na podłodze, a ostry, metalowy pazur przebijał sznur, którym związano mu nadgarstki. Przymocowany do haka łańcuch przechodził przez kółko w suficie. Drugi koniec trzymał w dłoniach wielkolud nazwany Gnatem. Ostatnie ogniwo, teraz odpięte, zwykle tkwiło mocno zakotwiczone w betonowej podłodze.

Niech cię zaraza popieści, Yoshi, pomyślał gorzko Takeshi. Aleś wymyślił frajdę.

Najemnik, zdenerwowany i zły, krążył nerwowo po hali, jakby szukał drogi ucieczki. Ale ucieczka nie wchodziła w grę. Musieli to przetrwać. Obaj. Doprowadzić do końca.

Nie mam wyjścia, przekonywał się. Nie mam żadnego pieprzonego wyjścia.

– Gnat. Mały. Do góry – nakazał wreszcie.

Pociągnęli za łańcuch. Ręce Takeshiego podjechały ku sufitowi, wygięte w nienaturalnej pozycji. Zgiął się wpół w ucieczce przed bólem, ale to nic nie dawało. Miał wrażenie, że ktoś powoli wyszarpuje mu ramiona ze stawów. Łańcuch napierał. Stopy powoli zaczynały się odrywać od podłogi. Wielkie, czerwonozłote kwiaty bólu, jeden po drugim, wybuchały przed oczami. Chybaby krzyczał, gdyby umiał.

Wyłamie mi ręce, skurwiel! – zrozumiał, wstrząśnięty.

I właśnie wtedy głośny okrzyk: „Puszczać!" położył kres cierpieniu. Stanął z powrotem na podłodze, choć kolana mu się trochę ugięły. Barki bolały jak diabli, ale nie było porównania z tym, co czuł przed chwilą.

Yoshitaki podszedł tak blisko, żeby nikt nie usłyszał, co powie.

– No? – spytał niemal błagalnie. – Takeshi, proszę. Nie wiem, co robić!

– Ja też nie, bo nie znam tego cholernego nazwiska. Ile razy muszę ci powtarzać? Mam wymyślić czy co?

– Kurwa! – wrzasnął najemnik.

Mały i Gnat wzięli to za zachętę i silnie szarpnęli łańcuch. Coś chrupnęło paskudnie, związane ręce Takeshiego poleciały do góry, twarz mu pobladła, czoło i skronie pokryły się potem.

– Nie! – ryknął Yoshitaki.

Przyskoczył i wypłacił Gnatowi serdeczny cios w pysk. Puścili łańcuch, a Takeshi runął na kolana.

– Za co, szefie? – jęknął powalony.

– Nie było rozkazu.

Człowiek znany kiedyś jako Cień Śmierci zbierał się ciężko z podłogi. Rysy miał ściągnięte i wyglądał źle.

– Nic ci nie jest? – spytał jego były przyjaciel z niepokojem i troską. – Możesz ruszać rękami, wszystko w porządku?

– Nie wiem, bo są związane. Ale chyba tak. Nic się nie stało.

Najemnik popatrzył po zdumionych gębach gangsterów.

– To zdolny malarz – wyjaśnił. – Nie chcę niepotrzebnie niszczyć talentu. Jakieś pytania?

Milczeli, ale miny mieli nietęgie.

– No, to wszystko jasne.

– Jasne? Hmm, zobaczymy – odezwał się nagle czyjś władczy, ostry głos.

Niezauważony przez nikogo, w progu stanął Ashihei. Towarzyszył mu Kubo.

Szef gangsterów wszedł do pomieszczenia, uśmiechnął się w dziki, dziwny, szalony sposób. Miał na sobie krótką, skórzaną kurtkę zszytą ze skór żmij ryżowych. Długie włosy, zwykle upięte w samurajski kok, związał rzemieniem. Dopiero w jasnym świetle było wyraźnie widać, że blizny, które znaczyły jego policzki, układały się w kształt dwóch ludzkich czaszek. Gdy Imokori mówił, śmiał się lub krzyczał, czaszki wraz z nim zmieniały wyraz twarzy. Teraz szczerzyły zęby w drwiącym grymasie.

– Nie, nie, nie. Wszystko nie tak – oznajmił ze smutkiem, podchodząc do Takeshiego.

Wyciągnął nóż. Yoshitaki zamarł, ale nic, zupełnie nic nie mógł zrobić. Żałował teraz straszliwie, że nie kazał przyjacielowi rzucić jakiegokolwiek, przypadkowego nazwiska, nieważne, że bezsensownego. Zyskałby dzięki temu nieco czasu, a przede wszystkim przerwał ten żałosny spektakl. Potem postarałby się coś wymyślić. A teraz było już za późno. Stanowczo za późno.

Ashihei powoli, starannie, wciąż z tym szaleńczym, uprzejmym uśmiechem, zaczął rozcinać bluzę więźnia. Ciął wzdłuż rękawów, przez plecy, niszczył metodycznie poły, front i boki, nie dotykając skóry. Duże płaty materiału spadały na podłogę. W końcu z bluzy nic już nie zostało. Takeshi stał w samych spodniach.

A w duszy rodziło mu się zimne, złe przeczucie.

Teraz naprawdę zrobi się ciężko.

Ashihei wydawał się kompletnie szalony.

Z zadowoleniem przypatrywał się swojej wycinance. Ale hak wzbudził jego wątpliwości.

– Nie, kochani, tak się tego nie robi – oznajmił z dezaprobatą.

Wyplątał metalowy pazur ze sznura, zważył w dłoni. A potem zdecydowanie, fachowo wbił w lewe ramię Takeshiego, przebijając skórę i kalecząc mięsień. Ostry koniec wystawał z rany niczym zakrwawiony, pojedynczy kieł. Cienkie czerwone strużki zaczęły spływać po skórze. Przypominały wstążki wiązane na szczęście.

A szczęście miało być teraz bardzo potrzebne byłemu adeptowi Czarnej Wody.

Ktoś krzyknął cienkim, wibrującym głosem jak pękająca szyba. Haru. Ocknęła się wreszcie z letargu. Ashihei nie zwrócił na nią najmniejszej uwagi.

– No – zapytał wesoło – to o czym sobie gawędziliście?

Yoshitaki nie potrafił wykrztusić ani słowa. Mógłby tylko rzucić stek ciężkich, obelżywych przekleństw, a to nie przyniosłoby nikomu korzyści. Stał więc blady, targany furią, milcząc.

– O nazwisku zdrajcy, panie – odezwał się ktoś, nie mogąc znieść przedłużającej się ciszy. – On twierdzi, że go nie zna.

– Zaraz się przekonamy. – Czaszki na policzkach gangstera znów szczerzyły się w uśmiechu. – Mam dobry sposób na amnezję. Mały, szarpnij.

Łańcuch naprężył się gwałtownie, hak drgnął, a Takeshi przez tę krótką chwilę zwiedził wszystkie szesnaście buddyjskich piekieł. Jeszcze więcej czerwonych wstążek rozwinęło się i spłynęło po przebitym ramieniu.

– Pomogło? Przypomniałeś sobie? – zagadnął uprzejmie Imokori.

– Nie. Nie pomogło. Kiepski ten twój sposób – wycedził przez zaciśnięte zęby były holopacykarz.

Zupełnie nie dbał o to, że nie jest wiarygodny. Prawdę mówiąc, miał to gdzieś. Dał się ponieść wściekłości, której jasna, wysoka fala spychała ból gdzieś w dół, w głąb czarnego oceanu, gęstego niczym skrzepła krew.

Zabiję cię, pomyślał, patrząc w piękne, starożytne oblicze Ashihei. Jeśli tylko zdołam, zabiję cię na pewno.

– Patrz! To niedobrze. Może poskutkuje większa dawka? Mały…!

Ale nie dokończył rozkazu.

Różowe, rozczochrane dziecko wyskoczyło z kąta, rzuciło się do nóg Imokoriego.

– Nie, panie! Błagam! Nie rób mu krzywdy! On nic nie wie! Żadne z nas nie wie! Nic nie słyszeliśmy! Błagam!

Takeshi, wciąż uwieszony u sufitu jak połeć do suszenia, wpatrywał się w Haru, nie mogąc uwierzyć własnym oczom. Miał ochotę ją udusić.

Miłosierny Jizo! Co ta mała idiotka wyrabia?! Ten gnojek nawet jej nie zauważył! Nie zwrócił uwagi! Czemu nie siedziała spokojnie?! Buddo Amido, teraz zrobiło się naprawdę niebezpiecznie!

Jak mógł walczyć, skoro miał przeciw sobie nie tylko krwawe szaleństwo gangstera, ale też głupotę Haru? Bogowie wyraźnie mu dziś nie sprzyjali.

Ciekawe, czym tak spaprałem sobie karmę? – pomyślał z bólem. Jeśli jakaś karma w ogóle istnieje.

Ashihei pochylił się ku dziewczynie.

– Uuuu, a co to za stworzenie? – zapytał łagodnie, jakby mówił do wystraszonego zwierzątka.

Były adept Czarnej Wody poczuł, że serce mu się ściska z lęku. Znał taki ton. I doskonale rozumiał, co się za nim kryje. Milczał jednak, bo gdyby się odezwał, zaszkodziłby jeszcze bardziej biednej córce wójta.

Najemnik też nie zamierzał nic powiedzieć.

Więc zrobił to Gnat.

– To ta mała, która też była w świątyni – wyjaśnił. – Pan Yoshitaki zabronił jej tknąć.

– I to by była, jak na razie, jedyna rzecz, której pan Yoshitaki nie spieprzył. Widzicie? Ona jest starej krwi! Bardzo dobrej starej krwi. A zostało nas już niewielu w Wakuni, choć to nasz kraj, nasza ziemia. Musi żyć i urodzić mnóstwo zdrowych, dorodnych synów. Nie wolno jej ani skrzywdzić, ani oszpecić. Dotarło?

Zgromadzeni w hali skinęli głowami, a Takeshi pozwolił sobie na pojedynczy, nieco dłuższy oddech ulgi.

– Wstań, kochanie.

Dziewczyna posłusznie pozbierała się z podłogi. Cała dygotała pod czarnym, obsydianowym spojrzeniem wąskich oczu gangstera. Ashihei znów się uśmiechnął czarującym, oszałamiającym uśmiechem wariata.

– Posłuchaj, księżniczko. To jest dwór, tu obowiązuje etykieta. Trzeba wiedzieć, jak się zachować. Nie odzywamy się bez pytania, tak? To bardzo niewłaściwe. Odpowiadamy, gdy nas zagadną, grzecznie, całymi zdaniami, jak w szkole. Rozumiesz? Poczekaj, coś ty właściwie powiedziała? „Nie, panie. Błagam, nie rób mu krzywdy. Nic nie wiemy. Oboje coś tam. Nie, bardzo proszę, nie". Jakoś tak, jeśli dobrze pamiętam?

Twarz Haru pobladła straszliwie, w źrenicach zapłonął strach. Podejrzewała, że zaraz stanie się coś strasznego, ale nie umiała przewidzieć co.

– Tak, panie – wyjąkała.

– No, jaka grzeczna panienka. Aż miło. A teraz policzmy, ile to było słów. – Zaczął odliczać na palcach. – Siedemnaście. Pewno coś pominąłem, więc przypuśćmy, że dwadzieścia. Zgadza się?

– Pewnie tak, panie – bezkrwiste wargi ledwo się poruszyły.

– Ryoichi! Wiesz, co masz robić.

Osiłek o potężnych rękach robotnika i okrągłej głowie ukłonił się z szacunkiem. Zdjął ze ściany długą, elastyczną trzcinę o grubości męskiego palca.

Niech cię diabli, Ashihei, pomyślał gorzko Takeshi. Niech diabli porwą to wszystko, razem z moją zasraną, podłą karmą.

Przeszłość, zapomniana na siedem lat, powracała, żeby znów przygiąć go do ziemi. Nie da się uciec przed samym sobą, prawda?

Poczuł, że sznur wiążący nadgarstki został przecięty. Z wysiłkiem podniósł obolałe ramiona. W lewej ręce czuł wściekłe, rozdzierające ukąszenia ostrego metalu, który poruszał się i przemieszczał w ranie. Schwycił łańcuch wysoko, ponad głową. Naciągnął, żeby hak nie szarpał. Drugi koniec został przyczepiony do grubego, żelaznego kółka w metalowej podłodze. Mieli tu wszystko przygotowane bardzo fachowo.

Takeshi liczył, że utrzyma napięte ogniwa w dłoniach. Inaczej drgający hak strasznie poharatałby mu ramię.

Pierwszy cios, który spadł na plecy więźnia, nie przeciął skóry. Ale drugi już tak.

Ryoichi machał zapamiętale, jakby młócił ryż.

Haru, w swojej różowej piżamie w króliczki, płakała bezgłośnie, już nie jak dziecko, tylko dorosła, wstrząśnięta kobieta.

Yoshitaki gapił się ciężko w podłogę, lecz mięśnie szczęk drgały mu wściekle na policzkach.

Jedynie Imokori wydawał się pogodny i odprężony.

– No jak? – zapytał. – Wróciła ci pamięć?

– Nie... bardzo. To kiepski... sposób. Już mówiłem.

– Dalej! – machnął rozkazująco ręką.

I Ryoichi powrócił do swego ryżu, póki szef nie kazał mu przestać.

Ashihei lubił krew. Sam jej zapach działał na niego ożywczo. Przyglądał się więc z upodobaniem spustoszeniom, jakich dokonała trzcina. Miał ochotę zanurzyć w niej ręce, rozmazać po twarzy, poczuć na wargach słony, żelazisty smak.

– To twój przyjaciel, prawda? – spytał dziewczyny, wskazując na pokrwawionego Takeshiego, który puścił łańcuch dopiero po kilkunastu kolejnych uderzeniach.

– Tak, panie – odpowiedziała drewnianym, pustym głosem.

– Jak sądzisz, czy to go boli? Jeśli chcesz, możesz podejść i popatrzeć z bliska.

Przełknęła z trudem ślinę, jakby połykała na sucho ogromną, ryżową kluskę.

– Nic, panie. Wolę tu zostać. Tak, panie. Myślę, że tak.

– Co „tak", moja droga?

– Na pewno... bardzo... go boli... – wykrztusiła, u kresu sił.

Była pewna, że za chwilę zemdleje. Kręciło jej się w głowie, nogi zrobiły się miękkie i nierzeczywiste, jakby umarła i stała się duchem.

– Boję się, że masz rację – zgodził się Ashihei. – Ale wiesz, Ryoichi może go jeszcze długo tłuc. A kiedy się zmęczy, zawołam kogoś innego. Więc może wyświadczysz nam wszystkim przysługę i podasz mi nazwisko zdrajcy, dobrze?

Haru zachwiała się i omal nie upadła.

– Nie znam go! – wyszeptała z rozpaczą. – Nie znam, przysięgam! Powiedziałabym już tysiąc razy, ale nie mam pojęcia! Nic nie słyszeliśmy! Błagam, panie, uwierz mi! Błagam!

Imokoriemu twarz się wydłużyła. Był rozczarowany. Bardzo rozczarowany.

– Upór to naprawdę okropna cecha u młodych dziewcząt – oznajmił cierpko. – Chyba nie mam wyjścia, tylko…

– Panie? – Kubo, który przez cały czas stał z boku, obserwując, ośmielił się dotknąć rękawa szefa.

– No czego? Nie przerywaj mi, wiesz, jak tego nie znoszę!

Twarz starego najemnika była napięta, oczy niespokojne.

– Wybacz, panie. Ale to bardzo ważne. Ten człowiek ani razu nie krzyknął. Zauważyłeś?

Imokori zbył tę rewelację lekceważącym machnięciem ręki.

– I co z tego? Może zemdlał.

– Nie zemdlał. Przez cały czas jest przytomny. I milczy. Nawet nie jęknął, panie. Nie płakał, nie prosił o litość. Myślę… mam niemal pewność, że to adept Czarnej Wody.

– Kubo, co mnie to obchodzi? – burknął gangster. – Niech sobie będzie i z Czerwonej Sraczki. Chcę od niego tylko tego pieprzonego nazwiska!

– Obawiam się, że nie tylko. To ja znalazłem wybitą bandę Hiro. Widziałem trupy zabite „Pod Jenotem i Czajnikiem". Oglądałem też śmiertelną ranę twojej siostry. Te cięcia nie budzą wątpliwości. Jedynie szermierze Czarnej Wody walczą taką techniką.

– Co? – Ashihei zamrugał, jakby dopiero się budził. – Co ty mówisz, Kubo?!

– Zakładam… to znaczy teraz wiem już na pewno, że ten domniemany holopacykarz, panie… – nabrał głęboko tchu – zabił panienkę Mariko!

Gdyby Wysoka Równina Niebios spadła teraz na ziemię i roztrzaskała się na kawałki, nie zrobiłaby takiego wrażenia.

Gangsterzy zaczęli szemrać. Haru z trudem stłumiła okrzyk grozy. Yoshitaki zaciskał usta z bezsilnej frustracji. Takeshi na chwilę przymknął oczy, bo nie było już nic więcej do zrobienia. Coś w nim pękło. Przestał planować, martwić się, lękać o Haru. Nadchodziło to, co miało przyjść nieuniknione. Przeznaczenie znów pokazało mu kły. Albo to przetrwa, albo nie. Cóż, taka karma. Ze swojej strony mógł tylko starać się przeżyć. Znowu był całkowicie i jedynie Cieniem Śmierci. A tam, gdzie pada taki cień, nie ma miejsca na strach i wątpliwości.

Tymczasem Ashihei…

Ashihei pobladł jak ryżowy papier. Jego obsydianowe oczy zalśniły drapieżnie. Podszedł i brutalnym szarpnięciem wyrwał hak z rany w ramieniu Takeshiego. Popłynął gorący szkarłat, żelazisty, ożywczy, ale tym razem nie przyniósł mu ukojenia. Łaknął zemsty, zemsty palącej jak ogień, lecz zdawał sobie sprawę, że ona wcale nie przyniesie ulgi, nie pozwoli zapomnieć, nie wróci mu Mariko.

Niektóre rzeczy są ostateczne, nie?

Postanowił jednak zrobić, co w jego mocy, dla ducha swej nieszczęsnej siostry i złamać, zgnieść, zniszczyć tego spokojnego mężczyznę o surowych oczach i krwi równie czerwonej, jak u każdego.

– Zabiłeś ją? – spytał ochryple.

Spojrzał w głęboką, zieloną toń źrenic więźnia. I znalazł tam lodowy spokój oceanu.

– To była dobra walka.

– To było morderstwo!

Na wąskich wargach adepta Czarnej Wody pojawił się krzywy uśmieszek.

– Oboje woleliśmy nazywać je pojedynkiem.

Imokori warknął jak zły pies. Nie był przyzwyczajony do takich odpowiedzi.

Zaś przewrotny, zdradziecki holopacykarz, choć poraniony i krwawiący, stał tak jakoś nieustępliwie, twardo i arogancko. I nie bał się. Wcale się nie bał.

A przecież powinien.

Szef gangu nie miał pojęcia, ile ta postawa kosztuje więźnia. Takeshi czuł słabość w nogach, głowę miał lekką, pustą jak lampion. W plecach pulsował ognisty, czerwony ból, który zdawał się przenikać na wylot, aż do klatki piersiowej. Od dawna źle znosił chłostę. Zdecydowanie zbyt często rzemienie wypisywały mu na krzyżu i łopatkach swoje krwawe ostrzeżenia. Ostro rwały nadwyrężone stawy barkowe. Metalowy szpon bezlitośnie rozdarł skórę, głęboko pokaleczył mięsień. Ramię jeszcze nie zaczęło drętwieć. Za to bolało jak wszyscy diabli.

Ale to nic. Nic.

Nie odniosłeś żadnych poważnych obrażeń. Organy wewnętrzne nie zostały naruszone. Rany są powierzchowne. Jak na razie, nie jest źle. Mała żyje i chyba nikt jej nie tknie. Masz kupę szczęścia, chłopie. Doceń to, tłumaczył sobie, patrząc w wilcze oblicze gangstera.

Lecz szczęście, jak to szczęście. Bywa kapryśne. Niespodziewanie może pęknąć, niczym krucha czareczka do herbaty.

Ashihei wyciągnął bowiem zza pasa ciężki rewolwer z krótką lufą. Czarne, cyklopie oko broni wpatrywało się prosto w brzuch adepta Czarnej Wody.

To tyle w kwestii nienaruszonych organów wewnętrznych, pomyślał gorzko Takeshi. Jeśli wystrzeli, zrobi mi z flaków potrawkę w bulionie z krwi.

Ponieważ nie miał nic do stracenia, pokazał zęby w drapieżnym, złym uśmiechu.

No, zastrzel mnie, gnojku. Wal, proszę bardzo. Chyba śnisz, jeśli uważasz, że będę się przed tobą płaszczyć.

Lecz Imokori nie wystrzelił. Błyskawicznym ruchem odwrócił broń i trzasnął kolbą w ranę na ramieniu więźnia. Bardzo, bardzo pragnął usłyszeć krzyk, ale nie było mu to dane.

– Nie śmiej się – powiedział. – W tym domu panuje żałoba.

Cień Śmierci powoli, ostrożnie wstał z podłogi. Wiele by dał, żeby znów się uśmiechnąć, jednak nie słuchały go wykrzywione w grymasie cierpienia usta. Krótka lufa znów celowała mu w brzuch.

– Ty, mała, jak ci tam! – zawołał tymczasem szef gangsterów, a serce Takeshiego znów uderzyło na alarm.

– Haru, panie – odpowiedziała posłusznie tym samym drewnianym, pustym głosem.

– Widzisz piec? Podejdź do niego.

Mechanicznie, krokiem lalki, wykonała polecenie. Brudne, zapłakane dziecko w różowej piżamie.

Jeśli zrobisz jej krzywdę, pomyślał z rozpaczą Takeshi. Jeśli spróbujesz...

Ale te groźby były daremne. Bo nic, kompletnie nic nie mógł teraz zrobić. Chyba się pomodlić. Choć nie znajdował żadnych słów, którymi potrafiłby zwrócić się do bogów.

Stał samotnie, mając cały świat przeciw sobie, rozpaczliwie, boleśnie bezradny.

Śledził każdy ruch Imokoriego, który miał zamyślony wyraz twarzy. Szlachetnej, starożytnej twarzy wojownika z holomalowideł.

Dobra, zrozumiał. Dobra, proszę bardzo. Jeśli chcesz, będę się przed tobą płaszczył i błagał o litość. Jeśli tylko zechcesz.

Ale szef gangu nie chciał. Obrócił się, dźgnął go lufą w plecy.

– Idź tam. Uklęknij przed nią. Jest niska i drobna, jak przystało na dziewczynę starej krwi. Będzie w sam raz.

Do czego w sam raz? – pomyślał z niepokojem, ale bez oporu zrobił, co kazano.

Córka wójta Zimnej Wody nie patrzyła na niego. Wbiła wzrok w podłogę. Przed oczami miał tylko białe króliczki kicające wesoło na różowej łące piżamy. Klęczał na betonowej podłodze, szykując się na najgorsze.

– Wyciągnij dłoń, wewnętrzną stroną do góry. Nie, nie tę. Prawą.

Wyciągnął. Palce trzęsły się zauważalnie, ale nie umiał opanować drżenia.

– Haru, kochanie, w palenisku tkwią rożny z drewnianymi rączkami. Wyjmij jeden i przypal mu rękę. Przez środek, między palcami a kciukiem.

– Nie – szepnęła bezgłośnie.

Imokori uniósł brwi.

– Hej, chyba źle słyszałem? To nie była właściwa odpowiedź, moja droga. Bo widzisz, jeśli tego nie zrobisz, strzelę mu w brzuch. Może raz, może trzy. Jak mi się zechce. A może wypłacę wszystkie sześć pestek. To ołowiane pociski bez płaszcza. Będzie umierał długo, w bardzo malowniczych męczarniach. No więc jak? Zrobisz, o co proszę?

– Nie mogę! – jęknęła. – Nie! Nigdy! Nie mogę!

– Ależ możesz – uspokoił ją Ashihei. – To nic trudnego. Pomożesz mu oczyścić karmę. Cierpienie ma zbawienną moc, nie? A on zabił moją siostrę. Bestialsko i bezwzględnie. Jeśli naprawdę jest z Czarnej Wody, ten haniebny czyn tylko powiększa rozmiar jego winy. Jakie szanse miała Mariko z najlepszym szermierzem Wakuni? Co to za pojedynek, który z góry zostaje przesądzony? Nazywa się „morderstwo", skarbie. Zrób, co kazałem, bo będziesz patrzeć, jak ten przeklęty zabójca kona na podłodze pod twoimi nogami!

Dziewczyna dygotała ze zdenerwowania. Takeshi zrozumiał, że za chwilę znów pogrąży się w szoku. Musiał ją jakoś przekonać, żeby sięgnęła po ten przeklęty pręt. Lepiej mieć poparzoną rękę niż trzy kule w bebechach. Nie wiedział, czy szef gangsterów i tak do niego później nie strzeli, ale jeśli mała nie usłucha, zrobi to na pewno.

– Posłuchaj, Haru – powiedział łagodnie, choć głos miał nieco stłumiony. – To nic, tylko gorący kawałek metalu. Nic mi się nie stanie. Naprawdę. Ale jeśli pan Ashihei mnie postrzeli, niechybnie umrę. Jesteś dzielna. Dobrze się trzymasz. Dasz radę. To nic. Przysięgam, że nic. Rozumiesz?

– Nic? – powtórzyła ze zgrozą.

Skinął głową.

– Jaki mądry adept – uśmiechnął się Imokori. – Haru, kochanie. Tracę cierpliwość.

Rozległ się trzask odwodzonego kurka.

Mała się nie przełamie, a ten skurwiel mnie zabije, pomyślał Takeshi z rozpaczą. Witaj, odwieczne koło narodzin i śmierci. Nie żebym się cieszył na twój widok.

Ale wtedy właśnie księżniczka z Zimnej Wody pochwyciła jego spojrzenie i na dnie zielonego oceanu dostrzegła lęk.

Szarpnęła drewnianą rączkę, zamachnęła się rożnem jak mieczem. Takeshi poczuł na dłoni tchnienie gorąca, niczym oddech gniewnego boga. Prawie w tej samej chwili pręt z brzękiem wylądował na podłodze.

Haru zaciskała powieki. Po policzkach płynęły łzy.

Ashihei brutalnie rozgiął zaciśnięte palce więźnia.

– Moja mała! – syknął z dezaprobatą. – Co to ma być? Nawet go nie dotknęłaś! Jeszcze raz, ale porządnie. Weź drugi rożen.

Przez chwilę Takeshi rozważał, czy po prostu nie ścisnąć tego pieprzonego pręta, gdy tylko dziewczyna go podniesie, ale to nie był dobry pomysł. Zyskałby tyle, że rozwścieczyłby kopniętego świra z czaszkami na gębie, który był tu panem wszechświata. Największą ochotę miał wbić rozpalone żelazo głęboko pod żebra gangstera, ale wtedy pozostali chłopcy odruchowo posiekaliby kulami i jego, i dziewczynę. Yoshitaki mógłby sobie protestować, ile by chciał. Był tu nowy, nikt by go nie usłuchał.

Uśmiechnął się za to do Haru, tak prawdziwie, serdecznie.

– Nie bój się – powiedział.

– Nie boję.

Zrobiła się szara jak popiół, oczy miała puste, bez wyrazu, dwa guziki przyszyte na surowym płótnie twarzy.

Zrozumiał, że coś w niej się załamało, lecz jednocześnie stwardniało, opancerzyło się, zamarło. Umysł odpłynął. Zostało działające niczym automat ciało.

Spokojnie sięgnęła do paleniska, z tym samym martwym, nierealnym spokojem przycisnęła rozpalony, żarzący się czerwono pręt do bezbronnej, wyciągniętej dłoni.

– Trzymaj! – warknął Ashihei.

Więc przytrzymała.

Przecież nic tu nie było rzeczywiste. Śniła koszmar. Dziwaczny, nierzeczywisty zły sen, jak to sny, zupełnie pozbawiony sensu.

Wreszcie odrzuciła rożen. W normalnych okolicznościach zemdlałaby albo zwymiotowała. Ale one nie były normalne, prawda?

– No, widzisz, jak ładnie! – ucieszył się Imokori, obdarzając ją promiennym, szalonym uśmiechem.

Spróbowała go odwzajemnić. Wszyscy wokoło się przecież śmiali. Gnat, Mały i pozostali. Nawet głęboka, czerwona rana na dłoni Takeshiego wyglądała jak uśmiechnięte usta.

Były adept Czarnej Wody wciąż klęczał, starając się opanować ból.

Nic ci nie jest, powtarzał w myślach jak mantrę. Nic poważnego. Parę skaleczeń na plecach, powierzchowna rana ramienia, a teraz to. Po prostu trochę poparzona ręka. Cholera jasna, ależ rwie!

– Wstań! – warknął Ashihei.

Biedna Haru już kompletnie go nie interesowała. Wykorzystał ją jako narzędzie zemsty, żeby zadać ból znienawidzonemu wrogowi. A teraz przyszła pora na finał. Na prawdziwą odpłatę. Taką, przy której duch Mariko będzie się cieszyć jak dziecko w dzień urodzin. Bo przypomniał sobie o czymś. O czymś bardzo ważnym, co miało teraz kluczowe znaczenie. Jakże dziwne są ścieżki losu. Splatają się tak, że czasem nie sposób uwierzyć.

Takeshi usłuchał. Wstał, jakby zupełnie nic mu nie dolegało.

– I co, myślisz, że to koniec? – Na twarzy szefa gangu malował się wyraz triumfu.

– Nie. Skurwiel taki jak ty może się bardzo długo bawić w obrywanie muchom skrzydeł.

Imokori odrzucił głowę w tył i zaśmiał się radośnie. Ten śmiech mroził powietrze wokoło czystą esencją grozy.

Coś było nie w porządku, poważnie nie w porządku. Takeshi poczuł nagle, że zaczyna się bać.

– Wiesz, co to jest przeznaczenie? To coś niezwykle zabawnego. Kiedy kupiłem ten gadżet wiele lat temu, traktowałem go jak ciekawostkę. Pomyśleć, że teraz tak bardzo się przyda. Przywołaj swoje najpaskudniejsze wspomnienia, adepcie Czarnej Wody. Bo zaraz wrócą do ciebie w nieprzyjemnie realnej formie. Na tron z nim!

Ryoichi i jeszcze jeden bezimienny drań pchnęli Takeshiego na drewniane krzesło, przypięli pasami jak wariata w delirium. Tyle że to nie on postradał tutaj zmysły. Imokori wyglądał, jakby nawiedził go demon. Śmiał się i mamrotał do siebie, grzebiąc w kufrach pod ścianami.

– Gdzie ja ją mam? Gdzie się podziała, ślicznotka? O, tu jest! Popatrz sobie, zabójco bezbronnych kobiet. Poznajesz?

Takeshi poznał. Cała krew odpłynęła mu z twarzy. Szczupłym ciałem raz po raz wstrząsały dreszcze, których nie umiał opanować. Dygotał przypięty do krzesła, bezbronny i przerażony tak, jak jeszcze nigdy w życiu. Bo teraz już wiedział, co go czeka.

Gdzieś w nieskończonej oddali, w zimnej, trwożnej pustce, usłyszał jęk Yoshitakiego. On też rozpoznał, co Ashihei trzyma w ręce.

A była to srebrzysta, połyskliwa rękawica z materiału, który przypominał metal, ale zachowywał się jak tkanina.

Legendarny przedmiot, który zabił więcej ludzi niż jakikolwiek miecz.

Narzędzie ostatecznej próby w Zakonie Czarnej Wody.

– Fajna niespodzianka? – Szef gangsterów wyszczerzył zęby. – Ja myślę! Przestraszyłeś się, co? Słusznie. Masz czego. Nie widziałem tego w działaniu, ale zaraz zobaczę. Już nie mogę się doczekać. A ty?

Takeshi milczał, choć targały nim potężne emocje. Przede wszystkim strach. O tak, bał się. Bał się panicznie. Ale czuł też palącą, kwaśną falę goryczy. I gniew. Bo nikt, żaden człowiek, nawet nie wiadomo jak zły, nie powinien przechodzić tego drugi raz. To niesprawiedliwe. Ze wszech miar niegodne. Okrutne w bezmyślny, odbierający godność sposób. Kto do tego dopuścił? Bogowie? W takim razie wyrzekał się bogów. Los, karma? Więc miał ją gdzieś. Występował sam przeciwko ziemi, gwiazdom, prawom ludzkim i kosmicznym. I niewątpliwie miał tę walkę przegrać.

Rękawica była lewa. Sięgała prawie do łokcia. Ledwie wtłoczyli mu ją na trzęsącą się dłoń, poczuł, jak materiał zaciska się, dopasowując. Doskonale pamiętał ten lepki, śliski, wężowy dotyk. Powracał do niego w koszmarach, nawiedzał w gorączce. Nigdy nie pozwalał zapomnieć.

Zacisnął z całej siły zęby, choć to zupełnie nie pomagało. Teraz miał umrzeć. Szkoda, że w tak paskudny, brzydki, nieludzki sposób.

A szef gangsterów, niby złe, mściwe bóstwo, obracał w palcach metalowe, chromowane pudełko z przyciskami i skalą, w której mieszkał każdy rodzaj najstraszliwszego bólu.

– Pstryks! – oznajmił wesoło i rękawica ożyła.

Długie igły wbiły się głęboko pod paznokcie, między palce, w grzbiet i wnętrze dłoni, nadgarstek oraz skórę przedramienia. Takeshi wcale tego nie poczuł. Czekał na uderzenie potężniejszego bólu.

I ból przyszedł. Od początku znacznie silniejszy niż we wspomnieniach. W jednej chwili objął całe ramię żywym ogniem, rozdarł tkanki, zmiażdżył kości, tańczył i szalał, rwąc, szarpiąc, raniąc, zmuszając do strasznego, ostatecznego krzyku.

Tylko rękawica była w stanie złamać blokady nałożone przez mistrzów podczas długoletnich szkoleń w Zakonie. Zmienić adepta w wyjący kawał mięsa. Złamać go ostatecznie. Wyrwać z gardła wrzask. Straszny, zwierzęcy wrzask nieskończonej męki.

Gdyby Takeshi się poddał i zaczął krzyczeć, już nigdy by nie przestał. Umysł odmówiłby mu posłuszeństwa, aż do śmierci pogrążony w szaleństwie. Wielu było w Czarnej Wodzie takich, którzy nie przetrwali próby. Bełkoczących, śliniących się, wyjących dniami i nocami ludzkich odpadów.

Pamiętał o nich, więc walczył.

Ale słabł.

Yoshitaki patrzył na jeden ze swych najstraszniejszych koszmarów z grozą i niedowierzaniem. Zdawało mu się, że pogrążył się w lepkiej, gęstej cieczy, która wysysała z niego życie. Widział dawnego przyjaciela, szarpiącego się w spazmach niewyobrażalnego cierpienia. Łańcuchy i rzemienie, wpijające mu się w ciało. Rękawicę drgającą, falującą niczym płynne srebro, coraz bardziej przesiąkniętą krwią, która broczyła z palców, kapiąc na podłogę grubymi klejnotami szkarłatu. I twarz Takeshiego.

O bogowie! Twarz Takeshiego!

Jest ranny w ramię, ocenił. Pobity, okrwawiony, słaby. I o wiele starszy niż wtedy, za pierwszym razem. Nie wytrzyma.

A potem, jak nagły przebłysk otrzeźwienia, przyszła refleksja.

Co ja tu robię? – pomyślał. Co zrobiłem ze swoim życiem? Dlaczego nie stoję po jego stronie? Czemu patrzę na to jak durny wół wodny? Jak mogłem się tak zeszmacić, upodlić? Bogowie, co się ze mną stało?

Takeshi był u kresu sił. Wciągał przez zaciśnięte zęby ciężki, świszczący oddech, podobny do jęku. Już nie walczył o to, żeby przeżyć, a by umrzeć, zanim się załamie i do końca swoich dni pozostanie półmartwym, wrzeszczącym dziko kadłubem. Ból go zabijał. A jednocześnie zmuszał do poddania się, zaprzestania walki, upadku w szaleństwo.

Już nie potrafił się dłużej opierać. Krzyk rodził się w nim, przebijał od wewnątrz przez płuca i klatkę piersiową, gotów eksplodować w jednym, okrutnym spazmie. Dosłownie go rozrywał.

Przegrywał ten pojedynek.

Nadzieja gasła.

W jego udręczonej głowie zrodził się nagle ostatni, szaleńczy pomysł. Yoshitaki? Gdzie był Yoshitaki? Tylko on mógł teraz pomóc.

Przez czerwoną chmurę ćmiącą wzrok były adept Czarnej Wody szukał rozpaczliwie spojrzenia dawnego przyjaciela. Znalazł, a Yoshitaki nie śmiał odwrócić oczu. Nie mógłby żyć zhańbiony podobnym tchórzostwem.

Nieludzkim wysiłkiem Takeshi zmusił się, żeby przemówić. Straszne, posiniałe wargi poruszyły się, spomiędzy zaciśniętych zębów wydobył się głos upiora.

– O…detnij. Yoshi… odetnij… ją!

Rudowłosy adept poczuł nagle, jakby sam umierał. Wstrząs, który przeżył, otrzeźwił go zupełnie. Nie, nie utnie przyjacielowi ręki. Bogowie, kim by się wtedy stał?! Ale pomoże mu. Pomoże w całkiem inny sposób. I niech diabli wezmą tego okrutnego, krwawego świra Ashihei.

Czasem nadchodzi w życiu taki moment, gdy trzeba wybierać, czy pozostać człowiekiem, czy zgodzić się na zawsze być wszawym gnojem.

Yoshitaki właśnie wybrał.

Pieprzę to! – pomyślał. Pieprzę wszystko równo.

Niezauważony przez nikogo, wydobył broń, starannie załadował wyjęty z kieszonki przy pasie pocisk, wycelował i strzelił udręczonemu Takeshiemu prosto w pierś.

Trafiony zadrżał, zamrugał, zadygotał jeszcze raz, a potem głowa opadła mu z wolna na oparcie przeklętego krzesła.

Haru krzyknęła rozdzierająco i zemdlała.

– Co, u diabła?! – ryknął rozwścieczony Ashihei.

I napotkał nieugięte, zimne spojrzenie swego nowego najemnika, stojącego przed nim z pistoletem w dłoni.

Fumiko biegła korytarzem, zdyszana. Poły niedopiętej sukni powiewały za nią niczym podarte motyle skrzydła. Wpadła do kwatery mnicha, blada, przerażona, rozdygotana.

– Nie zastałam go! Ten drań Omura pojechał po kryjomu do kochanki! Wróci pewnie dopiero w południe. Och, Rei! Co my zrobimy?

Popatrzyła w martwą, nienaturalnie nieruchomą twarz przyjaciela i natychmiast zamilkła.

– Nic – szepnął mnich. – Już nic, Fumiko. Nie słyszę go. Nie czuję. W każdej chwili, nawet gdy spał, wyczuwałem tę cienką nić życia. Przenosząc mnie kiedyś w swoim umyśle, związał nas na zawsze. Teraz na drugim końcu jest pustka. On odszedł. Umarł. Zabiłem Takeshiego, dziewczyno. Pozwoliłem mu umrzeć z powodu jakichś zwidów, przeczuć, wizji. Bodajbym się nigdy nie urodził. Jestem przeklęty.

Spojrzała w tęczowe oczy, które zrobiły się teraz zupełnie szare. Przypominały popiół nagromadzony w martwym od lat piecu. Ale nie miała dla niego żadnego pocieszenia, sama przytłoczona nagłą żałobą.

Oboje to zrobiliśmy, pomyślała. Tylko że Rei w dobrej wierze, a ja z głupoty i pychy. Zabiłam Takeshiego. Moją jedyną, wielką miłość.

Nie mogła tu zostać. Oboje z Reim nie wytrzymaliby swojej obecności.

Odeszła bez słowa. Cień kobiety całkowicie wchłonięty przez wszechogarniający, ostateczny cień śmierci.

KONIEC TOMU PIERWSZEGO

Zakony

Zakon Czarnej Wody – potężna, magiczna, budząca respekt organizacja kształcąca niezwykle niebezpiecznych wojowników, szpiegów i zabójców, inteligentnych i bezwzględnych.

Zakon owiany mroczną legendą, lecz otoczony szacunkiem. Słynie ze stosowania tajemnych rytuałów oraz przeprowadzania nadzwyczaj trudnych, wymagających i ostrych szkoleń. Okres nauki kończy się okrutną próbą, którą przeżywa ledwie połowa egzaminowanych.

Mieszkańcy Wakuni powszechnie wierzą, że adepci Czarnej Wody nie czują bólu, ale to nieprawda. Uczą się tylko go znosić. Dzięki specjalnym specyfikom przyjmowanym w dzieciństwie i młodości członkowie Zakonu są odporni na wszelkie narkotyki, środki usypiające i zmieniające świadomość, a także, jako jedyni ludzie w Wakuni, na słynne serum prawdy produkowane przez Zakon Szczególnych Receptur, zwane esencją prawdomówności. Nie tracą przytomności, nigdy nie mdleją ani nie są w stanie upić się alkoholem aż do utraty świadomości. Mają głęboko wdrukowaną psychiczną blokadę, która nie pozwala im załamać się i zdradzić, nawet podczas tortur.

Przyszli adepci wychowywani są w Zakonie od dziecka i winni całkowite posłuszeństwo starszyźnie klanu, czyli mistrzom. Najczęściej członkowie klanu rekrutują się spośród sierot lub chłopców sprzedanych do służby w Czarnej Wodzie przez ubogie rodziny. Podobno zdarza się czasem, że mistrzowie decydują się porwać wyjątkowo bystre i pojętne dziecko z dobrego domu, także samurajskiego lub arystokratycznego, ale tego procederu nigdy Zakonowi nie udowodniono. Zbyt słabych lub za mało inteligentnych chłopców wydala się z Czarnej Wody jeszcze na etapie szkolenia. Trafiają potem do zwykłych Zakonów Rzemieślniczych. Niegdyś byli zabijani albo porzucani na pustkowiu.

Zakon otacza aura tajemniczości i lęku.

Jego motto brzmi: „Ani słowa!”.

Zgodnie z wielowiekową tradycją Zakon Czarnej Wody przyjmuje w swoje szeregi wyłącznie mężczyzn.

Zakon Księżyca Utajonego – bardzo tajemnicza, mistyczna organizacja. Niektórzy uważają nawet, że jest tylko legendą. Skupia magiczne, zmiennokształtne istoty, najczęściej zwierzęta: lisy, koty, psy, węże, jenoty, niektóre potężne kami oraz stworzenia znane z wierzeń i mitów. Wszystkie łączy to, że potrafią przybierać ludzką postać i stają się wtedy nie do odróżnienia od zwykłych mieszkańców Wakuni.

Oficjalnie Zakon nie istnieje. Nie ma siedziby, chramów, świętych miejsc.

Podobno opiekuje się przybytkami sztuki, rozrywki i rozkoszy. Otacza swymi wpływami kuglarzy, aktorów, gejsze, kurtyzany, tancerzy, śpiewaków i wędrownych artystów. Czerpie zyski z domów gry, przedstawień teatralnych i tanecznych, galerii i wykwintnych restauracji.

Księżycowi Utajonemu sprzyja aura tajemniczości, mistyki, iluzji, słowem, wszystkiego, co dziwne, niecodzienne, niezwykłe i pozazmysłowe.

Mistrzowie Zakonu są władcami snów i wizji. Przewidują przyszłość, posługują się magią. Na ich usługach są ślepe szamanki, wróżbici, magowie, ale też sztukmistrze, szulerzy i bajarze.

Zakon Księżyca Utajonego jest strażnikiem równowagi między elementami mistycznymi i magicznymi w Wakuni a tym, co ziemskie, zwyczajne i powszednie. Strzeże dobra i zawsze opowiada się po jego stronie, choć czasem pojmuje je w nieco nietypowy sposób. Ma władzę nad duchami i zjawami, poskramia demony, pilnuje mieszkańców Wakuni przed atakami wrogich istot magicznych.

Naturalnym i zaciekłym przeciwnikiem Księżyca Utajonego jest Zakon Rozerwanego Kręgu.

Motto Zakonu brzmi: „Równowaga mocy”.

Jego członkowie nie są ludźmi, choć przyjmują ludzkie postaci.

Zakon Rozerwanego Kręgu – najbardziej kontrowersyjny ze wszystkich Zakonów, otwarcie wyznający kult siły i przemocy, odwołujący się do najmroczniejszych mocy i czarnej magii. Jego członkowie twierdzą, że potrafią samą siłą woli wyrwać się z odwiecznego cyklu przemian, w pogardzie mają osiągnięcie oświecenia oraz wędrówkę duszy przez kolejne wcielenia. Drwią z nauk mędrców, wszelkiej religii i bogów. Wierzą, że po śmierci potrafią uniknąć kary za niecne i okrutne czyny, ponieważ mroczne rytuały pozwalają im oszukać koło samsary i odrodzić się w świecie ludzi tylko po to, żeby znów trafić do swojego bractwa.

Siłę i nadprzyrodzoną moc czerpią ze skrajnych ludzkich emocji, a największą potęgę daje im fizyczne cierpienie innych. Porywają lub kupują nieszczęśników, których potem torturują z lubością i znawstwem, aby w ten sposób osiągnąć wyższy poziom sztuki magicznej.

Większość przyszłych adeptów sama trafia w ramiona Zakonu. Jeśli rodzice zauważą, że ich dziecko przejawia okrutne, sadystyczne skłonności, przerażeni, jak najszybciej oddają je Rozerwanemu Kręgowi, z „pokorą i drżeniem" w obawie przed straszliwą zemstą tamtejszych mistrzów. Biada bowiem temu, kto przetrzymuje siłą odrodzonego adepta Zakonu, powstrzymując go w ten sposób przed powrotem na łono bractwa.

Potem, podczas ohydnych, okrutnych szkoleń, mistrzowie przekonują się, czy dziecko rzeczywiście nadaje się do zgromadzenia. Jeśli nie, staje się obiektem do ćwiczeń dla pozostałych uczniów i prędzej czy później ginie w męczarniach.

Członkowie Zakonu uważają się za potężnych magów i nekromantów. Umieją przywoływać demony i władać upiorami różnego rodzaju. Rzucają skuteczne klątwy, sprowadzają choroby i śmierć. Mogą opóźnić śmierć członka bractwa, wzmacniając go siłą czerpaną z fizycznego bólu kogoś innego.

Potrafią także przejąć ból od kogoś cierpiącego, uwalniając go tym samym od męki, ale każą sobie za to słono płacić. Tylko ktoś niezwykle zdeprawowany lub pogrążony w głębokiej rozpaczy decyduje się prosić ten Zakon o pomoc. Długi zaciągnięte w Rozerwanym Kręgu spłaca się zwykle krwawo i boleśnie. Współpraca z Zakonem bardzo obciąża karmę i spotyka się z powszechnym potępieniem.

Zakon Rozerwanego Kręgu jest znienawidzony i otoczony wyjątkowo złą sławą oraz zabobonnym wręcz lękiem.

Jego motto brzmi: „Nic niemożliwego!”.

Przyjmuje członków obojga płci.

Zakon Strażników Prawa – tak naprawdę to jeden z Zakonów Rzemieślniczych, ale tradycja umieszcza go w siódemce uprzywilejowanych klanów. Kształci strażników i żołnierzy, a zwłaszcza służby porządkowe szoguna. Z członków tego Zakonu rekrutują się głównie prywatne armie majętnych daimio.

Strażnicy Prawa są wynajmowani do utrzymywania porządku także przez urzędników cesarskich stacjonujących w odległych prowincjach, bogatych kupców lękających się o majątki, a nawet wójtów zamożnych wsi.

Zakon zrzesza ludzi niezbyt błyskotliwych, ale oddanych, uczciwych i prawych.

Jego motto brzmi: „Ład i porządek”.

Wśród Strażników Prawa przeważają mężczyźni, lecz zdarzają się też kobiety.

Zakon Szczególnych Receptur – zrzesza uczonych zajmujących się produkcją niezwykłych i rzadkich substancji, głównie leczniczych, lecz także zakazanych, takich jak silne narkotyki. Wytwarza mnóstwo bardzo poszukiwanych specyfików jak na przykład liczne mikstury pozwalające zachować młodość, poprawić urodę, pamięć, koncentrację, zdolności umysłowe. Żyje głównie ze sprzedaży kosztownych leków.

Nieoficjalnie chętnie handluje substancjami zmieniającymi świadomość i groźnymi narkotykami. Wytwarza słynne serum prawdy, nazywane esencją prawdomówności, na które odporni są jedynie adepci i mistrzowie Czarnej Wody.

Nie słynie z lojalności wobec klientów. Otacza go wątpliwa sława, choć budzi pewien respekt. Jego członkowie są całkowicie oddani nauce i doskonaleniu swoich umiejętności. Otaczają swoje receptury ścisłą, całkowitą tajemnicą. Nikomu nie ujawniają składu specyfików, które produkują. Nienawidzą zdrajców i odszczepieńców, gdyż ci mogą bardzo zaszkodzić interesom bractwa.

Teoretycznie Zakon podlega wyłącznie szogunowi, ale jest tak potężny, że sam prowadzi swoją politykę.

Jego motto brzmi: „ Wiedza i pokora”.

Przyjmuje zarówno kobiety, jak i mężczyzn.

Zakon Uśpionej Wierzby – klan kształcący wyśmienitych doradców i negocjatorów. Adepci często są zatrudniani na dworach bogatych daimio, wielu wspomaga radami urzędników cesarskich, arystokratów, a także samego szoguna. Drugi Syn Niebios, czyli cesarz całej Wakuni, też korzysta z usług mistrzów tego lubianego i powszechnie poważanego Zakonu.

Jego członkowie słyną z rozwiązywania wyjątkowo trudnych sporów, a także przysłowiowej lojalności wobec klientów. Specjalizują się w doradztwie finansowym, politycznym, handlowym. Są doskonale wykształceni, błyskotliwi, inteligentni, uprzejmi. Jak nikt znają zasady etykiety, mają wyborne pojęcie o poezji, literaturze, muzyce, teatrze i sztukach pięknych. Potrafią wycenić klejnoty i dzieła sztuki.

W razie potrzeby nie wahają się posunąć do intryg, szpiegostwa, manipulacji i szantażu. Umieją walczyć, a przyparci do muru, także zabić. Są bardzo dyskretni, wyważeni, spokojni i sumienni.

Ich posłuszeństwo wobec mistrzów jest niemal fanatyczne. Interesy klienta nigdy nie mogą być sprzeczne z interesami klanu. Jeśli staje się inaczej, adepci Uśpionej Wierzby nie przyjmują nawet bardzo intratnych propozycji lub, po wyczerpaniu wszystkich innych możliwości, uczciwie odstępują od kontraktu.

Zakon cieszy się ogólnym szacunkiem.

Jego motto brzmi: „Ogólna harmonia".

Zrzesza mężczyzn i wiele kobiet, które często zostają konkubinami swoich klientów.

Zakon Zaciśniętej Pięści – klan kształcący ochroniarzy lojalnych aż do śmierci. Powszechnie poważany, lubiany Zakon, choć jego usługi są bardzo drogie. Cieszy się najlepszą opinią ze wszystkich, wyprzedzając nawet Uśpioną Wierzbę.

Ochroniarz kupiony od Zakonu Zaciśniętej Pięści służy danemu rodowi, póki żyje. Jeśli klient odejdzie lub zginie, lojalność adepta przechodzi na jego najstarszego potomka, następcę lub osobę, którą pan wskazał przed śmiercią.

Zaciśnięta Pięść zrzesza ludzi odważnych, honorowych, oddanych, zdolnych, bystrych i kryształowo uczciwych. To sprawni wojownicy, choć starają się nie przelewać krwi. Są absolutnie oddani rodzinie, której służą.

Motto Zakonu brzmi: „Aż do śmierci!".

W Pięści jest nieco więcej mężczyzn niż kobiet, ale Zakon przyjmuje członków obu płci.

Zakony Osławionego Kunsztu – ogólna nazwa Zakonów Rzemieślniczych. Kultywują tradycje przywiezione jeszcze ze Starego Kraju, wiedzę i umiejętności czerpią głównie ze starych pism i traktatów, pieczołowicie przechowywanych przez starszyzny poszczególnych klanów.

Wykonują wszystkie przedmioty niezbędne do życia w Wakuni lub zrzeszają adeptów mogących się poszczycić konkretnymi umiejętnościami. Są więc Zakony uczące snycerstwa, płatnerstwa, wykonywania rytualnych masek tanecznych, ozdób, ceramiki, ubiorów i innych tradycyjnych rzemiosł, ale także klany kształcące techników, budowniczych, konstruktorów, lekarzy, projektantów biostworów, prawników, nauczycieli czy wytwórców rozlicznych maszyn lub przedmiotów.

Każdy specjalista wykształcony w Wakuni jednocześnie jest członkiem któregoś z Zakonów Osławionego Kunsztu.

Zakony zrzeszają przedstawicieli obojga płci.

Każdy posiada własne motto.

Dodatek

Amaterasu – bogini słońca, potężna i miłosierna. Włada Wysoką Równiną Niebios. Od niej bezpośrednio wywodzi się ród japońskich cesarzy.

Ashura – demoniczne wcielenia wojowników, którzy padli na polu bitwy i odrodzili się jako nadprzyrodzone istoty, zmuszone bez przerwy walczyć ze swymi wrogami. W bitwie lub pojedynkach nieustannie giną i na nowo powracają do życia, tylko po to, żeby znów stanąć do boju. Są uosobieniem nienawiści, agresji, zaciętej i mściwej natury. Aby pobudzić się do walki, połykają kawał rozgrzanego metalu.

Bodhisattwa – oświecony, który świadomie i celowo, kierując się miłosierdziem, zrezygnował z zostania Buddą, żeby pomagać innym osiągnąć duchowe odrodzenie.

Daimio – japoński pan feudalny, posiadający rozległe włości i wielu samurajów na służbie, nierzadko zarządca prowincji.

Daruma – legendarny mistrz zen, traktowany jak bóstwo. Słynny z tego, że odciął sobie powieki, gdyż opadając nieustannie, przeszkadzały mu w medytacji. Daruma skutkiem długotrwałej ascezy stracił nogi, które uschły, lecz to kalectwo zupełnie mu nie przeszkadzało. Okrągłe lalki przedstawiające Darumę traktowane są w Japonii jako talizmany lub amulety spełniające życzenia. Te ostatnie nie mają namalowanych źrenic. Trzeba domalować figurce jedną, prosząc o spełnienie życzenia. Gdy bóstwo wysłucha prośby, należy niezwłocznie dodać brakującą źrenicę.

Gaki – głodne duchy, niezdolne nigdy najeść się ani napić do syta. Mogą się pożywić tylko w jeden dzień roku, dzięki ofiarom składanym przez mnichów w Dzień Zmarłych. Szkodzą ludziom, usiłując ich opętać, ponieważ wierzą, że w ludzkim ciele zaspokoją wreszcie dręczący głód. Niektóre zmuszone są za karę spożywać odchody, inne zostają kanibalami.

Hachiman – bóg wojny i wojowników.

Hebi – węże, jedne z magicznych zwierząt Japonii, często czczone jako bóstwa wodne. Zazdrosne kobiety porzucone przez partnerów zamieniają się w węże i pod tą postacią prześladują niewiernych kochanków. Węże, a szczególnie samice, są zmiennokształtne. Potrafią zamieniać się w piękne kobiety i pod tą postacią omamiać mężczyzn. Zdarza się jednak, choć rzadko, że umieją być wiernymi żonami i kochającymi matkami.

Inari – bóg ryżu. Opiekuje się handlem, rybołówstwem i strzeże spokoju w domu. Dobrotliwy, przysparza ludziom pożywienia. Jego wysłannikami i ulubieńcami są lisy, zwłaszcza białe.

Inu – psy, magiczne, lecz przynoszące szczęście. Znane są liczne legendy o wiernych psach, które potrafiły odwdzięczyć się gospodarzom za dobroć, obsypując ich bogactwem. Jednak niektórym psom przypisywano demoniczne zdolności. Mogły opętać człowieka i sprowadzić na niego ciężką chorobę. Makabryczny rytuał z pogranicza czarnej magii potrafił przeistoczyć zwykłego kundelka w inugami, „boskiego psa" niewidzialnego dla innych. Właściciel mógł wtedy zmuszać tego swoistego złego ducha do zadawania śmierci lub sprowadzania nieszczęść na innych ludzi. Osoby oskarżone o posiadanie inugami musiały się jednak liczyć z poważnymi konsekwencjami. Były otoczone powszechną nienawiścią i grozą.

Jizo – oświecony bodhisattwa, który ślubował, że zostanie Buddą dopiero wtedy, gdy nikt już nie będzie ponosił kary za swe winy, odradzając się w szesnastu buddyjskich piekłach. Pomaga potrzebującym i stara się skrócić męki istot cierpiących po śmierci.

Kami – dusza, duch, świadoma energia zamieszkująca elementy przyrody lub szczególne przedmioty. Swoje kami może mieć góra, jezioro, wyjątkowo wiekowe drzewo, strumień czy wodospad, ale również miecz, słup graniczny lub inny ważny przedmiot.

Kannon – bogini będąca uosobieniem miłosierdzia. Pomaga cierpiącym.

Karma – suma dobrych i złych uczynków, które dusza gromadzi przez cały ciąg wcieleń. Może rzutować na los człowieka w danym wcieleniu.

Kawaii – „coś tak ślicznego, że na jego widok można tylko piszczeć z zachwytu", modny w dzisiejszej Japonii styl życia i ubioru, słodki i cukierkowy, zgodnie z którym dziewczęta i młode kobiety upodabniają się do bajkowych księżniczek, nosząc fantazyjne sukienki, buty oraz ozdoby.

Kintaro – syn Górskiej Staruchy, chłopiec o nadludzkiej sile, nieustraszony, lecz agresywny. Znał mowę dzikich zwierząt, gołymi rękami pokonywał niedźwiedzie.

Kitsune – lisy. Jedne z najpotężniejszych magicznych zwierząt w wierzeniach japońskich. Lisy to władcy magii i iluzji. Są zmiennokształtne, bez trudu przyjmują ludzką postać. Im starszy lis, tym większą mocą dysponuje. Bywają wśród nich stworzenia złośliwe, mściwe, a nawet okrutne. Opętanie przez lisy sprowadza choroby lub śmierć. Jednak wiele lisów używa swej magicznej mocy do czynienia sztuczek i żartów. Lisice często zmieniają się w piękne kobiety, żeby uwieść upatrzonego mężczyznę. Co ciekawe, bywa, że romans przeradza się w miłość i zmiennokształtna dama zostaje żoną ogarniętego czarem kochanka. Staje się wówczas oddaną matką i żoną. Może latami pozostawać w ludzkim ciele. Musi odejść do lasu, porzuciwszy rodzinę, jedynie wtedy, gdy ktoś rozpozna w niej magiczne stworzenie. W legendach opisane też bywają wyjątkowo okrutne i podłe lisice, które przywodzą do zguby opętanych przez siebie mężczyzn, nierzadko nawet samych cesarzy.

Lisy są prawdziwymi czarodziejami. Tworzą doskonałe iluzje. Są w stanie wyczarować z niczego ogromne zamki i bogate posiadłości. Znane są historie wędrowców, którzy sądzili, że bawią na dworze jakiegoś wyjątkowo uprzejmego daimio, a tak naprawdę spędzali długi czas w lisiej norze.

Białe lisy to wysłannicy boga Inariego.

Złego lisa można rozróżnić od dobrego, wsłuchując się w jego szczekanie. Ten pozytywny woła: „kon-kon!", a ten perfidny: „kai-kai!".

Podróżnych zwodzą na manowce „lisie ogniki". Ponoć zwierzęta zapalają je, uderzając ogonem o ziemię lub pocierając ogon łapkami.

Momotaro – chłopiec magicznym sposobem urodzony z dojrzałej brzoskwini, bohater wielu japońskich legend. Pokonał złe diabły oni, z pomocą przyjaciół: psa, małpy i koguta.

Mononoke – nadprzyrodzona istota, budząca lęk. Zły duch, który potrafi opętać człowieka i doprowadzić do jego śmierci.

Mudry – specjalne gesty, wykonywane dłońmi, tradycyjnie stosowane podczas tańców rytualnych i w jodze oraz w sztuce sakralnej buddyzmu i hinduizmu. Istnieją też mudry o znaczeniu terapeutycznym, ochronnym i magicznym.

Neko – koty, także magiczne zwierzęta dawnej Japonii. Zazwyczaj koty przynoszą szczęście lub z oddaniem bronią swych ukochanych właścicieli. Niektóre bywają jednak złe, a nawet demoniczne. Popularne legendy opowiadają o wielu kotach, które ocaliły życie swym panom, nie raz ryzykując lub nawet tracąc własne. Okazują się nieocenionymi obrońcami przed demonami występującymi w postaciach gigantycznych szczurów lub węży. Najsłynniejszym kocim wojownikiem był kocur Buchi z Ajikawy oraz jego towarzysz, bezimienny Kot z Osaki.

Koty władają magią. Często za jej pomocą potrafią odwdzięczyć się swym dobrym właścicielom, przysparzając im bogactwa i sławy. Wiele magicznych kotów towarzyszy ubogim, bogobojnym mnichom i pomaga im odbudować podupadłe świątynie oraz zyskać należyty prestiż wśród ludzi.

Kotki potrafią zamieniać się w piękne i pełne wdzięku kobiety. Podobnie jak lisice, często zostają żonami oczarowanych przez siebie mężczyzn, a nawet rodzą im dzieci.

Według dawnych wierzeń kot, który przeżył ponad czterdzieści lat, może stać się nekomatą, czyli „kotem o rozdwojonym ogonie", „rozdwojonym kotem", potężnym, magicznym zwierzęciem. Wówczas chodzi na dwóch łapach, umie przybrać postać człowieka, tworzy duchowe ogniki, nawiedzające śpiących ludzi, i ma władzę nad duchami zmarłych. Nekomata jest szamanem i nekromantą. Przeskakuje nad ciałami zmarłych, aby ich ożywić. Gestykulując przednimi łapami i machając rozdwojonym ogonem, utrzymuje kontrolę nad przywołanymi do życia duszami.

Zły duch pojawiający się pod postacią ogromnego kota to bakeneko, koci demon. Jest niesłychanie groźny. Może opętać właściciela, pożreć go i sam zająć jego miejsce. Zdradzają go dziwaczne, zwierzęce obyczaje oraz pociąg do jedzenia surowego mięsa.

O łagodnym i przyjaznym obliczu kotów przypominają popularne w Japonii figurki maneki neko, wesołego kotka, który wita gości i przynosi pomyślność. Często można je zobaczyć przed sklepami, restauracjami i barami.

Okame – bogini wielorakiego szczęścia. Patronka domowego ogniska, ucieleśniony ideał żony, strażniczka małżeńskiego szczęścia i małych dzieci. Maski przedstawiające Okame są popularnymi amuletami.

Oni – diabły wymierzające kary w szesnastu piekłach buddyjskich, ale także demoniczne istoty czatujące na ludzi w lasach, górach i na pustkowiach.

Mają krowie rogi i tygrysie kły, lecz brak im ogonów.

Rokurokubi – demony, w które zamieniały się osoby szczególnie wścibskie, lubiące plotkować i szpiegować. Ich głowa mogła odbywać dalekie podróże, połączona z ciałem jedynie niesłychanie długą, cienką i elastyczną szyją. Głowa, która oddzielała się od ciała i pozostawała samodzielnym demonem, nazywana była nukekubi.

Ryu – smoki. Potężni władcy morza i wszelkich wód, kontrolujący także opady deszczu. Bardziej pomniejsze bóstwa niż magiczne zwierzęta. Demoniczne oblicze smoków ukazuje Nureonna, Mokra Pani, ogromna, przerażająca smoczyca z kobiecą twarzą. Dziewczęta, które popełniły samobójstwo z miłości, mogły po śmierci przybrać postać białego smoka.

Samsara – krąg wcieleń, wędrówka dusz. W buddyzmie i hinduizmie wiara w reinkarnację.

Siedmiu Bogów Szczęścia – boskie istoty zza morza, przynoszące pomyślność. Ebisu, Jurojin, Fukurokuju, Daikokuten, Bishamonten, Hotei i jedyna w tym gronie bogini, Benten. Przedstawiano ich często płynących razem na statku wiozącym skarby.

Susanoo – bóg wiatru i burzy, brat Amaterasu. Ma gwałtowny, nieprzewidywalny charakter.

Sutry – święte teksty buddyzmu, często używane i odczytywane w celach ochronnych i magicznych.

Tanuki – jenoty, drugie po lisach, najbardziej popularne magiczne zwierzęta dawnej Japonii. Potrafią przybrać postać człowieka, a także zamieniać się w dowolne przedmioty, nawet tak ogromne jak pełnomorskie statki czy domy. Bardzo znana jest legenda o jenocie, który zmieniał się w kociołek do parzenia herbaty.

Jenoty są kpiarzami i prześmiewcami. Zawsze trzymają się ich żarty, często złośliwe. Potrafią też być mściwe i okrutne, choć znacznie częściej pokazują dobrotliwe oblicze. Są oddanymi przyjaciółmi ludzi, którzy okazali im dobroć. Przysparzają im bogactwa i szczęścia.

Są mistrzami iluzji. Często stosują fortele i sprytne podstępy. Uwielbiają błaznować, rozśmieszać innych i wprowadzać ludzi w błąd.

Figurki przedstawiające tanuki to popularne w Japonii amulety. Zwierzak stojący na dwóch łapach, trzymający w garści butelkę sake oraz weksel, którego nie ma zamiaru nigdy spłacić, ma przynosić szczęście w interesach.

Wysoka Równina Niebios – zawieszona ponad ziemią kraina, w której mieszkają bogowie.

Yamauba – Górska Starucha, nadprzyrodzona istota, która mieszka w górach, włada magią i umie czytać w ludzkich myślach. Większość podań przedstawia ją jako przerażającą wiedźmę, pożerającą zbłąkanych wędrowców. Istnieje też inne oblicze Yamauby – Górska Starucha objawia się jako miłosierny Duch Gór, niosący pomoc ludziom znajdującym się w potrzebie. Pod postacią pięknej, dumnej i groźnej kobiety utożsamia też kobiece pragnienie osiągnięcia wolności i niezależności.

Yukionna – Śnieżna Pani, duch zimy. Pojawia się pod postacią niezwykle pięknej kobiety o białej cerze, czarnych włosach i czerwonych ustach. Nie pozostawia śladów na śniegu, sunie ponad ziemią. Zamraża ludzi lodowatym oddechem. Jest demoniczną personifikacją zimy i mrozu, który zabija zbłąkanych wędrowców i wieśniaków śpiących w nieogrzewanych chatach.

Spis rzeczy

fot. © Przemek Bednarczyk

Kobieta renesansu. Projektantka światów.

Maja Lidia Kossakowska od dzieciństwa marzyła, że kiedyś zostanie reżyserem. Równie silnie pragnęła zostać lalkarzem, rzeźbiarzem i archeologiem. Zwiedzanie uroczych, starych miasteczek (z częstymi postojami w małych, tradycyjnych knajpkach), patrzenie na morze, spacery plażą, malowanie obrazów, szycie lalek i grzebanie w starociach to jej ulubione sposoby spędzania wolnego czasu do dziś.

Wrażliwość pisarki ukształtowała się podczas nauki w liceum plastycznym, w trakcie studiów archeologicznych i nade wszystko dzięki lekturom. Bo dom Kossakowskich był zawsze pełen książek i bez czytania nikt z rodu nie mógłby się obejść.

Archeologia nauczyła ją odkrywać i odtwarzać światy, rozbudowała wyobraźnię, nauczyła myślenia fabularnego, które umiejętnie wykorzystała, realizując dokumentalne programy telewizyjne i podejmując pierwsze próby literackie.

Kossakowska nie zapomni dnia, w którym po raz pierwszy ujrzała swój tekst w druku. Tego się nie da z niczym porównać. To uzależnia i determinuje plany. Dzisiaj w jej życiu dominuje literatura, która z pasji przerodziła się w sposób na życie i pracę.

Autorka lubi w swoich powieściach eksperymentować ze stylem i gatunkami. Zawsze jednak przywiązuje wagę do szczegółów – starannie rozpisuje poszczególne rozdziały i sceny, jest do bólu dokładna i konsekwentna w swoich postanowieniach.

Pisarka chętnie ucieka od miasta i pracy. Ma nieduży letni domek, w którym czuje się naprawdę u siebie i na właściwym miejscu.

Książka *Takeshi. Cień Śmierci* rozpoczyna nowy rozdział w karierze pisarskiej Mai Lidii Kossakowskiej i jest doskonałym połączeniem zainteresowań autorki kulturą Dalekiego Wschodu, mitologią różnych kultur, miłości do zwierząt, poezji, muzyki, magii i nowych technologii, zwiniętych w intrygującą nić fabularną. To także *film, który zawsze chciała napisać.*

WYDANIE I

ISBN 978-83-7574-727-0

PROJEKT I ADIUSTACJA AUTORSKA WYDANIA Eryk Górski, Robert Łakuta

PROJEKT OKŁADKI Szymon Wójciak

ILUSTRACJA NA IV STRONIE OKŁADKI Piotr Cieśliński

GRAFIKI Paweł Zaręba

REDAKCJA Dominika Repeczko

KOREKTA Agnieszka Pawlikowska

SKŁAD Dariusz Nowakowski

SPRZEDAŻ INTERNETOWA

fabryka.pl ponad normę

ZAMÓWIENIA HURTOWE

Firma Księgarska Olesiejuk sp. z o.o. sp.j.
05-850 Ożarów Mazowiecki, ul. Poznańska 91
tel./faks: 22 721 30 00
www.olesiejuk.pl, e-mail: hurt@olesiejuk.pl

WYDAWCA

Fabryka Słów sp. z o.o.
20-034 Lublin, ul. Irysowa 25a
tel.: 81 524 08 88, faks: 81 524 08 91
www.fabrykaslow.com.pl
e-mail: biuro@fabrykaslow.com.pl

DRUK I OPRAWA CPi Moravia Books www.cpi-moravia.com